btb

Aus Freude am Lesen

Hanns-Josef Ortheil erzählt von den Orten seines Lebens, von fesselnden Lektüren und von Bildern und Klängen, die ihn begeistert haben. So entsteht das Selbstporträt eines Enthusiasten und Entdeckers, der Leben und Kunst auf ihre verborgenen, magischen Kräfte hin untersucht. Die Taschenbuchausgabe ist vom Autor um wichtige Texte erweitert worden, die seit der gebundenen Ausgabe des Buches erschienen sind und für einiges Aufsehen gesorgt haben.

HANNS-JOSEF ORTHEIL wurde 1951 in Köln geboren. Er ist Schriftsteller, Pianist und Professor für Kreatives Schreiben und Kulturjournalismus an der Universität Hildesheim. Seit vielen Jahren gehört er zu den bedeutendsten deutschen Autoren der Gegenwart. Sein Werk ist mit vielen Preisen ausgezeichnet worden, darunter dem Thomas-Mann-Preis der Hansestadt Lübeck und zuletzt dem Stefan-Andres-Preis. Seine Romane wurden in über zwanzig Sprachen übersetzt.

Hanns-Josef Ortheil

Die weißen Inseln der Zeit

Orte, Bilder, Lektüren

btb

MIX
Papier aus verantwortungsvollen Quellen
FSC® C083411

Verlagsgruppe Random House FSC® N001967
Das für dieses Buch verwendete FSC®-zertifizierte Papier
Lux Cream liefert Stora Enso, Finnland.

1. Auflage
Genehmigte Taschenbuchausgabe November 2013,
btb Verlag in der Verlagsgruppe Random House GmbH, München

Umschlaggestaltung: semper smile unter Verwendung
eines Motivs von © Lotta Ortheil
Satz: Uhl + Massopust, Aalen
Druck und Einband: CPI – Clausen & Bosse, Leck
KS · Herstellung: sc
Printed in Germany
ISBN 978-3-442-74720-7

www.btb-verlag.de
www.facebook.com/btbverlag
Besuchen Sie auch unseren LiteraturBlog www.transatlantik.de

Für Lukas, der mich am 7. Februar 2013
wieder mit den Kompositionen
Frédéric Chopins versöhnt hat

Die unendliche Arbeit am Text

I

Die Arbeit am Text beginnt frühmorgens, gegen sechs Uhr, sofort nach dem Aufstehen und noch vor dem Frühstück. Sie besteht in Eintragungen in eine Chronik, in der ich den Verlauf des vorigen Tages knapp festhalte. Die handschriftlichen Notizen werden ergänzt durch Fotografien, ebenfalls vom vorigen Tag. Ich fotografiere nicht in dokumentarischer Absicht, sondern aufgrund von Impulsen: Plötzlich erkenne ich in meiner Umgebung etwas »als Bild«, und dieses »Bild« wirkt so anziehend und entfaltet eine solche Magie, dass ich es fotografiere. Zusammen mit den Fotografien ergeben die Notizen über den vergangenen Tag die Kurzgeschichte einer Tages-Präsenz: Da und dort habe ich mich aufgehalten, da und dort habe ich dieses oder jenes getan und gedacht. Wenn ich Wochen später erneut auf diese Chronik-Seite schaue, erscheint dieser bestimmte Tag wieder vor meinen Augen, in all seiner Einzigartigkeit, nun aber in verdichteten Atmosphären des Rückblicks und konzentriert auf seine Essenzen.

Die Arbeit am Chronik-Text ist eine Arbeit am voraneilenden, fließenden Lebensstrom, der anhand der knappen Eintragungen zu kleinen Stationen verdichtet wird. Anhand solcher Markierungen kann ich ablesen, welche Personen, Dinge, Motive oder Themen mich fortlaufend beschäftigen und steuern. Als Folge gelesen, erzählen die Chronikblätter (ein Blatt in DIN A3-Format pro Tag) die Vielzahl der biographisch beobachteten Geschichten und Linien, die sich verwandeln und ändern.

2

Im Verlauf eines Tages notiere ich dann möglichst regelmäßig in schmalen, handlichen und gut in einer Jackentasche unterzubringenden Notizbüchern. Solche Notate ergeben sich zum einen zufällig, durch Beobachtungen meiner direkten Umgebung, durch Erinnerungen, durch Gedankengänge, die bruchstückhaft fortgeführt werden. Meist liegt ihnen ein bestimmtes Spannungsmoment oder eine »Anziehung« von außen zugrunde, die auf Fixierung drängt. Es ist wichtig, diesem Drang auch zu folgen, selbst wenn Notate meist nur aus einer zufällig erscheinenden, bunten Reihe von merkwürdigen Details bestehen. Im ersten Augenblick ihres (wiederum handschriftlichen) Fixiertwerdens wirken sie zwar oft banal und beliebig und markieren nichts als einen anscheinend wenig ergiebigen, gerade aktuellen Impuls. Liest man sie aber zeitversetzt, Wochen oder Monate später, haben sie ihren aktuellen Bezug verloren und dafür eine beinahe poetische Aura erhalten.

Aus solchen Poetisierungen ist das eigene Empfinden und Denken gemacht. Indem ich fortlaufend und täglich notiere, was mein Gehirn anregt, bewegt und verfolgt, protokolliere ich etwas, das mir sehr nahe zu sein scheint, obwohl ich seine Nähe keineswegs durchschaue oder begreife. Notate streifen und berühren daher die Oberflächen des Unbewussten, sie folgen geheimen Strukturen und bilden mit der Zeit einen großen Fundus.

Aus dem Schatz dieses Fundus können später Details in die literarischen Werke eingehen, das Notieren ist aber keineswegs darauf angelegt, solche Details zu finden oder zu orten. Je unkontrollierter und sprunghafter es verläuft, desto besser. Spürbar muss bei jeder Notiz nur sein, daß sie eine starke, noch dunkle Verbindung zu den eigenen Emotionen aufbaut und daß solche Verbindungen sich auch in der Besonderheit einer sprachlichen Formulierung niederschlagen.

Das dauernde Notieren ist also ein fortlaufendes Aufmerksamkeits-Projekt. Es sorgt für eine möglichst stetige Wachheit der Beobachtung und des Registrierens und greift sich aus den verschiedensten Räumen und Orten, die mir begegnen, seinen individuellen Anteil. Fixiert die Chronik die »Eigenzeit«, so fixiert das Notieren den »Eigenraum«. In dieser Zeit und diesem Raum bin ich erst eigentlich »zu Hause«, »Eigenzeit« und »Eigenraum« machen aus einem beliebigen, zufälligen Leben ein bewusst geführtes, komponiertes und vor allem für die weitere Textarbeit ausgestattetes Leben.

3

Die Tagesnotate lassen sich im Nachhinein bestimmten Gruppen zuordnen. Manche fixieren einfach nur Details einer Umgebung, andere kreisen um immer wiederkehrende Themen, und viele entwerfen Motive von größeren Phantasien oder Geschichten, die mit der Zeit wachsen und wuchern. Um weiterarbeiten zu können, müssen die Notate deshalb einige Zeit nach ihrer Niederschrift getrennt und in unterschiedlichen Folianten und Skizzenbüchern aufbewahrt werden. Dort rücken sie aufgrund der Zuordnung enger zusammen und bilden eine Art Labor, das nun aus sich selbst heraus kreative Kombinationen und Energien entwickelt.

Die Separierung der Notate setzt voraus, daß sie aus den Notizbüchern herausgetrennt werden können. Daher werden sie ausschließlich auf der Vorderseite der Notizblätter fixiert. Mit der Zeit löst sich das Notizheft auf: die einzelnen Blätter wandern auf größere Seiten, werden dort miteinander in Beziehung gesetzt und erhalten Weiterführungen und Kommentare. Es gibt Folianten, in denen es nur um die Erkundung bestimmter Stadträume oder Landschaften geht, es gibt solche, die nur Eintragungen zum Sport, zur Musik oder zu Filmen enthalten, und es gibt Skizzenbücher, in denen Notate zu einem literarischen Werk gesammelt werden, das sich noch undeutlich abzeichnet. Indem die Notate so gruppiert und kommentiert werden, bilden sie nun starke Kraftzentren, die in den Notizbüchern immer neue Notate hervorbringen.

4

Zu all diesen Textarbeiten kommt noch die Lektüre von Zeitungen und Zeitschriften, die meist frühabends verläuft und nicht länger als eine Stunde dauert. Solche Lektüren haben eine räuberische Funktion: Mit der Papierschere schneide ich aus mehreren überregionalen und regionalen Zeitungen Fotos oder Ausschnitte von Artikeln aus, die mich beim ersten Lesen in irgendeiner Form beschäftigen. Auch hierbei geht es nicht um »Dokumentation« oder die Sammlung von »zeitgeschichtlichen« Details, sondern ausschließlich um die Ortung bestimmter Reize, die von einzelnen Bildern oder Sätzen ausgehen.

Diese Spreu wird zunächst lose gesammelt und später in die bereits vorhandenen Folianten und Skizzenbücher geklebt, um deren inzestuöse Laborarbeiten aufzulockern und durch »Fremdstoffe« zu bereichern. Ein solches Ausschneiden und Verstreuen könnte natürlich auch digital verlaufen. In meinen Augen wirkt die digitale Verarbeitung jedoch »stumpf«. Sie nimmt den gedruckten Dokumenten ihre Einzigartigkeit und vereinheitlicht ihre Farben, Drucktypen und Formate. Digitales Material verwende ich daher nur in Ausnahmefällen, denn es kommt mir ja gerade darauf an, die Lebendigkeit der Fundstücke möglichst lange zu erhalten. Mit der Zeit verlieren sie ihr scheinbares Eigenleben und werden in der Bedeutung für mein eigenes Arbeiten erkennbarer. Sie verlieren gleichsam die Zugehörigkeit zu dem Ort, an dem sie erschienen sind, und nehmen Verbindung auf zu den neuen Orten und Bezügen, in die ich sie versetzt habe.

5

All diese unendliche, verzweigte und sich schließlich auch aus sich selbst speisende Textarbeit bringt im günstigsten Fall literarische Werke wie Romane, Erzählungen oder Essays hervor. Diese veröffentlichten »Werke« machen jedoch nur einen kleinen Teil der eigentlichen Textarbeit aus. Ich schätze, daß über neunzig Prozent dieses Arbeitens unveröffentlicht bleiben und in seiner ganzen Vielfalt so etwas wie einen großen Werkstattbau bilden, dem gegenüber die »Werke« Zusatzprodukte sind. Ohne mein tägliches Notieren, Sammeln und Zuordnen könnte ich wohl nicht leben, ohne das Veröffentlichen von »Werken« schon. Gegenüber dem wilden, spontanen und meist stark belebenden Notieren und Sammeln entstehen die »Werke« beinahe autonom. Romane entzünden sich an kleinen Motiven und Aufhängern (wie Figuren, Räumen, Szenen oder auch nur einem einzigen Satz). Solche Aufhänger müssen dann gefüttert, bedient und ausgeführt werden. Sie wachsen, schrumpfen, verweigern sich, machen kehrt, stehen auf dem Kopf, sie haben ihr eigenes Leben und ernähren sich nach einem bestimmten Appetit, dessen Bestandteile lange nicht genau zu erkennen sind.

Nach einiger Zeit entwickeln sie aber einen immer stärkeren Hunger und rufen immer neue Notate ab, was im täglichen Leben dann dazu führt, daß ich meine Umgebung und das, was ich sehe und erlebe, immer mehr unter der Perspektive des gerade entstehenden Werkes betrachte. Dann erlebe ich oft, daß viele Details sich anbieten und plötzlich wie mit innerer Notwendigkeit erscheinen. Der Radius der täglichen Beobachtungen und Sammlungen wird immer kleiner, der Roman unterwirft sich das Notieren, erst nach seiner Fertigstellung wirkt die Welt wieder weit und ungeordnet und dreist dominant.

6

All dieses Suchen, Verbinden und Peilen ist meist ein Vergnügen, ja sogar eine Lust. Es ist ein Arbeiten, das an der Präzisierung einer bestimmten Physiognomie feilt. Aus einem Menschen, den seine Geburt zufällig an irgendeinen Ort der Welt versetzt hat, entwickelt sich unendlich langsam, aber doch kontinuierlich eine »Figur«, die ihre »eigenen« Orte bestimmt, baut und sie nach immer »eigener« werdenden Impulsen formt. Manchmal träume ich davon, daß eine solche Arbeit niemals aufhören möge.

Orte

Meine Eltern und ich

Ich wurde am 5. November 1951 in Köln geboren, meine Eltern wohnten damals im Norden der Stadt, in Köln-Nippes, am großen Erzbergerplatz, der heute wieder von alten, schön renovierten Mietshäusern aus den Jahren vor dem Ersten Weltkrieg umsäumt wird.

Köln war nicht die Heimatstadt meiner Eltern, aber es war die Stadt, in der sie sich zeitlebens am wohlsten fühlten. Mein Vater hatte nach seinen Kriegssoldatenjahren in Köln eine Anstellung bei der Bundesbahn gefunden, von Beruf war er Geodät oder, wie er sagte, »Landvermesser«. In den Diensten der Bahn vermaß er Strecken, berechnete Tunneldurchbrüche und entwarf Brücken, er hatte eine Leidenschaft fürs Detail, fürs Exakte, für die ästhetische Zeichnung, für Millimeterpapier, Zirkelkästen und gut gespitzte Bleistifte. Wenn ich ihn zeichnen könnte, sähe man ihn auf einem drehbaren, arm- und lehnlosen Schemel vor einer weißen Tischplatte, die von einer tief hängenden Lampe beleuchtet wird. Vater beugt den Oberkörper über die Platte, die Zungenspitze wischt nervös über die Unterlippe, der Zirkel kreist auf dem hauchdünnen Papier, das sich an beiden Seiten zusammenrollt. Es ist still, niemand stört ihn, es ist die Stunde der Geometrie.

Meine Eltern kamen aus dem Siegerland, aus dem kleinen Ort Wissen an der Sieg, kaum fünfzig Kilometer östlich von Köln. Siegerland, sage ich, aber eigentlich müßte ich Nördlicher Westerwald sagen, denn meine Eltern, besonders aber mein

Vater, der mit zehn Geschwistern auf einem großen Bauernhof aufgewachsen war, verstanden sich als Westerwälder.

Westerwälder – das sind die schwarz gekleideten, in sich gekehrten und landtreuen Menschen auf den Fotografien August Sanders, Bauern auf dem Sonntagsspaziergang zur Kirche, Frauen mit dunklen Kopftüchern, gezeichnet von vielen Geburten, Kinder, ängstlich und maulfaul, in einer dichten Traube um die auf zwei Stühlen thronenden Eltern geschart. So existieren sie auf meinen inneren Bildern als Gestalten der Vorzeit, als Gestalten der archaischen Gesten und Jahreszeiten, fromm, katholisch, die Männer oft mit breiter Stirn, störrisch, unbeirrbar, eine Sippe, die daheim blieb, jahrhundertelang, und nie aufgestört wurde von Eindringlingen oder Fremden.

Die Eltern meines Vaters waren Bauern, der große Hof lag an der Nister, einem Nebenflüßchen der Sieg, zum Hof gehörte eine Gastwirtschaft, all das gibt es heute noch, und drinnen, hinter der Theke der Gastwirtschaft, steht heute mein Vetter Johannes und begrüßt die Gäste.

Die Eltern meiner Mutter aber waren Kaufleute und hatten, wie es hieß, »ein großes Geschäft«, anfangs Spedition, dann Baustoffe, Kohlen, Öl und vor allem alles, was die Bauern brauchten, die mit ihren Traktoren vorfuhren, um *de Säucher* zu wiegen.

Zwischen dem Hof meines Vaters und dem Elternhaus meiner Mutter, das im alten Teil von Wissen, nahe der Kirche, steht, sind meine Eltern, seit sie sich kennengelernt hatten, hin und her geeilt, meist zu Fuß oder auf Fahrrädern. Meine Mutter hat in der Gastwirtschaft ausgeholfen, und mein Vater saß sonntags am Mittagstisch seiner späteren Schwiegereltern, dunkel gekleidet, der einzige Studierte weit und breit, seiner Passion nach aber ein Jäger oder ein Förster, witterungsabhängig, naturbegeistert, einer, der in Naturbildern dachte.

Da, wo meine Eltern ihre Kindheit und Jugend verbracht haben, haben sie sich in den fünfziger Jahren ein Haus gebaut, gleich weit entfernt von beiden Elternhäusern. Lange Zeit war das Haus vermietet, solange sie, wie es hieß, »unterwegs«, in der Fremde, waren.

Doch Anfang der siebziger Jahre haben sie sich dort wieder niedergelassen, von wo sie 1939, im Jahr des Kriegsbeginns, »in die Welt« aufgebrochen waren.

Sie bezogen ihr Haus, sie waren wieder angekommen im warmen Kreis der Verwandten und Freunde, und an den Sonntagen ging mein Vater zu seiner elterlichen Gastwirtschaft, mit dem Spazierstock auf dem Asphalt den Weg taktierend, und wurde von seinem jüngsten Bruder, der damals Hof und Gastwirtschaft betrieb, herzlich begrüßt.

Ich war das fünfte Kind meiner Eltern. Meine Mutter hat außer mir noch vier Söhne geboren, doch als ich 1951 zur Welt kam, war keiner der vier noch am Leben. Drei waren Stunden, Tage oder Wochen nach der Geburt gestorben, der erste in Berlin während eines Bombenangriffs, die beiden anderen nach dem Krieg, in Köln, als meine Mutter schon nicht mehr daran glaubte, daß eines ihrer Kinder am Leben blieb.

Denn die Lebenslinien unserer Familie, die meiner Eltern und meine eigene, sie haben einen fernen Fluchtpunkt, den 6. April 1945, den Tag, als mein zweiter Bruder, fast dreijährig, ums Leben kam. Meine Mutter war damals kurz vor Kriegsende mit ihren nächsten Verwandten auf das Hofgut »Hecke« nahe bei Wissen geflüchtet, am frühen Morgen des 6. April besetzten die Amerikaner das Gut, das wenig später von der versteckt im Tal liegenden deutschen Artillerie beschossen wurde.

Als die Geschosse einschlugen, saß meine Mutter in der Küche und hatte meinen Bruder auf dem Schoß, ein Granatsplitter traf ihn in den Hinterkopf, er war sofort tot, meine Mutter aber überlebte, verstört, ein in sich erstarrtes, zu Tode erschrockenes Bündel, das aufhörte, weiter an das Leben zu glauben.

Die beiden Söhne, die sie nach dem Krieg dennoch zur Welt brachte, starben, als wäre der Krieg noch nicht zu Ende, und auch als ich zur Welt kommen sollte (meine Mutter war inzwischen schon beinahe vierzig), rechnete niemand mit meinem Überleben.

Zum Zeitpunkt meiner Geburt war ich der Letzte und Erste zugleich. Ich war der Letzte einer ausgestorbenen Sippe, der Gemeinschaft meiner vier toten Brüder, von denen man erzählte, sie lebten im Himmel und blickten auf mich mit besonderer Freude. Und ich war der Erste, der meinen aus dem Himmel mit Wohlgefallen auf mich blickenden Brüdern zu beweisen hatte, daß sie weiterlebten in mir, daß sie wuchsen mit meinem Wachstum, daß ich sie wiedergebar.

Köln, Erzbergerplatz

Es ist Nachmittag, und Du sitzt »Em Golde Kappes«, dem alten Nippeser Brauhaus, das es seit 1913 gibt. Im 19. Jahrhundert soll in der ganzen Umgebung bis hin zum Rhein Kappes angebaut worden sein, von dort hat das Brauhaus seinen Namen, in dem jetzt von 10 Uhr morgens bis Mitternacht ohne Pause das gute Mühlen-Kölsch frisch vom Anstich serviert wird.

Du sitzt an einem der hellen, gescheuerten Brauhaustische, das milchig-gelbe Licht der Deckenlampen erhellt den Raum schwach, ringsum verläuft eine dunkle Holzverkleidung, die letzten Spätesser des Mittags beugen sich über eine »Dom-

Woosch mit Röggelche« oder »E Engk Blotwoosch met Öllig«, und die ersten Frühesser des Abends bestellen zu Fleisch oder Wurst warme Beilagen, »Ädäppelschlot« für zwei Euro zwanzig oder »Quallmänner« für zwei Euro, oder den traditionellen »Sore Kappes«, der zum Mühlen-Kölsch besonders gut schmeckt.

Kaum hundert Meter vom »Golde Kappes« entfernt, am alten Erzbergerplatz, der bei seiner Entstehung Königin-Luise-Platz, dann Erzbergerplatz, kurze Zeit Adolf-Hitler-Platz, jetzt aber wieder Erzbergerplatz heißt, hast Du die ersten Jahre Deines Lebens verbracht, im ersten Stock von Haus Nummer neun. Deine frühsten Erinnerungsbilder bestehen aus Blicken aus dem Fenster des ersten Stocks hinunter auf den Platz, Du siehst kleine Gruppen von Kindern, die Murmeln und Ball spielen und sich jagen und davoneilen in alle Windrichtungen, und Du drückst Deine Nase gegen das Fensterglas, weil Du auf Vater wartest, der am frühen Abend die Schillstraße hinauf heimkommt und beim Einbiegen auf den Erzbergerplatz zu Deinem Fenster hinaufschauen wird, um Dir zu winken.

Bevor Du aber mit Deinem kleinen Rundgang durch Dein Kindheitsviertel beginnst, trinkst Du noch ein Kölsch und blätterst in dem Buch von Reinhold Kruse, Reinhold Kruse hat den ganzen ersten Band der »Edition Nippes« dem Erzbergerplatz gewidmet, in vierzehn Kapiteln geht er seiner Entstehung und seinen Veränderungen im vergangenen Jahrhundert nach.*

Und so erfährst Du, daß sich an der heutigen Stelle des Platzes früher einmal der »Nippeser Volksgarten« mit einem großen Weiher und einem Gartensaal befand, Tanzkränzchen, Jahrmärkte und Konzerte muß es dort gegeben haben und Frühlings- und Sommerfeste mit bengalischem Feuerwerk über

* Reinhold Kruse: Der Erzbergerplatz und der »Schillplatz«. Köln-Nippes 1995

dem Weiher oder einer Fackelpolonaise um den Weiher herum, an schönen Tagen konnte man Kahnfahren und an kalten Wintertagen Schlittschuhlaufen. Der Weiher muß in einer alten Rheinrinne gelegen haben, die es jahrhundertelang gab, ich bin am Ufer des Rheins groß geworden, denke ich, an den Ausläufern einer alten Rheinrinne habe ich meine ersten Tage verbracht, das ist ein weiteres Kölsch wert.

Anfang des vergangenen Jahrhunderts hat man den Nippeser Weiher dann zugeschüttet und mit der Anlage eines großen Platzes begonnen, in einer Stadtverordnetenversammlung hat man darüber gestritten, ob der Name Königin-Luise-Platz nicht zu hochtrabend sei, aber man ist dann doch bei diesem Namen geblieben. Schöne mehrgeschossige Häuser sind dann rund um den Platz entstanden, und schon bald legte man dort die erste »gärtnerische Schmuckanlage« in Nippes an, mit Blumen- und vor allem Rosenbeeten, Laubengängen und einem Kinderspielplatz, diese Anlage hat sich mit vielen Veränderungen über ein ganzes Jahrhundert erhalten, ich kann mich gut erinnern, sie beinahe täglich durchstreift zu haben, in den fünfziger Jahren waren die sie umgebenden Straßen noch autofrei, so daß man als Kind die schmalen Trottoirs an den Häusern entlanglaufen und ohne sich umzuschauen über die Straße auf die freien Flächen inmitten des Platzes wechseln konnte.

Das Haus Nummer neun, in dem ich aufwuchs, muß um 1908 entstanden sein, Reinhold Kruse zitiert sogar einen Brief seines Bauherrn Friedrich Wilhelm Müller an das Tiefbauamt der Stadt, in dem Herr Müller darum bittet, das Trottoir vor dem Haus und besonders vor der großen Toreinfahrt endlich zu richten. Herr Müller war Besitzer der »Rheinisch-Westfälischen Cement-Gesellschaft« und einer »Baumaterialien-Großhandlung«, die Pferdefuhrwerke mußten über das Trottoir in den Innenhof fahren, zu meiner Zeit gab es die Müllersche Firma und den Großhandel nicht mehr, wohl aber die bis zu vier Meter hohen und ausgedehnten Kellerräume, in denen die

Baustoffe und später Flaschen und Kisten der Getränkefirma Bluna gelagert worden waren.

Am Erzbergerplatz wohnten früher Beamte und Kaufleute, und in den Parterre- und Souterrain-Räumen gab es viele Läden und kleine Geschäfte, eine Metzgerei, eine Bäckerei, eine Milch- und Butterhandlung, einen Friseur, ein Papier- und Schreibwaren-Geschäft, eine Schreinerei, eine Schneiderei, einen Tabakwarengroßhandel und ein Maler- und Anstreicher-Geschäft.

Heute gibt es diese bunte und lebendige Vielfalt nicht mehr, in den Parterre- und Souterrain-Räumen rund um den Erzbergerplatz ist es ruhiger geworden, es gibt hier jetzt Büros, Anwalts- und Arzt-Praxen, nur die alte Eckkneipe, in die man seit 1907 einkehrte, gibt es noch, sie heißt heute »Gernot's Rosengarten«, denn seit 1994 gibt es am Erzbergerplatz wieder große Rosenbeete, so wie früher, als sich hier ein sechs mal zehn Meter großes Rosenbeet mit Rosen der Sorte Madame Caroline Testout befand.

Am meisten gefallen mir die alten Ansichtskarten, die Reinhold Kruse gesammelt und ebenfalls in seinem wunderbar detailfreudigen Buch veröffentlicht hat, auf ihnen säumen hohe Pappeln den Platz, und viele Kindergruppen stehen sehr ernst in langen Reihen mit nur wenigen älteren Begleitpersonen auf seinen Frei- und Spielflächen, als gehörte ihnen der weite und offene Platz und als würden sie gleich wieder kichernd und schreiend zwischen seinen dunklen Hecken und Baumreihen verschwinden.

Es dunkelt schon, Du zahlst und machst Dich jetzt auf den Weg, Du biegst in die Mauenheimer Straße ein und erreichst schon bald die kleine Kirche St. Heinrich und Kunigund, die »ahl Kirch«, wie sie hier in Nippes genannt wird, weil sie die erste Nippeser Pfarrkirche war und dort steht, wo sich vor hundertfünfzig Jahren der Nippeser Friedhof befand. Jetzt sind es nur noch wenige Meter und dann stehst Du vor »Gernot's Rosengarten« und blickst auf den langgestreckten Platz, jedes Mal mußt Du schlucken, weil die Erinnerungen mit dem ersten Anblick da sind, die gesamte Klangkulisse scheint zu verebben, und hinter den jetzt bunten Fassaden brechen die dunkleren Farbtöne der Nachkriegszeit hervor.

Du überquerst die Straße und setzt Dich in die Mitte der »gärtnerischen Schmuckanlage«, die jetzt wieder schön hergerichtet ist, Du schaust hinüber zum Haus Nummer neun, unter dem sich im Krieg vielleicht ein großer Bunker befand, und als würdest Du taub gegenüber den Geräuschen von heute, hörst Du jetzt wieder das helle Kindergeschrei Deiner Tage, und Du siehst im Erker des ersten Stocks von Haus Nummer neun das Gesicht Deiner Mutter, die alle paar Minuten ans Fenster eilt, um zu sehen, ob Du noch lebst. Du aber sitzt draußen, auf der Umrandung eines Sandkastens, im Frühling hörst Du das heisere Vogelgezwitscher in den hohen Bäumen und siehst manchmal dichte Schwärme in das offene Oval des Platzes einfallen wie schwere Wolken, die sich ausregnen und rasch wieder dem hellen Himmels-Blau Platz machen, und im Spätherbst schießen die letzten Sonnenstrahlen wie ein blitzendes helles Pfeilgewitter vom Himmel und tauchen den Platz in ein scharf gleißendes Licht.

Du sprichst nicht, Du sitzt stumm da und starrst oft in den Himmel, Du kannst regungslos sitzen, als wärst Du aus Stein und als könnte Dich nichts irritieren, die anderen Kinder laufen und wuseln um Dich herum, und manchmal nimmst Du ein gelbes Schippchen und gräbst damit langsam den feuchten Sand um, als genügte diese Bewegung, um am Leben zu bleiben.

Du sitzt jetzt ganz still, so wie früher, und langsam setzt sich der alte Schwarz-Weiß-Film aus den frühsten Kindertagen wieder zusammen und beginnt vor Deinen Augen zu flimmern, trotz Deiner Angst und der noch viel größeren Angst Deiner Mutter, die vor Deiner Geburt vier Söhne verloren hatte, hast

Du Dich auf diesem Platz geborgen gefühlt, die Szenen, die Du siehst, spielen Mitte der fünfziger Jahre, Du hast einen kleinen Roller bekommen und schiebst ihn durch die hölzerne Toreinfahrt der früher hier ansässigen »Rheinisch-Westfälischen Cement-Gesellschaft«, Du fährst auf Deinem Roller das schmale Trottoir immer wieder hinauf und hinab, bis Deine Mutter mit ihrer Einkaufstasche unten erscheint und Du neben ihr herziehst, zu den kleinen Läden rund um den Platz.

Heute kommt es Dir oft so vor, als spielten all Deine nächtlichen Träume immer wieder in diesem Terrain, so oft erscheint in ihnen das weite Himmelsdach über dem geschlossenen Rechteck der Dächer, in kurzen Sommerhosen stehst Du auf dem Trottoir und blickst auf das regennasse Kopfsteinpflaster einer Straße, in dem sich der Himmel spiegelt, aus den Toreinfahrten der Häuser dringt leises Stimmengemurmel, Du verstehst aber nichts, ein bunter Ball springt vor Dir auf und hüpft durch die Stille, am Ende der Straßenflucht aber erheben sich die beiden spitzen Zeigefinger der Dom-Türme, während aus einer Seitenstraße der kleine Gemüsekarren von Frau Tiefes hervorpoltert, deutlich siehst Du die Waage und die braunen Papiertüten. Oft erkennst Du in Deinen Träumen auch die alte Tür der Wirtschaft am Eck, sie öffnet sich, und Du hörst plötzlich ein munteres Stimmengewirr, zwei dunkel gekleidete Männer stolpern heraus und verschwinden sofort, und dann nähert sich von der Seite der Prozessionszug, die Ministranten tragen das Kreuz und die Fahnen, und an den Straßenrändern fallen die Gläubigen auf die Knie, Du hörst aber keinen Laut, sondern siehst Deine Mutter, die sich aus einem grauen, verschwommenen Land nähert, den leeren Kinderwagen vor sich her schiebend, sie packt Dich und setzt Dich hinein, Du streckst die Arme, und sie drückt Dir irgendwas in die Hand, und dann glaubst Du in Deinem kleinen Wagen durch das Viertel zu gondeln, denn die Fahrt wiegt Dich hin und her.

So träumst Du, in den Tiefenschichten Deiner Seele hast Du Köln nie verlassen, seine Straßen und Mauern sind Dein ältestes Zuhause, und oft ist die Sehnsucht nach diesen Bildern so stark, daß Du hinfahren mußt, um das Einfachste wiederzusehen: Eine leere Nippeser Straße im Sonnenlicht des Mittags, die »Seufzerecke« mit dem Bild der »Immerwährenden Hilfe« gleich rechts nach dem Eingang in St. Heinrich und Kunigund oder ein paar ballspielende Kinder in der Nähe des Rosenbeets ...

Du sitzt noch immer still, die starken Erinnerungsbilder machen Dich fühllos und steif, und erst als die Dunkelheit kommt, stehst Du auf und verläßt den Erzbergerplatz, indem Du die Schillstraße hinab gehst, an der Ecke gibt es jetzt den Kinderladen »Rapunzel« und schräg gegenüber einen türkischen Kiosk und »Teisner«, das Bestattungsunternehmen. Dein kleiner Rundgang endet unten am »Schill-Eck«, Du gehst hinein, um ein letztes Kölsch zu trinken, »met uns mäd keene de Aap« steht im »Schill-Eck« an der Wand, und Du nickst beinahe, als Du das liest, so ernst bist Du geworden.

Dann bestellst Du Dein Kölsch, aber noch bevor Dir Dein Glas hingestellt wird, geht die Tür des Lokals auf, und ein Gast kommt rasch herein, gibt einigen anderen Gästen die Hand und kommt dann auch zu Dir an die Theke, um Dir die Hand zu geben und Dich zu begrüßen. Du kennst den Mann nicht, Du hast ihn noch nie gesehen, und einen Moment denkst Du, der »mäd de Aap«, aber dann siehst Du, daß Du Dich geirrt hast, Dein Freund meint es ernst, und er bestellt ein Kölsch und schaut vor sich hin.

Auch Dein Glas steht jetzt vor Dir, und Du stößt mit ihm an, und als ihr getrunken habt, hast Du Deine Sprache wiedergefunden und Du beginnst zu sprechen und von Deinem Nachmittag zu erzählen, »is net wohr«, sagt Dein Freund immer wieder, »dat is net wohr«, ist sein Refrain, aber das stört Dich nicht, denn Du hast jetzt den alten Nippeser Weiher vor

Augen, den Weiher und die Rheinrinne und die kahnfahrenden und schlittschuhlaufenden Kinder, die sich dann in kleine, dunkle Vögel verwandeln, die in den Hecken zirpen und sich in die hohen Pappeln flüchten, und am Ende Deiner Erzählung sagst Du, »dat is alles wohr«, Mann Joddes, jläuv mer, alles is wohr.

Karneval

Plötzlich waren die fremden Gestalten da. Sie kamen allein, höchstens zu zweit, und sie gingen ernst, und als bemerkten sie ihre Umgebung nicht, durch die Straßen. Sie trugen Anzüge mit bunten Flicken und viel zu große Schuhe, und ihre geschminkten Gesichter leuchteten unter Clownshüten und Pappnasen. Wir Kinder liefen ihnen in kleinen Gruppen hinterher, wir tanzten um sie herum, wir wollten sie aus der Reserve locken, aber sie gingen, ohne uns zu beachten, ihrer Wege, kauften irgendwo ein, verschwanden in einer Wirtschaft und tauchten spät am Abend wieder in den dunklen Nachkriegsstraßen und Trümmerlandschaften auf, als gehörten sie zu einer anderen Welt.

Noch heute sind diese Bilder, die Bilder des unvermuteten Auftauchens der Verkleideten in den schummrigen und aufgerissenen Straßen im Kindheits-Köln der fünfziger Jahre, Ur-Bilder meiner Vorstellung vom Kölschen Karneval. Als Kind dachte ich, daß sich diese Verkleideten untereinander auf geheime Weise verständigten, vielleicht trafen sie sich zu bestimmten Zeiten in den Wirtschaften, wo sie dann zusammen einen Tisch besetzten, ganz ruhig und beinahe gelassen, als gehörten sie einer uralten Gesellschaft mit traditionsreichen Riten an. Möglich war auch, daß sie sich nachts irgendwo an verborgenen und nur ihnen bekannten Orten versammelten, wo sie endlich ganz unter sich waren und nicht mehr von uns Kindern wie Weltwunder angestarrt wurden.

Was mich am meisten an ihnen faszinierte, war aber ihre selbstverständliche und selbstbewußte Erscheinung. Sie kamen von irgendwoher, und sie gaben ihr Geheimnis nicht preis, ja sie gingen durch die Straßen, als wäre nichts dabei, sich in diesen bunten Aufmachungen zu präsentieren. Selbst in den Wirtschaften fielen sie nicht weiter auf, niemand hänselte sie oder sprach sie dumm an, nein, sie wurden sogar bevorzugt bedient, als wäre ihnen gelungen, was wir anderen uns nur wünschten, aber nicht gestatteten: Den kleinen, Helligkeit ins Leben zaubernden Auftritt, die Verwandlung des ärmlichen Alltags zur Bühne.

Natürlich wollten wir Kinder es ihnen gleichtun. Und so zogen auch wir Ringelhemden und Clownsnasen an und kramten aus den feuchten und modrigen Kellern alles, was sich karnevalistisch verwenden ließ. Mit bunten Fähnchen und zerschlissenen Regenschirmen, mit kaputten Kochtöpfen und alten Zinkwannen zogen wir durch die Straßen und weiter zum Krömchen, wo der alte Jupp sonst unsere Mütter bediente, jetzt aber mit grellweiß geschminktem Gesicht und schwarz umrandeten Augen Obst und Gemüse verkaufte. Wir setzten uns auf die Schwelle und gehörten dazu, wir waren Kinderkrom, wie alles in diesen Karnevalstagen zum Krom wurde, aus den zerbombten Häusern ans Tageslicht gefischter Krimskrams, der sich mit einem Mal wieder verwenden ließ.

Mit diesem Nachkriegsflitter umgaben wir uns und mit ihm streiften wir jetzt tagelang durch die Trümmerlandschaften, uns immer neue Spiele ausdenkend, die zu unseren Verkleidungen paßten. Bald bemerkten wir nicht mehr, daß wir verkleidet waren, und wollten uns am Abend nicht abschminken lassen, denn auch wir dienten längst dem geheimen Orden derer, denen die Verwandlung geglückt war, hinübergeschlüpft in eine fremde, uns von Tag zu Tag immer mehr schützende Haut.

Und dann war der große Tag da, und alle wollten dazugehören. Ein kleiner Zug schob sich durch die Straßen unseres Viertels, und die Unverkleideten standen in ihren traurigen, dicken Wintermänteln auf eilig zusammengebastelten Holztribünen. Es wurde gesungen und Akkordeon und Klarinette gespielt, wir Kinder durften mitlaufen und wurden von den Erwachsenen an den Händen gehalten, ach, ihr weichen, immer wieder von neuem gesungenen Liedcher, ach, dieses an den zerschundenen Häuserwänden wie Weihrauch aus Sing-Sang aufsteigende Klingen!

Hinterher aber ging es in die Wirtschaft am Eck, die Erwachsenen tranken und summten, gedämpft und schon etwas müde, noch weiter, wir Kinder aber krochen über den Holzboden, unter den Tischen hindurch, und malten mit unseren Fingern Männesjer aus den schimmernden Bierlachen. So saß man bis tief in die Nacht, langsam erstarb der Karneval, das bunte Geflitter fiel von einem ab, und wenn wir in großer Runde nach Hause gingen, war die Melancholie da, als hätte die böse Welt nun doch wieder gesiegt …

Das ist der Karneval, wie ich ihn vor Augen habe, jedes Jahr fahre ich von neuem in meine Heimatstadt, als könnte ich ihn wieder zum Leben erwecken. Ich gehe nicht auf Sitzungen, und ich schaue mir die großen Umzüge nicht an, statt dessen quartiere ich mich in meinem Kindheits Viertel ein und mache mich auf den Weg. Der schwache Sonnenschein, der graue, feine Splitt auf den Bürgersteigen, die alten Häuser des Nachkriegs-Kölns mit ihren Familien-Gerüchen – daraus setzen sich die Atmosphären zusammen. Und plötzlich, jedes Mal wieder unerwartet und neu, erscheinen sie, die Verkleideten, die ersten maskierten Einzelgänger, die zum Auftakt der närrischen Tage ihre Runden durchs Viertel drehen.

Heute kenne ich viele von ihnen und sitze manchmal sogar

mit ihnen zusammen. Sie sind echte Kölner und Karnevalisten von Natur, jetzt im Vorfrühling kommen sie gleichsam mit Leib und Seele in der Rolle an, die sie sonst nur in Bruchstücken leben. Die großen Charakterbilder, die so entstehen, sind das Schöne und Einzigartige am Kölner Karneval, in ihnen erfinden sich Menschen, die eine Rolle bis ins Detail leben und sich so gekonnt schmücken und ausstellen, als wären sie für diese Rolle geboren.

Nirgends in Deutschland ist der Karneval dann so selbstverständlich. Er gibt der Mentalität der wahren Kölner, ihrer Freude am Spiel, ihrem Wortwitz, ihrer Fähigkeit, den Alltag leicht zu nehmen, erst den angemessenen Raum und eine improvisierte Bühne. Auf ganz selbstverständliche, natürliche und nahtlose Weise verwandelt sich ein Kölscher Typus dann in einen Karnevalisten. Mit seiner Verkleidung kehrt er all seinen Eigensinn, seine ganze Art zu sprechen und querbeet zu denken, nach außen, er steigert sich, könnte man sagen, er lebt auf, setzt Akzente, er streut den kölschen Singsang seines trockenen Witzes jetzt freigebig unter die Leut.

Mein Karneval ist daher etwas anderes als der Prunkkarneval großer Auftritte und Säle. Er schleicht sich in kleinen Umzügen durch die Nachkriegsstraßen, er lodert in den Kölschen Kneipen und Wirtschaften vor sich hin, und manchmal hat er für Momente sogar eine ernste und melancholische Seite. Für mich ist diese Seite voller Erinnerungen an die Nachkriegszeit, als sich der Kölsche Karneval mit nicht zu überhörender Wehmut aus den Trümmern wiedergebar. »Mer sin widder do un dun wat mer künne« – noch heute habe ich den leisen Refrain dieser Jahre im Ohr.

Wenn ich im »Golde Kappes« von Nippes sitze, summt dieser Refrain im Hintergrund mit. Sie sin widder da, die Karnevalisten, sie haben die Katastrophen eines Jahres und seinen Alltag überstanden, jetzt dürfen sie feiern, nicht übertrieben laut und überhaupt nicht so, als wären sie dazu verdonnert. Sie bestellen ihr Kölsch, sie senken den Kopf, ihre weiße Schminke glänzt im mattgelben Lampenlicht der Brauhäuser. Und irgendwo unten, zu ihren Füßen, sitzen wir Kinder, traumverloren und glücklich, um in den späten Stunden durch den Krom und die Melange dieses aufschäumenden Lebens zu krabbeln, das es nur in Köln gibt, einzig in Köln.

Der Kölner Dom

Kurz vor dem Hauptbahnhof hält der Zug. Ob man von Westen, Süden oder Osten nach Köln kommt – immer hält der Zug wenige hundert Meter vor dem Hauptbahnhof. Alles kommt für eine kurze Andacht zum Erliegen; die Stimmen der Fahrgäste werden leiser, Fenster öffnen sich, kleinlaute, dumme Fragen werden gestellt. Dann das Aufatmen, der Zug bewegt sich wieder.

Der Zug hält, weil er sich nicht nur Köln, sondern mehr noch dem Kölner Dom nähert, dem, wie wir nicht erst durch Goethe wissen, Dom der Dome, der Urgestalt eines Doms schlechthin und der dreistesten Aufbietung an Gotik überhaupt. Da geraten Züge wie von selbst ins Stocken, und Blicke werden ganz anders.

Bevor wir uns dem Dom aber stellen, steigen wir erst einmal aus. Daß der mächtige Hauptbahnhof, bald hundert Jahre alt, sich so nahe an ihn heranmacht, irritiert uns immer wieder, schon beim Bau der Gleisanlagen und der Konstruktion der weit ausschwingenden Bahnsteighalle wurde um jeden Meter gestritten. Es gab lautstarke Stimmen, die für einen Hauptbahnhof an ganz anderer Stelle waren, aber nicht die Ästheten, sondern die Pragmatiker setzten sich durch.

So stehen wir also notgedrungen in der großen Halle aus

Eisen und Glas, deren Dachrippen sich wie dunkle Flügel einer gewaltigen Fledermaus über unseren Köpfen halten, die Kunsthistoriker sprechen prosaischer von der »Form einer gedrückten Spitzbogentonne«. Gedrückt – warum gedrückt? Weil sie den Dom unterlaufen mußte und nicht weiter auffallen durfte. Unterordnung, sanftes, unauffälliges Anschmiegen – so dachten sich die Erbauer ihren dann doch recht monströs geratenen Hauptbahnhof, dessen hochgelegene Bahnsteige wir jetzt verlassen, um uns durch die Tunnelschläuche zum Ausgang zu bewegen.

Das alte Empfangsgebäude im Stil imitierter Renaissance mit seinen Fürstenräumen und einem Uhrturm mit der preußischen Königskrone als Krönung steht nicht mehr, statt dessen haben wir es mit einer Empfangshalle aus den fünfziger Jahren zu tun, vorn mit viel Glas, das den Blick auf den Dom freigeben soll. Meine Sache ist diese Empfangshalle nicht, deshalb lieber gleich raus. »Immer wenn ich aus dem Aquarium der Halle des Hauptbahnhofs hüpfe, singe ich und springe ich hoch wie der Dom«, hat der Kölner Schriftsteller Jürgen Becker geschrieben.

Jürgen Becker ist ein Kölner, vielleicht wollte er einfach sagen, daß er als Kölner immer wieder aus dem Häuschen gerät, wenn er nach Köln zurückkommt, vielleicht war sein Satz aber auch eher lyrisch gemeint, die Lyriker geraten angesichts des Doms nämlich in ein wahrhaft posaunendes Schwärmen. Irgendwie wollen sie mit der Größe des Doms mithalten, etwa so, wie es der sowieso den kräftigen Tönen zugeneigte Theodor Däubler versuchte: »Unweigerlich gipfelst du, Dom, mit steinernen Sehnsuchtshälsen über alle Menschlichkeit empor ins ewige Sanftblau.«

Eines ist immerhin klar: Däubler sah den Dom als Gebirge, und er scheute sich nicht, ihn mit »Du« anzureden. Das geht mir zu weit, vorerst begegnet mir das Gebirge auch nur von der Seite, und von der Seite ist es schwer zu fassen. Viel schöner wäre es, dem Dom gleich frontal zu begegnen, es genügte auch schon, wenn er parallel zum Bahnhof stünde, so aber steht er schräg-seitwärts, als ginge ihn der erste Blick des Köln-Reisenden einfach nichts an.

Der Dom stellt sich kühl, er pustet einem etwas von seiner Domhöhe, die durch den Domhügel, auf dem er errichtet wurde, noch abweisender wirkt. Früher erklomm der Reisende den Hügel über freundliche Gartenwege, im Sommer blühte es da, vom Herbst ganz zu schweigen, jetzt aber müssen wir uns eine Betontreppenanlage hinaufbemühen, die uns zur Domplatte führt.

Die Domplatte, die, wie der Name schon androht, alles platt, eben, einfach begehbar, dazu aber auch unsäglich monoton macht, ist eine typische Erfindung jener aseptischen Jahre, denen Fußgänger- und Erlebniszonen alles bedeuteten. Man hatte es zwar geschafft, die Autos in Parkhäuser unter die Erde zu verbannen, dafür aber eine öde Riesenfläche in Kauf genommen, die einzig für Skateboardfahrer geschaffen scheint.

Und so erproben die Skateboardfahrer hier oben die neusten Modelle, sie fetzen Schneisen in die Fußgängerströme, treiben auseinanderstrebende Kegelvereine zu erschrockenen Schafherden zusammen und belohnen die Ängstlichen mit jenen fantastischen Loopings, für die ihre Laufwerkzeuge gar nicht gedacht waren. Für die Skateboardfahrer hat man Bäume, Grünanlagen, Rasenflächen, Wildwuchs, überhaupt alles Naturähnliche geopfert – und so nehmen sie den Dom denn als riesige Hindernisstange in Kauf, die möglichst rasant umkreuzt werden will.

Neuerdings kommen die Mountainbike-Fetischisten hinzu, die ja bekanntlich nichts mehr lieben als Treppen und Stufen, und so ist die Domplatte endlich ihrer eigentlichen Bestimmung übergeben worden: als Übungsplatz für alle, die nicht zu Fuß gehen wollen, sondern Spaß auf Rädern suchen. Wodurch die berüchtigte Domfreilegung endlich einen neuen Sinn bekommen hat.

Domfreilegung – ja oder nein, das war schon im neunzehnten Jahrhundert ein erbitterter Glaubenskrieg der Domästheten und Stadtplaner. Bereits 1816, als der Dom noch von Kirchen, Wohnhäusern, Banken und Hotels eingekeilt war, erstellte der preußische Oberbaurat Schinkel einen Plan zur Freilegung. Der Dom sollte isoliert stehen, von allen Seiten über möglichst große, begrünte Plätze erreichbar, hervorgehoben als ein Denkmal der als besonders deutsch empfundenen Gotik.

Fortan stritten die verschiedensten Fraktionen nicht nur um die Domfreilegung, sondern auch um die Anlage der Dom-Umgebung: Die einen (streng katholischen) forderten Bauten in reinster Neogotik, die anderen (liberal bürgerlichen) etwas profan Antikisierendes, schließlich setzte sich die Idee der Domfreilegung durch, und so stand das Däublersche Gebirge denn schließlich, von allen zudringlichen baulichen Annäherungen (außer dem Hauptbahnhof) befreit, ganz für sich, den überwältigten Blicken nach oben freigegeben.

Wir stehen nun vor dem Hauptportal, und wir stehen auf der Domplatte, die ein wahrer Windfang für Sturmböen ist, so ungeschützt und hoffnungslos ins Maushafte verkleinert, daß wir einige hundert Meter zurückweichen, etwa bis zur Dompropstei. Erfassen wir das Ganze so besser?

»Lilasilbriges Eigengewölk umhalste dich in riesenhafter Schwanenhaftigkeit«, dichtete Däubler tapfer weiter, uns aber erscheint das Gebirge doch eher vom grauschwarzen Fremdgewölk des sauren Regens gekennzeichnet. Spanische Touristen, die wir um ihre Meinung befragen, wünschen sich den Dom denn auch heller, einmal gründlich gewaschen, wie sie forsch vorschlagen; vielleicht ahnen die Mutigen nicht, daß bei einer solchen Radikalsäuberung gleich das halbe Gestein mit herunterfiele, vor allem das aus Schlaitdorfer Sandstein, das völlig zerstört und verwittert ist. Seit Anfang der fünfziger Jahre wird Basaltlava aus dem Gebiet des Vogelsbergs verwendet, das hört sich schon besser an, hilft aber nur noch beim Flicken.

Warum zögern wir noch, den Dom zu betreten? Ja warum?! Ein Kölner betritt den Dom nur, um ihn (meist einmal am Tag) quer zu durchlaufen, rasch, nicht nach rechts oder links schauend. Kurz, etwa für die Dauer einer Minute, wird er von seiner düsteren Gegenständlichkeit eingefangen, löst sein Körper sich in diesem kühlen Dunkel auf, das völlig unbarmherzig nach ihm greift. Fromme Kölner flüchten sich irgendwohin in eine Nische (die wärmste laut Umfrage: die Sakramentskapelle) und harren dort aus, bis ihre Augen sich an irgend etwas gewöhnen. Kölner aber, die ihren Gästen den Dom zeigen wollen, machen sich Mut und sagen: Laßt uns »en der Dom jon« (hochdeutsch: »in den Dom gehen«), wobei sie den kölschen Akkusativ bemühen, der die Größe des Doms durch den Pseudo-Nominativ anerkennt.

Und die fremden Heerscharen? Nach Betreten des Doms wenden wir uns an einen der vier das Gebirge unablässig durchmusternden Domschweizer, der uns in schäumendstem Kölsch mitteilt, die Fremden (wie die Bibel sagt) »ähneln dem Vieh, das nicht weiß, auf welchen Wiesen es zu grasen hat«. Ungezügelt und schamlos verhalten sich die touristischen Mengen der oft bis zu (täglich!) siebzehntausend Dombesucher in den scharf erfassenden Augen unseres Domschweizers, der mit einer hölzernen Bauchlade um »Spenden für den Dom« bittet. Manche Fremde sind gar so dreist, ihre Hunde mit in den Dom zu bringen, andere führen ihre roten McDonald's-Tüten spazieren – wir verfolgen dieses Kapitel des modernen Domwanderns an dieser Stelle nicht weiter, schließlich hat unser Domschweizer alle Hände voll zu tun, das Schlimmste zu verhindern.

Wir gestehen aber: Es fällt schwer, sich im Dom länger aufzuhalten, denn, kaum eingetreten, hat uns das Gebirge vollständig geschluckt. Wir stehen ausgelöscht da, es ist vorbei mit unserer Individualität, niemand fragt mehr danach. Das gewaltige dunkle Loch, das sich vor unseren Augen auftut, hat dem Dom die böse Nachrede eingetragen, »kühl«, »unpersönlich« und »fremd« zu wirken. Nichts ist mit dem Däublerschen »Du«, nicht einmal ein »Sie« kommt uns über die Lippen: Der Dom ist ein gewaltiges »Es«, eine anonyme Allmacht oder, wie Ricarda Huch in ihrer Sprache meinte, »ein Übermaß, dem die bestürzten Sinne sich nur allmählich anpassen«.

Was hilft gegen diese Bestürzung? Beten jedenfalls nicht. Beten können im Dom (wieder nach Umfrage) die wenigsten; er eignet sich einfach nicht für Bitten oder Bekenntnisse, die verschluckt der gewaltige Raum wie nichts. Ist das überhaupt noch »Architektur« oder nicht vielmehr eine unendliche Flucht von Steinen, die sich längst himmelwärts verabschiedet haben?

Der Dom birgt nicht, er brütet nicht vor sich hin, er lastet nicht, er ummäntelt uns nicht, er tut überhaupt nicht das, was wir von anderen Kirchen erwarten dürfen. Der Dom will bersten – nach außen, nach oben, von der leidigen Domplatte weg, die vielleicht nur gebaut wurde, damit die Gesteinsrakete irgendwann einmal abheben kann. »Dom Power« haben die Fußballfans des FC auf ihre Fahnen geschrieben, und natürlich haben die Fans das Wesen des Doms getroffen.

Aber werden wir noch ein wenig genauer. Die »Dom Power« ist nicht irgendeine, sie ist vielmehr eine typisch kölsche Power. In Köln, muß der Nichteingeweihte wissen, will alles nach außen, nach oben, am liebsten sogar in den Himmel. Nach außen wollen vor allem die Worte, wollen alle die lautmalerisch-singenden Klänge der »Kölsche Sproch«, deren einfachstes Erkennungszeichen das kölnisch-ripuarische j (statt des härteren hochdeutschen g) ist. Die kölschen Laute machen aus einer Domtaube eine »Domduv« und nennen die große Domglocke (»Domklock«) den »decken Pitter«. So liebevoll geht diese Sprache mit sich um, daß sie sich selbst als »uns leev

Kölsch, die jolde Sproch« (ätepetät: »unser liebes Kölsch, die goldene Sprache«) schmeichelt. Neuerdings hat sich eine Akademie der Sprachpflege angenommen, ganz praktisch, wie die Kölner seit alten Handelszeiten sind, mit Kursen und Diplomen.

»Beim Rheinländer sind eben die treibenden, vorwärtsschiebenden Kräfte stärker als die tragenden«, schrieb im Jahre 1919 der Volkskundler und Sprachforscher Adam Wrede und deutete damit nicht nur den Dom, sondern auch das kölsche Wesen. Er lobte die »fast spielerische Art, mit der der Rheinländer Wort und Witz zu meistern versteht«, und er wies auf die »gute, vielfach schnelle Auffassungs- und Verknüpfungsgabe« hin, die diesen Sprachwitz hervorrufen.

Niemand pflegt in Köln diesen Sprachwitz besser als ein echter Köbes. Der Köbes ist kein Kellner, kein Ober, nichts derart Profanes, der Köbes ist vielmehr der Geist des Kölsch, jenes obergärigen Bieres also, das er den Gästen eines kölschen Brauhauses so lustvoll auf den blankgescheuerten Tisch stellt, als wollte er es am liebsten selbst trinken. Um nicht mit einem normalen Kellner verwechselt zu werden, trägt der Köbes zur blauen Strickweste eine blaue Leinenschürze, dazu um den Bauch die lederne Geldtasche. Wortgewandt, manchmal auch spitz, nimmt er seine Gäste auf den Arm, mit ein paar knappen, gezielten Bemerkungen fordert er ihre Sprachpotenz heraus.

Denn beim Kölsch darf niemand still sitzen, brüten, dösen und jener Geistesabwesenheit frönen, die viele Biertrinker vor allem im deutschen Süden überfallen soll. Nicht umsonst bezeichnet der Kölner die Sprache und das Bier als Kölsch, Sprechen und Trinken sind eine Einheit. Obergärig wird das Bier schließlich deshalb genannt, weil die Hefe bei der Gärung nach oben steigt (während sie in anderen Gegenden eben vom Boden aus gärt).

Solche fundamentalen Beobachtungen führen uns immer tiefer ins kölsche Wesen, in jene Power also, die nach außen und oben will und sich dafür den Dom zum Zeichen gesetzt hat. So verstehen wir jetzt vielleicht besser, in welchem Innenraum wir uns noch immer befinden: im Innern eines Geisteszustandes, einer Kraftkonzentration, die insgeheim längst nach oben hin abgelegt hat.

Die wilden Horden der Fremden treiben verwirrt an uns vorbei und verlaufen sich im Leeren des großen Raumes; die Domschweizer zeigen ihr bekümmertes, den Gegebenheiten trotzendes Gesicht, weit, unendlich weit entfernt glänzt der goldene Schrein der Heiligen Drei Könige, und wir werden ihn nur durch ein Gitter zu Gesicht bekommen, weil das Gitter den Schrein vor den Horden in Schutz nehmen muß.

Um wenigstens provisorischen Halt zu finden, schließen wir uns einer Domführung an. Gegen 11 Uhr wartet ein sichtlich überanstrengter Führer auf uns unter der Orgelbühne. Führen, sagt er uns gleich, kann man hier niemanden; nach fünf Minuten hat sich jede Gruppe zersplittert und in alle Richtungen verstreut, dieses Dominnere ist einfach zu mächtig. Aber was dann? Ein paar Schritte tun, schlägt unser Führer vor und wischt sich den Schweiß von der Stirn, hier und da stehenbleiben und ein bißchen genauer hinsehen, das ist alles und nicht wenig.

Wie wäre es zum Beispiel mit dem Gerokreuz, gleich hier links, schauen Sie sich das einmal an oder versuchen Sie es, fast alle laufen daran vorbei, es ist nicht zum Aushalten. Dabei handelt es sich um etwas ganz Besonderes, eine der ersten abendländischen Großplastiken, von byzantinischen Vorbildern inspiriert. Erzbischof Gero war als Kanzler des Ottonischen Reiches (969–976) in Byzanz und hielt dort für Otto II. um die Hand der Prinzessin Theophanu an. Über tausend Jahre alt muß das Kreuz also sein, Holzuntersuchungen haben das stichhaltig bewiesen.

Unsere kleine Gruppe nimmt sich zehn Minuten Zeit für

das Gerokreuz, dann will die Hälfte wieder nach draußen, ins Freie. Vier Getreue scharen sich noch um unseren Führer, der uns jetzt durch den Chor begleitet, hier und da ein Gittertor öffnet und uns in ein noch tieferes Dunkel hineinschlüpfen läßt. Nach einer halben Stunde hat er so etwas wie eine kölsche Fassung gefunden, das Fieber der Domkunde hat ihn erfaßt, und nach zwei weiteren Stunden kölschen Wortsteps läßt er uns ziehen, nicht ohne uns ans Herz zu legen, die Führung mit einem Glas Kölsch zu beschließen.

Er hätte uns nicht zu drängen brauchen. Wieder nach draußen entlassen, denken wir uns den Dom als Schrein voller geheimer Schätze, die aber nur der wahrnehmen wird, der seiner inneren Power mit allen Nerven trotzt. In einem Kölner Brauhaus geben wir uns der Sprachpflege hin; wir erklären einer amerikanischen Tänzerin, die sich gerade beim Kölner Ballett vorgestellt hat, was ein »halver Hahn« ist und philosophieren gekonnt darüber, warum man in Köln das Kölsch nicht aus Gläsern, sondern aus Stangen trinkt; genau 0,2 Liter gehören hinein, kein Tropfen mehr.

Die Kölsche Stange ist das Pendant eines Domturms, gerade, aufrecht, dem obergärigen Bier ganz gemäß, das, wie wir längst wissen, eben nicht vom Boden aus gärt, sondern oberhalb, so wie in Köln alles nach oben und außen drängt.

Um uns herum zirpt und zischt es, das Sprechen selbst ist ins Gären geraten. »Neukirchen's kutterfrische Muscheln« kommen neben uns auf den Tisch, natürlich Muscheln »rheinischer Art«, mit viel Pfeffer, Sellerie, etwas Lauch und reichlich Zwiebeln, einer will schon seit Stunden mit dem Taxi heim, niemand nimmt das aber ernst, ein anderer versichert uns, daß kölsche Mädcher und kölsche Jongen dem Herjott gut gelungen sind. So wird der expansive Hohlraum, den der Dom gerade noch zusammenhält, in Sprache aufgelöst, hier, im Brauhaus, explodieren die geballten Kräfte und werfen kölsche Schallwellen bis zu den Oberlichtern. Ein Stangenkranz nach dem andern segelt zwischen die Tische, und im Zapfraum taumeln die Kölsch-Fässer zur Theke.

Stunden später haben wir mit unzählig vielen Menschen gesprochen, wir sind in bester Laune, in kölschen Brauhäusern vollziehen sich Verbrüderungen, die in Wortkaskaden zu enden pflegen. Ein bißchen Laufen tut uns jetzt gut. Und so lassen wir den Dom dann eben einmal kurz hinter uns, ignorieren das Römisch-Germanische Museum und das Museum Ludwig und gehen »zo Foß« (zu Fuß) über den Rhein.

Von der anderen Rheinseite betrachtet, beginnt der Dom langsam zu schrumpfen. Auf der Hohenzollernbrücke warten die Züge auf die Einfahrt in den Hauptbahnhof, und der Rhein wellt allmählich über die Ufer, steigt hinauf bis zum Dom und begräbt die Domplatte unter sich. Jetzt, jetzt dreht sich der Dom, schwankt ein wenig auf den Wellen, tanzt immer schneller und lockert seine dunklen Massen. Von allen Seiten fällt das Licht den Tänzer an, dessen Türme im Takt gegeneinanderschlagen, und auf den Spitzen der Strebepfeiler sitzen Hunderte von Domschweizern in ihren roten Gewändern wie Tauben in Gruppen. Aus den Brauhäusern fließt das Kölsch in breiten Strömen zum Rhein, und Tanker, die von Holland her kommen, werfen Halden kutterfrischer Muscheln ans Ufer.

Dann kommt die Nacht, völlig und ganz. Wir sitzen noch immer drüben, am anderen Ufer, da löst sich der Dom von der Stelle, gleitet hinab zum Fluß und nimmt sein Bad in den Wellen. Nichts als ein glänzendes Schatzkästlein ist er jetzt, wie der Schrein der Drei Könige, manchmal klappt er seine Türme zur Seite und läßt etwas Power entweichen.

So durchtanzt er die Nacht bis zum frühen Morgen, dann erst steht er wieder an alter Stelle, eingehüllt in feinen Dunst, unnahbar wie eh.

Antrittsbesuch

Wenn man den Bahnhof verläßt, steht man direkt vor dem Dom, und ich denke mir, das ist zuviel für Lo und Lu, sie wollen nicht sofort nach ihrer Ankunft in Köln hinein in den Dom. Im Zug war vom Dom zwar schon eine Weile die Rede, wie er überhaupt schon lange Zeit in unseren Gesprächen auftauchte, aber jetzt, unmittelbar nach der Ankunft, überrascht und erschreckt er einen dann eben doch. Ich gehe also mit den beiden zunächst außen herum um den Dom, daß dies eine zugige Ecke ist, hat schon mein Großvater gesagt, und es stimmt noch immer, obwohl mein Großvater schon lange tot ist.

Fast alle meine inzwischen verstorbenen Verwandten sind in ihrem meist recht langen Leben immer wieder nach Köln gefahren, und die lebenden machen es ihnen unaufhörlich nach, unsere gesamte, sehr große Sippschaft fährt nach und trifft sich seit Jahrhunderten in Köln, es ist nicht zu erklären, warum das so ist, vielleicht tragen wir alle eine Art Trieb mit uns herum. Wenn wir eine Weile nicht in Köln gewesen sind, beginnt die Köln-Sehnsucht an unserer Seele zu ziehen. Irgendwo in der Ferne gehen wir dann ein Kölsch trinken und verderben uns dabei furchtbar den Magen, weil man Kölsch nur in Köln trinken kann.

Heute statte ich mit Lo und Lu unseren Antrittsbesuch in Köln ab, ich habe mir vorher genau überlegt, welche Route ich beim ersten Mal wähle, denn es kommt beim ersten Mal natürlich darauf an, ihnen den Köln-Virus so einzuimpfen, daß er sie infiziert für ihr ganzes Leben. Hinter dem Dom befindet sich der Heinzelmännchen-Brunnen, damit will ich anfangen, statt sofort mit dem Dom aufzutrumpfen, den wir jetzt im Rücken haben, noch immer nahe genug. Die Heinzelmännchen-Geschichte ist Lo und Lu durch unsere abendlichen Gedicht-Lektüren seit langem bekannt, hier in der Nähe des Brunnens gewinnt die ganze Geschichte aber noch einmal an Leben, denn plötzlich steht Schneiders Weib nahe vor einem und hält sich die Laterne vors schöne Gesicht.

Seit ich das Gedicht wieder ausgegraben und Lo und Lu vorgelesen habe, bin ich von ihm erneut sehr angetan. Seinen wilden und geradezu avantgardistischen Wort-Mischmasch hatte ich völlig vergessen, jedes Mal, wenn ich ihn jetzt rezitiere, komme ich dabei in Schwung, es ist, als hätte sein Autor August Kopisch, hinter dessen Namen ich ein absolut sonderbares und rares Lyrik-Talent vermute, eine Art Kölsch-Lyrik verfaßt, so leicht und obergärig schäumt seine lyrische Sprache.

Am liebsten würde ich diesen kühnen Vergleich bei einem Glas Kölsch weiter durchdenken. Die Gelegenheit dazu ergäbe sich gleich neben dem Heinzelmännchen-Brunnen im Brauhaus Früh, dessen hohes Eingangsportal längst geöffnet ist, auch die Tür zur Kölsch-Schwemme gleich am Eingang steht offen, und man blickt hinein in einen dunklen und durchfeuchteten Kölsch-Magen, der unaufhörlich mit frisch gezapftem Kölsch gefüllt wird.

Das Brauhaus von Peter Josef Früh war für viele aus unserer Familie manchmal das einzige Kölner Ziel, wenn sie auf Durchreise waren und zum Umsteigen vielleicht eine halbe Stunde Zeit hatten. Vom Bahnhof aus braucht man genau einhundertdreiundvierzig Sekunden zum »Früh«, man postiert sich nahe dem Eingang in der Schwemme und umspielt mit der Zunge durstig die Lippen, dann hält man das erste Glas Kölsch sofort in der Hand.

0,2 l Kölsch trinkt man in etwa acht, neun Sekunden, alles längere Trinken, Kosten oder Absetzen des Glases hat mit richtigem Kölsch-Trinken nichts zu tun, ein Kölsch kann seine besondere Wirkung nur entfalten, wenn man es in einem Zug trinkt.

Hat man für das Umsteigen in Köln also eine halbe Stunde Zeit, dann bringt man es im »Früh« doch auf etwa sechs bis acht Kölsch, den Rückweg zum Bahnhof nimmt man quer durch den Dom und schafft ihn, auch wegen des besonderen Antriebs, den das Kölsch verleiht, dann in genau einhundertdreißig Sekunden.

Ich könnte mich vom Heinzelmännchen-Brunnen aus also sehr bequem ins »Früh« treiben lassen, schon in einer knappen Viertelstunde brächte ich es dort auch zu einem halbwegs befriedigenden Genuß. Ich bin aber noch nicht sicher, wie Lo und Lu auf solche Köln-Rituale reagieren, sie könnten wie der Dom auch etwas Erschreckendes haben, und deshalb bleibe ich vorerst bei Kopischs Versen und lasse die Männlein kommen, die klappten mit Beilen und schnitzten an Speilen und spülten und wühlten und mengten und mischten und stopften und wischten ... – so geht das ja Zeile für Zeile, immer toller, es ist Kölsch-Lyrik, ich sagte es schon. Hinter uns, auf der Domplatte, rappelt aber jetzt pünktlich eine kleine gelb-grüne Bahn heran, es ist der Zoo-Express oder der Schokoladen-Express, der Schokoladen-Express ist mir übrigens lieber, weil er ein Stück durch die Altstadt und dann am Rhein entlangfährt und ich außerdem nicht schon wieder in einen Zoo gehen will. Heinzelmännchen-Brunnen *und* Schokoladen-Express hintereinander sind ein großer Erfolg, es handelt sich um eine beinahe paradiesische Reihung, und Lo und Lu wundern sich, daß es eine Stadt gibt, deren große Brunnen Kindergedichte erzählen und deren kleine Bahnen Kinder am Rhein entlang direkt zu einem Schokoladen Museum fahren. Obwohl das Brauhaus »Früh« keine dreißig Schritte entfernt liegt, setze ich mich doch zu Lo und Lu in den Schokoladen-Express, der richtige Köln-Aufenthalt, halte ich hier aber einmal fest, beginnt aber weder mit einem Brunnen noch mit sonst einem architektonischen Detail, sondern ausschließlich mit mindestens drei schnell getrunkenen Kölsch, es ist übrigens wichtig, daß man sie wirklich schnell trinkt und sich nicht anstiften läßt, sehr viel mehr als genau drei Stück zu trinken, deshalb trinkt man übrigens schnell, das Schnelltrinken läßt einen nicht Kölsch-seßhaft werden, sondern schiebt einen nur an für die weiteren Kölner Geschäfte. Während ich mit Lo und Lu im Schokoladen-Express zum Rhein schaukle, denke ich daran, daß ich heute noch kein einziges Kölsch getrunken habe, ein oder zwei hätte ich mir ruhig erlauben dürfen, denke ich weiter, ich hätte die Kinder am Heinzelmännchen-Brunnen spielen lassen und aus der Schwemme des »Früh« heraus ein Auge auf sie werfen können, leider fällt mir so etwas erst jetzt ein, als es zu spät ist, ich sitze ja schon längst im Schokoladen-Express.

Noch nie, denke ich, während der Zug weiterrumpelt, habe ich einen so seltsamen Köln-Einstieg gewählt. Auf den Heinzelmännchen-Brunnen habe ich früher höchstens einen flüchtigen Blick geworfen, und den Schokoladen-Express habe ich bisher eher als etwas Lästiges und vor allem Häßliches wahrgenommen, auf der grauen Domplatte wirkt sein Gelbgrün wie ein greller Farbfleck, und wenn dazu noch seine aufdringlich helle Glocke geläutet wird, die vor dem Hintergrund der schweren und gravitätischen Dom-Glocken ja nur noch lächerlich wirkt, wendet man sich als Erwachsener endgültig von so einem Scheusal ab.

Ich habe auch nicht gern, wenn mir jetzt, mitten auf der Fahrt, eine penetrante Stimme mein Köln erklärt, niemand soll mir sagen, daß wir den Alten Markt passieren, das weiß ich selbst, ich wehre mich gegen dieses Touristen-Vokabular, ich bin hier kein Tourist, am liebsten risse ich mir das Hemd auf, um allen meine Köln-Wunden und mein Köln-Herz zu zeigen, doch bevor ich davon zu erzählen beginne, fange ich selbst über die Umgebung zu sprechen an, zwei Stimmen kämpfen nun gegeneinander, doch Lo und Lu möchten die fremde Köln-Stimme hören, weil sie die noch nicht kennen.

Im »Früh« hätte ich jetzt bereits meine drei Köln-Begrüßungs-Kölsch getrunken, fällt mir ein, ich möchte wissen, wann ich endlich dazu komme. Im Schokoladen-Museum, denke ich, jedenfalls nicht, obwohl es dort auch Kölsch gibt. Man kann aber in der Nähe von soviel massiver Schokolade kein Kölsch trinken, es verliert seinen Geschmack, das weiß ich, und während Lo und Lu ins Schokoladen-Museum hineinlaufen, denke ich noch, hoffentlich bestehen sie nicht auf einer Führung.

Im Foyer des Museums gibt es aber eine Einkaufsabteilung, und Hunderte von Schokoladen-Tafeln, die viel dicker und schwerer als sonst in Geschäften sind, liegen zu komplizierten Türmen aufgebahrt neben- und übereinander, ganz zu schweigen von den rundturmartigen Hochbauten, in denen lauter bunte Süßigkeiten wie Pralinen oder Geleesorten lagern, ich nehme, wenn überhaupt, meist nur drei, vier kleine Schaum-Mäuse, das kommt heute aber überhaupt nicht in Frage, weil ich meine Begrüßungs-Kölsch noch nicht getrunken habe und ich diese Kölsch nach dem Genuß von drei weißen Schaum-Mäusen nicht mehr werde trinken können, die Gründe dafür habe ich schon exakt dargelegt.

Lo und Lu aber machen diese Türme und Hochbauten einen ganz unsinnigen Spaß, sie laufen mit kleinen Schaufeln umher und schütten die frische Ware in große Tüten, während ich hinter ihnen hereile und ihnen das Verderbliche und Gesundheitsschädliche der frischen Waren erläutere. Lo und Lu aber erwidern nur, sie wollten all die Süßigkeiten ja keineswegs essen, sondern einfach nur mitnehmen, weil sie so schön bunt seien und sich daher zum Spielen eigneten.

Nachdem wir für zwei große Tüten bezahlt haben, gehen wir zu Fuß zurück; noch einmal fahre ich nicht mit diesem Schokoladen-Express und erkläre das auch. Lo und Lu ist das im Augenblick recht, mit ihren zwei großen Tüten laufen sie am Rhein entlang, man kann sich die schweren Schiffe anschauen oder den Rheinbagger, der Sand und Kies aus den Tiefen des Flusses holt.

Lauter Spielwiesen und Klettermöglichkeiten gibt es am Rhein, ich setze mich immer wieder hin und warte auf Lo und

Lu und erörtere in Gedanken, wo ich noch meine Begrüßungs-Kölsch trinken könnte, Peters Brauhaus ist jetzt sehr nah und auch das Brauhaus Sion ist gar nicht weit, aber bisher habe ich stets im Brauhaus Früh angefangen, und solche Rituale soll man nicht mutwillig außer Kraft setzen.

Den halben Vormittag, bemerke ich mit einem Blick auf die Uhr, haben wir nun für Heinzelmännchen-Brunnen, Schokoladen-Express, Schokoladen-Museum und Rheinufer verbraucht, es ist kaum zu fassen, wie die Zeit vergeht, wenn man die Ausgestaltung vor allem Lo und Lu überläßt. Bis zum Mittag möchte ich ihnen noch etwas aus der Römerzeit zeigen und zumindest einige Schritte in den Dom gemacht haben, Lo und Lu haben aber in der Ferne, nahe der Zoobrücke, eine Gondelbahn entdeckt, und genau dorthin wollen sie jetzt, so daß ich einigen Widerstand brechen muß, bis ich sie vom Rheinufer weglotsen kann.

Wir werden mit einem Taxi zur Gondelbahn fahren, zu Fuß ist das viel zu weit, erkläre ich und gehe voran, als gingen wir schnurstracks zu den Taxis, die ja nicht am Rheinufer, sondern in Domnähe warten. Ich weiß, daß die Gondelbahn-Idee jetzt eine große Macht in Los und Lus Gedankenwelt hat, es wird sehr schwer werden, sie ganz davon abzubringen, aber ich will es versuchen, sonst werden wir nie in die Römerzeit gelangen und den Dom nicht einmal betreten, ganz zu schweigen davon, daß ich nicht an meine Begrüßungs-Kölsch kommen werde, die am Mittag übrigens schon erheblich fader schmecken als am frühen Morgen.

In der Nähe der Domplatte gibt es eine alte römische Hafenstraße, für den Anfang ist das Römerzeit genug, denke ich, in den kommenden Jahren werden Lo und Lu dann alle Einzelheiten kennenlernen, das ganze Römisch-Germanische Museum, Mosaik für Mosaik und Grabstein für Grabstein, ein richtiger Kölner kennt ja selbst die lateinischen Grabinschriften auswendig.

Bei unserem Kölner Antrittsbesuch aber soll uns die römische Hafenstraße genügen, sie besteht aus großen Basaltsteinplatten mit sehr breiten Fugen, über die nie im Leben ein römisches Fuhrwerk gefahren sein kann. Lo und Lu aber gefallen die großen Platten und die breiten Fugen, sie können von Platte zu Platte auf einem Bein hüpfen, und wer mit dem anderen aufkommt, hat schon verloren. In der Nähe ist auch ein kleiner Brunnen, da fließt sogar Wasser, für einen Moment erinnert mich das an die unzähligen Brunnen Roms, und ich denke daran, daß es längst höchste Zeit ist, mit Lo und Lu zusammen nach Rom zu fahren.

Fast glaube ich, die Gondelbahn mit den schönen Gondeln über dem Rhein aus Los und Lus Gedankenwelt verdrängt zu haben, da sieht Lo einen Taxistand gleich in der Nähe. Bevor wir zur Gondelbahn fahren, sage ich rasch und bestimmt, wollen wir den lieben Gott noch im Dom besuchen, wir können nicht den ganzen Tag in Köln verbringen, ohne einen Schritt in den Dom getan zu haben.

Das verstehen Lo und Lu seltsamerweise, ich nehme Lo links und Lu rechts an der Hand, und dann treten wir zum ersten Mal ein in den Dom, es ist ein feierlicher Moment, und ich gebe zu, daß ich aufgeregt bin und mein Herz spürbar klopft.

Wie oft bin ich schon im Dom gewesen, die ersten Kinderjahre fast jede Woche, und da es meist eisig kalt war im Dom und die Kälte des hohen Mittelschiffs einen am Eingang besonders schneidend befiel, begann man als Kind nach dem Eintreten meist rasch zu laufen. Ich lasse Lo und Lu los und will ihnen etwas erklären, daß sie hinaufschauen zu den Fenstern und zum hohen Gewölbe, da laufen sie aber schon los, wie an der Schnur gezogen, rasen sie durchs rechte Seitenschiff, und ich höre einen der Domschweizer im roten Gewand einen empörten Satz ausspucken von der Art, die ich schon als Kind oft zu hören bekam, als ich selber losraste.

Das Rasen durchs rechte Seitenschiff endet vor der Marienkapelle, in der sich Stefan Lochners Altar der Kölner Stadtpatrone befindet, es handelt sich, wie ich freilich Lo und Lu jetzt noch nicht erklären kann, um ein Allerheiligstes des Kölner Weltbürgertums, um ein Kleinod der ältesten Köln-Legenden, um ein dreiflügeliges Altarbild, das der richtige Kölner bis ins Muster der Brokatvorhänge auf der Darstellung der Verkündigung der frohen Botschaft an die Jungfrau Maria kennt.

Erklären kann ich Lo und Lu aber immerhin, daß in der Mitte des Hauptbildes gut sichtbar Maria mit dem Jesuskind sitzt und die Heiligen Drei Könige sie gerade besuchen, um ihr Geschenke zu bringen, und daß links die heilige Ursula mit ihren Gefährtinnen zuschaut und rechts der heilige Gereon mit seinen Gefährten, und auf dem grünen Wiesenstück des Bodens blühen die seltensten Blumen, einige winzige Engel kreisen wie Fledermäuse um die Köpfe der Hauptfiguren, und zwei der winzigsten Engel halten hinter Maria wieder einen Vorhang aus kostbarstem Brokat.

Ich müßte jetzt weitermachen und erklären, warum die heilige Ursula und der heilige Gereon auftreten, ich müßte also ihre Geschichte erzählen, das erscheint mir im Moment aber einfach zu viel, Lo und Lu wollen weiter, zum Schrein der Heiligen Drei Könige, über den will ich auch noch etwas sagen, und Lo und Lu dürfen ihn durch ein kleines Fernglas genauer betrachten.

Während ich ihnen aber noch von den Heiligen Drei Königen erzähle und davon, wie sie nach Köln gekommen sind, bemerke ich, auf welch unsicherem Fundament meine Erzählungen stehen. Kunsthistorisch mag alles einigermaßen stimmen, theologisch dagegen stoße ich immer wieder auf Lücken, was, wie ich weiter bemerke, vor allem daran liegt, daß ich nicht richtig aushole, ich erzähle vom lieben Gott, der Maria und dem Jesuskind seltsam fragmentiert, als wollte ich bestimmte Details noch für mich behalten.

Welche Details willst du warum für dich behalten, frage ich

mich, neben dem Schrein der Heiligen Drei Könige stehend, den Lo und Lu gerade bestaunen, was sind das für geheime Geschichten, um was geht es da?

Es hat, ahne ich zumindest, mit den großen religiösen Themen zu tun, ich muß darüber nachdenken, ob und wie ich sie Lo und Lu einmal erzähle, soll ich mit all diesen Glaubensfundamenten herausrücken, oder soll ich dieses früheste und älteste Wissen meiner eigenen Kölschen und damit natürlich katholischen Kindheit bis auf weiteres für mich behalten? Neben dem Schrein der Heiligen Drei Könige im Kölner Dom stehend, bemerke ich also, daß ich mich vor einigen sehr wichtigen und jetzt brennenden Fragen bisher gedrückt habe: Soll ich Lo und Lu so etwas wie den Glauben an Gott in allen Einzelheiten, stückweise oder in kleinen Mengen überliefern, oder soll ich es ganz bleiben lassen, bis sie alt genug sind, solche Glaubensfragen allein zu durchdenken? Und, einmal angenommen, ich überlieferte ihnen den Glauben an Gott, wie weit soll oder muß ich dann gehen, bis in alle Details, bis zur Jungfrauengeburt und zur Auferstehung und bis zum Glauben an das ewige Leben?

Mein Gott, ich hätte das früher durchdenken müssen, sage ich mir jetzt, ein bloßes Herumstehen vor dem Altarbild von Stefan Lochner führt ja kaum weiter, wenn nicht genau geklärt ist, was die heilige Ursula und den heiligen Gereon mit dem Glauben an Gott genau verbindet, von der Geschichte der Heiligen Drei Könige und dem unruhigen Zug ihrer Knochen über die Alpen hierher schweige ich einmal ganz. Fürs erste, finde ich, haben Lo und Lu im Dom genug gesehen, einen ersten Eindruck haben sie wohl schon empfangen, »empfangen« ist seltsam, wie kommst du auf diese Vokabel, frage ich mich, »einen ersten Eindruck empfangen« scheint mir sehr katholisch zu sein, was ist das, denke ich, fange ich schon an, katholisch zu denken?

Zwölf Uhr, Mittagszeit, sehe ich nach einem Blick auf die

Uhr, und dann spreche ich von meinem Hunger und daß ich Durst habe, furchtbaren Durst, und freue mich über meinen kleinen Erfolg, denn auch Lo und Lu haben Hunger und melden, daß sie Durst haben, furchtbaren Durst.

Zum Glück, liebe Kinder, sage ich, ist das Brauhaus Früh ganz in der Nähe. Wir werden dort etwas essen und trinken und uns ein wenig ausruhen.

Und danach fahren wir weiter zur Gondelbahn, freut Lo sich schon im voraus.

Und danach sehen wir weiter, sage ich und nehme Lo links und Lu rechts und steuere auf das Brauhaus Früh zu, das zu dieser Stunde noch einige Tische frei hat, sehr schöne, einfache, blankgescheuerte Brauhausholztische.

Zwei Kölsch, bestelle ich, und zwei Apfelsaftschorle. Zwei Kölsch, fragt der Köbes, kommt noch jemand? Zwei Kölsch, sage ich, für jedes Kind trinke ich eins. Verstehe, sagt der Köbes, muß ich mir merken, ich habe nämlich vier Kinder.

Kaum eine Minute später ist alles da, die zwei Kölsch und die zwei Apfelsaftschorlen, und kaum zwei weitere Minuten später habe ich beide Kölsch auch schon getrunken. Leider kann ich Lo und Lu nicht erklären, welche Seligkeit es bedeutet, ein oder zwei Kölsch zu trinken, denke ich, vielleicht sehen sie es mir ja auch einfach an, ja, sie werden schon merken, wie selig ich bin. »Selig« ist wieder reichlich katholisch, jetzt nimmt das Katholische dich langsam in Beschlag, denke ich weiter und bestelle etwas gut Kölsches zu essen, Himmel un Äd und halven Hahn, all diese Kölschen Spezialitäten und Leckereien, die umständlich zu beschreiben und jedem Hänneschen zu erklären ich jetzt, nach einigen weiteren Kölsch, einfach nicht mehr bereit bin.

Die Hauptsache ist auch, daß es Lo und Lu schmeckt, wir probieren und kosten, und ich trinke noch einige Kölsch, bis die Seligkeit mich so übermannt hat, daß ich nicht mehr an meinen Aufbruch zur Gondelbahn glaube.

Ich sollte das große Thema der theologischen Offenbarung nicht von mir wegschieben, ich sollte es klären, sofort, sage ich mir und gerate ein wenig ins Grübeln. Wo sollte ich einem solchen Thema aber gründlicher nachgehen können als hier in Köln, in der Nähe des Doms, wo sollte ich eher zu einer Lösung gelangen? Ich werde hier sitzen bleiben, genau hier, an dieser historischen Stätte, und ich werde die theologischen Fragen zu lösen versuchen, und wenn ich fünfzig Kölsch dafür brauche, denke ich endlich und weiß plötzlich auf einmal genau, was ich als nächstes tun muß …

Nach unserer ersten gemeinsamen Mahlzeit im Brauhaus Früh habe ich eine Kölner Verwandte angerufen, die schon lange einmal etwas mit Lo und Lu unternehmen wollte. Ich habe sie gefragt, ob sie Zeit und Lust habe, den beiden die Gondelbahn an der Zoobrücke zu zeigen und eine Gondelbahnfahrt mit ihnen zu machen, einmal hin, einmal zurück. Und dann haben wir am Taxistand auf die liebe Verwandte gewartet, und als die drei sich auf den Weg gemacht hatten, bin ich zurück ins Brauhaus Früh gegangen, um die theologischen Fragen bei einigen weiteren Kölsch zu durchdenken.

Bei »Luciano« zu Haus

Wenn Du das Ristorante »Luciano« in der Kölner Marzellenstraße betrittst, kommt Luciano Falvini sofort auf Dich zu. Zum blauen Hemd mit breiter Krawatte trägt er eine schwarze Hose mit weißer, langer Schürze, die Ärmel sind hochgekrempelt, Luciano lacht, er ist froh, Dich wiederzusehen, wie geht es, Dottore?, fragt er und führt Dich an Deinen Tisch.

Ihr plaudert ein wenig, Ihr erzählt Euch einige kurze Geschichten, dann zieht sich Luciano zurück, und der Tischkellner bringt frisches Brot und eine kleine Schale mit in Öl eingelegtem Gemüse, mit Oliven, Paprika und anderen Köstlichkeiten, dazu das obligatorische »Quarto« Weißwein oder vielleicht auch einen Aperitif, das alles geht rasch, als sollten diese schnellen Handreichungen Dich beruhigen und Deine gute Laune und die Vorfreude aufs Essen noch steigern.

Luciano Falvini kommt aus dem Veneto, aus einem kleinen Ort in der Nähe von Vicenza, vor jetzt genau 35 Jahren hat er in der Marzellenstraße die kleine Pizzeria »Bella Napoli« übernommen. Anfangs gab es auch bei ihm noch Pizza und Pasta, dann jedoch entschloß er sich, die Speisekarte komplett zu ändern, er nannte sein Ristorante »Luciano« und setzte auf perfekt zubereitete, traditionelle Speisen der Saison, so wurde in Köln das erste italienische Lokal mit gehobenem Anspruch geboren.

Die Karte, die lauter Klassiker der italienischen Küche wie den vorzüglichen Lammrücken, die Kalbsleber »alla veneziana«, gefüllte Kalbsrouladen (»Involtini«), gebratene Seezunge oder frischen Steinbutt verzeichnet, ist seit diesen Tagen dieselbe geblieben und wird daher kaum noch herumgereicht. Die meisten Gäste, die zu 95% Stammgäste sind, haben sie auch längst im Kopf und orientieren sich nur noch durch einen kurzen, aber intensiven Blick auf die große, kreidebeschriebene Tafel am Eingang, wo saisonale Besonderheiten wie frische Pilze, Wachteln oder beste Kalbsnieren in einer schwerelosen Senf-Sauce aufgelistet sind.

Daher ähnelt die Bestellung, die Du bald aufgeben wirst, einer kurzen Träumerei, in Gedanken gehst Du die Karte durch, nippst an Deinem Aperitif, bist einen Moment unschlüssig, schaust den vielen Kellnern zu, die durch den Raum eilen, oder blickst durch eine große Glasscheibe direkt in die Küche, wo vier Köche und eine Aushilfe schon dabei sind, den frischen Feldsalat mit zartem Krebsfleisch zu belegen.

Auch dieses große Schaufenster zum offen einsehbaren Küchenterrain mit seinen Gasflammen und Öfen, wo die Köche mit ihren weißen Kochmützen, den dunkelblauen Schürzen und ihren schwarz-weiß-karierten Hosen sich blind verstehen und ein Handgriff den andern mühelos ergänzt, hat Luciano Falvini erfunden, anfangs saßen die Gäste wie konsterniert vor der Scheibe und ließen sich nichts entgehen, jetzt haben sie sich an den Anblick gewöhnt und schauen höchstens noch genauer hin, wenn sie sicher sein wollen, genau das richtige, auf die Minute gebratene Stück Fleisch oder Fisch zu erhalten, das sie sich gewünscht haben.

Wenn es voll ist, haben etwa sechzig Gäste im »Luciano« Platz, mittags finden hier vor allem die klassischen Geschäftsessen zu zweit oder dritt, abends aber die festlicheren und ruhigeren Mahlzeiten in kleiner Runde statt, während an den Wochenenden und Feiertagen ganze Familien vorbeikommen und sich an die weiß gedeckten Tische setzen. Luciano Falvini ist stolz, daß er viele Gäste seit Jahrzehnten kennt, manche kennt er sogar von klein auf, er weiß genau, wo sie am liebsten sitzen und welche Speisen sie besonders mögen. Die meisten empfinden das »Ristorante Luciano« denn auch nicht als ein Restaurant, sondern als ihr Eß- oder Wohnzimmer, dessen Einrichtung sich seit Jahrzehnten ebensowenig verändert hat wie Lucianos Freude an der Gastgeberrolle oder das Tempo seiner Kellner.

Du bestellst jetzt, Du bestellst eine kleine Vorspeise wie den Meeresfrüchtesalat oder ein hauchdünn geschnittenes Carpaccio, und dann bestellst Du doch wieder die Spezialität, den Lammrücken oder den Lammsattel, obwohl Du Dir jedes Mal vornimmst, etwas anderes zu bestellen. Der junge Kellner, der Dich betreut und aus Sizilien kommt, lächelt nachsichtig, er hat nichts anderes erwartet als diese Bestellung, im Grunde hätte er sie sogar selbst aufgeben können.

Jetzt ist alles getan, draußen fährt der bunte Zoo-Express vorbei, Du lehnst Dich zurück, und plötzlich durchdringt Dich die große Ruhe dieses Lokals, es ist eine norditalienische Ruhe, die mit seiner langen Geschichte und seinem unveränderlichen Dasein zu tun hat, im »Ristorante Luciano« nehmen die Gäste sich Zeit, es ist eines der wenigen Lokale Kölns, in dem die Gäste eine wirkliche Mittagssiesta verbringen, von zwölf Uhr an über zwei und oft sogar drei Stunden.

Luciano Falvini unterhält sich ruhig mit zwei älteren Damen, die jeden zweiten Mittag hier essen, der zukünftige Präsident des 1. FC sitzt ganz gelassen an einem Ecktisch und führt mit einem freundlich dreinschauenden älteren Herrn vielleicht ein Gespräch über die wirtschaftliche Zukunft des Clubs, im »Ristorante Luciano« nehmen die Kölner mit jeder Minute, die sie hier verbringen, wieder mehr etwas Römisches an, die Verwandlung ist deutlich bemerkbar und führt schließlich dazu, daß sich sonst ernste und geschäftstüchtige Männer beim Hinausgehen enthusiasmiert zuwinken, sie grüßen mit der Zeitung, oder sie umarmen sich sogar kurz, Luciano hat ihnen jene Ausgeglichenheit und Lebensfreude zurückgegeben, von der sie einige Zeit zehren werden.

Dein Lammrücken wird nun serviert, und Du beginnst, das rosarote Fleisch langsam von den dramatisch aufragenden Knochen zu schneiden, »heute ist es schön, heute kenne ich alle Gäste«, flüstert Luciano Dir zu und bringt Dir ein besonders gutes Glas Rotwein, das er im stillen längst für Dich ausgesucht hat, »den müssen Sie probieren, unbedingt, Sie werden nichts anderes mehr trinken, glauben Sie mir«.

Du ißt langsam, Du trinkst, Lucianos langgestrecktes, nirgends unterteiltes Wohn- und Eßzimmer hat sich jetzt gefüllt, insgeheim freust Du Dich schon auf die wärmeren und die heißen Tage des Sommers, wenn die beiden Ventilatoren an der Decke unauffällig kreisen oder wenn Du draußen sitzen wirst, auf der kleinen Terrasse, neben den dunklen Oleanderbüschen.

Zuvor aber wird Luciano Falvini am 14. Juni, abends ab

18 Uhr, den 35. Geburtstag seines Restaurants feiern, »es wird ein Abend werden, den niemand vergessen wird«, sagt er, es wird ein Straßenfest mit vielen Überraschungen geben, Luciano wünscht sich gutes Wetter, ist sich aber schon beinahe sicher, daß es so kommen wird, denn er sagt vollkommen gelassen und ruhig, »der liebe Gott wird mir helfen«.

Du genießt jetzt das Essen, Du erinnerst Dich daran, wie oft Du hier schon eingekehrt bist, vor über einem Jahrzehnt haben Deine Kinder hier noch auf dem Deinem Schoß gesessen, jetzt bestellen sie längst Lammrücken wie Du oder die dünnen Kalbsmedaillons («Scaloppine«), zu denen hier knusprige Kartoffelscheiben aus dem Ofen gereicht werden. Im »Luciano«, denkst Du, hast Du einen stillen, behüteten Teil Deines Lebens verbracht, in diesem Restaurant warst Du immer auf unpathetische Art glücklich.

Du schaust jetzt durch die weit geöffnete Tür, draußen hetzen ein paar eilige Passanten vorbei, hier drin aber, im Restaurant, steht die Zeit still, »nunc stans«, denkst Du und ertappst Dich dabei, lateinisch zu denken, denn Du bist jetzt angekommen im Süden, bei den Gastmählern des alten Lucull, der sich heute Luciano nennt und seine Gäste um sich schart wie der Hausvater die ihm auf Lebenszeit Anvertrauten.

W wie Wuppertal

Ich gehe mit Peter durch Mainz, es ist ein Frühling in den späten sechziger Jahren, vor kurzem bin ich mit meiner Familie umgezogen, von der Wupper hierher, an den Rhein. Peter sitzt neben mir in der Schulbank des altsprachlichen Gymnasiums, das ich seit neustem besuche, er ist jetzt Deine Vertrauensperson, hat Studiendirektor D. gesagt und ernst dreingeschaut, als hätte ich als ehemaliger Wuppertal-Bewohner jede Fürsorge nötig.

Peter und ich gehen die »Große Bleiche«, eine der größeren Mainzer Straßen, entlang, die direkt zum Rhein führt. Obwohl ich schon einige Mainz-Wochen hinter mir habe, zieht es mich fast täglich an den Fluß, und gleichzeitig tauchen noch beinahe täglich Wuppertal-Bilder in meinem Kopf auf, sie lassen sich einfach nicht verdrängen.

W wie Wuppertal, sage ich.

Was ist? fragt Peter.

W wie Wuppertal, sage ich, das Auto, das dort drüben parkt, kommt wahrhaftig aus Wuppertal.

Was ist daran so Besonderes? fragt Peter.

Daß mir dieses Auto hier, jetzt, erscheint, sage ich.

Ich verstehe nicht, was Du meinst, antwortet Peter.

Es erscheint mir, sage ich, es erscheint wie ein Zeichen, das nur mir gilt, dieses Auto soll mich an Wuppertal erinnern, an den roten Fluß, an die Schwebebahn, an den Wuppertaler Heimatkunde-Unterricht.

Heimatkunde? fragt Peter, gab's das bei Euch auch noch im Gymnasium?

Ja, sage ich, zweimal in der Woche, Studienrat Bohm saß vor uns an seinem kleinen, wackligen Tisch und diktierte, und wir schrieben mit und lernten es später dann auswendig. Auswendig? fragt Peter, ist das Dein Ernst?

Ja, sage ich, ich habe die ganze Wuppertaler Heimatkunde im Kopf, Satz für Satz.

Mach mal, sagt Peter, sag mal was auf, wie hört sich denn so etwas an?

Kommt man von Düsseldorf her, sage ich, so tritt man bei Sonnborn in das heilige Gebiet; die Wupper kriecht träge und verschlammt vorbei und spannt durch ihre jämmerliche Erscheinung, dem eben verlassenen Rheine gegenüber, die Erwartungen bedeutend herab. Die Gegend ist ziemlich anmutig; die nicht sehr hohen, bald sanft steigenden, bald schroffen Berge, über und über waldig, treten keck in die grünen Wiesen hinein, und bei schönem Wetter läßt der blaue, in der Wupper sich spiegelnde Himmel ihre rote Farbe ganz verschwinden. Nach einer Biegung um einen Abhang sieht man die verschrobenen Türme Elberfelds (die demütigen Häuser verstecken sich hinter den Gärten) dicht vor sich, und in wenigen Minuten ist der Zion der Obskuranten erreicht. Fast noch außerhalb der Stadt stößt man auf die katholische Kirche; sie steht da, als wäre sie verbannt aus den heiligen Mauern …

Genug, sagt Peter, das hört sich ja vollkommen altmodisch an, war das von Studienrat Bohm?

Nein, sage ich, nicht von Bohm, sondern von Engels, von Friedrich Engels, er war kaum neunzehn, als er seine »Briefe aus dem Wuppertal« schrieb, 1839 druckte sie der »Telegraph für Deutschland«, auf deren Redaktion sie großen Eindruck gemacht hatten.

Auf mich machen sie keinen großen Eindruck, sagt Peter, ich hätte nie gedacht, daß Engels so etwas Idyllisches geschrieben hat, na ja, er war halt noch sehr jung.

Die »Briefe aus dem Wuppertal« sind nicht idyllisch, sage ich, die Redaktion des »Telegraph« hat sie gedruckt, weil sie ihr »authentisch« erschienen. Engels hat sich nämlich nicht lange bei der Schilderung der anmutigen Gegend und der grünen Wiesen aufgehalten, er hatte nicht vor, romantische Landschaftspanoramen zu zeichnen, sondern wollte zur Sache, also zum Authentischen, kommen.

Und was sollte das sein, das Authentische? fragt Peter.

Das Soziale, antworte ich, der Alltag, das Leben in den Fabriken, Engels kannte das alles genau, er wurde in Barmen geboren und besuchte dann in Elberfeld das Gymnasium, »Wuppertal« gab es zu seiner Zeit ja noch gar nicht. Kurz vor dem Abschluß mußte Engels das Gymnasium verlassen, um in der

Firma des Vaters zu arbeiten, er absolvierte eine kaufmännische Ausbildung und kam dann in großen Handelshäusern herum, daneben aber beschäftigte er sich mit Literatur und las die Autoren des »Jungen Deutschland«, er las Heine, Gutzkow und Mundt, er las Hegel und David Strauß, er studierte die religiösen Schwärmer und kritisierte Schellings Philosophie, seine »Briefe aus dem Wuppertal« waren so etwas wie eine literarische Reportage, eine detaillierte Schilderung der sozialen Milieus, die er von Kindheit an studiert hatte.

Mein Gott, warst Du tüchtig, daß Du das alles im Kopf hast, sagt Peter, von diesen Gutzkows und Schellings habe ich noch nie gehört.

Ihr habt von vielem anscheinend noch nie gehört, antworte ich, wir waren in Wuppertal in fast allen Fächern halbe Schulbücher voraus.

Ja, gut, sagt Peter, die Wuppertaler sind anscheinend besonders fleißig und tüchtig, aber auch ernst, so ernst eben wie Du, denn Du bist ja verdammt ernst, das muß ich Dir auch einmal sagen.

Vielleicht hast Du recht, sage ich, aber ich bin es eben nicht anders gewohnt, in Wuppertal war man eben ernst, verdammt ernst. Viele berühmte Wuppertaler sollen diesen Wuppertaler Ernst gehabt haben, waren daneben aber auch oft heimliche Schwärmer, so daß es nicht selten zu kuriosen, typisch Wuppertaler Interessen-Verbindungen kam. In ihren Hauptfächern waren diese Wuppertaler Entdecker, naturwissenschaftliche Pioniere und Ökonomen, in den Nebenfächern aber religiöse Erwecker oder Literaten. So gab es den Typus des Fabrikantensohns, der unbedingt Pastor werden wollte, oder den des Ökonomen wie Engels, der sich an Lyrik und Prosa berauschte und schließlich Wirtschaftstheorie in gutem Deutsch schriftstellerte. Else Lasker-Schüler hat diesen Typus sehr genau porträtiert. Else wer? fragt Peter.

Else Lasker-Schüler war die berühmteste Dichterin Wuppertals, sie wurde 1869 in Elberfeld geboren und hat viele sehr schöne Gedichte und das Drama »Die Wupper« geschrieben.

Das weißt Du auch alles auswendig? fragt Peter.

Ich habe über Else Lasker-Schüler ein Referat gehalten, sage ich.

Selbstverständlich, sagt Peter, ihr habt alles Erdenkliche auswendig gelernt und laufend Referate gehalten.

Zweistündige, sage ich, in jedem Fach mit Bild und Ton, das war Pflicht.

Dann hast Du beim Referat über »Die Wupper« sicher die Wupper rauschen lassen, sagt Peter.

Die Wupper rauscht nicht, antworte ich, sie zwängt sich durchs Wuppertal, sie dröppelt mal eben so dahin, sie ist der seichte Spiegel für die Schwebebahn, die sich über sie hinweg bewegt und genau ihren Windungen folgt, manchmal ist sie wirklich rot, blau oder grün, so wie Engels sie beschrieben hat.

Jetzt schau mal, sagt Peter, der Rhein! Geht einem Wuppertaler da nicht das Herz auf, nachdem er ewig nur auf die Wupper gekuckt hat?

Wir überqueren die Mainzer Uferstraße und stehen dann wirklich am Rheinufer. Jedes Mal, wenn ich hier stehe, klopft mir das Herz, ich habe noch nicht gelernt, bei diesem Anblick ruhig zu bleiben, noch immer verfolgt mein Blick die rheinabwärts fahrenden Schiffe so lange, bis sie im Dunst der Ferne verschwinden, noch immer starre ich hinüber zum anderen Ufer, als läge dort ein unbetretbares, geheimnisvolles Jenseits. Am liebsten aber setze ich mich auf eine der breiten Treppen, die direkt hinab ins Wasser führen.

Komm, Peter, sage ich, setzen wir uns auf die Treppe da vorn.

Ich besorge uns etwas zu trinken, antwortet Peter, dann ist es doppelt so schön.

Mir ist es schön genug, sage ich.

Mit einem Piccolo ist es aber einfach noch besser, glaub mir, sagt Peter.

Gut, sage ich, dann hol uns einen Piccolo.

Ich setze mich auf die oberste Treppenstufe, während Peter zu dem kleinen Kiosk weiter unterhalb, neben der Anlegestelle für die Rheinschiffahrt, läuft. Seit kurzem hat er das Piccolo-Trinken entdeckt, Bier mag er nicht, Wein macht angeblich müde, daher ist Sekt im Augenblick sein Lieblingsgetränk, denn etwas Nicht-Alkoholisches kommt unseres Alters wegen nicht mehr in Frage.

Wie flach diese Rheingegend ist, denke ich, ganz ungewohnt flach, ideal zum Fahrradfahren. In Wuppertal wäre Fahrradfahren eine Tortur gewesen, man wäre immerzu steil bergauf und wieder bergab und wieder bergauf gefahren. Nur im Tal der Wupper hätte man mühelos fahren können, aber da gab es eben die Schwebebahn, mit der zu fahren verlockender war. Während der Fahrt konnte man in die nahen Fabrikhallen schauen, in die Färbereien und Chemie-Betriebe, und die ganze Zeit hatte man diesen unvergleichlichen Wupper-Geruch in der Nase, etwas Süß-sauer-Galliges, das man nicht aus der Nase bekam, wie ein beizender Film drang es in die Poren der Haut ein und setzte sich in jedem Kleidungsstück fest, als hätte man in chemischen Wupper-Dämpfen gebadet. Peter ist wieder von seinem Einkauf zurück, Dein Piccolo, sagt er, laß es Dir schmecken, in Wuppertal habt Ihr wahrscheinlich nicht einmal gewußt, was ein Piccolo ist.

Stimmt, sage ich, meinen ersten Piccolo habe ich in Mainz getrunken.

Und was trinkt man in Wuppertal? fragt Peter.

Wupperwasser, sage ich, in kleinen dampfrationierten Portionen, im ganzen Tal riecht es nach Wupperwasser, die Färbereien und die chemischen Betriebe leiten ihre Abwässer direkt in den Fluß, deshalb riecht es so bitter und deshalb ist er oft bunt wie Flüsse auf expressionistischen Bildern.

Dann ist die Wupper wohl nichts zum Baden oder zum Schwimmen? fragt Peter.

Um Gottes willen, nein, antworte ich, man kommt an die Wupper nicht einmal heran, man schaut nur von den viel höher liegenden Straßen auf sie herab, manchmal wirkt sie wie eine Abflußrinne, und trotzdem geht irgend etwas von ihr aus, als wäre der Geruch, den sie ausstrahlt, eine Art Wuppertal-Duft, eine Art Fleiß-und-Schwärmerei-Aroma, die meisten Wuppertaler mögen die Wupper, sie hängen an diesem Flüßchen, zum Schwimmen aber geht man woanders hin, in die Schwimmoper zum Beispiel.

Oper? fragt Peter, hast Du Oper gesagt?

Ja, sage ich, Schwimmoper, so heißt es, da hatten wir Schwimm-Unterricht, das Gymnasium lag direkt daneben, wir liefen die paar Schritte hinüber und stürzten uns dann vom Zehn-Meter-Turm. Zu beiden Seiten des großen Beckens gab es richtige Zuschauerränge, da konnte man die Wasserballspiele und die Schwimmwettbewerbe verfolgen.

Jetzt trink mal und erhol Dich ein bißchen von Deinen Wettbewerben und den Zehn-Meter-Sprüngen, sagt Peter und schraubt den Verschluß meines Piccolo auf. Ich setze die grüne Flasche an meine Lippen und nippe, gut, sage ich, wirklich gut, etwas warm und ein bißchen klebrig, aber gut.

Sie haben auch Cognac, sagt Peter, oder Eierlikör, sie haben sogar Danziger Goldwasser in winzigen kleinen Fläschchen, ich hol uns später zwei.

Ach laß, lieber nicht, sage ich.

Stell Dich nicht so an, sagt Peter, hast Du in Wuppertal nie mit Deinen Freunden getrunken?

Nein, sage ich, meine Wuppertaler Freunde waren ganz anders als die hier in Mainz.

Ihr habt die Bibel auswendig gelernt, auf hebräisch und griechisch, stimmt's, fragt Peter.

So in etwa, antworte ich, wir haben viel gelernt und viel musiziert, ich spielte in einem Klaviertrio mit, Stücke von Bach, Händel und Mozart, wir übten in Wohnungen, an denen die

Schwebebahn kaum zwanzig Meter weit weg vorbeirauschte, das war ein Erlebnis. Mein bester Freund wohnte einen Stock über mir, sein Vater war Stationsvorsteher bei der Bahn, immer wenn wir Zug fuhren, machte er eine eigene Ansage für uns, das war ein Erlebnis. In unserem Wohnhaus gab es sehr viele Kinder, wir trafen uns beinahe jeden Nachmittag im großen Garten hinter dem Haus, oder wir gingen hinauf auf den Freudenberg, wo es zwei große Fußballplätze gab, da spielten wir stundenlang, ununterbrochen.

Sicher war auch das ein Erlebnis, sagt Peter.

Ja, antworte ich, das war's jedes Mal. Der Freudenberg war nämlich ein großer Wald, und die Sportplätze lagen mittendrin, überhaupt habe ich, wenn ich an Wuppertal denke, lauter Wald-Bilder im Kopf, der große Zoo an der Wupper lag zum Beispiel auch in einem Wald, und das Zoo-Stadion direkt daneben war ein Wald-Wupper-Stadion. Sonntags habe ich mir da die Spiele des WSV angeschaut, und auch unsere Bundesjugendspiele fanden dort statt, einmal bin ich aus lauter Übermut die 1000-Meter gelaufen, das hatte ich zuvor noch nie getan. Nur drei aus meiner Klasse hatten sich für die 1000-Meter gemeldet, und dann ging es los, die ganze Schule saß auf den Zuschauerrängen, und ich lief um mein Leben, um meine Klasse gut zu vertreten und mich vor den Augen der anderen nicht zu blamieren. Nie wieder bin ich so schnell gelaufen.

Wie schnell? fragt Peter.

Drei Minuten und 12 Sekunden, antworte ich.

Nicht schlecht, sagt Peter, aber jetzt trink mal, Du nippst ja immer nur.

Der Sekt ist gut, sage ich.

Ein bißchen warm, ein bißchen klebrig, aber gut, sagt Peter.

Ich muß mich erst dran gewöhnen, das braucht seine Zeit, sage ich.

Ich hab meine Flasche schon leer, antwortet Peter, ich hol jetzt das Danziger Goldwasser.

Nein, sage ich, bitte nicht.

Was denn sonst? fragt Peter, noch einen Piccolo?

Nein, sage ich, nicht noch einen Piccolo.

Dann also den Aprikosenlikör, sagt Peter, so was ist ein Erlebnis, glaub mir.

Er steht auf und macht sich wieder davon, ich nehme einen kräftigen Schluck, es schmeckt widerlich, aber ich kann es Peter nicht sagen, außerdem habe ich plötzlich das Zoo-Stadion vor Augen, die steilen Stehplatzränge, das seitlich einfallende Sonnenlicht, den schwachen Geruch von Bratwurst, Zigaretten und Bier, die wehenden Fahnen, die Spieler des WSV, an dessen Auf und Ab ich so hing, als wären es psychische Schwankungen einer geliebten Person. 3:1 gegen die Sportfreunde Gladbeck, sage ich leise, 5:2 gegen den Rheydter SV, das waren Spiele ... Oder Szymaniak, Horst Szymaniak, den habe ich noch gesehen, bevor er nach Karlsruhe ging, die Szymaniak-Grätsche, die hab ich gesehen, das war ein Erleb... nun gut.

Sprichst Du mit Dir selbst? fragt Peter und stellt die beiden zum Glück winzigen Aprikosenlikörfläschchen zwischen uns.

Wenn ich Sekt trinke, fange ich immer an, ein wenig mit mir selbst zu sprechen, sage ich.

Dann solltest Du mehr davon trinken, antwortet Peter, Du bist ja sonst verdammt schweigsam.

Heute aber doch nicht, sage ich, bin ich heute auch schweigsam?

Nein, es ist schon viel besser geworden, sagt Peter, Du gibst Dir Mühe, richtige Mühe. Erzähl mal weiter, wo waren wir stehengeblieben?

Bei meinen Freunden und unseren Spielen, sage ich, bei den großen Pappeln im Garten hinter unserem Haus und bei dem Wald, der sich jenseits einer Straße daran anschloß, wir schlüpften auf schmalen Geheimpfaden hinein und versteckten uns in unseren selbstgebauten Waldhäusern, und im Winter fuhren wir auf alten, schlecht gewachsten Holzbrettern Ski, den ganzen Grifflenberg hinab, bis man irgendwo im Tal, in der Nähe der Wupper oder neben einer Fabrik zum Halten kam. Wälder, Wiesen, Fabriken, die Wupper ... – man wußte eigentlich nie, ob man auf dem Land oder schon in der Stadt war, oft war auch einfach alles zugleich da, Großstadt, Verkehr, Lärm und direkt daneben völlige Abgeschiedenheit.

Hast Du den Sekt jetzt endlich getrunken, fragt Peter.

Moment, sage ich und nehme einen allerletzten kräftigen Schluck.

Hier, sagt Peter und reicht mir auch schon das Fläschchen mit dem Aprikosenlikör, der Likör ist eindeutig eine Steigerung.

Diese Mixturen, ja, das war es, sage ich, und jetzt, wo ich so darüber nachdenke, fällt mir auf, daß in Else Lasker-Schülers Drama »Die Wupper« auch genau diese typischen Wuppertal-Mixturen auftauchen. Da gibt es zum Beispiel den Großvater, der seinen Enkel drängt, nun endlich mit einer Lehre zu beginnen und das »Gelehrtenkrams beis Gerömpel« zu schmeißen, der Enkel aber will Pastor werden und läßt sich davon nicht abbringen, er schwärmt vom Kanzeldasein und davon, einmal ein großer Prediger zu werden, einer wie Friedrich Wilhelm Krummacher, den Engels erwähnte und der später Hofprediger des preußischen Königs wurde. Stell Dir vor: Der Großvater ist katholisch, sein Sohn ein Färber, also ein Arbeiter, und der Enkel will lutherischer Pastor werden! Der Mittelpunkt dieser Vermengungen ist die Fabrik, in einer Fabrikantenvilla spielen zwei Aufzüge. Die Personen aber, die sich da treffen, sind Schwärmer und Träumer und können – wie zum Beispiel Lieschen Puderbach – nicht gut schlafen, wenn der Mond scheint, der so rot guckt »wie Pendelfrederech sein ausgelaufen Aug«. In der Mitte des Stücks gehen sie alle auf den Jahrmarkt und springen aufs Karussell, und der junge Fabrikbesitzer dreht sich mit der Tochter des Färbers, und der Dr. von Simon verschwindet mit dem Dienstmädchen Berta in der Taucherbude, und dann siehst Du wieder Fabriken und Schornsteine, Du siehst einen Arm der Wupper, eine Brücke, und einen Steg, der gerade in den Wald zu führen scheint, und Du siehst ein Arbeiterviertel, eine Wiese und dahinter die Wupper, das sind eben diese Mixturen, schräge Flächen, Treppchen, steile Hänge hinauf, blutrote Flüsse, und darüber der Mond, klein und hell wie ein Lampion, man könnte ihn in der Rechten zerquetschen, und dazwischen all diese Protestanten und Pietisten und irgendwo ein paar Katholiken, versprengt, die katholische Kirche steht da wie verbannt, schrieb ja Engels, und er hat recht, denn ...

Jetzt trink mal, sagt Peter, Du rührst den Likör ja gar nicht an.

Ich trinke, sage ich, na klar trinke ich, und dann setze ich auch den Aprikosenlikör an die Lippen und schmecke etwas Samt-Süßes, dessen starker Duft mir sofort in die Nase steigt.

Nicht übel, was? fragt Peter.

Vorzüglich, sage ich und sehe plötzlich die kleine katholische Kirche weit außerhalb, oben am Friedenshain, vor mir, zu der ich oft wochentags, noch in dunkler Frühe, lief, um beim Frühgottesdienst zu ministrieren.

Mein Gott, sage ich.

Was ist, fragt Peter, ist Dir nicht gut?

Doch, sage ich, mir geht es vorzüglich, ich dachte nur gerade an die vielen Wege, die ich selbst im Winter, in tiefster Dunkelheit und bitterster Kälte, einen steilen Berg hinauf zu einer kleinen Kirche gelaufen bin, dort predigten die Patres des Kreuzherrenordens in donnerndem, niederländisch gefärbtem Deutsch, das stärkte einen richtig, und ich ging dann etwas gefaßter wieder hinab ins Tal der Mucker, wie Engels es in seinen Briefen genannt hat.

Du bist noch vor der Schule in die Kirche gegangen? fragt Peter.

Ja, sage ich, morgens um sechs, dann eilig wieder nach Haus, dann eilig in die Schule, als Katholik lebte man in Wuppertal in der Diaspora, und es gab sehr strenge, protestantische Lehrer, die einem schlechte Noten verpaßten, weil man nicht so protestantisch wie die anderen Schüler war.

Das kann Dir in Mainz nicht passieren, sagt Peter, hier sind die Protestanten in der Minderheit, aber kein Mensch gibt ihnen schlechtere Noten. Und die Gottesdienste sind nicht vor Schulbeginn, sondern in der ersten und manchmal auch zweiten Stunde.

Hol uns doch noch zwei Likör, sage ich und trinke mein Fläschchen leer.

Meine Herren, sagt Peter, Du lernst wirklich schnell, das hätte ich nie gedacht. Dann erhebt er sich langsam und geht wieder hinüber zum Kiosk.

Ja, rede ich wieder mit mir, ich lerne schnell, das hat man mir immer gesagt. Ich lerne schnell, aber jetzt habe ich Zeit, ich bin viele Lektionen voraus, ich kann mich an den Rhein setzen und stundenlang auf den Fluß starren, das kann ich mir leisten, ich kann hier sitzen oder auf meinem neuen Fahrrad fahren, das kann ich mir leisten, ich kann mir jetzt überhaupt allerhand leisten, einen Piccolo, Aprikosenlikör und irgendwann sogar Danziger Goldwasser, das ist ein Erlebnis, nein, ein Genuß, hier in Mainz ist alles eher Genuß als Erlebnis.

Du redest schon wieder mit Dir, sagt Peter, als er zurückkommt und die kleinen Fläschchen öffnet.

Ist das schön hier, Peter, sage ich, ich hab wirklich Glück gehabt, daß meine Eltern mit mir an den Rhein gezogen sind.

Komm, sagt Peter, darauf stoßen wir an und darauf, daß Wuppertal und sein Ernst hinter Dir liegen ...

Ja, sage ich, stoßen wir an, obwohl ich nicht glaube, daß Wuppertal hinter mir liegt, es wird wohl nie hinter mir liegen, denn ich liebe ja auch diese Stadt und werde noch oft von ihr träumen, im Moment zum Beispiel träume ich fast täglich von ihr, von meinen langen, mühsamen Wegen bergauf und bergab, zur Kirche hinauf, zur Schule hinab, an der Wupper und den Pfeilern der Schwebebahn entlang, die aussehen wie Mikadostäbchen oder als hätte sie ein Maler wie Max Beckmann oder Erich Heckel, also jedenfalls ein expressionistischer Maler, gemalt, manchmal glaube ich, die Wupper dröppeln zu hören und schaue ins Kuriositätenkabinett von Frau Lasker-Schüler, deren Figuren sich vor mir auf der Stelle drehen, und eine kleine Wanduhr tickt unheimlich dazu, und der Wupper-Duft steigt auf wie ein Dampf zwischen den Häusern, und Friedhelm, der Strolch, der uns immer verkloppen wollte, steigt über den Zaun und zertrampelt die Beete im Garten und lauert mir auf hinter den hohen Pappeln oder im Wald, wo ich manchmal sehr ängstlich allein war, um auf die Freunde zu warten, die aber nicht kommen, nicht kommen ..., weil sie musizieren oder ministrieren oder sonst etwas zu tun haben, oft haben sie sehr viel zu tun, und wir kommen nicht dazu, Fußball zu spielen, wie gern spielte ich Fußball, und was war es für ein Unglück, den WSV verlieren zu sehen, aber gegen Lokomotive Moskau haben sie einmal 3:0 gewonnen, ich glaube, es war das erste WSV-Spiel, das ich sah, 3:0 unter Flutlicht, im Stadion am Zoo, jetzt rieche ich wieder die Wupper, die Schwebebahn schleift über den Fluß, ich höre sie bremsen in Vohwinkel oder in Barmen oder am Döppersberg, wo ich in einer der hintersten Reihen der großen Stadthalle sitze und der Abitursrede unseres strengen und unnahbaren Direktors zuhöre, von der ich kein Wort verstehe, kein einziges Wort, und ...

Bist Du betrunken, fragt Peter, und als ich mich aufrichte, spüre ich, daß ich vielleicht wirklich ein klein wenig, aber noch nicht gefährlich betrunken bin.

Nein, sage ich, ach was, das ist es nicht, ich bin Wuppertaltrunken, sie haben dort so seltsame, andere Träume, sie träumen nicht vom Süden wie hier, also nicht von Italien, sondern von England, vielleicht ist Wuppertals Sehnsucht vor allem die

Sehnsucht, eine Art englische Stadt zu werden, im neunzehnten Jahrhundert war Wuppertal jedenfalls so früh industrialisiert wie kaum eine andere Stadt. Und wegen dieser großen Sehnsucht sind sie dort vielleicht ein wenig britisch, kauzig, schwärmerisch, verquer und auch ernst, verstehst Du es jetzt?

Ja, sagt Peter, ich verstehe, aber es ist jetzt genug mit dem Aprikosenlikör.

Gut, sage ich, belassen wir es dabei, packen wir das Danziger Goldwasser ein ander Mal an. Und vielleicht tust Du mir irgendwann dann sogar einen ganz großen Gefallen.

Und der wäre? fragt Peter.

Den, mit mir einmal nach Wuppertal zu fahren, sage ich. Wir gehen ins Stadion am Zoo, und ich zeige Dir den Grifflenberg und mein Gymnasium, und wir gehen ein paar meiner alten Wege entlang, ganz leicht und sorglos.

Ich versprech's Dir, sagt Peter, ich komme mit.

Danke, Peter, antworte ich, das wird ein Erlebnis, nein, ich glaube sogar, diesmal wird es ein Genuß, ein rundum großer Genuß.

Mainzer Lektionen

Im Februar 1966 kam ich nach Mainz. An einem Aschermittwochmorgen stand ich vor dem Tor meines neuen Gymnasiums und wollte hinein. Es war 7.45 Uhr, spät genug, doch das Tor war geschlossen. Ich trug einen weißen, von meiner Mutter gestrickten Norwegerpullover und schwere Schuhe mit dikkem Profil, ich hatte eine braune Aktentasche mit den wichtigsten Schulbüchern und dem letzten Zeugnis dabei, ich wartete.

Innerlich aber lebte ich noch nicht in Mainz, sondern noch immer in Wuppertal. Ich war ein fünfzehnjähriger Wuppertaler mit Goldrandbrille, eine exotische, fremde Erscheinung, auf die am Aschermittwoch des Jahres 1966 ein Hausmeister des Mainzer Gymnasiums aufmerksam wurde.

Worauf wartest Du, fragte er.

Ich komme aus Wuppertal, heute ist mein erster Schultag in Mainz, sagte ich.

Der Hausmeister ließ mich den Satz wiederholen, als verstünde er schlecht. Dann lachte er minutenlang.

In Wuppertal war alles anders gewesen. Gegen 7.45 Uhr betraten wir Schüler den Schulhof, begrüßten uns lateinisch und griechisch und sprachen über Kantische Philosophie. Wir waren so fleißig und ernst, daß wir nie auf den Gedanken gekommen wären, früh am Morgen zu lachen. In Wuppertal lachte man nicht, man gehörte zu einer der über hundert protestantischen oder pietistischen Sekten, war gläubig, bibelfest, tüchtig und leistete sich einmal am Tag einen begrenzten Höhenflug, indem man mit der Schwebebahn fuhr.

Das ganze Leben war Strenge, Fleiß, Pflichterfüllung, und da ich der katholischen Minderheit angehörte, hatte ich versucht, den Makel durch noch mehr Strenge, Fleiß, Pflicht zu tilgen. Daher las ich die lateinischen und griechischen Klassiker mit Hilfe einer Goldrandbrille und Gläsern aus Fensterglas und begann, nebenher noch Hebräisch zu lernen. In Wuppertal lernte man Hebräisch, weil Hebräisch schwer war, als der Strengste, Fleißigste wollte ich das Schwierigste lernen, daher lernte ich Hebräisch, Latein und Griechisch und traf mich an den Nachmittagen mit meinen Freunden in dunklen Wohnungen in der Nähe der schweren Schwebebahnpfeiler, um Händels Sonaten zu spielen oder chemische Gleichungen durchzugehen.

Wir trugen kurzes, gescheiteltes Haar und hielten die Nase hoch, um das Wuppergebräu nicht zu riechen. Wir waren übereifrig und überheblich und hatten keine Spur von Humor; wir wollten Prediger werden oder Fabrikdirektoren oder am besten gleich Ministerpräsidenten, und hätten wir schon eigene Träume gehabt, so wären es biedere Träume gewesen, Träume von Flügen mit Flugzeugen der Westdeutschen Landesbank nach Spiekeroog oder auf sonst eine bescheidene Insel.

Als ich am Aschermittwochmorgen des Jahres 1966 ausgelacht wurde, dachte ich an eine der letzten Latein-Lektionen, die ich in Wuppertal noch erhalten hatte: »Cicero, cum in exsilio esset, nullum fere diem intermisit, quin ad Atticum scriberet.« (Als Cicero in der Verbannung lebte, ließ er fast keinen Tag verstreichen, ohne an Atticus zu schreiben.) Auch ich glaubte mich nun im Exil, und ich nahm mir vor, am Abend an meinen Wuppertaler Freund Heinrich in eleganten lateinischen Sätzen zu schreiben, mit denen Cicero zufrieden gewesen wäre: »Carus Henricus, amicus magni ingenii« (»Lieber Heinrich, hochbegabter Freund ...«)

Ich wollte mich auf den Weg nach Hause machen, als ich erneut gefragt wurde, worauf ich wartete. Vor mir stand ein älterer, freundlich lächelnder Mann und behauptete, er sei der Direktor und der Unterricht beginne heute nach dem obligatorischen Gottesdienst erst gegen neun Uhr.

Davon habe ich nichts gewußt, sagte ich.

Macht ja nichts, antwortete der Direktor, warte hier noch ein paar Minuten, dann nehme ich Dich mit zur Kirche.

Er schloß das Tor auf und verschwand in der Schule, er ahnte nicht, wie sehr er mich verblüfft hatte. Eine Schule, die erst gegen 9 Uhr begann, nach vorherigem Gottesdienst? Ein Schuldirektor, der mit einem redete?

In Wuppertal wäre es unmöglich gewesen, mit dem Schuldirektor zu reden, wir bekamen ihn das ganze Jahr nicht zu sehen. Er saß in einem unzugänglichen Schultrakt, unterrichtete eine ausgewählte Oberstufenklasse in altägyptischer Mystik und hielt einmal im Jahr vor zweitausend Menschen in der

Stadthalle eine anderthalbstündige Rede über uns jungen Schülern völlig unverständliche Themen.

Der Schuldirektor kam in Wuppertal gleich nach dem Papst. Er war eine auratische, ferne Erscheinung, eine byzantinische Ikone, die irgendwann das Kultusministerium übernehmen und in Gestalt eines Schwarz-Weiß-Fotos sämtliche Dienstzimmer zieren würde.

Dagegen hier: Ein Schuldirektor nahm mich mit in eine katholische Kirche, sprach deutsch mit mir und erkundigte sich nach dem Schulstoff, den Freunden, meinem nun schon vergangenen Leben.

Endlich konnte ich über all das sprechen, womit ich mich in den vergangenen Jahren beschäftigt hatte. Ich sprach von Besonderheiten der homerischen Syntax (»Oft braucht Homer ein Plusquamperfekt da, wo wir einen Aorist oder ein Imperfekt erwarten, vielleicht um die Intensität der Handlung auszudrücken ...«) und stellte Vermutungen darüber an, warum in der lateinischen Oratio obliqua echte Fragen als innerlich abhängige Sätze im Konjunktiv auftreten.

Als wir die Kirche erreichten, schaute mich mein neuer Direktor nachdenklich an. Habt Ihr auch Sport getrieben? fragte er.

Aber ja, Herr Direktor, wir haben Sitzfußball gespielt, sagte ich.

Er schüttelte den Kopf und gab mir die Hand, als wollte er mir gute Besserung wünschen.

Meine neuen Mitschüler sprachen über Hitparaden, Fußball und ihr Training in einem Basketballclub, homerische Syntax, die Oratio obliqua oder die Kantische Philosophie interessierten sie nicht. Habt ihr in Wuppertal Handball gespielt, fragten sie, und ich antwortete: Natürlich, in Wuppertal stand ich im Tor.

An meinem ersten Schultag in Mainz spielten wir Handball, ich stand im Tor, und die Bälle flogen mir um die Ohren und schlugen rechts und links von mir ein. Nach der ersten Halbzeit hatte man Mitleid mit mir und brachte mich in der Verteidigung unter.

Habt Ihr in Wuppertal wirklich Handball gespielt? fragte ein Mitschüler, und ich antwortete: Schon, ja, aber ohne Sprungwurf und mit langsameren Bällen.

So begannen die ersten Lektionen, und mit ihnen begann ein neues Leben. In den großen Pausen lief ich mit meinen Mitschülern nun an den nah gelegenen Rhein, um auf den Stufen zum Fluß in der Sonne zu sitzen. Ich wurde faul, herrlich faul, anderthalb Jahre später war mir die homerische Syntax gleichgültig, statt dessen beherrschte ich das Lesen unter dem Tisch und das Vorsagen nach allen Seiten. Die Goldrandbrille legte ich ab, und auch den Norwegerpullover meiner Mutter trug ich nicht mehr. Nur meine Wuppertaler Verschwiegenheit und meinen Ernst, die behielt ich bei.

Ich sprach nicht viel, ich schrieb alles auf, wie ich es seit der Kindheit gewohnt war. All meine frühere Strenge und all meinen Fleiß steckte ich von nun an in dieses Schreiben. Schreiben Sie, schreiben Sie nur, sagte ein Deutschlehrer, der mich beriet und alles zu lesen bekam.

»Lieber Heinrich, ich habe wenig Zeit, Dir zu antworten, denn ich muß noch zum Basketballtraining, am Donnerstag spielen wir gegen Aschaffenburg. Ob Kant im ersten Paralogismus der transzendentalen Dialektik der ›Kritik der reinen Vernunft‹ das Ich als absolutes Subjekt aller möglichen Urteile gedacht hat oder nicht, kann ich im Augenblick leider nicht sagen. Letztes Mal haben wir gegen Aschaffenburg 83:89 verloren, das war knapp, soviel kann ich sagen. Wie findest Du ›Yesterday‹ von den Beatles? Vielleicht ist es nicht ganz so wie Händel, aber doch auch nicht schlecht. Mitten im Stück gibt es sogar ein richtiges Cellosolo, ja doch, im Ernst. Ich schreibe viel, aber ich kann es kaum jemandem zeigen, denn ich befürchte, daß es nicht gut ist. Mein Heimweh wird allmählich schwächer, nur die Schwebebahn vermisse ich sehr. Dafür gibt es hier aber einen richtigen Fluß, auf dem man sogar rudern kann. Grüße alle Freunde, und sag ihnen, daß es in meiner jetzigen Schule Mädchen gibt, die nicht einmal dümmer als Jungen sind, im Gegenteil, einige sind sogar klüger. Sie gehen tanzen und kommen einem überhaupt älter vor, mit einer war ich neulich im Kino, sie hat sieben Geschwister und ist trotzdem sehr gescheit.«

Schreib weiter, schreib nur weiter, sagte der Deutschlehrer, und meine Mitschüler sagten: Schreib doch auch einmal etwas für uns. Ich setzte die Goldrandbrille wieder auf, zog dunkle Rollkragenpullover an und ernannte mich zum Chefredakteur einer Schülerzeitung. Ich schrieb Artikel über die Atombombengefahr, kritisierte Hans Carl Artmann wegen gewisser Eigentümlichkeiten in seinen Gedichten und führte mich auf wie der heilige Enzensberger, dem die Herrschaft über ein Massenmedium zu Kopf gestiegen war.

Zum ersten Mal war ich nicht nur froh darüber, weiter zu schreiben, sondern mehr noch darüber, nun auch gelesen zu werden. Ich schrieb so viel, daß ich schon wie Karl Kraus daran dachte, alles alleine zu schreiben, ja ich verstieg mich sogar dazu, Leserbriefe selbst zu entwerfen, bis mir meine Redaktion deutlich machte, daß ein Chefredakteur auch einiger Mitarbeiter bedurfte, weil ihm sonst der Titel Chefredakteur nicht mehr zustand.

Aus Trotz schrieb ich ans Fernsehen und an die regionale Zeitung, ich forderte mehr Avantgardismus, meine katholische Verschwiegenheit begann sich allmählich zu lösen, ich verstand mich als intellektuelle Vorhut großer Veränderungen und träumte von einem Leben als Filmkritiker.

Da ein Redakteur der regionalen Zeitung es darauf angelegt hatte, einen Fassbinder-Film nach dem andern zu verreißen, rückte ich meine Goldrandbrille zurecht und kritisierte seine Kritik mit scharfen, mir unerbittlich erscheinenden Worten.

Kurz darauf saß ich dem leitenden Redakteur gegenüber. Diesmal sprach ich nicht vom Plusquamperfekt oder dem Konjunktiv in abhängigen Sätzen, sondern von einer gesellschaftskritischen und gleichwohl nihilistischen Bildstruktur, in der die Großaufnahme als Denunziation des Bösen in uns fungiere.

Der leitende Redakteur lachte, er lachte nicht lauthals und er lachte auch keine Tränen wie früher einmal der Hausmeister meines Gymnasiums, er lachte eher belustigt und amüsiert.

Wissen Sie was, sagte er dann, schreiben Sie doch für uns, schreiben Sie über Filme, schreiben Sie über alles, was Sie beschäftigt. Fangen Sie gleich morgen an. Gehen Sie in die erste Vorstellung eines neu anlaufenden Films und schreiben Sie drüber.

Am Tag darauf saß ich im Kino. Um scharf sehen zu können, hatte ich meine Goldrandbrille abgelegt. Auf der Leinwand erkannte ich John Wayne, er spielte in einem Film, den ich vom ersten Bild an nicht mochte, einen gealterten Cowboy. Noch während der Film lief, notierte ich mir Stichworte für meine Kritik, und als ich das Kino verließ, wußte ich, wie ich meine Kritik beginnen würde: »John Wayne sitzt wieder fest im Sattel. Wer genau hinsieht, wird bemerken, daß er allzu fest sitzt.«

Wer genau hinsieht, der wird …, wer exakt hört, der bemerkt …, wer noch lesen kann, der begreift …, ich lernte sie lieben, diese aufräumenden Sätze. Ich gab den Posten des Chefredakteurs auf und machte mich daran, alles zu kritisieren: Shows im Fernsehen, Filme im Kino, Konzerte und Bücher.

Ich war nun neunzehn, das Abitur war geschafft, und ich fuhr jede Woche nach Frankfurt, um Theodor W. Adorno zu hören. Doch ich begann nicht in Frankfurt zu studieren, sondern in Mainz, ja, ich blieb weiter in Mainz. Gerade jetzt, wo das

Schlimmste vorbei war, blieb ich in Mainz. Gute Freunde rieten mir, nach Frankfurt zu gehen, nach Rom oder Paris. Sie hatten recht, ich mußte fort, für einige Zeit ging ich nach Rom, dann kam ich wieder nach Mainz zurück. Ich hörte auf mit der Kritik, ich hörte überhaupt auf, mit dem Schreiben etwas zu wollen. Am Ende hörte ich ganz auf, mich von außen zu sehen.

Ich war Mitte Zwanzig, als ich mich wieder an die Stufen des Rheins setzte, ohne daran zu denken, wie sie zu beschreiben wären. Ich ging über die Rheinbrücke und blieb auf ihrer Mitte lange stehen, um zum Taunus zu schauen. Ich hörte auf niemanden mehr, und wenn ich mit jemandem länger sprach, dann nur mit der trotz ihrer sieben Geschwister immer gescheiter gewordenen Freundin, die aus unerfindlichen Gründen gerade an mir Gefallen gefunden hatte, vielleicht, weil ich noch immer etwas Komisches hatte.

Doch ich hatte nun eine eigene Stufe von Komik erreicht, eine Art Komik-Nirwana, eine Komik, die niemand sonst noch bemerkte und die sich auf nichts mehr bezog. Sie war längst kein vorlautes Besserwissen mehr, sondern eine stille Komik, die darin bestand, daß einer noch immer weiterschrieb, ohne Sinn und wahrscheinlich auch ohne allzuviel scharfen Verstand, daß er Buchstaben malte wie als kleines Kind, daß er Seiten füllte, als habe der liebe Gott sie ihm persönlich diktiert.

Ich hatte so viel und so lange geschrieben, daß sich das Schreiben endlich, nach so vielen Jahren, auch ohne mein Zutun entspannte und ruhiger wurde.

Als Zeichen meines Verwilderns ließ ich die Haare lang wachsen, fuhr auf einem alten Fahrrad die Leinpfade entlang und begann, in möglichst dunklen, holzverkleideten Stuben Wein zu trinken und wie der auferstandene Schumann mit schräg in die Hand gelegtem Kopf kleine Zigarren zu rauchen.

Ich wartete darauf, daß die Schrift mich nach so langen

Krämpfen endlich ereilte, daß sie mich freiwillig in Besitz nahm, anstatt sich von mir laufend umwerben zu lassen. Wenn ich jetzt am Rhein entlangging, glaubte ich, die Wellen sprächen mit mir, ich wollte nicht mehr klug sein, nicht mehr gescheit und erst recht nicht gewitzt.

Schreiben Sie, warum machen Sie nicht endlich Ernst mit dem Schreiben, sagte mein früherer Deutschlehrer, und ich dachte darüber nach.

Jahrelang hatte ich mich verkrochen und die verschiedensten Rollen gespielt. Ich war nicht imstande, einen einzigen Satz hinzuschreiben, der mit mir zu tun gehabt hätte. Mit einem Mal kam ich mir selbst fremd vor, plötzlich war ich der Hausmeister, der über mich lachte, plötzlich der Direktor, der schweigend den Kopf schüttelte, plötzlich der Redakteur, der wußte, daß dieser junge Verrückte da vor ihm sich zu Tode schreiben würde, scharfsinnig und doch ahnungslos.

Ich mußte Ernst machen mit dem Schreiben, ja, mein Lehrer hatte zweifellos recht. Ich kaufte mir eine Busfahrkarte und fuhr über den Rhein, hinüber nach Wiesbaden. Wiesbaden war ein anderes Terrain als das heimische Mainz, Wiesbaden war ein wenig Boheme und Dekadenz, Wiesbaden war der richtige Raum, Ernst zu machen mit den Ritualen der Schrift.

Die Rituale der Schrift

Mit Zwanzig sehnte ich mich nach großen Cafés, weiten Parks und langen Alleen, ich trug meine Bibel mit mir herum, Hemingways »Paris – ein Fest fürs Leben«, die kurzen Erzählungen handelten von der Lebenskunst, sie spielten in Pariser

Cafés, Pariser Parks und Pariser Alleen und schilderten, wie Hemingway als junger, angehender Schriftsteller mit oft nur einem einzigen Sous in der Tasche aus jedem Tag einen Festtag gemacht hatte.

Ich wohnte noch immer in Mainz, der Stadt, in der ich aufs Gymnasium gegangen war und bei den Eltern gelebt hatte. Eine Stadt, in der man bei den Eltern gelebt hatte und aufs Gymnasium gegangen war, taugte in meinen Augen nicht für das große Leben, auf das ich mich als angehender Schriftsteller vorbereitete. Das große Leben wartete anderswo, zum Beispiel auf der anderen Rheinseite. Also stieg ich in einen Bus der Linie 6 und fuhr hinüber nach Wiesbaden, bis zur Endstation.

In Wiesbaden gab es das Café Maldaner, den Kurpark und lange Alleen. Im Café Maldaner bestellte ich mir einen deutschen Kaffee und ein Glas Wasser und überlegte, wie ich den Tag mit ein paar Mark in der Tasche zu einem Festtag machen konnte. Manchmal wartete ich auch nur auf schlechtes Wetter. Schlechtes Wetter machte traurig oder zumindest melancholisch, und darauf kam es an, denn Melancholie war so etwas wie die Grundstimmung des angehenden Schriftstellerlebens.

Wenn es zu regnen begann, ging ich die Marktstraße hinunter. In Paris hieß eine der vielen Marktstraßen Rue Mouffetard, Hemingway hatte sie als »wundervoll, eng und wimmelnd« beschrieben und mit Straßen auf Bildern von Braque verglichen. Die Wiesbadener Marktstraße war breit und leer, aber das hinderte mich nicht, sie wundervoll zu finden. Ich verglich sie mit Straßen auf den Bildern Jawlenskys und ging ins Museum, um mir Bilder von Jawlensky anzusehen.

Ich mochte die frühen, grellbunten Bilder Jawlenskys lieber als die späten geometrischen mit all ihren Horizontalen und Vertikalen. Auf den frühen begegneten einem dämonisch oder amüsiert dreinblickende Menschen in Schreirot oder Blauschwarz, mit denen ich mich gern unterhalten hätte, während die späten aussahen wie Studien für eine Kunstakademie.

Ich sagte, »Die späten Bilder Jawlenskys sehen aus wie Studien für eine Kunstakademie« und wunderte mich über die altkluge Eleganz dieses Satzes. Ich kramte mein Notizheft hervor, notierte Ort und Datum und schrieb alles auf. Als ich das Museum verließ, durchströmte mich so etwas wie ein Gefühl leichten Glücks, es war, als hätten die Bilder Jawlenskys die Melancholie vertrieben und aus mir einen Schriftsteller gemacht, der für kurze Zeit vielleicht auch empfänglich war für das Positive im Leben.

Hemingways Lebenskunst hatte darin bestanden, zwischen der notwendigen Melancholie und der Empfänglichkeit für das Positive im Leben zu wechseln. Meist war er melancholisch und ein wenig verbittert gewesen. Da er die Empfänglichkeit für das Positive im Leben aber nicht hatte verlieren wollen, hatte er mit kleinen Drogen nachgeholfen. Oft hatten die kleinen Drogen aus einem Café oder einem Glas Weißwein bestanden, an besonderen Festtagen aber hatte es Kalbsleber mit Kartoffelpüree und Endiviensalat und dazu einen Beaune aus dem Konsum gegeben.

Die Kalbsleber mit Kartoffelpüree und Endiviensalat hatte ihm seine junge Frau zubereitet, den Beaune aus dem Konsum aber hatte er selbst entkorkt. Ich beneidete Hemingway um seine junge Frau, die ihn immerzu intelligent und verständnisvoll angeredet hatte, aber ich war mir noch keineswegs sicher, ob es für einen angehenden Schriftsteller gut war, eine solche Frau zu haben. Einfacher stand es da schon mit dem Beaune aus dem Konsum. Ich ging also in einen Konsum und suchte nach einem Beaune, aber es gab keinen Beaune, nur französischen Rotwein mit kleinen Glassternen am Flaschenhals, die Flasche für 2 Mark neunundneunzig. Ich versteckte die Flasche in einer Tüte und hoffte darauf, daß sich meine gute Laune nicht verbrauchen würde, bevor ich dazu gekommen war, die Flasche zu öffnen.

Ich dachte über einen geeigneten Ort nach, wo ich die Flasche hätte öffnen können, doch es war nicht leicht, sich in Wiesbaden einen Ort im Freien auszudenken, wo man eine Flasche französischen Rotweins hätte öffnen können, ohne einen schlechten Eindruck zu machen.

Um noch etwas Zeit zum Nachdenken zu haben, ging ich in eine Buchhandlung und schaute mir einen Bildband mit Hemingway-Fotografien an. In seinen jungen Jahren saß er meist lachend und vor Kraft strotzend an einem Caféhaustisch, das unvermeidliche Glas Weißwein vor sich, in Begleitung der schönsten aller Frauen. Ich sagte, »Junge Frauen angehender Schriftsteller sollten genau solche Backenknochen haben wie die schönen jungen Frauen Hemingways« und schrieb diesen Satz gleich unter die altklugen Sätze, die mir zu Jawlenskys Bildern eingefallen waren. »An guten Tagen wie heute fällt einem verdammt viel ein«, sagte ich gleich hinterher und schrieb auch das auf, für alle Fälle.

Meist ließ der Regen am frühen Abend nach, so daß ich mich wieder ins Freie traute. Am liebsten wäre ich in die Spielbank gegangen, um dort die paar Mark, die ich noch hatte, auf eine einzige Zahl zu setzen. Ich war mir sicher, gleich beim ersten Versuch die richtige treffen zu können. Ich hätte das ganze Geld locker in meine Tasche gesteckt und wäre in ein Restaurant gegangen, um mir eine Kalbsleber mit Kartoffelpüree und Endiviensalat zu bestellen. Beim bloßen Gedanken an eine solche Köstlichkeit krampfte sich der Magen vor Hunger zusammen. Ich versuchte, nicht mehr an die Spielbank zu denken, und setzte mich in die Nähe des Kochbrunnens, um hier in der Dunkelheit meine Flasche zu öffnen. Ich überlegte, wieviel Zeit ich noch hatte, sie zu leeren, es waren höchstens noch anderthalb Stunden, ich konnte mich nicht mehr mit langem Nachdenken über geeignete Plätze für das Positive im Leben aufhalten.

Ich dachte daran, daß der Wein meinem leeren Magen zusetzen konnte, und ging vorsichtshalber in eine Bäckerei, um ein halbes Baguette zu kaufen. Das Baguette war ein dickes, deutsches Baguette, es sah aus wie eine breit gewälzte Bettwurst, die man sich beim Schlafen unter den Kopf schieben konnte. Ich setzte mich wieder in die Nähe des Kochbrunnens und beobachtete die elegant gekleideten Menschen, die in den nahen Hoteleingängen verschwanden. Einige Hotels hatten schummrige, rosafarbene Leuchtschriften und lockten mit kleinen Thermalbädern gleich im Innern. Ich stellte mir vor, wie es wäre, jetzt mit der schönsten aller Frauen in solch einem Hotel abzusteigen, ein Bad zu nehmen und anschließend ins Bett zu gehen, aber als ich gerade mitten in diesen Phantasien gelandet war, begann wieder der leichte Regen und erinnerte mich daran, daß ich höchstens noch eine Stunde Zeit hatte, aus eigener Kraft das Positive im Leben zu finden.

Ich wechselte hinüber in den Kochbrunnentempel und wagte es endlich, die Flasche zu entkorken. Ich zog das kleine Taschenmesser heraus, das mir mein Vater für ganz andere Zwecke geschenkt hatte. Manchmal grübelte ich darüber nach, für welche Zwecke mein Vater mir eigentlich ein solches Taschenmesser geschenkt hatte, aber ich kam nur darauf, daß der Kauf eines solchen Taschenmessers mit seiner eigenen Jugend zu tun haben mußte, in der man solche Taschenmesser vielleicht noch Tag für Tag benutzt hatte, um zum Beispiel irgendwas irgendwo hineinzuschnitzen.

Ich wäre nie auf den Gedanken gekommen, mit einem Taschenmesser zu schnitzen, ich benutzte es nur dazu, in Wiesbaden Flaschen französischen Rotweins zu entkorken und ein deutsches Baguette in möglichst dünne Scheiben zu schneiden. »Beim nächsten Mal werde ich mir eine Dose Sardinen dazu erlauben«, sagte ich und dachte darüber nach, wie der Satz fürs Notizbuch verändert werden mußte. »Zu den frühen Bildern Jawlenskys gehören Sardinen in Öl, aus der Dose«, sagte ich und wußte gleich, daß dieser Satz paßte.

Ich nahm den ersten Schluck Rotwein und fuhr zusammen.

Hemingway hatte meist einen langen, sehr langen Schluck Wein genommen, aber ich ahnte gleich, daß ich von diesem Rotwein keinen langen Schluck würde nehmen können. Ich begann, das deutsche Baguette aufzuessen, und nahm ab und zu einen sehr kleinen Schluck Rotwein. Mit der Zeit bemerkte ich, daß die Flasche sich nicht wollte leeren lassen. Mich schwindelte längst ein wenig, die Flasche aber war noch immer beinahe randvoll.

Ich stand auf, verschloß sie wieder mit dem Korken und steckte sie in meine Tüte. Ich machte mich auf den Weg zurück zur Bushaltestelle und ließ die Tüte irgendwo in einen Papierkorb gleiten. Als ich im Bus zurück nach Mainz saß, holte ich mein Notizbuch hervor. Noch auf der Rückfahrt begann ich, an einer kleinen Geschichte zu schreiben. Sie begann mit dem Satz »Damals, in Wiesbaden, in diesen verdammt glücklichen Tagen, war ich in die frühen Bilder Jawlenskys vernarrt …«

Das Haus des Mainzer Doms

Der Mainzer Dom hat etwas Häusliches, Vertrautes, er besteht nicht darauf, eine Kathedrale zu sein, ein dunkler, fremder Raum, den man mit leichtem Zögern betreten würde, nein, er ist wirklich ein Haus, ein warmer, einen sofort in Empfang nehmender Raum, der einen oft genug vergessen läßt, daß er »Architektur« ist.

Die Augen sammeln denn auch zunächst nicht die architektonischen Details, sie wandern nicht sofort in die Höhe oder versuchen, einzelnes zu unterscheiden, die Türme, das Hauptschiff, die Portale. Sie nehmen den Dom eher als Ganzes wahr, als rotes, aus der Häuserumgebung auftauchendes Schiff, als Teil des Marktambientes, als dessen geheimes, nicht auftrumpfendes Zentrum. Wenn sich die Stände des Wochenmarkts um ihn lagern, ist er am schönsten, denn dann wirkt die Szenerie so, als paßte der Markt sich den Rottönen des Sandsteins wie ein Reif von Herbstfarben an.

Die Häuslichkeit des Mainzer Domes gründet in solcher Selbstverständlichkeit, in der mühelosen, freundlichen Einfügung in die Umgebung, die er unmerklich dominiert, aber nie beherrscht wie etwa der Kölner, der kilometerweit gesehen und bestaunt werden will. Dabei macht sich der ältere Mainzer Bruder aber auch keineswegs klein, er duckt sich nicht, sondern lagert sich still, eine gottergebene Gestalt, die in der Nähe des Rheins ihren Ort gefunden hat, als wäre sie nach langen Reisen hier an Land gegangen. Niemand wird gezwungen, den Kopf in den Nacken zu legen und weit hinauf, bis in den Himmel zu schauen. Die Augen mustern nicht unruhig steile Fluchten, sondern sie kommen beim Anblick des Domes so zur Ruhe wie der Bau scheinbar selbst im Laufe der Zeiten.

Charakteristisch ist weiter, daß man ihn nicht durch eine festliche Pforte oder ein hohes Portal betritt, man schlüpft vielmehr hinein. Von einem der schönen, seine Nähe andeutenden Plätze aus schlüpft man hinein, seitlich, vom Markt her, oder durchs Leichhofportal, beinahe unbemerkt. Keine Phalanx von Propheten und Aposteln, kein abschreckender, drohender Christus, sondern höchstens ein unauffälliges Arrangement weniger kleiner Figuren, die so tun, als versteckten sie sich über den Portalen und wollten nicht weiter in Erscheinung treten.

Ich selbst betrete den Dom am liebsten durch das Liebfrauenportal. Die plötzliche Dunkelheit wird gemildert durch das Licht, das vom Kreuzgang hereinschimmert. Man steht im Halbdunkel des Eingangs und zugleich in der Nähe eines Gartens; schön wäre es, genau jetzt das Wasser eines kleinen Springbrunnens zu hören, ein helles, leises Ankunftsgeräusch, das langsam verebbte, mit jedem Schritt ins Langhaus.

Aber auch hier, im großen Innern, durchfliegen die Augen nicht hastig und unruhig die ganze Länge des Mittelschiffs, sie kreisen nicht an der Decke und werden nicht von hinaufschießenden Pfeiler- und Säulenbündeln hinaufgezogen, nein, auch drinnen, im Dom, kommen sie zunächst einmal zur Ruhe. Denn auch das Innere ist wohltuend klar, das Mittelschiff nicht zu hoch, alles ist auch hier von einer beinahe häuslichen Einfachheit. Das Sandsteinrot, das außen noch frisch wirkte wie aufgerührter Ton, trägt jetzt zu dieser Beruhigung bei, die Augen nehmen den frischen Außenton mit hinein und nehmen unbewußt wahr, wie diese Frische eindunkelt, wie sie langsam eingebunden wird zu einem einzigen, stimmigen Dunkelrotton, dem Grundton des Innern.

Chor und Apsis sind dunkel, tiefdunkel, westlich wie östlich, die Augen erfassen diesen Dunkelraum kaum noch, nehmen dort keine Details mehr wahr, so daß die Blicke begrenzt bleiben auf den Innenraum des Langschiffs und die sich anfügenden Seitenschiffe, die im Mainzer Dom aber keine kalten Nebenräume sind, keine verlassenen, nur von einem Architekturgedanken herbeibeorderten Anhängsel mit einigen toten Seitenkapellen, sondern ein Geh-, ja ein Spaziergelände.

Durch die Seitenschiffe geht man wie ein Flaneur, und wie ein Stadtflaneur ist man niemals allein, sondern wird empfangen und aufgenommen von den Figuren und Gestalten der Seitenkapellen, die den Raum beleben und die so wirken, als wären sie hier zu Haus und damit die Gastgeber, gute Freunde, altvertraut, ihren Ewigkeitsgeschäften nachgehend. Die Königinnen-Gestalt der Mainzer Madonna! Die verhüllten, vor Leid in sich gekrümmten Figuren der Grablegung, die zu murmeln und einander etwas zuzuflüstern scheinen, in ihre Aufgabe vertieft! Und, in strahlend hellem Chorhemd und Chormantel, seitlich hingelagert, in einem Buch lesend, Erzbischof Franz Anselm von Ingelheim!

Als Flaneur gerät man so ins Gespräch, man begrüßt seine alten Bekannten, unterhält sich mit ihnen, auch das Gebet ist im Mainzer Dom nicht der Monolog eines Zerknirschten, der sich Gott unterwirft und seine Sünden bekennt, sondern ein Sich-Einreihen in das Murmeln und das große Gespräch, das die Figuren des Doms untereinander und mit den Eintretenden führen.

Geht man durch das Langhaus, wird man von ihren Blicken begleitet, und ihre Stimmen hallen einem hinterher. So ist man nie einsam, sondern immer aufgehoben in der Gemeinschaft all dieser Figuren, eingereiht in ihre Prozession, in ihre Versammlung, die den Mainzer Dom so belebt wie kaum einen anderen. Es sind aber keine jenseitigen, fernen Gestalten, die einen hier mustern, sondern sehr irdisch gezeichnete Zeugen des Glaubens, Männer wie der hellwach blickende Peter von Aspelt oder der durch und durch fromm und gerecht dreinschauende Konrad von Weinsberg oder der große Exzentriker unter all diesen Gestalten: Konrad III. von Dhaun, eine wollüstige Herrschernatur, mit einem manieristischen Sinn für Inszenierung und Stil!

Ich habe mir angewöhnt, sie bei jedem Dombesuch in anderer Reihenfolge aufzusuchen, immer neue Kombinationen erprobend und immer neue Gespräche, daher erscheint es mir so, als wäre ich bei meinem Gang durch den Dom Teilnehmer an einem Symposion, einem christlichen Gastmahl, das Mainz und seine uralte Geschichte zum Thema hat.

Warum ist man nach Verlassen des Mainzer Doms so gut gelaunt? Warum erhält sich der tiefe Eindruck des großen Hauses und setzt sich sogar weiter fort, als übte er seine Magie noch draußen, in den nahen Straßen, aus? Weil der Dom einen nach diesem Gastmahl hinausschickt wie Kinder, die jetzt gekräftigt und gestärkt sind und die sich nun draußen umsehen dürfen, bei einem Glas Wein, in der weiter wohltuenden Nähe des Doms, in den man ja jederzeit wieder zurückkehren kann, wie das Kind, das gern nach Haus kommt, im Dunkeln des Abends.

Römischer Hunger

Frühmorgens, gegen halb sechs, kam das Licht, es kam wie ein feiner Nebel aus kaltem Gold, glitt durch die Schrägspalten der Holzläden ins Zimmer und legte sich auf Stuhl, Tisch und Bett. Ich wohnte im obersten Stock eines großen Mietshauses der Via Bergamo in einer kleinen Pension, die Frau P., einer älteren Dame aus Südtirol, gehörte. Sie vermietete ihre Zimmer an katholische Priester, die ihre Exerzitien in Rom absolvierten, ich wohnte bei Frau P. umsonst, dafür mußte ich für sie einkaufen gehen und noch vieles von dem erledigen, was ihr unangenehm war.

Unangenehm war es ihr zum Beispiel, ihre Mieter zu wekken und ihnen den Morgentee zu servieren, daher besetzte ich vor allen anderen das Bad, setzte später in der Küche den Tee auf, klopfte vorsichtig an vier Türen und stellte vor jeder ein Glas Tee ab, das in der Stille des Flurs dann vor sich hin dampfte.

Damals, Anfang der siebziger Jahre, haßte ich Tee, denn Tee war für mich ein Getränk des Nordens, niemand von meinen römischen Freunden hätte jemals Tee getrunken, und so trank ich ihn auch nicht, obwohl Frau P. ihn mir geschenkt und meine monatliche Kasse damit geschont hätte.

Meine monatliche Kasse nämlich bestand aus genau einhundert Mark, von diesen einhundert Mark mußte ich alle Ausgaben bestreiten, vor allem aber mußte ich versuchen, mit ihnen jenen immensen jugendlichen Hunger zu stillen, den ein Glas Tee in der Frühe vielleicht schon ein wenig gedämpft hätte.

So aber verfolgte mich der Hunger schon kurz nach dem Aufstehen, er plagte mich, weil ich mir ein Frühstück nicht leisten konnte, und er verstärkte sich mit meinen ersten Schritten, weil ich aus Geldmangel den ganzen Tag zu Fuß gehen mußte.

Ich verließ das Haus und schaute in der kleinen Bar neben dem mächtigen Eingangsportal des Mietshauses nach, ob Antonia hinter der Theke stand. Seit Antonia wußte, daß ich Pianist werden wollte und mir das Studium am römischen Konservatorium vom Munde absparte, spendierte sie mir allmorgendlich einen Cappuccino, schon wenn ich ihre Bar betrat, lächelte sie mir zu und schob mir wenig später stillschweigend die bis zum Rand gefüllte Tasse hin, noch heute trinke ich jeden Cappuccino unwillkürlich sehr langsam und mit einer so großen Andacht, als wäre er etwas Exquisites, an das man sich den ganzen weiteren Tag dann erinnert. Damals aber erinnerte ich mich wahrhaftig an alles, was ich tagsüber getrunken oder gegessen hatte, und kein Tag verging ohne sorgfältiges Kalkulieren und Planen der winzigen Mahlzeiten.

Den schwachen Milch-Flaum des Cappuccino noch auf der Zunge, eilte ich dann zu Fuß in die Stadt, kurz vor sieben überquerte ich die Piazza Navona und erreichte Santa Maria del Anima, die Kirche der deutschen Rom-Gemeinde, wo ich während des Frühgottesdienstes die Orgel spielte.

Wenn ich Glück hatte, durfte ich den Pfarrer nach der Messe hinüber auf die Piazza begleiten, meist nämlich wünschte er sich noch ein wenig Gesellschaft und trank in einer der teuren Bars der Piazza einen starken Caffè. Da in seinen Augen ein starker Caffè früh am Morgen für mich nicht gesund war, bestellte er mir einen Frullato, schon während des Orgelspiels hatte ich das Bild dieser Wunderdroge vor Augen, es war das Bild eines großen, kühlen und daher beschlagenen Glases, in dem die kurz im Mixer gequirlte und danach leicht schäumende Fruchtmilch langsam wieder zur Ruhe kam. Wenn ich das Glas an die Lippen setzte, schloß ich die Augen, einen Frullato zu kosten, war beinahe so, als kostete man püriertes Fruchtfleisch, für zwei, drei Stunden war ich von nun an gerettet und konnte mich anderen Aufgaben als der Nahrungssuche zuwenden.

Und so verschwand ich im Lesesaal einer Bibliothek, in einem Museum oder in einer der vielen römischen Kirchen, ich verstand diese Aufenthalte als Teil meines privaten kunstgeschichtlichen Studiums, das große Rom hielt mir seine Vorlesungen und Seminare und lenkte mich ab, schwierigere Prüfungen und Aufgaben standen mir erst wieder gegen Mittag bevor.

Denn spätestens gegen zwölf Uhr setzte die römische Mittags-Unruhe ein, die Lokale öffneten, die Tische wurden eingedeckt und die Küchenfenster weit aufgerissen, die ganze Innenstadt schien sich in ein von Flamme zu Flamme überspringendes Herd-Feuer zu verwandeln. Eine Stunde später waren die besten Plätze besetzt, wo auch immer es möglich war, wurde draußen gegessen, mit gierigen Augen flanierte ich an den langen Tischreihen entlang und sah den Römern beim Essen zu. Wie begeistert sie aßen, wie andächtig, wieviel Zeit sie sich ließen, in der Sonne zu sitzen, unter einem kobaltblauen Himmel, der ihnen ein solches Sitzen ja geradezu aufdrängte!

Um meinen Hunger zu betäuben, trank ich das römische Wasser, wenigstens das Wasser war an jeder Ecke kühl und frisch zu bekommen, ich hatte eine kleine Leer-Flasche dabei, die ich immer wieder füllte, schon vor Jahrtausenden hatten die Römer eine regelrechte Wasser-Passion entwickelt, es strömte in langen, sorgfältig konstruierten Leitungen aus allen nur denkbaren Richtungen und Bergen heran, nirgends auf der Welt, redete ich mir ein, gab es köstlicheres und besseres Wasser.

Wollte ich zu dieser Köstlichkeit aber mittags etwas zu essen bekommen, hatte ich mich zwischen nur wenigen Angeboten zu entscheiden. Das erste Angebot bestand in Form des großen Marktes auf dem Campo dei Fiori, gegen Mittag räumten die Händler dort ihre Stände und entledigten sich oft kleiner Obst- und Gemüse-Reste, die dann leicht umsonst zu bekommen waren.

Das zweite Angebot war die Mittagstafel freundlicher Vinzentinerinnen, die in einem hellen Speisesaal in der Nähe des Pantheons jeden Mittag eine Suppe ausschenkten und danach einen lang eingekochten, klebrigen Reis servierten. Weder die Suppe noch der Reis waren im Grunde genießbar, trotzdem zog es mich immer wieder an die christliche Tafel, denn sie war nach dem Vorbild unseres Heilands, der mit seinen Jüngern Brot und Wein geteilt hatte, mit vielen großen Brotkörben geschmückt, in denen frisch gebackene Brötchen, die sogenannten Rosette, lagen, von denen man sich soviel nehmen konnte, wie man nur wollte.

Das dritte und eindeutig verlockendste Angebot aber war die große »Tavola calda« am Largo Argentina. Hier ging der meist eilige Gast an einer langen Flucht von Vitrinen entlang, in denen die warmen, von kleinen Strahlern kunstvoll ins Licht gesetzten Speisen ruhten, Pasta zunächst, in allen nur denkbaren Kombinationen, dann gebratenes Fleisch, Fisch und Gemüse aller Art. Mit offenem Mund, ein Tablett in der Hand, ging ich gebannt an diesen nicht erschwinglichen Delikatessen entlang, ich zögerte und überlegte, ich machte halt und stand grübelnd vor einem Lasagne-Auflauf oder betrachtete nachdenklich die mit Pilzen übersäten dünnen Kalbsmedaillons, dabei kam all das doch für mich nicht in Frage, höchstens die Beilagen waren für mich mit einigem Geschick zu bekommen.

In der »Tavola calda« am Largo Argentina gab es den kleinen Teller mit maximal zwei Beilagen umsonst, es gab ihn allerdings nur für jene Gäste, die noch ein Hauptgericht wählten. Die Beilagen dienten, wie man im damals noch anderen Teil Deutschlands gesagt hätte, der Sättigung, es handelte sich vor allem um frittierte, mit ein wenig Käse gefüllte Reisklöße, um lang eingekochte und mit etwas Käse überbackene Auberginen oder um dünne, mit ein wenig Käsecreme gefüllte Kroketten.

Zwei Reisklöße mit überbackenen Auberginen – das war mein Traum, ich füllte einen kleinen Teller damit und trug ihn dann an der Kasse vorbei, deutete kurz darauf und sagte, daß ich mir noch einmal nachgenommen hätte, alles mußte sehr rasch und selbstverständlich vonstatten gehen, in den Stoßzeiten hatte ich damit meist Glück, ich lief einfach hinter dem Rücken der gerade bezahlenden und anstehenden Kunden vorbei, hob meinen Teller kurz an, murmelte meinen gut eintrainierten Spruch und verschwand zwischen den Tischen.

Ein- oder zweimal in der Woche wagte ich einen solchen Auftritt, und es waren besondere Tage, wenn ich mich dann an einen Tisch setzte, unendlich langsam die Reisklöße mit dem Gemüse verzehrte, die Brötchen der Vinzentinerinnen auspackte, mit leicht angestoßenem oder angeschrammtem Obst vom Campo dei Fiori abschloß und zu alldem römisches Wasser trank.

An sehr heißen Tagen aber packte ich alles in meinen Rucksack und zog hinunter an den Tiber oder in einen der großen römischen Parks, die schönsten Ruhe- und Eßplätze befanden sich im weiten Gelände der Villa Borghese hoch über der Stadt. Dort aß ich im milden Schatten, las ein Buch und schlummerte ein, die malerisch gefüllten Vitrinen meiner »Tavola calda« zogen in meinen Träumen vorbei und regten neue Sehnsüchte an, vor allem sehnte ich mich danach, ein einziges Mal Calamari fritti kosten zu dürfen, denn die blassen und daher eine gewisse Vornehmheit ausstrahlenden Tintenfischringe in goldgelber, dünner Frittura hielt ich damals für einen Gipfel der Kochkunst, der höchstens noch von einer Portion römischer Kutteln (»Trippa alla romana«) übertroffen werden konnte.

Die »Tavola calda« am Largo Argentina bot diese Kutteln nur an besonderen Tagen an, »heute frische Kutteln« stand dann groß auf einer kreidebeschriebenen Tafel hinter den Vitrinen, Kutteln, dachte ich daher, mußten etwas ganz Einzigartiges, Besonderes sein, ich hielt sie für die kulinarischen Eingeweide Roms, die Summe ihrer geheimen, seit den Tagen der alten Römer tradierten Rezepte.

An den Nachmittagen ging ich endlich an die Arbeit, denn erst dann stand mir einer der Übungsräume des Konservatoriums zur Verfügung, es war immer derselbe kleine, staubige und schwach beleuchtete Raum, in dem sich außer einem Tisch und einem Garderobenständer nur ein Flügel der Marke »Blüthner« befand.

Ich öffnete das Fenster, ich setzte mich an mein Instrument und begann mit den technischen Übungen, doch von draußen schlich sich der mittägliche Rom-Duft ins Zimmer, es war eine schwere Mixtur aus Brataromen, Kaffee und Tabak, ich sog ihn mit geschlossenen Augen ein und ließ meine Finger gegen ihn ankämpfen, unbedingt mußte ich jetzt Herr werden über diese Versuchung, gut, daß ich den Flügel hatte, denn er lenkte mich nicht nur ab, sondern nahm mich in diesen Stunden bald ganz für sich ein.

Schlimm wurde es erst wieder am Abend, denn am Abend, der eigentlichen Zeit der von den Römern lustvoll und ausgedehnt zelebrierten Gelage, ging ich meist leer aus, ausgerechnet für die schönste Mahlzeit des ganzen Tages fiel mir nichts ein, keine Tricks, keine weiterführende Idee, oft mußte ich von dem zehren, was ich vom Mittag aufbewahrt hatte, zwei Rosette, etwas Obst und das zumindest etwas beruhigende römische Wasser.

Dafür aber gab es wieder sehr viel zu sehen, denn der Abend und noch mehr die Nacht waren die hohen Zeiten des Viertels Trastevere jenseits des Tibers, in ganz Trastevere saß man jetzt auf den Straßen und Plätzen, manche waren von langen Fackel-Fluchten erhellt, meist war ich ununterbrochen weiter zu Fuß unterwegs, an den bunten Tischreihen vor den Häusern entlang, den Besonderheiten der römischen Küche wenigstens in meinen Phantasien auf der Spur.

Wenn ich es gar nicht mehr aushielt, betrat ich ein Lokal,

ging wiederum zögernd durch seine Säle und Räume, wiegte mich in der Illusion, einem Freund, der mich eingeladen hätte, zu begegnen und blickte auf die üppig gefüllten Tische mit geschmorten Artischocken und lang eingekochtem Ossobuco, in Rom, hatte ich ja längst verstanden, liebte man das lange Einkochen, seit Jahrtausenden ließen die Römer sich beim Kochen Zeit, verschwenderisch geschenkte und ohne jeden Blick auf eine Uhr verbrachte Zeit war Roms kostbarstes Gut.

Manchmal traf ich auf diesen Wegen auch wahrhaftig meine Freunde, die meisten von ihnen waren Italiener und machten Musik so wie ich, doch sie hatten Geld, oft sogar viel Geld, ich setzte mich zu ihnen und gab vor, schon gegessen zu haben, immerhin kam ich so an zwei oder drei Gläser Wein, oder es ergab sich eine Gelegenheit, etwas von dem, was sie gerade aßen, zu probieren, Kalbsnieren in einer dunklen, sämigen Rotweinsauce, Kalbsbries mit den besten Pilzen, die ich je gegessen hatte, Innereien aller Art waren, fand ich, das Beste an der römischen Küche, wenn es nach mir gegangen wäre, hätte ich mich ausschließlich von Innereien ernährt.

Von all dem aber hätte ich vielleicht noch monatelang träumen müssen, wenn ich nicht an einem schwülen Augustabend, an dem einem selbst im Freien, in den nächtlichen römischen Gassen, die stehende Wärme zu schaffen machte, in einen der alten römischen Weinkeller geraten wäre, die sich in Trastevere unter der Erde befanden.

Die meisten dieser Keller waren nicht zugänglich, aber ich hatte gehört, daß viele ihrer Besitzer sie angeblich zu privaten Festen und spektakulären Orgien nutzten, was dort genau stattfand, hatte meine jugendliche Phantasie sich immer wieder und auf gründliche Weise ausgemalt, nie aber war es mir gelungen, in diese geheimen Tiefen vorzudringen. Ausgerechnet durch Antonia, die Stifterin meines morgendlichen Cappuccino, geriet ich nun dorthin, sie und ihr Freund Giulio, der ein begnadeter Hochspringer war, nahmen mich an diesem

Augustabend mit, von einem improvisierten Konzert war die Rede, ich hatte an so etwas wie die Gastmähler des Lucullus gedacht und mir Gesang vorgestellt, dünnen, hohen Gesang zu römischen Speisen und eine auf dem Boden lagernde Festgesellschaft wie in Sandalenfilmen mit Feldherren wie Antonius oder Pompejus, die sich zwischen ihren Schlachten gern weich betteten und Wein tranken.

Statt dessen aber spielten in dem tatsächlich von Ölfackeln erleuchteten unübersichtlichen Gewirr der Kellerräume portugiesische Mönche, denen die Kurie Auftrittsverbot erteilt hatte, Jazz, und afrikanische Nonnen übersetzten gregorianische Choräle in die Klangwelten ihrer Heimat. So hörte ich Musik, die ich noch nie gehört hatte, es war die Musik eines unterirdischen Teufelszaubers, zu dem Nacht für Nacht Hunderte junger Menschen strömten, ohne daß man diese Zusammenkünfte irgendwo angekündigt hätte.

In den Kellern Trasteveres gab es immer etwas zu essen und vor allem zu trinken, mit der Zeit nannte man mich hier den »Pianista« und drängte mich, ebenfalls einmal aufzutreten, doch ich wagte es lange nicht und besprach mich mit Antonia, die mir ein Amulett mit dem Bild der heiligen Cäcilie schenkte, das mir helfen und Mut machen sollte.

An meinem neunzehnten Geburtstag spielte ich in einem Keller Trasteveres Stücke von Alexander Skrjabin, es waren Stücke, die man im Konservatorium für unanständig und exaltiert hielt, für den römischen Untergrund aber genau das Richtige waren, mit der Zeit verschafften sie mir sogar so etwas wie einen ersten, noch auf Mundpropaganda beruhenden Ruhm. Wichtiger aber noch als diese Bekanntheit war für mich das Geld, das ich von nun an regelmäßig verdiente, denn ich wurde weiter eingeladen und engagiert, so daß ich mich revanchieren und Antonia und ihren Freund zu meinem ersten, selbstverdienten Abendessen einladen konnte.

Es fand in Trastevere statt, ich bestellte mir Calamari fritti, römische Kutteln und gegrillte Artischocken, und ich dachte, jetzt hast Du es geschafft, Du wirst nie mehr hungern, jetzt bist Du der Kaiser von Rom.

Stuttgart, Gartenhaus

Seit vielen Jahren wohne ich nun in einem Versteck, in einem kleinen Gartenhaus aus roten Ziegelsteinen, jetzt im Sommer umgeben von einer dichten Wildnis aus Grün. Dahin führt keine Straße. Wer mich besuchen will, erreicht mich nur über einen schmalen, sich auf halber Höhe über dem Stuttgarter Tal entlangwindenden Fußweg, der früher die schrägen Weinberge durchschnitt. Es ist ein verborgener, paradiesischer Weg, von dem man sagt, daß er geradewegs ins Blau führt, ins Blau der Ferne, des Meeres oder des Südens.

Zur Rechten verläuft eine mannshohe Trockenmauer, rötlich, ocker- und sandsteinfarben, die hier und da Buckel wirft und Schlupftore anbietet. Oberhalb liegen die herrschaftlichen Gärten, mit hohen Zypressen und gut gewachsenen Obstbäumen, nur manchmal sieht man dort einen Gärtner und noch seltener einen Anwohner. Unten im Tal liegt die Stadt, dicht verwachsen die Häuser, entlang der Ausfallstraße nach Süden, bevor es wieder steil hügelan geht, hinauf zu den Höhen, wo es auch heute noch Weinberge gibt und verlorene Waldstreifen.

Schon nach einem kleinen Stück Wegs glaubt man nicht mehr, noch auf ein Haus zu stoßen, so plötzlich hat es einen aus der Stadt in die Natur verschlagen. Obstgärten, schmale Grundstücke, die wegen der steilen Hanglage schwer zu bewirtschaften sind. Doch dann sieht man, nach einigen hundert Metern, kurz bevor der Wald einen endgültig verschluckt, unterhalb des schmalen Wegs das kleine Ziegelsteinhaus, kaum fünfzig Meter entfernt von den wie mit dem Silberstift gezogenen Eisenbahnschienen.

Man bleibt stehen, überrascht von diesem Anblick. Damals im Mai, vor vielen Jahren, erschrak ich beinahe, als ich das dunkelrot glänzende Ziegeldach erkannte, in einem Gewoge von Obstbaumblüten, neben einer einzelnen, steil aufragenden Fichte.

Das Haus stand leer, es war zugewachsen, umwuchert von dichten Brombeerranken, wild aufgeschossenen Robinien und üppigem Ahorn, und seine Erscheinung flirrte in der Maisonne wie das Urbild eines Traums, des Traums der Verborgenheit in einem vorzeitlichen Jenseits, in dem die Menschen noch glaubten an den Garten des Glücks.

Von einem Moment auf den andern wußte ich, daß ich genau hier und sonst nirgends wohnen wollte. In meinen Phantasien sah ich das kleine, verfallene Haus mit hellen Sprossenfenstern und weißen Holzläden, ich sah das neugedeckte Dach und die blitzenden Regenrinnen aus Kupfer, und ich dachte mir das weite Terrain drumherum als Gelände für schmale Pfade, Aussichtsterrassen und versteckte Pavillons.

Ich suchte die Grenzsteine, die Vermessungspunkte, ich lief das Terrain ab, erregt wie ein Spürhund, und ich dachte: ›Hier, hier, hier! Hier bleibst Du, genau hier, genau jetzt, im Alter zwischen Dreißig und Vierzig.‹

Heute, an einem Sommertag, erzähle ich K., der zu Besuch ist, diese Geschichte. Wir sitzen zusammen auf der kleinen Terrasse, die jetzt an das Haus anschließt, und während ich weitererzähle, ziehen die Bilder der vergangenen Jahre noch einmal vorbei: wie ich mir Zugang verschafft habe zum Haus, wie ich erst wenige Meter vor dem zugewucherten Eingang den nahen Bahnkörper bemerkt habe, wie ich später, nach Ankaufverhandlungen mit dem Besitzer, begonnen habe, den steilen Hang zu roden, Jahr für Jahr, wie dann ein Pfad angelegt wurde, hinauf, und wie ich zu den verschiedenen Jahreszeiten immer wieder an der Rutsche des abfallenden Geländes stand, um den Obstbäumen Luft zu verschaffen oder die Unkrautinseln zu bändigen.

Ich beschreibe K. das Gelände: dort, die Hügel, schon jenseits des Neckars, dort der Rotenberg, wo der württembergische König Wilhelm I. mit seiner Frau Katharina in einem Sarg aus carrarischem Marmor liegt, dort, in den dichten Wäldern jenseits des Tals der Dornhaldenfriedhof und der ältere Waldfriedhof, mit den Gräbern von Theodor Heuss und Oskar Schlemmer.

Mitten in meinen Erklärungen fährt ein Zug an uns vorbei. K. reckt den Kopf, versucht, das Richtungsschild zu lesen, und sagt, mit einem flüchtigen Blick hinter dem Zug her: »Und dort liegt also Italien ...«

Acquaviva (Picena)

I

Vom nahen Meer aus sieht man die Häuserlinien des Ortes hoch oben, verteilt auf zwei Hügelkuppen, eine geduckt liegende Katze, die hinaufgeflohen ist in die Berge, wo sie sich jetzt in der Sonne streckt.

Man erkennt das Kastell, das mächtige Rund des Hauptturms, der aber vom Meer aus nichts anderes ist als der Katzenkopf, schwer auf den Boden gesunken. Vom Kastell aus dehnt sich die Rückenlinie des Tieres in braunen Erdtönen über die beiden Hügel, haltend und ruhend. Meerabgewandt, fern erscheint der Ort, eine hohe, stille Schwebe, ein Vorposten der nahen Bergwelt, ein ganz in sich kauerndes Wesen.

2

Fährt man vom Meer aus den langen Serpentinenweg hinauf, hält sich der Ort noch lange versteckt. Obwohl man kaum mehr als eine Viertelstunde unterwegs ist, zeigt er sich erst ganz zum Schluß des Panoramawegs, um einen dann zu umschließen und einzufangen.

Jetzt, am Ende des Wegs, hat man das Meer verloren, der lange schillernde Anblick des weiten Blaus mit seiner weißen Strandlinie ist Teil einer anderen Geschichte, der Geschichte der Ebene, während hier oben, in Acquaviva, kaum acht Kilometer vom Meer entfernt, eine Geschichte der Höhe geschrieben wird, eine Geschichte aus Stein und Erde.

So hat man innerhalb kürzester Zeit zwei extrem verschiedene Welten erfahren; eben noch gab es nur die unendliche Dehnung des Meeresblaus, die Phalanx der ausfahrenden Schiffe, nichts als Spieltänze auf Horizontalen, während der Ort oben erstarrt scheint in vertikaler Behauptung, die Häuser sich an die Hügel klammern und das Kastell sich mit seinen vier Türmen vierfingrig hält.

Man steigt aus, und plötzlich ist die eigentümliche Stille der Höhe da, kein Rufen, kaum Bewegungen, alles schaut, ist zur Ruhe gekommen. Doch, man sieht das Meer noch, wie ein nicht mehr erreichbares Traumterrain, das Gelände der freien Tage, unernst, heiter. Aber hier oben wird das alles nur noch erinnert; der Blick wendet sich anderen Verhältnissen zu, denen der umgebenden Hügel und denen der Berge, die Schluß machen mit den leichteren Bildern der Ebenen.

3

Die Landschaft, die man von der Höhe aus gewahr wird, eine beinahe klassische Landschaft der Marken, beschäftigt das

Auge mit unendlicher Abwechslung auf engstem Raum. Der ungenaue Blick nimmt nichts anderes wahr als Felder und Weinberge, Olivenbäume, längst verlassene alte Bauernhäuser, schmale, kurvenreiche Wege und Pfade.

Schaut man sich aber in diese Landschaft hinein, so wird man die Abweichungen bemerken, die kleinen Unregelmäßigkeiten, Brüche, Verwerfungen, Schluchten, verstreut versetzte Bäume, eine absonderliche Geometrie der Flächen, die sich nirgendwo beruhigen und die seltsamsten Muster bilden.

Vertieft werden diese Muster durch die changierenden Farben: ein immer wieder ins Dunkle übergehendes Ackerbraun, ein fahler, ausgewaschener Ockerton, ein undeutlich bleibendes Grün ..., all das aber nur wie der Untergrund zu den erhabeneren Flächen des Himmels, der sich von den Bergen her auf die Landschaft zurollt. Es ist der Himmel, der diesen Ort berührt, oben vielleicht, an den Turmspitzen des Kastells. Und so gelten die Blicke der Bewohner dem Himmel und seiner beunruhigenden Weite, in steter Erwartung, was kommen wird aus dem Jenseits der Berge.

4

In der Frühe ist der Ort eine Himmelsterrasse. Jeden, der einen kleinen Weg zurücklegt, springt diese Weite an, die Phalanx der nahen Berge, die an schönen Tagen immer näher zu rücken scheinen wie gewaltige Elephantenherden, das beunruhigende Blau, das über ihre Spitzen tropft. Unten, im Tronto-Tal, stehen die Nebel, kleine aufgeregte Tierherden aus weißem Gespinst, die den alten Fluß umschwärmen und zucken, als hielten sie noch mit dem Mondschein Verbindung. Auf den nahen Hügeln aber beginnt sich die Sonne zu spreizen, wie ein Fächer, der später seine kohledunklen Schatten in die Ritzen der Feldflächen wirft.

Im alten Kern des Ortes, der sich vom Kastell über die Höhenkuppen der Hügel erstreckt, wird die Morgenstille immer schwerer, bis hin zur völligen Reglosigkeit des Mittags. Alles ist Stein, Backstein, steinernes kleines Pflaster, als seien all diese Steine irgendwann aus den mächtigen Türmen des Kastells gerollt, wie bunte, erdfarbene Herbstäpfel, die durch einen Zauber zu Gassen, Häusern und Torbogen wurden.

So erscheinen diese alten Partien, verschlungene Wege, überall Treppchen, die einen verführen, den Berg hinabzusteigen, nur wie Auswüchse oder Ausflüsse des mächtigeren Kastells. Geht man gegen Mittag durch diese Zonen, glaubt man sich inmitten von Burgmauern. Alles hockt dicht zusammen, lautlos, wie in Wartestellung. Über den Dächern kreisen die Vögel, und plötzlich sieht man die einzelne, hilflose Möwe, die sich vom Meer bis hier hinauf verirrt hat, weil sie den kräftigen Blautönen des Himmels vertraute und das Sonnengold auf den Häusern hier oben für verlockenden Glimmer hielt, der tanzt auf diesen Himmelswogen aus Blau.

5

Die schmalen Gassen, für die jeder Wagen, selbst noch der kleinste, zu breit ist, reizen zum raschen Gang, zum Schleichen entlang der Mauern, zum katzenhaft plötzlichen Sprung seitwärts in eine sich unvermutet auftuende Öffnung. Man läßt sich eine Gassenwelle hinabtragen, erwischt für einen Moment einen Ausblick, steht sekundenlang still und wird wieder hinabgezogen, zur nächsten Eintauchbewegung in diese Wirbel aus Stein.

Der einzige ebene Platz, an dem man länger verweilt, ist der vor der Kirche. Es ist auch der einzige Platz, an dem sich die Bewohner in großen Gruppen, den kleinen Strudeln der sich immer neu bildenden Gesprächsinseln folgend, zeigen. Sonntags, nach der Messe, stehen sie so eine Weile, doch sie verstreuen sich schnell, so eilig es ihnen gelingt, als hörten sie dann und wann geheime Signale von den Türmen des großen Kastells, die ihnen auftrügen, zu einer bestimmten Viertelstunde zu Hause zu sein.

Zum Flanieren taugt nur ein schmaler Streifen unterhalb der alten Zonen, entlang der neuen Straße, die den Ort einmal umrundet. Man geht von der größeren Bar zur kleineren, bleibt dort stehen, um, mit deutlicher Verlangsamung, endlich doch wieder zurückzukehren zur größeren. Die kleine Strecke, die die Männer des Ortes immer wieder abgehen, verknüpft aber mehr als nur die beiden Zielpunkte der Bars. In Wahrheit leuchtet in der Ferne des einen Ziels noch das Meer auf, die Küstenstadt San Benedetto del Tronto, während das andere Ziel auf die Bergregionen verweist, das alte Ascoli, das irgendwo in der Ebene, nahe den großen Massiven, schimmert wie eine braunsilberne Zauberstadt.

San Benedetto am Meer und Ascoli nahe den Bergen – diese beiden größeren Städte bilden so das Raster der Ferne, das der kleine Flaniergang zwischen der größeren und der kleineren Bar andeutet, als könnten die Bewohner von Acquaviva sich noch immer nicht entscheiden, wohin sie gehören.

6

Schaut man von der Aussichtsterrasse des Ortes hinüber zu den nahen Hügeln, so haben sich auf den größeren ganz ähnliche Ortschaften postiert. Man denkt an jahrhundertealte Feindschaften, an kleine Kriege, die sich an einem Hahnenschrei entzündeten, an jahrelange Belagerungen und ein immer wieder aufgenommenes Anrennen.

Denn obwohl all diese Orte derselben Landschaft der Marken ganz sichtbar angehören, betont ihre Hügellage doch den trotzigen Widerstand gegen jede Gemeinschaft. Und man vermutet, in jedem dieser Orte werde der Akzent der Region um eine jedem Fremden nicht weiter auffallende Nuance verschoben, so daß jeder Ort in der Sprache seiner Bewohner einen Lieblingston kultiviert, die Lieblingstöne der Orte zusammengenommen aber so etwas bilden wie eine Zwölftonreihe. Wehe dem Fremden, der diese Töne verwechselt! Wehe dem, der, ohne es weiter zu ahnen, in einem Ort den Ton des Nachbarortes anstimmt!

7

Erst am frühen Abend kommt Acquaviva Picena ganz zu sich selbst. Dann nämlich verlöschen langsam die den Tag über beinahe reizenden Raster der Ferne, die Berge fallen zurück in ihr schweres, animalisches Dunkel, das Meer teicht ein zu einem breiten, schwarztintigen Streifen, und nur die Lichter auf den nahen Hügeln halten noch fest an der Topographie, an gewundenen Straßenzügen, an Toreinfahrten und kleinen, sternförmigen Kreuzungen.

Die Zeit des Abendrots ist die Zeit der Zurücknahme der Bilder, niemand verläßt jetzt noch den Ort, nichts zieht mehr hinaus, und auf den schmallangen Holztischen der Lokale stehen die Bergspeisen, roher Schinken, Käse, Oliven, scharf gewürzte Nudeln, kleine Spieße mit gegrilltem Fleisch.

Und obwohl das Meer so nahe ist, denkt niemand an Fisch, denn Fische sind die Nahrung der fernen, längs des Meeres strandnah schwebenden Lokale, die ein starker Windsturm davonwirbeln könnte ..., während hier oben, nahe dem sicheren Kastell, nur die Land- und Bergspeisen gelten, große Platten mit Geräuchertem, Dauerndem, die jede Erinnerung an die mollusken Meeresfiguren rasch begraben.

8

Nachts, in der Tiefe der Nacht, schrumpft der Ort in der Stille aber noch weiter zusammen auf die schmale, feine Linie, mit der die alten Häuser vom Kastell aus die beiden Hügelkuppen umfassen.

Aller Klang gerinnt zu einem einzigen Höhensummen, einem anhaltenden Vibrato, in das sich die Ausdünstungen der Backsteine ebenso mischen wie der Generalbaß des Kastells, überlagert von den Zwischenspielen der Steingassen. Die Landschaft ringsum steigt noch ein letztes Mal bis zu den Ringmauern und Toren hinauf, wie eine warme Woge von fern.

Und Acquaviva Picena neigt sich den Innenorganen der Hügelkuppen zu, auf denen es lagert, während auf seinem nächtlichen Katzenfell die kleinen Serien beinahe blinder Laternen blinken, immer stiller und matter, bis hin ins Flackern der Träume.

Woody in Venice

Die ersten Märztage des Jahres 1996 sind in Venedig sehr sonnige und schöne Tage, Grund genug also, sich wohl zu fühlen, doch es gibt in der Stadt nur ein einziges Thema: Das Teatro La Fenice ist abgebrannt. Aus aller Welt reisen daher in diesen März-Tagen Künstler an, um sich mit den trauernden Venezianern solidarisch zu erklären. Auch Woody Allen, der oft selbst so Traurige und Melancholische, kommt vorbei, um sich an der Stätte des Unglücks zu zeigen und ein wenig Trost und Aufmunterung zu spenden.

Er landet in seinem Privatjet und steigt wie seit Jahren im Gritti ab, in der wundervollen venezianischen Suite, in der schon Hemingway übernachtet hat. »Alles wie immer, wenn er hier ist«, lächelt der Empfangschef, als gelte es, einem dicken Freund das Inkognito zu wahren.

Doch als sich der Scheue später auf den Weg macht, die uns allen bekannte Soon Yi an der Hand, ist es damit vorbei. »Woooody!« rufen die sonst zurückhaltenden Venezianerinnen, malerisch und doch dezent gekleidet wie die jungen Schönen auf den alten Venedig-Bildern Gentile Bellinis, und wie auf diesen Bildern zieht die ehrwürdige Prozession zum Markusplatz, wo der Scheue zum ersten Mal selbst alle Zurückhaltung fallenläßt, das Meer und die Tauben begrüßt, die Arme ausbreitet und gesteht, daß er sich wohl fühlt wie auf einer Hochzeitsreise. Soon Yi sagt nichts und lächelt. Später stehen im Speisesaal des Hotels Monaco die ersehnten Penne all' arrabiata bereit und dekorative Scampi, gebettet in eine algengrüne Lage von Artischocken.

Am Nachmittag ist der Bürgermeister zur Stelle und irgendein Sopraintendente, und die inzwischen stark angeschwollene Gentile-Bellini-Prozession sickert durch die weiter von »Woooody«-Rufen erhellten Gassen Venedigs zum Teatro La Fenice. »Terrible«, murmelt der Hochzeitliche, die freundliche Soon Yi noch immer an der Hand, und dann sagt er den traditionsbewußten Venezianern schnell etwas direkt ins Herz, in der Art, daß das Teatro La Fenice das schönste der Welt gewesen sei und daß es wieder das schönste werden müsse und daß er sofort alle unterstütze, die dieses Vorhaben unterstützten.

Jetzt herrscht dieser herrliche Einklang zwischen dem Fremden und der Stadt Venedig. Die Stadt ist dabei, auch Woody Allen in ihrem gewaltigen mollusken Tintenfischmagen zu verarbeiten, die Blitzlichter zucken hinter ihm her, und es ist, als erteilte man ihm von allen Seiten den Segen, vielleicht ist aber auch er, Woody Allen, die Eminenz, die den Reigen anführt.

»Woody, hoch den Kopf!« rufen nun auch die älteren, sonst

gänzlich zurückhaltenden Venezianerinnen oben aus den kleinen Fenstern, die den kleinen Fenstern auf den alten Carpaccio-Zyklen so ähneln, und langsam ist alles dabei, ganz in »Venedig« aufzugehen, nur Woody umklammert noch immer die Hand der gerührten Soon Yi.

Am Abend steht er dann auf der Bühne des Goldoni-Theaters. »Goldoni, Goldoni!« hören wir jetzt von ihm, und er sagt es den festlich, wie zu einer Aufführung von »La Traviata« gekleideten Venezianern säuselnd ins Ohr, als wäre Goldoni ihm das Nächste und Wichtigste überhaupt. Natürlich ist dieser denkwürdige Abend dem Teatro La Fenice gewidmet, Woody sagt es gleich, und eine Welle der Rührung ergreift das Goldoni-Theater und überrollt die gefüllten Ränge, wo sich alles versammelt hat, was ganz und gar venezianisch ist, der Bürgermeister, der Sopraintendente, die Contessa und Presidentessa des Freundeskreises des Teatro La Fenice und all die schwarzhaarigen, schönen Venezianerinnen, in dunklem Samt wie auf den Venedig-Bildern der Tintorettos.

Dann aber erscheint neben und hinter Woody noch etwas Begleitung auf der Bühne, wie zufällig sind sie da, die Dame und die fünf Jungs seiner »New Orleans Jazz Band«, und Woody legt seine wunderbare graue Strickjacke ab, krempelt die Hemdsärmel hoch, zupft an den fahlen Cordhosen, greift nach der Klarinette und legt los, simpler New-Orleans-Jazz, »Kneipenjazz«, wie er das nennt, etwas Banjo, Baß, Schlagzeug, vor allem aber natürlich Klarinette, die uns allen vertraute Woody-Allen-Klarinette.

Und Woody träumt nun seine Klarinetten-Soli, er schließt die Augen, spielt, als triebe ihn der Furor, stampft mit dem linken, kleinen Fuß und dem schmalen Knabenschuh, und er spielt wie ein gut erzogenes Kind, das sich jetzt an die Regeln hält, und er hält sich gleich an alle Regeln auf einmal, stellt seine Mitspieler vor, reiht sich ein, er duckt sich geradezu in seine fahle Cordhose und all diese Zeichen eines anonymen New-

Orleans-Jazz, der das Goldoni-Theater für beinahe anderthalb Stunden unterhält, zu abenteuerlich saftigen Preisen.

Kurz vor Mitternacht hat sich die nur hinausgezögerte Vereinigung Venedigs mit Woody Allen dann endgültig vollzogen, wir sehen die Prozession dann in der Nähe der Rialto-Brücke, wo Mister Allen sich in den dunklen Leib eines Motorbootes duckt, Soon Yi weiter an der Hand, eine Geste, die alle erschüttert, schon ihrer Unermüdlichkeit wegen.

Ein paar Tage später aber hebt die Eminenz wieder ab und setzt ihre Europa-Reise fort, Paris, Mailand, Rom und so weiter, irgendwann verschlägt es ihn sogar nach Frankfurt. Die Oberbürgermeisterin überlegt, ob sie sich einen Tag frei nehmen soll, und die jungen Frankfurterinnen denken daran, kleine Blumensträuße bereitzuhalten, für Soon Yi.

Venedig mit Kindern

Wie schön, sagt Lo, meine kleine Tochter, als wir das Flughafengebäude von Venedig verlassen, wie schön das hier ist! Lauter Boote und Wasser und die vielen Möven …

Und wo ist Venedig, fragt Lu, mein kleiner Sohn, ist das hier schon Venedig?

Nein, sage ich, Venedig liegt da drüben, in der Ferne, vielleicht könnt ihr zumindest einen Kirchturm erkennen.

Können wir nicht, sagt Lu, wir können gar nichts erkennen, am besten, wir fahren schnell hin.

Und wie fahren wir hin, fragt Lo und schaut sich die Boote und Schiffe genauer an, die Schiffe sind alle sehr voll, die nehmen wir nicht. Am besten wir nehmen ein Ruderboot oder ein Schnellboot, die sind schön leer, so daß wir gut Platz haben.

Mit einem Ruderboot brauchen wir einen ganzen Tag, sage ich, das dauert einfach zu lang, und die Schnellboote sind sehr teure Wassertaxis, die viel Krach und Lärm machen und hohe Wellen.

Ich mag hohe Wellen, sagt Lu, wenigstens einmal sollten wir mit hohen Wellen fahren.

Und dann greift er nach seinem Koffer und zieht ihn hinüber zu einem Wassertaxi, dem ein freundlicher, junger Venezianer entsteigt.

Moment mal, sage ich und laufe Lu mit all dem anderen Gepäck hinterher, Moment mal, nicht so schnell, aber da hat der freundliche, junge Venezianer schon die ersten Gepäckstücke genommen und sie in seinem Wassertaxi verstaut. Ich frage nach dem Preis für die Fahrt, und als ich den hohen Betrag höre, schüttle ich nur mit dem Kopf und mache mich daran, die Gepäckstücke wieder auszuladen, da aber geht der freundliche, junge Venezianer mit dem Preis etwas herunter, und ich schüttle noch einmal den Kopf, und er geht noch einmal etwas herunter, und dann fahren wir endlich los.

Venedig ist eine Stadt für Kinder, sagt der Mann an der Hotel-Rezeption, und dann holt er einen Kinderstadtplan heraus, auf dem alles farbig und heiter ist und lauter Spielplätze für Kinder eingezeichnet sind. Lo und Lu aber wollen nicht zu Spielplätzen, sondern immerzu Schiff fahren. Also kaufen wir eine Familien-Tageskarte, die uns erlaubt, ununterbrochen unterwegs zu sein und die Linien nach Belieben zu wechseln.

Wohin wollen wir denn fahren, frage ich und klappe den bunten Kinderstadtplan auf.

Nirgendwohin, sagt Lu, wir fahren einfach mal los, rundherum, dahin, wo es schön ist.

Gut, sage ich, fahren wir einfach mal los, und dann stehen wir auf der schwankenden Haltestelle, und das erste Schiff legt an, voll beladen mit Menschen.

Damit fahren wir nicht, sagt Lo, wir fahren nur mit einem Schiff, auf dem wir sitzen können, und zwar ganz vorne.

Bis so ein Schiff vorbeikommt, können Stunden vergehen, sage ich.

Macht doch nichts, sagt Lo, dann spielen wir eben so lang, bis das passende Schiff kommt.

Ich sage nichts mehr, und so warten wir, bis das nächste Schiff kommt, und ich atme erleichtert auf, als ich sehe, daß es ein beinahe leeres Schiff ist, mit freien Plätzen ganz vorne.

So fahren wir los, und Lu sagt: Wir hüpfen jetzt einfach von einem leeren Schiff auf ein anderes, immer, wenn wir ein leeres Schiff sehen, steigen wir um.

Ich sage wieder nichts, und so fahren wir eine Weile, und dann entdecken wir wahrhaftig ein anderes, fast leeres Schiff auf die nächste Haltestelle zulaufen, und so steigen wir um und fahren die Strecke einfach ein kleines Stück wieder zurück, um erneut umzusteigen.

Lo und Lu sind von diesem Fahren begeistert, sie nennen es »Bootsspringen«. Lo schreibt die Nummern der uns entgegenkommenden Schiffe auf, und Lu zählt die Menschen, die sich auf den Booten befinden, während ich Zeit habe, mir die Häuser und Wasserstraßen anzuschauen.

Nach einigen Stunden Bootsspringen sagt Lu: Noch schöner als die Schiffe sind die Gondeln, die Gondeln sind einfach am schönsten.

Stimmt, sage ich schnell, die Gondeln sind sehr schön, aber das Fahren ist furchtbar teuer.

Das hast Du bei den Wassertaxis auch gesagt, sagt Lo, und dann sind wir doch Wassertaxi gefahren.

Fragen wir einfach mal, wie teuer die Gondeln sind, sagt Lu, und dann läuft er zu einer Gondel, der ein freundlicher, junger Venezianer entsteigt, der Lu gleich hilfsbereit packt und in die Gondel hebt.

Moment mal, sage ich, und dann sagt der freundliche, junge Gondoliere: Venedig ist eine Stadt für die Kinder, sie lieben die Gondeln und das Wasser, und das Spiel mit dem Kopfschütteln beginnt und dauert so lange, bis wir losfahren, durch die kleinen, schönen Kanäle, durch die die großen Schiffe nicht fahren können.

Gondelfahren ist wunderschön, sagt Lo, die Gondel tanzt auf dem Wasser, und ich denke, sie hat vollkommen recht, die schönste venezianische Fortbewegungsart ist die mit der Gondel, da gibt es gar nichts, auch wenn noch so viele Japaner in Gondeln sitzen und andere Japaner in Gondeln fotografieren.

Am zweiten Venedig-Tag fragt Lu gleich am Morgen: Kann man in Venedig nur auf dem Wasser fahren?

Ja, sage ich, Venedig ist eine Wasserstadt, ohne Straßen und häßliche Autos, dafür mit schönen großen Plätzen, auf denen Kinder nach Herzenslust spielen können.

Dann gibt es nirgendwo etwas Land? fragt Lu nach, wirklich nirgendwo?

Doch, sage ich, der Lido ist ein schmaler Streifen Land, direkt am Meer.

Fahren wir auch mal auf den Lido? fragt Lu weiter, und als auch Lo darauf drängt, direkt ans Meer zu fahren, fahren wir zusammen hinüber zum Lido.

Wenn man die Schiffshaltestelle auf dem Lido verläßt, steht man vor einem Fahrradverleih.

Mensch, sagt Lu, hier gibt es ja richtige Fahrräder. Ich würde so gern mal Fahrrad fahren, mir ist von all dem Schifffahren schon ganz schwindlig.

Man kann hier Fahrrad fahren, sage ich, aber nur ein ganz kleines Stück, das lohnt sich nicht, und außerdem ist es auch ziemlich teuer.

Das hast Du bei den Wassertaxis und den Gondeln auch gesagt, sagt Lo, und diesmal ist sie es, die zu dem jungen, freundlichen Venezianer läuft, der einen Fahrradverleih betreibt.

Der junge Fahrradverleiher erklärt mir, daß man keineswegs nur ein ganz kleines Stück Fahrrad fahren kann, sondern Stunden, ja Tage, man muß einfach nur eine gute Karte dabeihaben und dann von einem Küstenstreifen zum andern übersetzen, mit den entsprechenden Fähren, einen Fahrplan für die Fähren hat er natürlich auch.

Und Sie meinen, wir kommen so wirklich voran? frage ich.

Es ist die schönste Fahrt, die Sie sich denken können, sagt der junge Fahrradverleiher, und dann gebe ich all meine Widerstände endlich auf, und wir leihen uns drei Fahrräder aus und fahren einfach mal los.

Die Fahrradfahrt auf dem Lido stundenlang immer am Meer entlang ist die schönste Fahrradfahrt, die man sich denken kann, denke ich, als ich hinter Lo und Lu herfahre. Und dann setzen wir über, von einem Küstenstreifen zum andern, baden an leeren Stränden und bauen uns aus allerhand Strandgerümpel, das das große Meer irgendwann ausgespuckt hat, Robinsons Strandhaus. Venedig liegt irgendwo in der Ferne, nicht einmal ein Kirchturm ist noch zu erkennen, aber auch das ist mir egal, denn ich wundere mich längst nicht mehr, daß Lo und Lu immer genau ahnen, wie man sich am besten durch Venedig und um Venedig herum bewegt.

Venedig ist eine Stadt für Kinder, flüstere ich, und dann strecke ich mich im Sand aus und denke diesen Satz etwas weiter: Kinder nehmen eben eine instinktive Verbindung zu ihrer Umgebung auf, ganz natürlich, so, wie ein Vogel oder ein Fisch es vielleicht tun würde. In Venedig ist es am besten, den Kindern zu folgen, denke ich abschließend, und als ich hinauf in den Himmel schaue und die Möven dort kreisen sehe, ahne ich, daß wir bald über die Lagune fliegen werde, nicht zu hoch, nicht zu tief, gerade so, wie es die Möven uns vormachen ...

Die weißen Inseln der Zeit

Gegen sieben Uhr in der Früh kam ich mit geringer Verspätung in München an, im Bahnhof war es noch kühl, aber sonnig, ich ging den Bahnsteig langsam entlang, erleichtert, die lange Nachtfahrt endlich hinter mir zu haben. Ich mochte den Münchener Hauptbahnhof, er hatte zu dieser Uhrzeit etwas Luftiges, Weites und wirkte wie eine unaufwendige, helle Empfangshalle, in der man sich gut aufhalten konnte.

Ich vermutete, daß Lisa am Ende des Bahnsteigs auf mich wartete, aber sie war dann doch noch nicht da, so daß ich meinen Koffer auf einer Bank absetzte und sie über das Handy anrief. Sie meldete sich gleich, sie steckte, wie ich es mir schon gedacht hatte, im Stau, entschuldige, ich hätte früher losfahren müssen, flüsterte sie mit ihrer noch rauhen Morgenstimme, macht doch nichts, antwortete ich, ich trinke einen Kaffee und warte auf Dich an der kleinen Espresso-Bar. Ich bin gleich da, sagte sie noch hastig, aber ich sah keinen Grund für ihre Eile, und so antwortete ich, laß Dir Zeit, ich bin gerade erst angekommen, ich werde es genießen, hier noch einige Augenblicke zu sitzen.

Ich nahm meinen Koffer und ging zu der Bar, ich bestellte einen Cappuccino und setzte mich auf einen der Barhocker, wohin soll's denn gehen, fragte mich der junge Italiener hinter der Theke, nirgendwohin, antwortete ich, ich bin gerade angekommen, ich komme mit dem Nachtzug aus Venedig. Er lächelte und pfiff leise vor sich hin, Venedig!, murmelte er mit einer leichten Verbeugung, als wäre ich ein Botschafter dieser Stadt und als müsse man mir deshalb besondere Ehren erweisen. Ich kostete den Cappuccino, er war gar nicht schlecht, konnte es aber mit dem Cappuccino in meiner venezianischen Morgenbar nicht aufnehmen, kurz stand mir ihr Bild genau vor Augen, die lange Theke mit den Tabletts, auf denen sich die hellen Tramezzini wie kleine Bausteine eines Puppenhauses türmten, die bunte Parade der Spirituosen-Flaschen auf den Regalen, die drei, immer wieder flüchtig von vielen Gästen zur Hand genommenen Morgenzeitungen auf dem seitlich, vor dem großen Fenster stehenden Tisch.

Ich hatte, wann immer es möglich gewesen war, die Stadtnachrichten von *Il Gazzettino* aufgeschlagen, ich hatte die exakten Daten von Sonnenauf- und -untergang gesucht, in derselben Rubrik waren die Namen der Tagesheiligen und die der Sternkreiszeichen notiert, gefolgt von einer leicht geschwungenen, wie eine Welle auslaufenden Linie, die den Wasserstand von Ebbe und Flut zentimetergenau von Stunde zu Stunde markierte.

Jetzt, in der Frühe, stand in Venedig das Wasser sehr tief, das algige, suppige Grün an den Fundamenten und Pfosten war wie ein breiter, dicht schimmernder Gürtel zu sehen ..., während sich hier nun der Bahnhof rasch füllte und wieder entleerte, die aus dem Hinterland eintreffenden Züge stießen die in die Stadt davoneilenden Massen aus, die sich sofort nach allen Seiten und selbst zu den schmalsten Ausgängen hin zielstrebig verteilten, ich bestellte noch einen schwarzen Kaffee und betrachtete still das unruhige Bild der strömenden, sich nur wenige Meter vor mir in winzige Gruppen und Untergruppen teilenden Scharen.

Das Klingeln des Handys weckte mich aus meinen Träumen, Lisa meldete sich und sagte, daß sie weiter aufgehalten werde, sie sei in einen Unfall an einer Kreuzung verwickelt, aber nicht direkt, sondern nur als Zeugin, ein Fahrer habe in der Eile beim Linksabbiegen auf der Mitte der Kreuzung die Vorfahrt mißachtet, sie habe den Unfall vorhergesehen, denn sie habe sich hinter dem späteren Unfallwagen in die Abbiegespur eingefädelt und schon geahnt, daß er ohne anzuhalten abbiegen werde.

Ist es schlimm?, fragte ich, nein, antwortete sie, nicht schlimm, aber unangenehm, ich sah genau, wie die beiden Wagen ineinanderkrachten. Wie lange wirst Du noch brauchen?, fragte ich. Eine halbe Stunde bestimmt noch, vielleicht auch länger, antwortete sie, die Polizei ist gerade erst eingetroffen, Du kannst Dir das ganze Kleinklein der Befragungen sicher vorstellen. Du kommst damit zurecht?, fragte ich, sicher, sagte sie, ich komme schon damit klar, aber was wird aus Dir, willst Du noch auf mich warten? Ja, sagte ich rasch, noch etwa eine Stunde lang würde ich warten, sollte es länger dauern, meldest Du Dich und ich nehme ein Taxi nach Hause.

Danke, Pa, sagte sie, es ist dumm, aber hierfür kann ich nun wirklich nichts, aber nein, antwortete ich, wer hat denn so etwas behauptet, mir geht es gut, ich besorge mir eine Zeitung und ein kleines Frühstück, etwas Bayrisches, etwas, das mich zu Hause ankommen läßt. Tu das, sagte sie noch, und ich hörte, wie erleichtert sie war, dann trank ich meinen Kaffee aus, zahlte und verließ die kleine Bar, um nach etwas Eßbarem Ausschau zu halten.

In Venedig war ich am frühen Morgen nach dem ersten Kaffee meist zu Fuß zu einem entfernten Ziel aufgebrochen, ich hatte mich mit Hilfe des Stadtplans nur sehr flüchtig über die ungefähre Richtung informiert, war dann aber, als wäre es Ehrensache, den Plan nicht ein zweites Mal zu befragen, ohne weitere Hilfsmittel auf gut Glück losgezogen. Ich mochte den Rhythmus des kurzen Treppauf und Treppab an den schmalen, geschwungenen Brücken, ich unterbrach meinen streunenden Gang hier und da für einen weiteren Kaffee oder setzte mich einfach irgendwo auf eine Steinbrüstung am Rande eines Kanals, in dessen stillem Flaschenglasgrün die Sonnenschemen der anliegenden Häuser hin und her schaukelten.

Ich hatte mir in Venedig eine Auszeit von genau zehn Tagen genommen, und wirklich war es mir durch meine langsamen, ungestörten Spaziergänge gelungen, allmählich in der Stadt zu verschwinden. Von Tag zu Tag hatte ich mich immer mehr ihrer sanften Ruhe angepaßt, indem ich in die entlegeneren und oft menschenleeren Gegenden ausgewichen war, ich hatte in halbdunklen, von der venezianischen Schwärze der Nacht noch durchtränkten Kirchen gesessen und mir ein Vergnügen daraus gemacht, durch den Einwurf eines 50 Cent-Stücks in einen Automaten ein einzelnes Altarbild zu erhellen, vor vielen solcher Bilder war ich allein gewesen und hatte sie mit einem winzigen Opernglas studiert, ich hatte mich an den aufwendig erzählten biblischen Szenen und Geschichten gar nicht satt sehen können.

Am dritten Tag meines Aufenthalts war ich in der Kirche San Salvador vor einem Bild der Begegnung des auferstandenen Christus mit einigen seiner Jünger bei Emmaus einem Kunsthistoriker begegnet, der sich auf einem eigens mitgebrachten Hocker stundenlang vor dem Bild plaziert hatte, er hatte mir einige von der Wissenschaft diskutierte Theorien über das Bild erläutert, und ich hatte ihn wegen seiner Passion und all der Zeit, die er sich nahm, um ein einziges Bild genau zu verstehen, sehr beneidet. Ich konnte mir gut vorstellen, auf solche Weise monatelang in Venedig zu bleiben, während der zehn Tage meines Aufenthaltes war ich sogar mehrmals Menschen begegnet, die das normale Zeitgefühl verloren und sich über Wochen und Monate venezianischen Zeitrhythmen hingegeben hatten.

Auf meinem Weg durch den Bahnhof wurde mein Koffer mir lästig, ich brachte ihn in einem Schließfach unter und fragte dann an einem Zeitungsstand nach der neusten Ausgabe von *Il Gazzettino*. Man sagte mir, daß jeden Tag genau drei Exemplare geliefert würden, in etwa einer Stunde wären sie zu bekommen, ich bat darum, mir eine Nummer zurückzulegen und bezahlte, um sie ganz sicher zu erhalten, schon im voraus.

Dann schlenderte ich durch den offenen Restaurantbereich mit den kleinen Theken, ich blieb an einer mit typisch bayrischen Speisen hängen und schaute zu, wie man mir von einem leicht schimmernden, angebräunten Laib Leberkäse ein Stück abschnitt und es in eine aufgeschnittene Semmel drückte. Ich rahmte die gesamte Kante der Scheibe mit einem breiten Streifen Senf und bestellte ein kleines Bier, an dem ich dann nippte, als wäre es eine exquisite, seltene Köstlichkeit.

In Venedig hatte ich kein einziges Mal Bier getrunken, ich hatte mir nicht vorstellen können, daß Bier in Venedig überhaupt schmeckte, hier aber, in München, spürte ich es mit seiner metallenen Kälte beinahe wie einen exotischen Sekt auf der Zunge, sein bitterer Sprudel löschte sofort meinen Durst und paßte genau zu dem leicht salzigen Leberkäse, dessen glatte Mattrosa-Fläche von vielen rötlichen Punkten durchsetzt war, die ihn als durchsichtige, fette Pigmente wie einen porösen Hautlappen aussehen ließen. Ich betrachtete all die auf dem Grill bereitliegenden Würste, diese bayrische Theke war eine einzige Variation blutroter, an den Rändern in ein verschmiertes Rembrandt-Braun übergehender Töne und mit ihren Schnitzeln und Haxen ein fast dramatisch erscheinendes Metzger-Stilleben.

Ich hätte gern ein Foto von all dem gemacht, wahrscheinlich fiel es mir als Besonderheit auch nur auf, weil es in Venedig solche offenen Wurst- und Fleisch-Stände mit Bergen von Gegrilltem nicht gab. Als ich aufschaute, wurde dieses mögliche Foto aber gleich von einem anderen Bild verdrängt, es war das Bild des jetzt zur Ruhe gekommenen Bahnhofs, in den das Sonnenlicht von beiden Seiten so hell hineinflutete, daß ich zu blinzeln begann.

Genau in diesem Moment erkannte ich Peter, ich sah ihn mit seinen entschiedenen, staksigen Schritten quer durch die Halle gehen, seinen properen, schwarzen Aktenkoffer hielt er wie ein Trauer-Utensil fest in der Rechten, während er laufend hinauf zu der Tafel mit den Abfahrtszeiten der Züge schaute. He, Peter, Compagnon, setz Dich doch zu mir!, hätte ich am liebsten gerufen, um ihn von seinen festen Bahnen abzubringen, dann aber mußte ich lachen, weil mich seine Bewegungen an die der irritierten Büro-Menschen in Filmen von Jacques Tati erinnerten.

Ich lachte nicht laut, ich kicherte eher wie einer, der sich im stillen amüsiert, vor mich hin, das schien aber schon zu genügen, um aufzufallen, jedenfalls fragte mich jemand zu meiner Rechten, was es zu lachen gebe. Ich drehte mich um und erkannte eine Frau etwa in meinem Alter, die ebenfalls eine Semmel mit Leberkäse verzehrte, sie hatte einen eleganten, prallvollen Koffer neben ihrem Hocker geparkt und trug einen langen, fast bis zum Boden reichenden Mantel, der jetzt vorne weit offen stand.

Kennen Sie Filme von Jacques Tati?, fragte ich, ich wurde eben an eine Szene in einem seiner Filme erinnert. Sie lächelte, ja, sie kannte Filme von Jacques Tati, sie begann, einige Titel zu nennen, und ich vervollständigte die Liste, so kam unser Gespräch in Gang.

Sie war auf dem Weg nach Köln, um dort ihren Ex-Mann zu besuchen, sie hatte eine Tochter wie ich, lebte aber – anders als ich – nicht mehr mit ihr zusammen, sie erkundigte sich ausführlich nach Venedig und einem Hotel für einen möglichen Aufenthalt, und ich erzählte ihr, daß ich eine kleine Wohnung gemietet hatte, ein *appartamento* mit Wohn-, Schlafzimmer, Bad und kleiner Küche, sehr bequem, geradezu ideal gelegen.

Wir tauschten unsere Telefon-Nummern aus, nach ihrer Rückkehr aus Köln wollte sie mich anrufen, um alle Details wegen einer Anmietung der Wohnung zu erfragen, es ist eine Wohnung für genau zwei Personen, sagte ich, und sie schaute einen Moment länger zurück, als wollte sie überprüfen, ob ich der richtige Begleiter für einen solchen Aufenthalt wäre. Dann aber mußte sie gehen, ich stand mit ihr auf und begleitete sie noch die wenigen Schritte zum Zug, ich gab ihr die Hand und mußte mich meiner guten, beinahe beschwingten Laune wegen fast zurückhalten, ihr keinen Abschiedskuß zu geben.

Als sie verschwunden war, spürte ich für einen Moment eine traurig machende Enttäuschung, die sich mit den Bildern der venezianischen Wohnung verband, mit dem steinernen, kühlen Treppenhaus, in dem mir niemals ein einziger Mensch begegnet war, mit dem süßlichen Tabak-Geruch nach Öffnen der schweren Etagen-Tür, mit dem Blick aus dem Fenster des Schlafzimmers in das Rechteck eines von hohen Ziegelmauern umfaßten Gartens, in dem nur manchmal zwei Katzen wie graue, kunstvoll zusammengedrehte Wollknäuel im dünnen Sonnendunst schlummerten.

Um mich von diesen Erinnerungen abzubringen, ging ich den Weg zurück in die Halle, als wäre ich zum zweiten Mal angekommen, diesmal zögerte ich auch nicht länger, sondern ging bis zum Haupteingang weiter, wo ich einige Schritte hinaustrat, ins Freie, in die Nähe der langen Taxi-Schlangen unter den leichten Dächern des Vorbaus. Taxis waren also in genügender Zahl vorhanden, ich konnte sofort einsteigen, und als wollte ich mich nun nicht mehr länger versäumen, griff ich nach dem Handy und wählte Lisas Nummer.

Sie meldete sich erst nach einer Weile, ihre Befragung stand noch immer bevor, sie geben sich hier nicht die geringste Mühe, die Sache schnell abzuwickeln, sagte sie. Ich riet ihr zur Geduld und sagte, daß ich nun ein Taxi nach Hause nehmen werde, ist gut, antwortete sie, dann sehen wir uns zu Haus, ich werde zu Mittag etwas kochen.

Ich steckte das Handy wieder in meine Manteltasche, steuerte aber, als ich die Bahnhofshalle von neuem betrat, nicht zielstrebig auf die Schließfächer zu, sondern ging noch einmal am Zeitungsstand vorbei, um die bereits bezahlte Nummer von *Il Gazzettino* abzuholen. Sie war nun wirklich zur Hand, der Verkäufer übergab sie mir mit einem breiten, triumphierenden Lächeln, als habe er sich persönlich um diese Zustellung verdient gemacht.

Der Erhalt der Zeitung verbesserte aber auch meine eigene Laune, ich konnte mir nicht vorstellen, dieses so geduldig und hartnäckig erworbene Gut gleich wieder wegzupacken oder gar später in meiner Wohnung zu lesen, nein, *Il Gazzettino* wollte sofort gelesen werden, hier im Bahnhof, bei einem Glas Prosecco.

Wie von einem leichten Übermut gepackt, steuerte ich wieder den Restaurantbereich an, natürlich gab es dort auch eine Theke mit italienischen Getränken und Speisen, ich bestellte einen Prosecco und schaute einen Moment zu, wie bereits die Mahlzeiten für den Mittagstisch vorbereitet wurden, große Platten mit in Olivenöl gedünstetem Gemüse wurden in den Vitrinen postiert, glitzernde Fischfiletstreifen mit Zitrone beträufelt, Lagen geviertelter, mit kleinen Thymian- und Rosmarinzweigen belegter Kartoffeln in einen Ofen geschoben.

Ich schlug die Stadtnachrichten von *Il Gazzettino* auf, ich ging sie in der gewohnten Manier durch und trank dazu meinen Prosecco, auch in Venedig hatte ich nach den morgendlichen Stunden des Fußwegs kurz vor dem Mittagessen ein kleines Glas Wein oder einen frischen Prosecco getrunken, ich dachte an die kleine Bar im Erdgeschoß des Hauses, in dem sich meine Wohnung befand, jetzt, vor dem Essen, füllte sich der niedrige Raum mit der dunklen Holztheke rasch und immer wieder neu, die meisten Gäste kamen nur herein, um ein einziges

Glas zu trinken und ein kurzes Gespräch zu führen, dann verschwanden sie wieder, als genügten solche minimalen Mengen, um auf Touren zu kommen.

Auch ich hatte plötzlich das Bedürfnis, mit jemandem zu sprechen, und so rief ich Martha an, Martha, meine Ex-Frau, dachte ich etwas spöttisch, denn seit einiger Zeit hatte ich diesen Begriff sehr häufig gehört, anscheinend war es Mode geworden, sich mit dem Ex-Mann oder der Ex-Frau zu treffen, solche Treffen hatten, wie Bekannte mir erläutert hatten, etwas Entspannendes und Besänftigendes, die alten Konflikte und Reibereien waren vergessen, statt dessen konnte man sich dem anderen wieder anvertrauen, niemand wußte schließlich so genau über einen Bescheid.

Martha meldete sich gleich, schon ihrem Tonfall entnahm ich, wie beschäftigt sie war, seit unserer Trennung arbeitete sie manchmal bis in die späten Abendstunden in einem Verlag. Ich begann, ihr von Venedig zu erzählen, aber ich bemerkte schnell, daß es sie nicht interessierte, sie hörte anscheinend nicht einmal richtig zu und fragte erst recht nicht nach, sondern erwiderte meine Sätze nur mit einem regelmäßigen Brummen, um wenigstens irgendeinen Laut von sich zu geben.

Ich ließ mich davon aber nicht beeindrucken, sondern erzählte von meiner einsamen, glücklichen Stunde hoch oben im Glockenturm des alten Torcello inmitten der venezianischen Lagune, ich sprach vom Vibrieren des Lichts auf den gewundenen, schmalen Kanälen, die sich wie Fühler durchs Land tasteten, von den violett getönten Teppich-Flächen der Salzwiesen und den in sich zusammengebrochenen alten Hütten und Unterständen der Fischer, überall Asymmetrien, sagte ich, als müßte ich abheben zu einem Fazit, da aber hörte ich Martha sagen, ja, dort unten ist es recht schön.

Ich erschrak über den dummen, gleichgültigen Satz, es kam mir so vor, als hätte ich ihr von einem fernen Nebel- oder Märchen-Reich erzählt, das sie sich nicht vorstellen konnte, erinnerst Du Dich nicht mehr an den alten Glockenturm von Torcello, fragte ich nach, doch, antwortete sie und, etwas leiser, dochdoch. Ich konnte dieses nur noch hingeseufzte Dochdoch nicht ertragen, es vernichtete meine ganze Erzählung und machte sie zu einem reizlosen Andenkenbildchen, gut, sagte ich und versuchte, nicht ausfällig zu werden, ich merke, Du hast viel zu tun, ich melde mich demnächst mal wieder. Ja, tu das, sagte sie rasch, und entschuldige, daß ich Dir so schlecht zuhören kann, ich bin gerade wirklich mit einer verteufelt komplizierten Sache beschäftigt.

Verteufelt kompliziert, murmelte ich nach dem Telefonat vor mich hin, alle meine Bekannten waren anscheinend mit verteufelt komplizierten Sachen beschäftigt, ich aber saß hier in der Mittagsstille des Münchener Bahnhofs, um in grundlos guter Laune zu beobachten, wie im hinteren Teil des Restaurantbereichs die Tische gedeckt wurden.

Weiße Tischdecken, frisch gestärkt, sagte ich und dachte daran, mich auch fein zu machen, ich sollte mich fein machen, sagte ich sogar laut, der Kellner hinter der Theke hielt das jedoch für einen Scherz und grinste kurz. Kann man hier im Bahnhof eigentlich duschen und sich etwas auffrischen?, fragte ich ihn, er schaute mich kurz prüfend an, dann nickte er und erklärte mir knapp und trocken, wo ich eine Duschgelegenheit finden könne.

Keine zehn Minuten später stand ich unter einem tellergroßen Brausekopf, aus dem das Wasser wie ein lauer, dichter Frühlingsregen schoß und meinen Schädel massierte, minutenlang schloß ich die Augen, das Höhenbild im Glockenturm von Torcello war wieder sehr hell und intensiv da, die grünbraunen Flächen und Inseln in der Lagune erschienen vor den hellblauen Wasserfarben, die sich in der Ferne zu einem flirrenden Weißfilm verdichteten.

Nach dem Abstieg aus dem Turm hatte ich mich auch wirklich für einige Zeit zu Fuß auf den Weg gemacht, ich war den schmalen Tretpfaden durch brachliegende Lagunenflächen gefolgt, irgendwann aber war es nicht mehr weitergegangen, ich hätte Schuhe und Strümpfe ausziehen müssen, um durch grauen Schlick und grüne, an Entengrütze erinnernde Sumpflachen zu wandern. Ich hatte mich später gefragt, was ich in diesen Gegenden eigentlich gesucht hatte, für einen Augenblick hatte ich an eine schöne, einsame Wüste gedacht, in der sich die eigene Spur bald verlieren würde.

Ich trocknete mich mit dem großen, weißen Laken ab, das man mir am Eingang zu den Duschen und Bädern gereicht hatte, ich kämmte und rasierte mich vor einem meterbreiten, die ganze Wand des Vorraums vom Boden bis zur Decke füllenden Spiegel, packte die getragene Wäsche in meinen Koffer und zog frische an, jetzt fühlte ich mich vital und hellwach, in dieser Verfassung war ich genau der Richtige, um an den weißen, frisch eingedeckten Tischen oben im Restaurantbereich Platz zu nehmen.

Ich bezahlte und stieg aus den etwas entlegenen Kellerräumen wieder hinauf ans Licht, ich nahm den Stadtplan von Venedig aus meinem Koffer und verstaute den Koffer erneut in einem Schließfach, ich setzte mich, nur den Stadtplan und die aktuelle Ausgabe von *Il Gazzettino* in Händen, an einen freien Ecktisch im hinteren, von den kleinen Theken abgetrennten Restaurantbereich, griff zur Speisekarte und bestellte wenig später Seezungenstreifen mit kleinen, lange im Ofen geschmorten Kartoffeln, dazu ein Glas Weißwein aus dem Friaul.

Rechtzeitig bevor das Essen serviert wurde, rief ich Lisa ein zweites Mal an, sie war gerade auf dem Weg nach Hause, stell Dir vor, ich habe Peter hier im Bahnhof getroffen, log ich, wir essen zusammen zu Mittag und gehen schon einmal die Projekte durch, die in meiner Abwesenheit liegengeblieben sind. Ach, Mensch, rief Lisa etwas empört, ich hatte mich so auf unser Essen gefreut, am Abend habe ich nämlich keine Zeit, ich übernachte bei Georg in Murnau. Tja, sagte ich leise, während mein Herz einen leichten Sprung tat, dann wird es wohl noch etwas dauern, bis wir uns sehen, mach es gut und grüß Georg von mir.

Ich schaltete das Handy aus, niemand sollte mich heute noch stören, ich befand mich längst in ganz anderen Zonen, auf geheimen Wegen zu den weißen Inseln der Zeit. Ich faltete den Stadtplan von Venedig auseinander und breitete ihn auf dem Tisch aus, nach dem Mittagessen hatte ich meist einen Vaporetto bestiegen und mich eine Stunde lang irgendwohin fahren lassen, ich hatte vorne, im Freien, gesessen, um den Atmosphären und Umgebungen möglichst nahe zu sein. Ich fuhr mit dem Finger die Anlegestationen des Canal Grande einmal ganz entlang, dann schaute ich auf und versuchte, sie mir in der richtigen Reihenfolge vorzustellen, ich dachte darüber nach, welche Stationen mir wegen des Namens oder ihrer Lage am besten gefielen, dann versuchte ich mich auch an den Stationen der anderen Linien, die den Canal Grande nicht weiter berührten.

Als das Essen serviert wurde, ließ ich den Stadtplan geöffnet liegen, ich bat den Kellner, den Teller und das Glas Weißwein ruhig daraufzustellen, dann zerteilte ich die von etwas zerlassener Butter umschäumten Seezungenstreifen in kleine Stücke und aß sie dann langsam, auch in Venedig hatte ich mittags nur eine kleine Mahlzeit verzehrt, ein Stück Fisch, etwas Gemüse, nie mehr.

Ich kostete den Fisch, ich trank einen Schluck Wein – so verbrachte ich einige Zeit, indem ich während des Essens mit meinen Blicken den Stadtraum Venedigs durchstreifte, ich saß an einem Tisch im Münchener Hauptbahnhof und war doch unterwegs in Venedig. Schließlich bestellte ich eine große Flasche Wasser und leerte gierig rasch hintereinander mehrere Gläser, nach der Mahlzeit schob ich dann den Stuhl etwas vom Tisch zurück, zog die Karte wie eine bunte Decke nahe an mich heran und ließ meinen Erinnerungen und Träumen endlich freien Lauf, lautlos schwamm ich durch die feinen, auf der Karte nur angedeuteten Seitenarme des großen Canal, ich verfing mich im Netz dieser Stadt, es war früher Nachmittag, aber hier, in der weiten Bahnhofshalle, floß das Sonnenlicht jetzt zu beiden Seiten hinab und ließ nur noch den letzten goldenen Zucker der Spiegelungen in einigen Fenstern und Scheiben zurück.

Ich hatte mir einen doppelten schwarzen Kaffee bestellt und begonnen, nun auch die längeren Artikel in *Il Gazzettino* zu lesen, als ich bei einem kurzen Aufblicken plötzlich in der Ferne Lisa erkannte. Ihr Anblick durchfuhr mich so sehr, daß ich mit einem kräftigen Ruck aufstand, der aufgeschlagene Stadtplan rutschte zu Boden, ich ließ ihn aber vorerst liegen und machte einige Schritte nach vorn in die jetzt längst wieder mit den herumeilenden Scharen der Heimreisenden gefüllten Bahnhofshalle.

Lisa hatte sich anscheinend wieder einmal verspätet, sie tippelte mit geschickten kleinen Schritten um die ihr im Weg stehenden Gruppen herum, ich hätte, um sie einzuholen, hinter ihr herlaufen müssen, aber ich erstarrte, es ist zu spät, dachte ich und wußte gleichzeitig, als wäre ich nach langer Suche endlich bei meinem Ziel angekommen, daß ich damit nicht die konkrete, reale Minute und Jetzt-Zeit meinte, in der ich ihr nur hinterherblicken konnte, sondern die ganze lange Zeit, die ich bisher hier verbracht hatte und noch weiter verbringen würde, bis in die tiefe Nacht.

Ich schaute nach draußen, draußen begann es schon langsam zu dämmern, und noch weiter draußen, im immer näher rückenden Süden, würden die weißen Inseln der Lagune bald in der dunklen, schlierigen Tinte der Nacht versinken, und Schwärme von Vögeln würden lautlos aufsteigen, um ihre Ruheplätze bis zum frühen Morgen woanders zu suchen.

Ich ging langsam zu meinem Tisch zurück, ich hob den Stadtplan vom Boden auf und faltete ihn zusammen, ich trank den Kaffee aus, dann zahlte ich und begann einen kleinen Rundgang durch den Bahnhof. Ich wollte mir eine Fahrkarte kaufen und mich mit Büchern und etwas Reiseproviant versorgen, ich wollte mich einstimmen auf meine Rückreise, die, wie ich jetzt wußte, bereits am Morgen heimlich und langsam begonnen hatte und mich in kaum vier Stunden im Nachtzug nach Venedig zurückführen würde.

August Sander, der Westerwald, seine Bewohner und ich

I

Große Teile meiner Kindheit und Jugend habe ich in den fünfziger und sechziger Jahren des vergangenen Jahrhunderts im Westerwald verbracht. Als einziges am Leben gebliebenes Kind meiner Eltern begleitete ich sie aus Städten wie Köln, Wuppertal und Mainz, in denen mein Vater als Geodät für die »Deutsche Bundesbahn« tätig war, immer wieder zurück in ihre Heimatregion. Meine Eltern waren in Wissen an der Sieg aufgewachsen, die Eltern meiner Mutter waren Kaufleute, während die Eltern meines Vaters einen großen Hof mit Gastwirtschaft an der Nister, einem Nebenflüsschen der Sieg, bewirtschafteten.

Im Westerwald bin ich groß geworden, indem ich an vielen Wochenenden und in den meisten Ferienzeiten zunächst in den Häusern meiner Großeltern und später in jenem Haus aufwuchs, das sich meine Eltern Mitte der fünfziger Jahre als eine Art Refugium für ihre Heimat-Aufenthalte und für ihr späteres Alter erbauten. Inmitten eines großen Waldgrundstücks steht dieses Haus auf dem höchsten Hügelpunkt der Umgebung rund um Wissen. Seit dem Tod meiner Eltern bewohne ich dieses Haus nun mit meiner eigenen Familie und ziehe mich selbst immer wieder dorthin zurück, um in Ruhe zu arbeiten.

Mit der Zeit ist der Westerwald zu meiner eigentlichen Heimat geworden. Meine Erinnerungen an die Kinder- und Jugendjahre sind immer stärker und gewichtiger geworden und sind heute sogar noch weitaus stärker als die an all die vielen Städte, in denen ich in meinem Leben eine Zeitlang gelebt habe. So tritt »das Westerwäldische« in mir immer deutlicher und mächtiger hervor. Obwohl ich nicht immer im Westerwald gelebt habe, ist doch kein Jahr meines Lebens vergangen, in dem ich nicht viel Zeit dort verbracht hätte. Meine Bewegungen vom Westerwald fort und wiederum zu ihm hin sind dadurch zu den eigentlichen Reisen meines Lebens geworden.

Heute betrachte ich sie als essentielle Rhythmen und damit als Rhythmen, an denen sich in meinem Fall so etwas wie »Wachstum«, »Entwicklung« und »Erneuerung« ablesen läßt. Deshalb kann ich heute mit einigem Stolz sagen: Ich bin ein Westerwälder. Ja, ich bin ein Westerwälder, aber ich bin es geworden, ich bin es nicht immer von vornherein schon allein dadurch gewesen, daß meine Eltern Westerwälder waren und ich lange Zeit meines Lebens im Westerwald verbracht habe. Der Westerwald war und ist vielmehr in meinem Inneren tief verankert, er ist das Potential, dem ich entstamme. Dieses Potential aber habe ich nicht immer schon gekannt, ich habe mich ihm vielmehr in vielen, kleinen Schritten genähert. Diese kleinen Schritte haben auch mit August Sander zu tun, und genau über diesen Zusammenhang möchte ich nun nachdenken und von ihm erzählen.

2

Wenn ich in den fünfziger und sechziger Jahren des vergangenen Jahrhunderts zusammen mit meinen Eltern in den Westerwald fuhr, reisten wir mit der Bahn. Von Köln aus fuhren wir die Siegstrecke entlang, wir überquerten zunächst den Rhein und machten halt in Troisdorf und Siegburg, bis der Zug an immer kleineren Orten hielt und schließlich auch die Sieg erschien, die sich windungsreich durch die grünen Täler bewegte und einen von nun an bis Wissen begleitete.

Die Fahrt auf der Strecke entlang der Sieg war in diesen Jahrzehnten eine Reise in eine immer intensiver werdende Stille. Der Lärm der Großstadt trat zurück und wich einem Landschaftstableau, das aus weiten Wiesen mit alten, oft schräg und krumm dastehenden, ins Graue verwitterten Zäunen und mit dichtem Laubwald bewachsenen Hügeln bestand. Kleine Orte mit einigen Fachwerk- und Schieferhäusern und gedankenlos irgendwohin ins Grüne plazierten Neubaugebieten erschienen und wurden von der weiten, meist menschenleeren Landschaft verschluckt.

Wenn wir in Wissen ausstiegen, legten wir die wenigen Schritte bis zum Haus meiner mütterlichen Großeltern zu Fuß zurück. Wir klingelten, uns wurde geöffnet, und wir gingen die schmale gewundene Treppe hinauf in den ersten Stock, wo uns die Verwandten begrüßten. Schon während ich die Treppe hinaufstieg, spürte ich, daß ich mich Schritt für Schritt hinein in eine andere Welt bewegte, es war eine Welt, die mit Köln und den anderen Großstädten, in denen wir jeweils lebten, kaum noch etwas zu tun hatte.

Das Haus, in dem mich jetzt befand, war das Haus meiner Großeltern, meine Großeltern hatten dieses Haus bauen lassen, und jeder Gegenstand in diesem Haus gehörte in besonderer Weise zu ihrem Leben und dem Leben der anderen Verwandten, die ebenfalls in diesem Haus wohnten und – wie auch meine Großeltern – einen westerwäldischen Dialekt sprachen. Jedes Mal, wenn wir uns nach einigen Wochen der Trennung begrüßten, bekam ich diesen Dialekt wieder zu hören, ich hatte ihn vergessen, aber ich verstand ihn sofort wieder. Auch die Farben, Gerüche und Atmosphären des Hauses waren sofort wieder präsent, es waren die ältesten und vertrautesten Atmosphären meines Lebens, Atmosphären von jahrzehntelangem, beständigem Leben und Arbeiten, mit Ingredienzen, die von drei Generationen herrührten und von ihnen Tag für Tag in die Atmosphären des Hauses eingespeist worden waren.

Wenn wir einige Tage oder gar Wochen blieben, übernahm ich den westerwäldischen Dialekt nach kurzer Zeit wieder. Ohne es selbst in aller Deutlichkeit zu bemerken, legte ich den rheinischen Singsang, den ich mir in Köln angewöhnt hatte, allmählich ab und begann, langsamer und schwerer zu sprechen. Später dann, wenn wir Wissen an der Sieg wieder verließen, sprach ich ein so eindeutiges Westerwäldisch, daß meine Mitschüler in den Großstädten bei meinen ersten Sätzen zusammenzuckten und mich anstarrten, als käme ich direkt vom Mond und nicht aus einer ländlichen Gegend kaum 50 Kilometer östlich von Köln.

Manchmal freilich hatte ich selbst das Gefühl, mich zwar nicht auf dem Mond, wohl aber in einer sehr fernen, mondähnlichen Gegend aufgehalten zu haben. Meine Eltern nannten diese Gegend »das Land«, sie sagten »Wir waren mal wieder auf dem Land« oder »Ach, wie schön war es doch auf dem Land!« Auf dem Land zu leben, das bedeutete für sie: einzutauchen in die Gemeinschaft mit den Verwandten, Bekannten und Freunden, sich wieder einzureihen in den uralten Stamm der Westerwälder.

Für das Kind jedoch, das ich damals noch war, gestaltete sich dieses Eintauchen weitaus schwieriger. Auf dem großen Waldgrundstück, auf dem sich das Haus meiner Eltern befand, war ich meist allein, es gab keine Nachbarn, weit und breit war kein anderes Haus zu sehen. Gegenwärtig waren in dieser Waldeinsamkeit vor allem die Naturgeräusche, das Rauschen des Waldes, die Geräusche, die von den vielen Tieren verursacht wurden, oder das Rauschen des Windes, der in Herbst und Winter besonders heftig über unseren Hügelkamm fuhr.

Sonst aber herrschte die große Stille des Landes, es war jene Stille, der man zwischen den Feldern mit den mannshohen Mais-Stauden und den goldenen Getreide-Ähren begegnete, es war die Mittags-Stille, in der die Rinder und Kühe im Schatten der alten Bäume an den Rändern der Wiesen lagen, ja, es war damals, in den fünfziger und frühen sechziger Jahren, die allgegenwärtige mythische Erden-Stille, in einer Zeit vor dem ebenso allgegenwärtigen Auftritt der Medien, einer Zeit also ohne Fernsehen und mit nur wenigen Rundfunkprogrammen, einer Zeit mit höchstens sporadischer Zeitungslektüre, fernab von den Kommunikationsströmen der Welt, einer Zeit im Gespräch mit den Bewohnern des Westerwaldes und vor allem im Gespräch mit einem selbst, einer Zeit, in der ich als kleines Kind oft stundenlang nur mit mir selbst sprach.

So gesehen, lebte ich damals wahrhaftig in einer fernen, mondähnlichen Gegend, oder, anders gesagt: Ich erlebte die Westerwälder damals wie einen eigenen, in geschlossenen Bezirken lebenden Stamm, dessen Mitglieder sich in einer langsamen, schweren und dunklen Sprache untereinander verständigten. Von außen, aus der Ferne, drang offensichtlich wenig in das Leben dieses Stammes hinein, den Stammesmitgliedern schien es vielmehr durchaus zu genügen, ihre bereits seit langen Zeiträumen betriebenen Arbeiten gewissenhaft auszuführen und den damit verbundenen Lebensritualen zu folgen.

Sonntags waren die Kirchen bis zum letzten Platz voll besetzt, nach dem Gottesdienst gingen die älteren Männer in die Wirtschaft am Kirchplatz, während die Frauen zum Kochen des Mittagessens nach Hause eilten und die Kinder hinunter zur Sieg liefen, um Kieselsteine über das Wasser springen zu lassen. Während der Wochentage aber blieb es in dem kleinen Ort am frühen Vormittag lange still, die Geschäfte öffneten spät, rasch wurde man mit den wenigen anstehenden Besorgungen fertig, denn in kaum einer halben Stunde hatte man den ganzen Ort durchquert und mit dem Obsthändler, dem Bäcker, dem Metzger und dem Postbeamten ein paar westerwäldische Worte gewechselt. Kaum ein Fahrzeug bewegte sich über die Straßen, es bewegte sich überhaupt kaum jemand in dem kleinen Ort, höchstens die Bäume am Kirchplatz und unten an der Sieg bewegten sich leise, während mittags, nach einer kleinen Mahlzeit, alles in einen stundenlangen Schlaf fiel und die Geräusche im Ort dann vollends erstarben.

In dieser Stille, die im Grunde nicht die Stille in der Mitte des 20. Jahrhunderts, sondern die Stille am Ende des 19. Jahrhunderts war, bin ich groß geworden. Heutzutage sehne ich mich manchmal nach ihr zurück, ich sehne mich danach zurück, in der Frühe durch einen stillen Ort gehen zu können, in dem einem niemand mit einem Handy am Ohr entgegenkommt, ja, ich sehne mich zurück nach der Zeit vor dem großen Auftritt der Medien, die einem heutzutage soviel Kraft abverlangen, gegenüber ihren Verlockungen immun und autark zu bleiben.

Damals aber, in den fünfziger und frühen sechziger Jahren, sah ich das westerwäldische Leben noch nicht von außen. Ich fühlte mich in ihm geborgen, ich lebte einige Monate des Jahres wie ein Mitglied eines geheimen, weitgehend unbekannten Stammes, von dem es in der sogenannten weiten Welt im Grunde keinerlei Vorstellungen und Nachrichten und von dem es erst recht keine Bilder oder Darstellungen gab.

Die ersten Forscher, die etwa seit der Mitte des 19. Jahrhunderts versucht hatten, diesen Stamm und seinen Lebensraum zu beschreiben, hatten lauter seltsame Sätze notiert, Sätze etwa wie den, daß der Westerwald ein hohes Gebirge zwischen Rhein, Lahn und Sieg sei, worauf man nichts als Himmel, Pfützen und große Steine sehe, oder Sätze wie den, daß es sich um ein Schnee- und Nebelland handle, dessen kahle Hochebenen das ganze Jahr über so heftig von jähen Windströmen durchfegt würden, daß die edleren Getreidearten nicht vorkämen und unter den Kulturpflanzen die Kartoffel die Hauptrolle spiele, während edlere Pflanzen wie etwa Kirschen zwei Jahre zum Reifwerden bräuchten, das eine Jahr für die eine, das zweite für die andere Seite der Früchte.*

Solche Sätze belegten, wie ungenau die Vorstellungen waren, die man sich in der weiten Welt vom Westerwald und seinen Bewohnern machte, auf den ersten Blick waren sie erkennbar als Sätze weniger über ein wirkliches als ein mythisches Gelände, über das man sich wie über ein Phantasiegebilde verständigte, anstatt es selbst einmal aufzusuchen und seinen Bewohnern in die Augen zu schauen.

Andererseits belegten solche Sätze aber auch, wie wenig es diesen Bewohnern bis dahin gelungen war, die weite Welt mit sich bekannt zu machen. Jahrhundertelang war der Westerwald eine Gegend ohne Bilder von sich selbst, jahrhundertelang lebte

* So die bekannten Äußerungen von Wilhelm Heinrich Riehl in seiner volkskundlichen Studie über das »Land der armen Leute«, zitiert nach: Eugen Heyn: Der Westerwald und seine Bewohner von den ältesten Zeiten bis heute. (Neudruck der Ausgabe 1893) Niederwalluf 1970, S. 3–5

er im Schlummer seiner Gewohnheiten, Rituale und Stammesriten. Dieser Schlummer war sogar in den fünfziger und frühen sechziger Jahren des vergangenen Jahrhunderts noch vorhanden, ich selbst habe das westerwäldische Schlummerleben ja noch in meiner Kindheit und Jugend erlebt. Langsam erst regte sich diese Gegend so, daß sie auch in der weiten Welt wahrgenommen wurde, in meinem Fall hatten solche Wahrnehmungen von außen und damit aus der Distanz einen konkreten Auslöser, denn ich nahm den Westerwald und seine Bewohner genau von jenem Moment an genauer und auch aus der Distanz wahr, als ich die Fotografien August Sanders zum ersten Mal sah.

4

Den Fotografien August Sanders begegnete ich zum ersten Mal Anfang der siebziger Jahre. Zunächst waren es nur wenige, auf die ich aufmerksam wurde, als ich mich intensiver mit der Geschichte der Fotografie beschäftigte. Eine der ersten Fotografien, die ich dabei kennenlernte, war die berühmte aus dem Jahr 1914 mit den drei im Sonntagsstaat auf einem Feldweg stehenden Jungbauern, von denen wir Westerwälder inzwischen wissen, daß es sich um Otto Krieger sowie die Vettern Klein aus Dünebusch handelt.* Daneben stieß ich auf Fotografien Westerwälder Bauern in ihren alten Trachten und Gewändern, alle noch aus der Zeit vor dem Ersten Weltkrieg.

Damals, in den siebziger Jahren, machten diese Fotografien einen ungeheuren Eindruck auf mich, waren es doch Bilder, die ich einerseits wie Familienfotografien betrachtete und die andererseits doch unübersehbar mehr waren als schlichte Famili-

* Vgl. den Artikel von Silvia Patt: August Sanders fesche Jungbauern waren Otto Krieger und die Vettern Klein. In: Rhein-Zeitung, Regionalausgabe Altenkirchen. 20.02.2008

enporträts. Meine innere Nähe zu diesen Bildern sagte mir, daß auf ihnen etwas von meinen Verwandten und damit von mir selbst getroffen war: »der mit der Zigarette ähnelt meinem Onkel H., ja genau, und der mit der breiten Stirn ähnelt meinem Vater, und diese alte Frau mit dem schwarzen Kopftuch um das Gesicht, das könnte meine Großmutter sein…«

Die Fotografien hatten etwas ergreifend Direktes, sie wirkten, als wären die mir vertrauten Gesichter und Körper zu Ikonen erstarrt, an denen sich nun etwas studieren ließ. Wirkungsvoll waren diese Ikonen aber vor allem dadurch, daß sie vor dem nur angedeuteten, aber doch deutlich wahrnehmbaren Hintergrund der Westerwälder Landschaft erschienen. Hinter der alten Bäuerin nämlich tauchten die kahlen Äste der krummen Westerwälder Bäume und das schneebedeckte Dach eines Westerwälder Gehöftes auf, während die Bauernfamilie anscheinend auf kaum erkennbaren Holzstühlen am Rand eines Fichtenwaldes Platz genommen hatte. Die drei Jungbauern schließlich – sie waren auf einem Feldweg von jener Art unterwegs, wie ich sie selbst seit Jahrzehnten kannte, es war ein schmaler, holpriger Weg am Rand der bis zum Horizont ansteigenden Wiesen und Felder.

Die Menschen erschienen auf diesen Fotografien also in enger Verbindung mit der Landschaft, die hier keine bloße Kulisse, sondern der Raum war, der sie hervorgebracht hatte. Dieser enge Bezug verlieh ihnen etwas Kreatürliches und damit etwas von Lebewesen, die ohne die sie umgebende Natur nicht zu denken waren. Sander hatte diesen Bezug der Menschen zu den sie umgebenden Räumen jedoch weder dramatisiert noch betont, vielmehr hatte er ihn beinahe unauffällig, mit unglaublicher ästhetischer Noblesse, versteckt. Dadurch aber wirkte der gleichwohl unverkennbare Kunstanspruch seiner Fotografien reduziert, als dürfe sich die Kunst nicht hervortun, als dürfe sie den Menschen und Dingen nichts aufdrängen, sondern als müsse sie Menschen und Dinge nur in genau jenes Erscheinen setzen, das ihre Gestalt und ihr Gewordensein verdeutlichten.

Diese »Deutlichkeit« verlieh den Menschen auf den Fotografien so etwas wie Unantastbarkeit und Würde. Der Betrachter kann sie nicht ins Gespräch ziehen, ja er kann ihnen nicht zu Leibe rücken. Der Blick auf diese Menschengruppen und in diese verschwiegen, streng und beharrlich erscheinenden Gesichter ist ein Blick auf das Rätsel ihrer Existenz und damit ein studierender, nach dem Geheimnis der jeweiligen Fotografie suchender und damit nach Details ausschauender Blick, der plötzlich von einem Detail wie einem schneebedeckten Dach, einem Fichtenstamm oder einem Feldweg angezogen wird.* Derart schauend, verlangsamt sich der Blick des Betrachters und bekommt darüber etwas von jener Langsamkeit, die nun wiederum den Blick des Fotografen bestimmt hat.

August Sander ist nicht der Fotograf des raschen, zupackenden Sehens, es gibt von ihm keine Fotografien, die sich auf den Augenblick einlassen. Was er in seinen Fotografien einfängt, ist vielmehr das über lange Zeiträume Entstandene und Gewordene, es ist das Gesicht, die Gestalt, die Landschaft. So verharrt die Kamera sekundenlang vor ihren reglos gewordenen Objekten, bis sie mehr sieht und wahrnimmt, als wir mit unseren eigenen Augen sehen und wahrnehmen: Wir fixieren jene Präsenz, jenes Gegenwärtige, in dem sich ein Zeitraum von Jahrhunderten wie das gewaltige Geröll einer Endmoräne abgelagert hat.

Sander nähert sich seinen Gestalten, Dingen und Landschaften also in einem ganz anderen Sinn, als wir es von der heutigen Fotografie gewohnt sind. Nicht das Augenblickliche tritt in

* Das Detail in einer Fotografie, das einen anzieht und damit in eine Erzählung verstrickt, hat Roland Barthes in seiner berühmten Studie über die Fotografie »das punctum« genannt (vgl. Roland Barthes: Die helle Kammer. Bemerkungen zur Photographie. Übersetzt von Dietrich Laube. Frankfurt/M. 1985, S. 50ff.).

seinen Fotografien in Erscheinung, nicht der besondere Moment, die unerwartete Geste, das erstaunliche Detail oder die noch nicht gesehene Sensation, sondern: gehortete Zeit. Wie aber ist so etwas möglich? Wie ist es möglich, daß ein Fotograf der Fotografie einen Sinn abgewinnt, der in dem denkbar größten Gegensatz zu den vielen Sinnzuschreibungen steht, mit denen man der Fotografie ein ästhetisches Fundament zuschrieb?

5

Um die Arbeiten von August Sander ganz zu begreifen, ist es notwendig, an die Ursprünge seiner Fotografien zu erinnern. Sander begann sein großes Projekt der Porträtierung der deutschen Gesellschaftsschichten* nicht irgendwo, sondern in der Landschaft, der er entstammte, im Westerwald. Am Anfang seines Projekts standen seine Streifzüge durch diese Landschaft und die frühen Auftragsarbeiten, die ihn von Hof zu Hof führten und jene Fotografien entstehen ließen, die er später in einer sogenannten »Stammmappe« zusammenführte. Über ihre Entstehung berichtete er 1954: »Die Gestalten zu der Mappe sind in der engeren Heimat des Westerwaldes entstanden. Menschen, die ich in ihren Gewohnheiten von Jugend auf kannte, schienen mir durch ihre Naturgebundenheit dazu geeignet, meine Idee in einer Stammmappe zu verwirklichen, damit war der Anfang gemacht…«**

* August Sander: Menschen des 20. Jahrhunderts. Ein Kulturwerk in Lichtbildern, eingeteilt in sieben Gruppen. Sieben Bände. Hrsg. Die Photographische Sammlung/SK Stiftung Kultur. Köln, München 2002

** Vgl. Gabriele Conrath-Scholl/Susanne Lange: Einen Spiegel der Zeit schaffen. August Sanders Menschen des 20. Jahrhunderts, in: Zeithistorische Forschungen/Studies in Contemporary History, Online-Ausgabe, 1 (2004), H. 2, URL: <http://www.zeithistorische-forschungen.de/16126041-Scholl-Lange-2-2004>

Die »engere Heimat«, die Menschen, die er von Jugend an kennt – ihr und ihnen gegenüber plaziert sich der Westerwälder August Sander und verharrt sekundenlang, um ihre lange, bilderlose Geschichte zu erzählen und Landschaft und Menschen ins Bild zu setzen. Beharrlichkeit, Standvermögen, Regungslosigkeit – das sind die Attribute, deren es bedarf, um das Spezifische dieser besonderen Objekte einzufangen: die Stille, den Naturbezug, den Eigensinn, das Für-sich-bleiben-Wollen.

Diese Ausgangssituation wird bestimmend für Sanders Ästhetik. Immer, wenn er von ihr gesprochen oder geschrieben hat, hat er zwei Begriffe ins Spiel gebracht, die er für zentral hielt: zum einen den Begriffs des »Wesentlichen«, zum anderen den der »Lichtmalerei«. Fotografie, heißt es dann, solle Menschen und Dinge so porträtieren, daß sie nicht das Flüchtige, sondern das Dauerhafte, das »Wesentliche«, einfange; und sie solle es zweitens tun, indem das Licht selbst das Bild hervorbringe. Nicht der Fotograf, sondern das Licht sei für das Kunstmoment der Fotografie verantwortlich – so lautet Sanders häufig wiederholtes Credo.

Dieses Credo lehnt sich eng an die erstaunten Kommentare der ersten Betrachter von Daguerreotypien und Fotografien in den ersten Jahrzehnten des neunzehnten Jahrhunderts an. Damals nämlich standen diese Betrachter vor der Schwierigkeit, zum ersten Mal beschreiben und klassifizieren zu müssen, womit man es bei dem neuen Medium und seinen Hervorbringungen zu tun habe.

Einerseits, so die frühsten Einsichten, handele es sich um Hervorbringungen des Menschen, ähnlich Kunstwerken, andererseits handele es sich aber eben auch um Hervorbringungen der Natur, die sich in den Daguerreotypien gleichsam selbst porträtiere. Für dieses komplexe Zwittermoment des neuen Mediums erfand man den Begriff der »Lichtzeichnung«: Die Fotografie, so heißt es immer wieder, sei ein Selbstbildnis der Natur mit Hilfe des Lichts, die Fotografie sei der »Zeichenstift der Natur«.*

Genau diesen sehr frühen ästhetischen Kennzeichnungen der Fotografie bleibt August Sander ein Leben lang treu. Er geht nicht mit den Moden der Zeit, sondern versteht sich seit seinen Anfängen als ein Fotograf des beinahe Leblosen, Stillen, Zur-Ruhe-Gekommenen und damit als ein Fotograf des nicht individuellen, sondern überindividuellen Porträts. Nicht der berüchtigte »Blick des Fotografen« beherrscht das Bild und greift in seine Strukturen ein, nicht seine Subjektivität ist es, die das Bild ordnet und bestimmt.

Umgekehrt aber werden auch die Objekte nicht gedrängt, Positionen einzunehmen, sich darzustellen, etwas von ihrer Subjektivität preiszugeben.

Zwischen dem Betrachter und seinen Objekten waltet eine große Distanz, die aber nun gerade nicht durch Fremdheit entstanden, sondern eine Distanz ist, der paradoxerweise gerade die Herkunftsnähe von Fotograf und Fotografierten zugrunde liegt.

Beide, der Fotograf und seine Objekte, haben dieselbe Herkunft und dasselbe Temperament. Sie beweisen es, indem sie sich gleichsam »westerwäldisch« verhalten: distanziert, ja sogar mit deutlich erkennbarem Misstrauen und erkennbarer Vorsicht, jeder für sich bleibend, als zwei getrennte und eben doch zusammengehörende Lager. Indem sie als Westerwälder verharren, beziehen sie sich auf ihre Ur-Erfahrungen, auf die Erfahrungen des dunkel gekleideten Stammes, der seit Jahrhunderten unter der Erde, in den Bergwerken an der Sieg, und direkt auf der Erde, auf den kargen Feldern der westerwäldischen Höhenplateaus, sein Auskommen suchen musste. August Sander kam genau aus diesen Milieus, aus den Milieus des

* Vgl. Bernd Stiegler: Theoriegeschichte der Fotografie. München 2006, S. 15ff.

siegerländischen und westerwäldischen »Eisenwaldes«*, als junger Mann arbeitete der Sohn eines Grubenzimmerhauers noch als Haldenjunge in einer Herdorfer Eisenerzgrube, und eine Anekdote besagt, daß er genau dort das Interesse an der Fotografie und damit an der »Lichtzeichnung« entdeckt habe.

Die mythische Tiefen-Erfahrung von Siegerland und Westerwald also hat Sanders Werk erst eigentlich hervorgebracht, ohne sie ist dieses Werk nicht zu verstehen. Im zwanzigsten Jahrhundert ist es das zentrale und beinahe alleinige ästhetische Medium dieser Landschaften geworden, ein Bild-Medium, das den uralten Raum modernen Lichtquellen aussetzte, indem es sich in diesem Raum selbst einnistete. Als ein »In-der-Welt-Sein«, als Aufhebung des alten, traditionellen Gegensatzes von Subjekten und Objekten, hat Sander das Fotografieren empfunden, und es ist genau dieser ästhetische Hintergrund, der sein Werk in eine deutliche Nähe zu jener Philosophie rückt, die in Deutschland beinahe zeitgleich ebenfalls vom Land her gedacht wurde. Mit der Philosophie Martin Heideggers und seinem in den zwanziger Jahren erschienenen Werk Sein und Zeit ist Sanders Fotografie daher mehr als nur verwandt, beide gehen vielmehr von denselben, zeituntypischen Voraussetzungen aus, von der Erfahrung des Seins als gehorteter Zeit.

Von daher kann man sagen: August Sander ist jener Westerwälder, der eine Ästhetik aus dem Geist des Westerwäldischen begründet und dem Westerwald dadurch als erster ein Bild gegeben hat. Bei Betrachtung seiner Fotografien begegnet der Westerwälder plötzlich sich selbst, er begegnet seiner jahrhundertealten Absenz, seinem Leben in einer Landschaft fern von den großen Verkehrswegen und den überregionalen Debatten. Als habe die Erde sie hervorgebracht, als seien sie

* So der Titel eines Dokumentarfilms aus den fünfziger Jahren, der jetzt auch als DVD (mundus tv, Edition 2007) zu erhalten ist.

emporgestiegen aus deren Tiefen und Höhlen, taucht dieser fremde Stamm plötzlich vor uns auf, ein dunkel gekleidetes Volk, ein Erdvolk, ohne jedes Moment der Anbiederung an den Betrachter, ja sogar eher mit einem Moment erkennbarer Abgrenzung: Bleiv mir vom Leiv!

Viele bedeutende Schriftsteller (und unter ihnen besonders viele bedeutende Essayisten) haben die Fotografien August Sanders seit ihren öffentlichen Präsentationen in den zwanziger Jahren beschrieben und kommentiert, die meisten aber haben ihn trotz all ihrer Sympathien und Emphasen missverstanden. Walter Benjamin etwa hat an ihnen hervorgehoben, daß Sander sich vor allem auf die »unmittelbare Beobachtung« bezogen habe; diese Form der Beobachtung sei eine vorurteilslose, ja kühne, zugleich aber auch zarte gewesen, nämlich im Sinne des Goetheschen Wortes: ›Es gibt eine zarte Empirie, die sich mit dem Gegenstande innigst identisch macht und dadurch zur eigentlichen Theorie wird.‹

Genau diese Bemerkungen zitiert wiederum John Berger, der bekannte englische Kunstkritiker, Essayist und Romancier, in einem Essay über Sanders Fotografien, in dem er sich besonders ausführlich dem Foto mit den drei Jungbauern widmet.* Auch Berger folgt der These von der »unmittelbaren Beobachtung« und der »zarten Empirie«, mit der August Sander Menschen und Dingen begegnet sei.

Kaum eine Behauptung ist jedoch verkehrter, Sander ist weder »unmittelbar« noch findet man in seiner Empirie irgendwelche Momente von Zartheit. Westerwälder wissen das besser, Westerwälder wissen, daß Westerwälder sich weder »unmittelbar« zueinander verhalten noch in ihrem Umgang miteinander Momenten von Zartheit irgendeine Chance geben.

* John Berger: Der Anzug und die Photographie. In: Das Leben der Bilder oder die Kunst des Sehens. Aus dem Englischen von Stephen Tree. Berlin 1981, S. 27ff.

Wenn man das weiß, wenn man mit den Besonderheiten des westerwäldischen Stammes vertraut ist, kann man Fotografien wie etwa Sanders frühe Fotografie mit den drei Jungbauern nicht mehr so betrachten wie der weltmännische und weit gereiste Kunstkritiker John Berger. In Bergers Augen nämlich machen sich die drei Jungbauern in ihren modischen Gentleman-Anzügen vor den Augen des Betrachters lächerlich; sie ahnen angeblich nicht, wie fremd und komisch sie da ihrer bloß geborgten Großstadt-Eleganz auf dem holprigen Feldweg wirken, ja sie wirken angeblich wie Entfremdete, die ihre bäuerliche Herkunft an die letzte Mode aus England und Frankreich verraten haben.

Otto Krieger und die Vettern Klein als Entfremdete?! – Wir Westerwälder müssen John Berger bitten, sich das Foto der drei Jungbauern noch einmal genauer, in westerwäldischer Gelassenheit, anzuschauen. Otto Krieger und die Vettern Klein präsentieren sich nämlich nicht von vorn, sondern seitlich, sie sind unterwegs, und ihre Blicke bedeuten dem Fotografen: Mann Gottes, halt uns nicht auf, störe unsere Kreise nicht, sondern bleib, wo Du bist! Dort stehst *Du*, der Fotograf August Sander, hier aber stehen *wir*, Otto Krieger und die Vettern Klein! Wir haben uns in unseren Sonntags-Staat geworfen, wir spielen bestes westerwäldisches Jungbauern-Theater! Mit unseren drei Spazierstöcken und unseren drei Hüten spielen wir das Westerwald-Trio! Otto raucht, er ist der lässigste und munterste von uns allen, deshalb darf er den Spazierstock auch schräg halten; die Vettern Klein aber spielen die Beharrenden, deshalb halten sie ihre Stöcke gerade, als bohrten sie damit tief hinein in die westerwäldische Erde. Summa summarum: Uns dreien macht keiner was vor, wir sind westerwäldisch gewitzt, und wir nehmen es mit jedem »Weltbürger« auf. Die Kleidung der »Weltbürger« aber tragen wir nicht, um jemandem zu gefallen, nein, wir tragen sie, weil wir uns selbst in ihr gefallen. Wir gefallen uns selbst, so ist das. Uns, wie gesagt, macht keiner was vor, kein August Sander, kein John Berger. Und jetzt: Bleivt, wo Ihr seid, mir haun jetzt ab, mir han zu dön!

6

In den späten siebziger Jahren schrieb ich meinen ersten Roman, der 1979 mit dem Titel »Fermer« erschien. Fermer – das ist die Hauptfigur, ein junger Mann von kaum zwanzig Jahren, der die Schulzeit gerade hinter sich hat und zum Militär eingezogen worden ist. An einem Vorfrühlingsabend kehrt er nicht mehr in die Kaserne zurück, er desertiert, und diese Desertion wird zu einer langen Reise durch Deutschland, auf der Suche nach dem inneren Frieden und dem inneren Glück.

Als ich diesen Debütroman schrieb, konnte ich nicht sicher wissen, daß ich noch viele weitere Romane schreiben und veröffentlichen würde. Als wollte ich in ihn alles von dem hineinpacken, was mir bis zu meinem damaligen Leben wichtig gewesen war, erzählte ich von vielen Menschen, die mir bis dahin sehr viel bedeutet hatten. Zugleich ließ ich diese Menschen aber auch in Landschaften und Räumen agieren, die ich nicht nur gut kannte, sondern auch liebte.

Der Roman beginnt in Mainz und führt dann in den Rheingau, vom Rheingau aus geht es an einem großen Fluß entlang, bis der Held sich im zentralen Mittelstück des Romans in seine heimatliche Landschaft aufmacht, dorthin, wo seine Eltern wohnen, dorthin, wo er seine Kindheit und Jugend verbracht hat: »Kleine Tannenwälder an den Abhängen der Schluchten, die Schneedecke auf den Wiesen, hohe Gräser und verwachsene Kiefernsträucher schauten noch heraus. Nebel wie Sprühregen zwischen den Tannen, dahinter schon alles im Grau. Den Frühling hatte er in dieser Gegend nie mit offenen Augen erlebt. So selten war die Sonne durch die meist tief hängenden Wolken gedrungen, hatte sich nicht befreien können, nicht vom Dunkel, nicht vom starken Wind, der über die kahlen Höhen zog...«*

So naturtrunken und beinahe naturselig geht es immer weiter, es ist eine Heimkehr nach Hause, tief ins Innere hinein, in die uralte, vertraute Kindheits-Landschaft. Doch nicht Mutter und Vater sucht der junge Fermer in dieser Landschaft zuerst auf, sondern einen Mann, den sie in dieser Gegend nur »den Müller« nennen. Der »Müller« lebt allein, im Abseits, fern vom Dorf, er ist eine Art Außenseiter und doch mit der Geschichte und den Eigenheiten der Landschaft eng verbunden. Der »Müller« ist ihr mythischer Erzähler und damit ihr Bewahrer.

Auf diese Gestalt bewegt sich der junge Fermer auf seiner langen Reise zu: »An einer großen Buche gabelte sich der Weg; in der Senke lag die alte Mühle. Hier trat auch schon seit den Zeiten, in denen er hier als Kind gespielt hatte, eine Quelle aus der Erde hervor. Er sah noch die Tafel mit den Namen der Gefallenen, die neben der Buche an einem mächtigen Felsen angebracht war, dann ging er zur Mühle hinab. Der Weg war noch zugeschneit, doch er hatte das Steinhaus bald erreicht. Am Fenster bewegte sich eine Gardine, unter dem kleinen Kreuz, das über dem Eingang hing, blieb er stehen. Die Tür öffnete sich, und der Mann, den sie im Dorf immer den ›Müller‹ genannt hatten, stand vor ihm und schaute ihn an.«

Der alte Mann stand vor ihm und schaute ihn an..., sie blicken sich direkt in die Augen. Das ist der Moment der eigentlichen Ankunft, es ist jener Moment, in dem der junge Fermer in seiner ihm fremd gewordenen Heimat aufgenommen wird.

Die Textstelle hat ein Geheimnis, das ich bis heute gehütet habe. Sie ist nämlich inspiriert durch eine Fotografie der

* Vgl. Hanns-Josef Ortheil: Fermer. Roman. Frankfurt/Main 1979, S. 183, und weiter: S. 183–189.

damals bereits hochberühmten amerikanischen Fotografin Imogen Cunningham, die sich 1960 auf den Weg nach Kuchhausen im Westerwald machte, um den alten August Sander in der Wohnungstür seines schlichten westerwäldischen Fachwerkhauses zu fotografieren.

August Sander bietet der fremden Betrachterin die Brust. Er trägt einen weltmännischen Anzug, aber er trägt ihn auf westerwäldische Art, mit dem westerwäldischen Schalk im Nacken: Die Hose sitzt viel zu hoch, sie reicht beinahe bis unter das Kinn. Die Brillengläser halten die berühmte Kollegin auf Distanz, die Baskenmütze bringt eine künstlerische Note ins Spiel, in der Rechten hält er einen Spazierstock von genau jener Art, wie ihn die drei westerwäldischen Jungbauern mit sich führten.

Vom Betrachter aus gesehen links aber stehen die Utensilien der westerwäldischen Welt an der Hauswand: ein Reisigbesen, ein krummer Stock. Und daneben: ein alter, schlichter Briefkasten, der damalige Kontakt zur weiten Welt.

Der alte Mann, der in der Türe seines Häuschens steht, ist ein solcher Weltbürger geworden und ist doch ein Westerwälder geblieben. Er ist ein Westerwälder im weltbürgerlichen Gewand, der – ganz ähnlich wie seine gewitzten Jungbauern – eine weltbürgerliche Szene entwirft.

Es war genau dieses Foto, an das ich dachte, als ich von dem alten Mann schrieb, der den jungen Fermer in seiner Heimat empfängt und aufnimmt, nicht zufällig habe ich ihm im Roman den Mädchennamen meiner Mutter (»Müller«) gegeben. Die Heimkehr des jungen Fermer nach Hause war daher für mich eine Heimkehr in die Landschaften August Sanders – und damit eine Heimkehr in die Landschaften jenes von mir so verehrten, einzigartigen Menschen, der mir den Westerwald wieder geschenkt hat: »Die Tür öffnete sich, und der Mann, den sie im Dorf immer den ›Müller‹ genannt hatten, stand vor ihm und schaute ihn an.«

Mein Traum von Wissen an der Sieg

... Und ich sitze im ersten Stock des Café *Olberz* und schaue hinunter auf die Rathausstraße, und mein Großvater, Carl Ewald Müller, kommt unten gerade in Anzug und Weste vorbei und biegt in die Mittelstraße ein, wo er sich vor Jahrzehnten sein Haus gebaut hat, in dessen Parterre sich die *Kreissparkasse* mit ihren Büros befindet und neben dem es bei *Engelberts* Spielsachen gibt und besonders guten Käse und Porzellan ...,

und ich erkenne die Bahnhofsgaststätte und den großen Schankraum mit seinen Oberlichtern und die Kegelbahn, und neben dem Bahnhof die alten Gebäude der *Germania Brauerei* mit ihren Sudhäusern und dem hohen Schornstein und ganz in der Nähe die flachen Gewächshausdächer der Gärtnerei *Leonards* und das dunkle Karree der Steinbuschanlage und den *Nassauer Hof* und die *Bürgergesellschaft* und das Café *Süße Ecke* im Kreuztal und *Stocks* Wirtschaft am Marktplatz und den Gasthof *Zum Jägerheim* oben in Köttingen mit dem unvergesslichen Paul Orthen und *Zum Frankenthal* in der Nähe des Schönsteiner Schlosses und den einsam gelegenen *Hahnhof* mit meinem Onkel Hubert hinter der Theke und mit Kähnen auf der Nister und Fischreihern auf den Wiesen am Wehr, an die sich nach vielen Krümmungen des kleinen Flusses in einem helleren Talstück das Gelände der Gärtnerei *Zimmer* anschließt ... –

und ich begegne wieder der Sattler- und Polsterei *Boketta* und dem Sanitätshaus *Krusenbaum* im Kreuztal und *Heckenbückers* Fahrschule, die gerade durch Wissen fährt, am alten *Film-Theater* vorbei und an *Krämers* Tabak- und Schreibwarengeschäft und weiter, am *Passage-Kaufhaus Becher* und der Buchhandlung von Johanna Oligschläger vorbei ..., und ich sehe *Reifenraths* Lädchen, wo wir Kinder Eis kauften und frische Sahne, und den Schreib- und Spielwarenladen von *Willy Tropartz* und *Gerhards* Obst- und Gemüse-Laden gegenüber dem Bahnhof und *Benders* Uhren- und *Heers* Schuhgeschäft und *Brabs* Apotheke und den Fotografen *Passerah* mit seinem großen Archiv Wissener Fotografien ...,

und ich gehe in die alte Kirche mit den Deckengemälden von Peter Hecker, mit dem großen mächtigen Gott und dem hinter seinem Mantel hervorlugenden Verführer in der weiten Apsis und mit den Alt-Wissener Szenen samt all ihren Schlotbaronen und Parteikämpfen an der Decke des Langhauses, zu der wir Kinder während des Gottesdienstes aufschauten ...,

und ich erkenne die ausgehobenen Erdmassen oben am Steimel und wie dort, nach Krieg, Tod und Verzweiflung, ein Einfamilienhaus entstand, inmitten der Wälder, mit einem Blick bis zum Rothaargebirge ...,

und ich sehe schließlich die Frau, die alles von Wissen weiß und sich an alles erinnert: Frau Alzen hinter den wunderbaren Kuchen und Torten in ihrer Bäckerei und Konditorei, Frau Alzen, die Mnemosyne der alten Wissener Geschichten ... –

Bilder

(Stuttgarter Galerie)

Der Mann im Versteck

Er ist ein strenger, selbstsicher wirkender Mann von etwa vierzig Jahren, der Mann eines Alters, in dem die Koketterien und der jugendliche Narzißmus sich verloren haben. Er weiß, was er kann, er heißt Luca Giordano, kommt aus Neapel und ist ein gefeierter Maler seiner Zeit. All das aber bedeutet ihm nichts, denn er hat, wie seine Augen verraten, den Tod gese-

Luca Giordano, Selbstbildnis

hen, auch die schmalen Wangen, die die Backenknochen hervortreten lassen, deuten es an und zeigen, daß eine Furcht ihn gepackt hat, auf unheimliche Weise, tief innen.

Alles an ihm ist jedoch Abwehr und Stolz. Die leichte Schräge der Nase, das weite, helle Feld der Stirn, das irritierende Rosa der wiederum schräg gestellten Unterlippe, angeschnitten von den Rot-Markierungen der Oberlippe – diese kleinen Signale verbinden sich zu einem Gestus der Überlegenheit, mit einem Anflug von Arroganz.

Im Dunkel der schweren Augen und der sie umgebenden Schattenfelder hütet er sein Geheimnis. Die Brillengläser betonen es und bilden gerade dadurch für den Betrachter eine Grenze. So bleiben ihm seine Augen entzogen, diese hochempfindlichen, reizbaren Organe haben zuviel gesehen.

Auch die Schultern gehen über in die Schwärze des Raums, und die Schleife am Hals wirkt bereits wie das Zitat eines Stilllebens, wie ein verwelkendes Blumendekor, mit dem Duft von Moder und Fäulnis.

Daher verbinden die Schrägen in diesem Bild – wie die des Kopfes oder die noch extremere der Schleife – sich zu abwehrenden Zeichen, die den Betrachter auf Distanz halten. Man erstarrt, man ist dem dunklen Raum ausgesetzt wie Luca Giordano selbst, der niemandem mehr vertraut. Allmählich wird der Blick schwächer, man weicht einige Schritte nach hinten zurück, in das kleine Kabinett 6b der Alten Staatsgalerie Stuttgart. Erst mit diesen sich entfernenden Schritten verliert sich langsam die Kälte.

Dann läßt man den Todessüchtigen, die einsamste aller Porträtgestalten der Staatsgalerie, wieder allein.

Die Viola d'amore

Oben, im dritten Stock der Musikinstrumentensammlung im Alten Fruchtkasten am Schillerplatz, begegnet man plötzlich diesem hellbraun schimmernden, hinreißenden Korpus, der etwas Wollüstiges, Fleischliches, ganz und gar Sinnliches hat. Es ist der Korpus einer Einzigartigen, einer Solistin, der von beinahe fremdländisch wirkenden, flammenartigen Schallöchern und schön gearbeiteten, feinen Wirbeln oberhalb des Griffbretts geziert wird.

In Straubing wurde sie 1783 von dem Instrumentenmacher Johann Stephan Thumhart gebaut, ein Musiklexikon aus dem Jahr 1802 berichtet, daß sie in den feineren Kreisen die Favoritin unter den Saiteninstrumenten war, die Liebesgeige, die Sängerin.

Ihre an den Rändern etwas eingedunkelte Decke ist aus Fichtenholz, Zargen und Boden sind aus Ahorn, die Schalllöcher und die kunstvoll gearbeitete Rosette unterhalb des Griffbretts dienen dazu, den Klang zu verstärken. Weiterhin entdeckt der erste Blick sieben stramm gespannte Darmsaiten, die sich vom Saitenhalter unten über den Steg und das Griffbrett bis hinauf zum Wirbelkasten strecken.

Beim zweiten Hinschauen wird man jedoch noch ein weiteres Bündel von metallenen Saiten gewahr, die unterhalb der sieben Spielsaiten und unterhalb des Griffbretts bis zu den knochenartigen Wirbeln verlaufen. Versteckt, luxurios wirken sie wie Resonanzsaiten, die ein helles, oft »silbrig« genanntes Nachklingen bewirken. Das gesamte Saiten-Ensemble brachte so ihren verführerischen Klang hervor, ihre Inbrunst, ihr Schmachten.

Nehmen wir einen Moment Platz, ziehen wir uns einen der Kopfhörer über, die in ihrer Nähe postiert sind. Wir hören einen Ausschnitt aus Bachs Johannes-Passion, auch etwas von Vival-

Viola d'amore

di, schließlich eine kurze, hocherotische Passage aus Meyerbeers Oper »Die Hugenotten«. Ach, wie sie sich nun vorsichtig meldet, wie sie zu schluchzen und zu seufzen beginnt, wie sie sehnsüchtig verhallt und sich beinahe zärtlich wieder unter die Tutti-Stimmen mischt und – darin eine Nachfolgerin der indischen Sitar – ihre Resonanzsaiten so lispelnd, als seien sie Harfensaiten geworden, zum Singen bringt!

Ihr Ton ist intim, ein Liebesgesprächston, affektreich, werbend, manchmal auch glimmend, es ist ein Ton aus der Urzeit der Klänge, als es noch keine Orchester gab und nur eine Singstimme die hellen Saiten begleitete …

Hegels Barett

Im zweiten Stock von Hegels Geburtshaus in der Eberhardstraße trifft man auf eine Lithographie von L. Sebbers, die den großen Sohn der Stadt Stuttgart in den späten Jahren seines höchsten Ruhms (1828) zeigt. Seit seinem Umzug nach Berlin (1818) hält er dort seine aufsehenerregenden, das Lebenswerk zusammenfassenden Vorlesungen, nur die welt- und zeitumspannenden Themen kommen noch in Betracht: Religion, Weltgeschichte und schließlich eine Enzyklopädie der philosophischen Wissenschaften. Hegel wird verehrt und gefeiert, ja er ist so in aller Munde, daß ein zeitgenössischer Beobachter festhält, man frage sich in Berlin zu jedem noch so geringfügigen Inhalt, was Hegel denn darüber denke.

Sebbers' Bildstudie (»gemalt nach der Natur und auf Stein gezeichnet«) zeigt den Denker nicht im öffentlichen Raum, sondern ganz privat, in seinem Arbeitszimmer. Hegel sitzt seitlich in einem Lehnstuhl, den linken Arm bequem aufgestützt, während der rechte, freie, so angehoben ist, als wollte er das Reden unterstreichen oder begleiten. Von dieser Rede ist allerdings noch nicht viel zu sehen, noch schweigt der Mund bitter, noch starren die Augen hypnotisch auf einen Punkt, als wollten sie die Gedanken fixieren: Hegel, im Begriff, das Wort zu ergreifen …

Genaueren Aufschluß darüber, um welche Worte es geht, gibt uns aber die Haltung der Hände: Die linke weist nach unten, zum Boden, wo ein dickes, vielbenutztes Buch gegen ein Bein des Schreibtisches lehnt, die rechte zeigt auf ein anderes Werk, das an zentraler Stelle auf der Platte des Tisches liegt. Geht man näher heran, so erkennt man anhand der Buchrücken, daß das auf dem Fußboden befindliche Werk eine Schrift des Aristoteles ist, während der umfangreiche Wälzer auf dem Tisch die Werke Platos enthält. Hegels Hände markieren also – ganz ähnlich übrigens wie die der zentralen Philosophen auf Raffaels berühmtem römischem Stanzenbild der »Schule von Athen« – den abendländischen Ausgangspunkt des Philosophierens, die Spannung zwischen Plato und Aristoteles, zwischen, wie man es genannt hat, »Idealismus« und »Realismus«.

»Platon und Aristoteles sind die Lehrer des Menschengeschlechts zu nennen«, hat Hegel sich in diesen Berliner Jahren vernehmen lassen, das Bild von Sebbers aber erinnert noch mehr als solche Weisheiten. Zum einen liegen die Werke der beiden griechischen Philosophen nämlich an bevorzugter Stelle, werden anscheinend immer wieder benutzt und gehören deshalb nicht ins Regal. Zum anderen aber wendet sich Hegel in der seitlichen Haltung von diesen Werken ab; er hat sie zur Hand, er bezieht sich auf sie, aber er schaut sie nicht an, sondern blickt mit deutlicher Anspannung in die Ferne, ins Lichte, als erwartete er von dort das Eigene, Neue.

Dieses eigene, neue Denken ist in Bewegung, die Bücher auf dem Gestell im Hintergrund beweisen es. Sie stehen nicht wohlgeordnet in Reih und Glied, sondern so, als würden sie häufig benutzt. Viel deutlicher aber beweist der kleine Glasschrank mit Manuskripten hinten rechts, wie sehr das Denken noch gärt, denn die Manuskriptstöße liegen dort quer und längs über- und nebeneinander, als fügten sich all diese Ideen noch nicht zu einem gesetzten Ganzen zusammen.

Da aber das Denken noch so in Bewegung ist und erst ganz zu sich finden will, bedarf der Körper der größten Be-

Hegel in seinem Arbeitszimmer

quemlichkeit, nicht im Sonntagsstaat wird also gedacht, sondern im weichen, den Körper umschmeichelnden Schlafrock. Hegels Schlafrock hat auf diesem Bild selbst etwas Denkerisches, Majestätisches, es ist nicht der schlampige Schlafrock des deutschen Michel, von Tabak- und Kaffeeflecken beschmutzt, sondern der elegante des Herrn von Welt, mit dem vor allem die ungemein zierlichen Schuhe korrespondieren, bequeme, leichte Schuhe, die eine schwere Faltendekoration des Schlafrocks auffangen, als wollten sie tanzen gehen mit ihm.

Die Krönung von alldem aber ist das dunkle, samtene Barett auf dem Kopf, dasselbe Barett übrigens, das wir im zweiten

Stock des Hegel-Hauses in einer Glasvitrine entdecken. Erst mit diesem Barett hat das beredsame Bild seinen spezifischen Ausdruck gefunden, als Kreuzung von Krone und Hut. Als Krone veredelt es den wichtigsten Teil des Körpers, jene Regionen, die Wärme brauchen, damit die hochfliegenden Gedanken entstehen; als Hut aber hindert es diese Gedanken, sich allzuweit von ihrem Erzeuger zu entfernen, als Hut zieht es sie herab, macht sie schwer und gibt ihnen den Boden zurück.

So entdecken wir auf der unscheinbaren Lithographie von L. Sebbers in Hegels Barett so etwas wie den zentralen Ausdruck seines Philosophierens: Krone und Hut, Idealismus und Realismus, Plato und Aristoteles im samtenen Wurf der kleinen Fältchen gebändigt und hegelianisch vereint.

Leben in Gold auf Seide

In der Asien-Abteilung des Linden-Museums fällt einem eines der japanischen Rollbilder besonders auf. Es zeigt eine geheimnisvolle, von vielerlei Goldtönen eingekreiste Seelandschaft, das Gold ist Erde, Sand, Nebel und Himmel, und es setzt den Ausbuchtungen der Landschaft, je länger man schaut, so zu, als wollte es sie schließlich ganz zum Verschwinden bringen.

Meister Kanô Tanshin Morimichi (1785–1835) hat die kleinen Szenen um den Biwa-See, der nahe der alten Kaiserstadt Kioto lag, komponiert, und er bediente sich dabei eines beliebten Themas der japanischen Malerei und Dichtung, indem er ein Landschaftspanorama entwarf, das mehrere, sonst alleinstehende Motive auf einem Bild künstlich vereinte.

In diesem Fall handelt es sich um acht kleine Szenen, die um das Zentrum des großen Sees gruppiert sind, jede von ihnen

Kanô Tanshin Morimichi, Gemälde

soll eine eigene Stimmung treffen und erinnern. Man erkennt den einsam wandernden Herbstmond, groß und doch in die Himmelsweite gesetzt; man sieht den silbern glänzenden Abendschnee auf den fernen Bergen und die Bewegung eines Schwarms einfallender Gänse, langsam geht ihr nur angedeutetes Flügelschlagen in das Wellenschlagen des Sees über.

Weiter wird man einen einsam gelegenen Tempel gewahr, unterhalb einer hochaufragenden Kiefer, dann auch die Segelboote, vor allem das einzelne, menschenleer in der Mitte des Sees. Und schließlich ist hier und da Leben, so in der kleinen häuslichen Szene unten, wo Mutter und Kind ganz vertraut auftreten in der Helligkeit einer Bambushütte. Auch gibt es bedrohliche Reiter, die über eine große Brücke preschen, und aus den beiden Segelbooten, die eben gelandet sind, wird etwas ausgeladen.

So ganz geheuer freilich kann einem dieses Leben nicht sein, es wirkt vereinzelt, für sich, ohne Verbindung zu den Welten ringsum. In denen nämlich herrscht die Ruhe der menschenleeren Schönheit: Ein Dorf, dessen Holzhütten sich immer mehr dem See zudrehen, bis sie sich in seinen Wassern zu verlieren scheinen, eine einsame Hütte gegenüber, wie eine Meditationsstätte für Menschen, die alles hinter sich gelassen haben, hochgelegene Berghütten, die von einer einzelnen nahe dem Gipfel überragt werden, als fänden sie in der Gipfelnähe erst ihre Krönung.

So offenbart sich das Atmosphärische der kleinen Szenen, das sofort verblaßt, wenn man wieder ein paar Schritte zurücktritt, dann nämlich zieht sich das Bild in seinen opak wirkenden Farben zusammen wie ein tiefer Teich, der nichts preisgibt.

Das Verlockende an Morimichis »Acht Gesichtern vom Biwa-See« ist aber genau dieser Wechsel zwischen Genre-Szene und Entrückung. Man möchte irgendwo haltmachen, sich ausruhen und taucht dann wieder ein in die Weite des Bildes. Und so beginnt man unwillkürlich zu phantasieren, man malt sich die kleinen Szenen genauer aus, und man fragt: Worüber reden die Männer, die da die Segelboote ausladen? Wer ist die einsame Frau mit dem Kind, zu wem gehört sie?

Ähnlich muß es dem Dichter Max Dauthendey (1867–1918) ergangen sein. Er hat »die acht Ansichten vom Biwa-See« in acht Liebesgeschichten (»Die acht Gesichter am Biwasee«) erzählt. In diesen Geschichten geht es japanisch zu, Papageien flüstern geheimnisreiche Sentenzen, Mägde und Lieblingsmägde huschen um ihre Herrinnen, junge Prinzen aus kaiserlichem Hause schicken höfliche Briefe, Lackkästchen werden geöffnet und Schwertlilien an den Ufern geschnitten. Alles ist so sehr Ritual, daß es uns noch beim Lesen wie gepudert erscheint, gerade diese Künstlichkeit aber paßt zu Morimichis Rollbild, wo die dichten Goldnebel sich bei nun langer Betrachtung immer mehr zuziehen, wie schwere Theatervorhänge, hinter denen nichts mehr ist als ein leises, ersterbendes Murmeln.

Maria im Wochenbett

Im zweiten Stock des Württembergischen Landesmuseums im Alten Schloß begegnet man unter den vielen Holzbildwerken plötzlich einer Maria, die man so noch selten gesehen hat. Sie liegt nämlich, gestützt durch zwei Kissen, auf einem eher angedeuteten Bett, während der kleine Jesusknabe gravitätisch auf ihrem Schoß sitzt.

Das Aufstörende dieser Arbeit ist schwer zu beschreiben. Man glaubt beinahe, etwas Heutiges zu sehen, eine Artepovera-Arbeit unseres Jahrhunderts, also bewußt hergestellte Einfachheit, die den Gestalten etwas Konkretes und zugleich Abstraktes verleiht. Konkret sind vor allem die Gesichter, das volle, weiche der Madonna, beseligt, mit sehr feinen Zügen um Nase und Mund, und das prägnante, kräftige des Kindes mit den sinnlichen Lippen. Wir haben es, zeigen uns diese Gesichter, wahrhaftig mit einem Paar zu tun, unverkennbar ist der Knabe der Sohn dieser schönen und wohl auch geistreichen Frau.

Betrachtet man ihn aber ganz nah, so zeigt sich in seinem Mienenspiel mehr: Ein kaum merkliches Schweben zwischen Kindlichkeit und Alter, geheime männliche Entsprechung zu den Zügen der Edlen. Schaut man ihn sich dann von der Seite an, macht er die stärkste Veränderung durch: Jetzt erkennt man deutlich einen starken Bauchansatz, jetzt ist er so etwas wie ein kleiner Buddha, stolz sitzt er da, mit großen Lauscherohren, während seine Mutter, als habe sie mit diesem nun asiatischen Wesen nichts zu tun, abwesend in die Ferne blickt ...

So sind doch beide Gestalten für sich, sie schmiegen sich nicht aneinander, wie überhaupt der Knabe nicht mit der Mutter verbunden ist. Er ist sein eigener Herrscher, und sie hält ihn nur noch gerade mit den Fingerspitzen ihrer Linken. Diese zarte Berührung ist alles, darüber hinaus entwerfen die beiden

Maria im Wochenbett

Gestalten jedoch abstrakte Zeichen. Zum einen bilden sie ein kleines Kreuz, wobei der Jesusknabe den Betrachter anschaut, während Mariens Fernblick dieses Blickfeld durchschneidet. Zum anderen aber bildet die im Wochenbett liegende Maria auch so etwas wie eine Sichel, einen Halbmond, in dessen Krümmung der Knabe sitzt, wohlbehalten.

Solche Figuren – Kreuz, Sichel, Vertikale, Horizontale – dominieren die Arbeit beinahe, wenn nicht der unauffällige Schmuck wäre, der die einfache Sichelfigur sehr kunstvoll umspielt, Mariens Schleier und die Falten der Bettdecke, langgezogen bis hin zum Fußende.

Und so lagern die beiden, ruhig, freudig, in Erwartung des Lebens. Wer frühchristliche Mosaiken (zum Beispiel in Rom) gesehen hat, erinnert sich an liegende Marien und an einen Jesusknaben, der in die Krippe verbannt ist. Etwas Frühchristliches hat auch diese Maria aus Oberschwaben, doch der Knabe ist näher an sie herangerückt, obwohl er noch immer eine ferne Sohnfigur ist und nicht der lächelnde Knabe auf dem Arm der Madonna.

Antike und Frühchristentum – solche Hintergründe spielen in diese Arbeit aus Pappelholz hinein, und beinahe kommt es einem heute so vor, als gehörten die starken Beschädigungen, die sie durch die Jahrhunderte erlitten hat, zu ihrer Ästhetik. Dem Jesusknaben fehlen nicht nur die Arme, schlimmer noch fehlt ihm der linke Fuß, der, wie die glatte Schnittfläche beweist, irgendwann einmal abgeschnitten wurde. Auch Maria hat man die rechte Hand genommen, das Bett ist stark beschädigt, die Kissen halten die vornehme Figur kaum noch. Mit den Augen unseres Jahrhunderts sehen wir die Beschädigungen jedoch eher als Reiz, als Abschwächung der fließenden Sprache des Bildwerks, als Rauheit, als Eigensinn.

Diesen Eindruck verstärken die Farben: Einmal stark bemalt, ist die ganze Arbeit heute beinahe in Holzfarben erblaßt. Nur die sprechenden Gesichter der Figuren leuchten in einem dunklen Rot, der Marienschleier schimmert weiß, und auf der Decke greifen Rot- und Grüntöne ineinander. Man glaubt diese Töne immer mehr schwinden zu sehen; je länger man hinschaut, um so mehr bemerkt man das Nackte, das Materielle der Arbeit, gebrochenes, gedübeltes, mit Hieben gespaltenes Pappelholz.

Nie wieder wird man diese Kissen vergessen, das Lagerkissen, das kleinere Stützkissen, nie dieses Mienen- und Augenspiel der Maria und nie den kleinen, thronenden Buddha mit seinen fein gekämmten Haaren, in geordnete Strähnen gelegt! Fernste Zeiten und Kontinente scheinen zusammenzuspielen zu einem grandiosen Augenblick leuchtender Armut, zu dem es fremd raunt: »Maria im Wochenbett, Oberschwaben um 1400, Pappelholz, Unterseite ausgehöhlt …«

Das Augenblau eines Arbeiterjungen

In der Galerie der Stadt Stuttgart am Schloßplatz wird einer der Räume mit Gemälden von Otto Dix durch das grelle, gewaltige Großstadttriptychon beinahe ganz beherrscht. In einer Ecke, links von den drei Tafeln, versteckt sich jedoch ein unauffälliger, fast farbloser Knabe, ein Gegenbild zu den bunten und schrillen Szenen der Großstadt. Das Bild des verlassen dastehenden Arbeiterjungen hat Dix im Jahre 1920 gemalt, im Alter von fast dreißig Jahren.

Reglos, wie erstarrt wartet der Knabe; das Hochformat preßt seine Gestalt eher noch mehr zusammen, als dürfte sie keinerlei Raum beanspruchen. Auch der sichere Stand ist dem Knaben verwehrt, er ragt aus dem Bild wie ein im Ungewissen auftauchendes Zeichen, flach, ohne Volumen, kein Körper, der eine Umgebung bestimmt.

Dazu paßt, daß der Raum hinter ihm farblos bleibt, kein Gegenstand, der ihm etwas von Aktion gäbe, lockert den starren Stand der Figur. So erweckt der Knabe den Eindruck einer mehrfach reduzierten Gestalt, die nur noch eines an Leben preisgibt: soziales Dasein.

Dieses nackte Soziale war eines der großen Themen von Dix, und er hat es in diesem Bild auch durch starke Konturen hervortreten lassen, Konturen, die vor allem die einfache Arbeitskleidung und die prägnanteren Gesichtsteile betonen, die schrägsitzende, charakteristische Mütze, die Jacke, die an den Armen zu kurz ist und zu weit im Schulterbereich, die beiden unterschiedlichen Ohren, die scharfen Züge der Wangen.

Solche Konturen wirken wie Einschnitte der Arbeit in einen Körper, sie prägen und verletzen ihn beinahe. Haut, Fleisch und Haare haben nichts Sinnliches mehr, sondern sind fahle Attribute der Kleidung. Auch die hängenden, beinahe leblosen Hände, die aus den Öffnungen der Ärmel ragen wie Stecken,

Otto Dix, Arbeiterjunge

erscheinen deformiert, während die gekrümmten und sichtbar geschundenen Finger wie Greifteile wirken und wie Funktionsträger einer Mechanik, die dem gesamten Körper das Leben genommen hat. Zwei Knöpfe halten die Jacke gerade noch zusammen, die starken Horizontalen des Unterhemds, das unterhalb des Kinns ärmlich herausschaut, setzen sich in den stark angedeuteten Horizontalschlitzen der Knopflöcher fort.

Gegen die Mittelachse, die gleichsam am Brustbein entlanggeführt wird, setzt Dix die Schrägen der Jackenfalte, die die Rippen eines mageren Skeletts andeuten. Die Falten der Hose spielen dagegen, als würden sie von einem zu engen Bund oder einem straff sitzenden Gürtel nach oben gezogen.

So arbeitet er mit den Linien: Er hängt seine Gestalt an der Mittelachse auf und läßt die beiden Arme, kaum merklich schräg gesetzt, zu ihren Parallelen werden, dann bezieht er die schrägen Skelettfalten auf sie und krümmt die Finger zu den Falten der Hose hin, um deren Aufwärtsbewegung noch zu betonen.

So bleibt der Blick endlich auf den Kopf fixiert, wo eine wiederum leichte Asymmetrie eine ganz andere Geschichte als die des sozialen Daseins entwirft. Die Nase sitzt nicht da, wo sie um der Symmetrie der Mittelachse willen sitzen müßte, sie betont nicht die Mitte, sondern ist leicht nach rechts verschoben. Das wiederum gleichen die winzigen Falten an der Nasenwurzel aus, die wie Brandzeichen nach links drängen. Scheint der Mund sich noch auf die Mittelachse zu beziehen, so verzweigt sich das Gesicht oberhalb immer mehr: Es bricht (in den beiden unterschiedlichen Ohren) auseinander, es blüht auf in den Rottönen der weichen Wangen und im klaren, hellen Blau der Augen. Auf dieses Blau war man nicht gefaßt! Dem flüchtigen Blick bleibt es hinter der sozialen Maske verborgen, doch nach längerem Schauen strahlt gerade dieses Augenblau gegen das allzu Vertraute von Dix-Bildern an. Plötzlich sieht man den schönen Ernst des Jungen, das Intensive seines Blicks, etwas wie Würde und Eigenheit, plötzlich liegen Spuren von Licht auf diesen Zügen und blenden sie als Züge eines einzelnen, unverwechselbaren Menschen ins Grau der Leere.

Mörikes Brille

Im zweiten Stock der Stadtbücherei im Wilhelmspalais entdeckt man in einer Glasvitrine mit Erinnerungsstücken an Eduard Mörike die sich klein machende, zierliche Brille des Dichters. Man erfährt, daß es sich um Mörikes Altersbrille handelt, neben ihr liegt auch das Brillenetui, auf dessen Innenseite eine feine, andächtige Schrift vermerkt hat: »des l. Vaters Eduard Mörikes Brille in Ehren zu halten«.

Je länger man die Brille betrachtet, um so lebendiger phantasiert man den Kopf hinzu: Die breite, vorgewölbte Stirn, die großen Augen, die buschigen Haarsträhnen dicht über den Ohren, die weiche, sinnliche Mundpartie.

All diese Einzelheiten haben den Kopf jedoch nicht unverwechselbar gemacht, sondern einzig die Brille. Wenn wir an Eduard Mörikes äußere Erscheinung denken, denken wir zunächst an sie, an diesen kleinen optischen Akzent, der zu die-

Mörikes Brille

sem Dichter so zu gehören scheint, als wäre er mit ihm schon zur Welt gekommen.

Zeichnungen aus Mörikes Jugendjahren jedoch führen uns noch den brillenlosen Autor vor, erst in seinen späteren Jahren taucht das charakteristische Hilfsmittel auf, in Verbindung mit dem neuen Medium der Fotografie, das mehr als die Zeichnung geeignet erschien, ein »wahres Bild« des Abgebildeten zu entwerfen. Vielleicht ist es daher kein Zufall, daß Mörike einer der ersten großen deutschen Dichter ist, der uns als Brillenträger begegnet. Die beschönigenden Zeichnungen früherer Jahrhunderte ließen Brillen nämlich einfach fort, und erst die Fotografie hielt den Menschen so fest, wie er sich auch im Alltag präsentierte.

Mit dem epochemachenden Medium war Mörike schon früh in Kontakt gekommen. Bereits 1839 hatte er »Daguerresche Lichtbilder vom Optikus Geiger in Stuttgart« zu sehen bekommen und festgehalten: »Eine Ansicht der Hintergebäude seines Hauses, Hof, Stallung usw., nicht größer als die Hälfte eines Kartenblatts. Es ist nur einer seiner Versuche. Aber ich sage Dir, man kann nichts Zierlicheres und Wunderbareres sehen. Man preist sich glücklich, so eine Erfindung in seiner Zeit zu erleben.«

Die Fotografie kam Mörikes eigenem Blick entgegen, weil sie eine genaue Betrachtung des Kleinen und Unauffälligen förderte, ihre ungewohnte Präzision war ein Anlaß dafür, sich noch mehr in das Leben der Dinge zu vertiefen. Nicht die Oberfläche oder das Abbild faszinierten Mörike, sondern »das Zierliche«, das hier noch intensiver erschien als auf jedem gemalten Bild.

So war seine Enttäuschung groß, als er sich (wahrscheinlich 1855) zum ersten Mal selbst mit Hilfe der neuen Technik aufnehmen ließ: »Letzten Dienstag habe ich mich richtig daguerretypisieren lassen – aber Affenschande! Ein alter Kanzleiratskopf mit halboffenem latschigem Maul – für 4 Fl. 30 das

Stück – kam zum Vorschein.« Was ihn verstörte, war das »Authentische« und »Wahrhaftige« der Fotografie, das dem Dichterporträt alles Idealische, Kraftvolle oder Romantisierende nahm, der an Zeichnungen, Bilder und Stiche gewöhnte Blick mußte sich erst neu orientieren.

Ein Beobachter, der Mörike in den fünfziger Jahren begegnete, teilte in seiner Beschreibung des Eindrucks, den er vom Dichter erhalten hatte, etwas von diesem Quantensprung mit: »Wenn er ein Gespräch … anknüpfte, die Brille, die den Gelehrten verräth, herabnahm, und sein Auge von der Anstrengung, durch das scharfe Glas zu sehen, ausruhen ließ, dann lächelt allmälig aus den Blicken und um den Mund die feine Grazie und der guthmüthige Humor, den wir aus seinen Erzählungen und Mährchen kennen.«

Wenn Mörike, sagt dieser Betrachter, seine Brille abnimmt, verwandelt er sich erst in einen Dichter und offenbart die alten Tugenden des Dichterischen, Grazie und Humor. So gesehen, ist die Brille eben nicht das Attribut des Dichters, sondern das des Gelehrten. Schmal, mit jenen winzigen Gläsern versehen, die noch keinen scharfen Blick in die Ferne erlauben, scheidet sie den Blick des Trägers von der näheren Umgebung und lenkt ihn zurück auf die Seiten eines Buchs oder gar auf sich selbst.

Auf den Fotografien seiner späten Jahre zeigt der Brillenträger Mörike sich in solchen Posen, oft macht ihn sein Brillenblick zu einem ganz und gar Abwesenden, der nur noch nach innen oder in eine ferne literarische Landschaft zu blicken scheint, und manchmal wird dieser Brillenblick inmitten der irgendwo im Freien versammelten Familienmitglieder sogar derart zu einem Buchblick, daß man vermutet, Mörike habe für überhaupt nichts sonst mehr ein Auge.

Kleine Bühnen

Wir befinden uns in einem gutbürgerlichen Salon, etwa in der Mitte des neunzehnten Jahrhunderts. Es ist später Nachmittag, die Damen haben es sich bequem gemacht, die Konversation verläuft in sehr ruhigen Bahnen. Man kann das Ticken der Uhr hören, die unter Glas auf einem Sekretär steht. Man trinkt Tee, die schweren Vorhänge halten die Welt fern, bald wird man Kerzen entzünden, Holz in den Kamin legen, und das Ticken der Uhr wird noch lauter zu hören sein ...

Solche Phantasien beim Blick in eine Puppenstube beschert ein Besuch von Stuttgarts Spielzeugmuseum (Weberstraße). Der gutbürgerliche Salon, der hier nicht nur zur Freude von Kindern zwischen vielen vergleichbaren Stücken steht, hat einen gemalten Boden, die Blechmöbel fertigte die Biberacher Firma Rock und Graner. In unserer Phantasie ist dieser Salon jedoch nicht aus Blech, wir betrachten vielmehr eine Bühne, und auf der Bühne wird jeder Gegenstand zu einem kleinen Mirakel.

Da Kinder die großen Bühnen lange Zeit noch zu gewaltig und ihre Stücke meist zu verschroben fanden, hatte man ihnen die kleinen Bühnen der Puppenstuben erbaut. In den stummen Raum hinein erfand das Kind sein eigenes Sprechen. Redend, brabbelnd verlieh es den nur scheinbar toten Dingen Leben, zunächst den Gegenständen, die es in Aktion versetzte, dann auch den Figuren, die Namen erhielten und sich zu unterhalten begannen.

Also zunächst das Glas von der Uhr, Tee eingeschenkt, jetzt erzählen die kleinen Gestalten, sie flüstern in den stillen Raum hinein: »Gertrude, hast Du gehört?« – »Ich will Dir was sagen, Elfriede.«

Der Salon ist der Raum des Sich-Lagerns, schwer sitzt man lange Zeit in einem Sessel, der Raum der Konversation ist ge-

Puppenstube im Stuttgarter Spielzeugmuseum

schlossen, nichts dringt nach außen oder von außen herein. Niemand verläßt seinen Platz, niemand schweift ab, man spricht gegen das Ticken der Uhr an, der Salon ist der Ort des gemeinsamen Träumens.

Beinahe abwesend, wie Träumer sitzen die kleinen Figuren denn auch auf ihren Blechmöbeln. Insgeheim sehnen sie sich nach etwas Leichtigkeit, danach, daß die schweren Vorhänge sich öffnen mögen und daß ein fröhlicher Wind hineinfegt und alles zum Tanzen bringt.

Sie wissen aber genau, das wird nie geschehen. Und so spürt der erwachsene Betrachter beim Blick in diese Puppenstube schließlich die Beklemmung. Die kleine Bühne erinnert ihn an die Bühnenbilder vor sehr vielen Jahren, als alle Bühnen noch Wohnzimmer waren und man in ihnen Stücke von Ibsen oder von Strindberg aufführte.

Die kindlichen Betrachter aber ahnen von alledem nichts. Sie sehen nicht das Ganze des Raums, sie fragen: Was liest die Frau in der Zeitung? Warum ist kein Feuer im Kamin? Und der erwachsene Betrachter beginnt, das alte Leben zu erklären, die Zeiten, als man sich noch in die Stille verkroch, die Tage, in denen das Uhrenticken die Stunden zählte …

Aus frühsten Tagen

In Raum 33 der Neuen Staatsgalerie begegnet man Paul Klees »Jungwaldtafel« aus dem Jahr 1926. Von fern glaubt man, es mit einem gewöhnlichen Ölbild zu tun zu haben. Erst beim Näherkommen entdeckt man, daß es sich wirklich um eine Tafel handelt. Sie macht den Eindruck eines alten verwitterten Fundes, und es ist ihr nicht anzusehen, wie kunstvoll Klee sie auf diesen prähistorischen Eindruck hin präpariert hat.

Denn diese Tafel ist eigentlich ein gipsgrundiertes Nesseltuch, das auf Karton gezogen wurde. Der blasse, später dünn mit Öl bemalte Gips sieht aus wie ein Steinstück, das durch Regen glattgespült und von der Sonne gebleicht wurde. So wirkt es wie ein Fundstück der Natur, das der Mensch nur mit seinen Ritzzeichen versehen und sich dadurch auf minimale Weise angeeignet hat.

Die kleinen, in Reihen angeordneten Zeichen haben etwas Geheimnisvolles: Sie erinnern zum einen an Zeichen von Sammlern, die sich etwas notierten und festhielten; zum anderen gleichen sie durch ihre beharrliche Aneinanderreihung aber auch Zeichen von Kindern, die nicht länger ruhten, bis die Leere der Tafel gefüllt war.

Das Prähistorische und das Kindliche spielen also hier mit und löschen den Gestus der Kunst, das Gestalten, Verwandeln

Paul Klee, Jungwaldtafel

und Behaupten, beinahe aus. Unter den vielen angestrengten Werken der Moderne, die die Neue Staatsgalerie präsentiert, wirkt Klees »Jungwaldtafel« daher wie eine Erlösung, absichtslos, ungeformt, ein Zitat frühster Tage.

Ihre Zeichen sind anonym, sie verweisen nicht auf den Künstler, und sie wollen kein Programm illustrieren. Jeder könnte diese Zeichen einritzen, weil ihre abstrakte Unbeholfenheit jene Unbeholfenheit ist, die uns allen in der Kindheit einmal eigen war. Damals führten wir den Stift oder die Kreide entschieden und energisch, und die Zeichen, die wir auf Papier brachten, lebten vom geheimen, verborgenen Reservoir unserer Phantasie.

Diese Phantasie, das Unbewußte, Kollektive und Dunkle der Seelen, spricht Klees kleine Tafel beziehungsreich an. Deshalb fehlt auf ihr jede individuelle Note, jeder Anstrich von Unverwechselbarkeit. Deutlich beziehen sich die Zeichen vielmehr auf die nahe, vertraute Umgebung des Waldes und werden von unten nach oben immer komplexer. Zunächst sind da die Kurven des Bodens, mal halbkreisförmig, mal beinahe elliptisch. Darauf folgen die ersten Senkrechten, kleine Dächer, gekreuzte Linien, der früheste Wuchs. Dann beginnt sich alles zu verzweigen, in der mittleren Zone, wo sich nichts ordnen will. Schließlich erheben sich über einem erneuten Zitat des Bodens die baumartigen Gruppen, um eine aufstrebende Mittelachse gruppiert.

So erlebt das Auge die Geschichte des Wachstums. Dem sekundieren die Farbtöne, ganz helle, weiße in den unteren Zonen, schwarze, verdickte in der Mitte und schließlich die sehr feinen Rottöne ganz oben, wie Andeutungen eines ätherischen Raums. Betrachtet man die Tafel so, sind ihre Zeichen Vorläufer von Schrift, und in der Tat wirken die abstrakten Symbole ja wie kleine Schriftzeichen, die – genau wie später die Schrift – von links nach rechts eine Fortsetzung ergeben.

Kleine, winzige Löcher an den Rändern wirken wie ironische Brechungen. Bleiben wir im Bild, können wir darüber nachdenken, wo man diese Tafel wohl einmal angebracht hatte; schauen wir aber von heute auf das Bild zurück, erleben wir die überflüssige Vielfalt der Löcher wie ein Spiel mit dem Rätselhaften.

So changiert Klees Tafel zwischen den Zeiten, sie ist Dokument der Frühe, und sie erinnert leicht, spielerisch daran, daß wir diese Frühe nur noch ästhetisch erleben.

Der Stuttgarter Apoll

Unser Schönling ist eine der bekanntesten Erscheinungen der Kunst, seine Berühmtheit hat ihn eitel werden lassen, und so wendet er sich denn mit seinem Blick von uns ab, während er uns seinen Körper präsentiert, nachlässig beinahe, als gönnte er uns nur für einen kurzen Moment diese Betrachtung.

Es handelt sich um den vielbeschriebenen Apoll von Belvedere, dessen Erscheinung in der deutschen Literatur für ein halbes Erdbeben gesorgt hat. Johann Joachim Winckelmann beschrieb ihn in der Mitte des achtzehnten Jahrhunderts zum ersten Mal, er pries ihn als »das höchste Ideal der Kunst unter allen Werken des Altertums«. Winckelmann studierte das marmorne Werk im Belvedere-Hof der Antikensammlung des Vatikans, nach diesem Hof hatte es seinen Namen.

Heute wissen wir, daß die vatikanische Statue eine römische Marmorkopie eines griechischen Originals der Spätantike ist, das Original war wohl aus Bronze und ein Werk des griechischen Bildhauers Leonchares. Derartige Zuweisungen jedoch beschäftigten Winckelmann nicht. Der Apoll zeigte sich ihm vielmehr als eine Gestalt, die »über die Menschheit erhaben« war und in der »die reizende Männlichkeit vollkommener Jahre« triumphierte. Auch Goethe war, als er ihn während seines Rom-Aufenthaltes im Jahr 1786 zu sehen bekam, tagelang erschüttert. Der Apoll von Belvedere, schrieb er, habe ihn »aus der Wirklichkeit hinausgerückt«.

Winckelmann und Goethe kannten ihre Götter zunächst nur durch ausdrucksarme Abbildungen, die Kopien, die man in Deutschland nur schwer zu sehen bekam, waren aus Gips. An kleine Maßverhältnisse gewöhnt und ohne Begriff von der »idealen« Schönheit des menschlichen Körpers, erstarrten die deutschen Rom-Reisenden beim Anblick des glatten Marmors,

Stuttgarter Apoll

geblendet und von der Erscheinung visuell überwältigt, erhoben sie den Apoll zum Ideal des Schönen schlechthin.

Mit den Debatten über die Schönheit Apolls begann in Deutschland das ästhetische Nachdenken, die Figur wurde zum Anlaß weiter ausholender Überlegungen, man konnte sich – wie Winckelmann und Goethe – in sie verlieben, man konnte ihrer Idealität aber auch mißtrauen.

So begann Wilhelm Heinse, das hohe Ideal in seinen Details zu studieren, Schönheit als Ganzes war ihm eher verdächtig. Die Figur, befand er, sei nicht sehr lebendig, die Kontur des Körpers zu geleckt und zu glatt. Insgesamt sei die Gestalt nicht mächtig genug für einen Gott wie Apoll, ja sie sei sogar ein wenig »milchhaft«. Im bloßen Zweikampf, höhnte Heinse weiter, hätte Herkules so einen Milchbuben auf den Schoß gelegt und ihm lächelnd auf den Hintern geschlagen.

Solche Grobheiten notierte Wilhelm Heinse heimlich in seine Tagebücher, die Öffentlichkeit, die sich ganz an Winckelmanns Rede von der idealen Schönheit des jungen Mannes hielt, wagte er damit nicht zu überraschen. Unter den deutschen Rom-Reisenden galt der Apoll so weiter als heilige Erscheinung, deren Glanz erst sehr allmählich verblaßte.

In Stuttgart kann man sich heute im Städtischen Lapidarium in der Mörikestraße ein Bild von unserem Schönling machen. Die Kopie, die sich standesgemäß von der Höhe einer kleinen Erhebung aus präsentiert, ist vom Anfang des zwanzigsten Jahrhunderts, ihr Schöpfer ist leider unbekannt. Der vatikanischen Arbeit hat sie zwar einige Ergänzungen voraus, so zum Beispiel den linken und rechten Unterarm, auch sind die Gesichtszüge des Stuttgarter Apoll schärfer und härter. Dadurch fehlt ihm aber viel von der Weichheit und Eleganz der vatikanischen Statue, wir begegnen nicht dem antiken Wollüstling, sondern einem antikisierenden Helden.

Und doch hat auch die Kopie im Lapidarium noch etwas von der unvergänglichen Würde des Originals. Apoll trägt den Köcher mit den Pfeilen, gerade hat er mit dem Bogen auf den Python-Drachen geschossen, um ihn zu zerlegen. Der Zorn über den Drachen, kommentierten die deutschen Verehrer des achtzehnten Jahrhunderts, sitze nur in der Nase, und die Verachtung äußere sich lediglich in der hinaufgezogenen Unterlippe, wodurch das Kinn sich ein wenig erhebe.

Unser Stuttgarter Apoll verzichtet auf solche Feinheiten. Er ist schlicht ein Athlet, befriedigt darüber, getroffen und das Scheusal getötet zu haben. Und so lenkt sein Blick uns nach Rom, wo in der Ferne sein noch schönerer Bruder wartet, die eitle Ausgeburt, der blendende Verführer ...

Das Safranmädchen vom Nil

In der Antikensammlung des Württembergischen Landesmuseums im Alten Schloß treffen einen plötzlich die weit geöffneten Augen des schönen Safranmädchens. Man geht näher heran, und langsam zieht es sich in sein irritierendes Farbenreich zurück: Rosa, Ocker, Dunkelrot, Schwarz …

Das Porträt der Schönen, vor dem wir jetzt stehen, ist ein Mumienporträt, wahrscheinlich um 40/50 nach Christus in Ägypten angefertigt. Der altägyptische Glaube an die Unterweltreise der Toten hat diese Porträts, die sich an den mumifizierten Kopf des Toten schmiegten, entstehen lassen.

Wer aber ist unsere Schöne? Sie lebte in einem Land, das wie kaum ein anderes für die Römer ein Land der Verführung war. Cäsar machte sich auf den Weg nach Ägypten und begegnete dort Cleopatra, Antonius folgte ihm später und dachte daran, in diesem alten, geheimnisvollen Land eine Art hellenistisch-orientalisches Sultanat zu errichten. Doch Ägypten wurde römische Provinz, unsere Schöne wird daher aufgewachsen sein in einer Zeit, als die vielfältigsten Kultureinflüsse aufeinandertrafen.

Ist sie also eine Römerin, oder ist sie eine junge Ägypterin aus sicherlich hohem Haus, die die römischen Moden übernahm? Vor allem durch ihre Haartracht erinnert sie an die Frauen des römischen Kaiserhauses: Schwarze Locken rahmen wie Perlen halbkreisförmig das nach oben hin breite Gesicht ab. Auch die Kleidung erinnert an Rom, denn sie ist deutlich als eine halb ockerfarbene, halb dunkelrote Tunica zu erkennen, wie sie von Frauen und Männern der römischen Oberschicht getragen wurde.

Bleibt das Rosa, das große Partien des Gesichts aufhellt, durch das Rosa liegt ein heller, freundlicher Schimmer auf ihm, der die anderen, schweren Farben beinahe überspielt. Dazu

Mumienporträt

paßt das leichte Ohrgehänge, zwei einfache, goldene Tropfen, der schöne Hals dagegen bleibt schmucklos und wirkt eben dadurch um so mehr.

So treffen in diesem Porträt Züge des Orientalischen (Augen, Nase und Hals) auf westliche, römische Elemente (Haartracht und Kleidung). Der rosa und lebendig schimmernde fleischliche Körper wird gleichsam abgedunkelt durch die schweren Töne von Mode und Sitte.

Das Geheimnis der Schönen lauert aber jenseits der Moden, es lauert in der dunklen, beharrlichen Tiefe der Augen, die einen nicht mehr loslassen. So müssen Augen schauen, wenn sie verführen wollen, nachdrücklich, als erneuerte sich der Blick von Sekunde zu Sekunde …

Ach, schönes Safranmädchen, wir denken uns, Du seist aufgewachsen am Nil als einzige Tochter eines hohen ägyptischen Beamten. Dein Vater hat Dir eine römische Erziehung zukommen lassen, Deine Mutter hat Dir gezeigt, wie man die Haare auf römische Weise trägt und sich römisch kleidet. Und doch bist Du in Deiner Seele eine Orientalin geblieben, geheimnisvoll, dunkel, eine junge Frau, die in einer fremden Kleidung ihr Inneres verbirgt. Augen und Lippen aber lassen dieses Innere deutlicher werden, denn sie markieren Erwartung, Verführung.

Je länger wir schauen, um so mehr nähern wir uns Deinem Reich. Es ist das Reich kostbarer Düfte und Öle, das Reich abgedunkelter Kammern bei gleißendem Sonnenlicht draußen. Der Nil fließt schwer und tranig, die Palmen ducken sich in der großen Hitze, alles wirkt wie erstarrt, nur Du beginnst als ein Traum- und Wahnbild zu leben …

Die schwäbische Schönheit

Im Kreis der schwäbischen Schönheiten in Saal 18 der Stuttgarter Alten Staatsgalerie gebührt Wilhelmine Cotta, der Gattin von Goethes Verleger Johann Friedrich Cotta, der erste Preis. Das, fragt man sich hingerissen, das soll eine Pfarrerstochter aus Kilchberg bei Tübingen sein?

Das Geheimnis des Bildes hat mit Paris zu tun, denn in Paris hatte sich der Stuttgarter Maler Gottlieb Schick aufgehalten, kurz bevor er Madame Cotta 1802 zu einer unsterblichen Erscheinung machte. Schick war bei Jacques-Louis David in

Gottlieb Schick, Wilhelmine Cotta

die Schule gegangen und hatte dessen berühmtes Bild der Madame Récamier gesehen.

Nach Stuttgart zurückgekehrt, malte Schick die schöne Schwäbin mit den Augen eines Malers, der schöne Pariserinnen gesehen hatte. So läßt er sie nicht steif posieren, sondern gibt ihr schon durch den seitlich-lässigen Sitz auf der schräg ins Bild geschobenen Steinbank eine noble, selbstgewisse Haltung. Wie sie das rechte Bein über das linke schlägt und das linke im Faltengewirr des mit größter Feinheit gemalten Empirekleides verborgen hält! Wo aber sitzt sie überhaupt? Hinter ihr schimmern einige Parkbäume in so saftigem Grün, als befänden wir uns in einem brasilianischen Urwald. Zur Linken aber entdeckt man sehr reizvolle schwäbische Landschaftsszenen, Weidenbüsche und Pappeln, die sich im Wasser spiegeln, einen sich durch eine Wiese schlängelnden Bach, ja sogar eine kleine Herde von Kühen, wie ein Idyll.

Wilhelmine Cotta sitzt also in einer halb geträumten, halb genau beobachteten Ideal-Landschaft, sie sitzt wie eine Circe, die gerade dabei ist, die stets zahlreich bei ihr eintreffenden und von ihr geistreich unterhaltenen Gäste in sprachlose Maulaffen zu verwandeln. Natürlich weiß sie von ihrer Wirkung, sie schmunzelt, denn sie hat sich noch einiger weiterer, sehr einfacher Mittel bedient, um ein paar Akzente zu setzen.

So bewundern wir zwei schlichte Korallenketten, die den Ausschnitt des Kleides als fein gezogene Linien beleben, und so blicken wir auf die blau-weißen Seidenschuhe, Schuhe, die morgenländischen Kalifenbräuten gehören könnten, Phantasieschuhe, zu nichts anderem geeignet als dazu, Schuhwerk als Medium der Verführung zu zelebrieren!

Und was liegt ihr zur Rechten? Ein grüner Sonnenschirm, geknickt, ein grüner Sonnenknicker, dessen Farbtönungen langsam überleiten zur grünen Landschaft! Und zur Linken? Ein Tuch von kräftigstem, hellstem Rot, das auf die entblößten Hautteile einen leichten Schimmer wirft, so daß die Arme mit einer Andeutung von Röte hinaufstrahlen zu den krönenden roten Korallenketten …

Grün, Weiß und Rot – das schimmert noch aus der Ferne durch die Türfluchten der Alten Staatsgalerie. Von weitem betrachtet, sitzt Madame Cotta auf einem frei erfundenen Thron, dreiunddreißig Jahre ist sie alt, als Gottlieb Schick es wagt, sie zu malen. Ob Cotta wirklich der Richtige für sie war? Keine Affären, keine Heimlichkeiten, Madame? Und was verbergen Sie in der kleinen Handtasche, deren Perlenschnüre die Finger der Rechten so vorsichtig berühren?

Madame, wir fragen nicht weiter nach, wir schweigen, wir entfernen uns still …

Klänge

Herr, bin ich's?

Als ich sieben Jahre alt war, ging ich jeden Donnerstagnachmittag zu Erich Forneberg in die Klavierstunde. Ich mußte im Wintergarten Platz nehmen, erhielt eine Tasse Tee und etwas Gebäck und durfte warten, bis der Meister und Lehrer erschien. Natürlich hatte er viel zu tun, er schrieb an einem Buch, er komponierte, oder er dachte einfach nur nach, einen Anfänger wie mich unterrichtete er lediglich, weil meine Eltern mit ihm befreundet waren.

Erich Forneberg war eine Kapazität, ein durch seine Schriften und Konzerte in ganz Deutschland bekannter Musikpädagoge, der mit seinen wulstigen Lippen und dem breiten, menschenfreundlichen Gesicht beinahe so aussah wie Bach auf dem großen Porträtbild direkt über dem Flügel. Wenn ich träumte, verwechselte ich Forneberg mit Bach und Bach mit Forneberg, sie erschienen in weiten Roben, trugen lange Perücken und fragten mich, wie viele Stunden ich in der Woche geübt hatte.

Wie sein Lehrer Walter Gieseking war auch Erich Forneberg der Meinung, daß man sich ein Stück zunächst durch Kopfarbeit erarbeiten müsse. Kopfarbeit bedeutete, das Stück auswendig zu lernen, Phrase für Phrase, nicht Takt für Takt. Also mußte man kleine Sinneinheiten markieren und diese später zu einer Folge ordnen, nur das Markierte und Geordnete konnte ein konzentrierter Kopf behalten, hatte er es behalten, folgten die Finger angeblich willig, beinahe von allein, nur die Hilflosen übten ein Stück immer wieder, die Klügeren hatten es dagegen einfach im Kopf und befahlen den Fingern, es von dort abzurufen.

Da man Bachs Stücke leicht in Sinneinheiten zerlegen konnte, begann jede Klavierstunde mit Bach. Ich schloß die Augen, atmete tief durch, spielte und wurde schon nach drei, vier Takten unterbrochen, ich war nicht ruhig genug. Um Bach zu spielen, mußte man ruhig sein, völlig gelassen, entspannt wie ein meditierender Mönch, nur deshalb spielten wir ja Bach zum Anfang der Stunde. Bach war innere Konzentration in ihrer Vollkommenheit, reines Erinnern von Sinneinheiten, die man im Kopf herbeiflüsterte. Wenn es gelang, bewegten die Finger sich von allein, Bach war erschienen, nichts konnte die kosmische Ordnung noch stören.

So begann ich ein zweites, drittes und viertes Mal. Dann flüsterte Erich Forneberg, und ich hatte das Gefühl, mein Geist oder meine Bach-Seele verlasse den Körper und schaue mir aus einigen Metern Distanz dabei zu, wie ich Bach spielte. Es war jedes Mal ein beunruhigender, aber auch erregend schöner Moment, als trüge man plötzlich eine ganz bequeme Kleidung statt kratzender Pullover oder als liefe man auf dem Land einen Feldweg entlang, zwischen hohen Ähren und dunkelgrünen Futtermaisstangen, die noch ein paar Köpfe größer waren als ein Siebenjähriger.

Wegen solcher Momente verehrte ich Erich Forneberg und natürlich auch Bach, und nach einiger Zeit hörten die beängstigenden Träume auf, und ich ging gern in den Klavierunterricht, der sich manchmal zu Stunden dehnte und in dem Erich Forneberg mich nie wie ein Kind behandelte. Statt dessen sprach er mit mir so, wie nach meiner kindlichen Vorstellung Bach mit seinen Söhnen gesprochen hätte, geduldig, humorvoll, nachdrücklich. Es ging um Harmonielehre, um Kontrapunkt, um Musiktheorie, Bach war dafür der absolute Meister, denn die Späteren hatten nach Fornebergs Meinung nur noch versuchen können, ihm in dieser Meisterschaft zu folgen. Es war aber nichts daraus geworden, Mozart hatte keine einzige anständige Fuge hingebracht, Beethoven hatte es nur noch mit

Gewalt versucht, und Max Reger hatte sich am fünfstimmigen Fugensatz völlig überhoben.

Der einzige, der noch wie Bach komponieren und aus einem kleinen, unschuldigen Motiv von sechs Tönen eine gewaltige Fuge schmieden konnte, war Erich Forneberg. Irgendwann würde ich es ihm nachtun. Wir saßen nicht am Klavier, um uns mit Fingerübungen zu langweilen, sondern um zu werden wie Bach: Meister in der Kunst, die Töne elegant zu verwirren und noch eleganter zu ordnen.

Fünf Jahre später konnte ich die Präludien und Fugen des »Wohltemperierten Klaviers« auswendig. Auf Verlangen spielte ich das Präludium in D-Dur in e-Moll oder die Fuge in a-Moll in Des-Dur. Ich wußte, wie man ein Seitenmotiv in einer entlegenen und doch anspielungsreichen Nebentonart imitierte, und ich konnte den einfachen Kuckucksruf auf dem Umweg über zwölf Tonartverwandlungen wieder in einen einfachen Kuckucksruf zurückverwandeln.

Wegen meines Eifers durfte ich Erich Forneberg jetzt zu Konzertproben begleiten. Aus der ersten Reihe des leeren Zuschauerraums der Wuppertaler Stadthalle schaute ich zu ihm auf, wenn er auf das kleine Podium kletterte, den Taktstock hob und zweihundert Sängerinnen und Sänger den Atem anhielten, während sie den Dirigenten fixierten, als hätten sie ihn noch nie gesehen. Das Orchester holte aus, der Taktstock fuhr herunter wie der Zornesstab Gottes, und Bachs Passionsmusik begann, so wehmütig und doch zugleich festlich, wie Musik nur im Vorfrühling sein konnte.

»Kommt ihr Töchter, helft mir klagen ...« – mit diesem gewaltigen Gesang begann die Matthäus-Passion. Ich wußte nicht, um welche Töchter es sich handeln mochte, und ich begriff erst recht nicht, wie diese Töchter es fertigbringen sollten, die Geduld zu sehen (»Sehet – was? – seht die Geduld ...«), doch das alles störte mich nicht. Wenn man diesen Eingangschor hörte, zählten die Fragen und Zweifel nicht mehr. Man verabschiedete sich von den Problemen der immer kleiner werdenden, zurücktretenden Welt und begann wieder zu glauben.

Bachs Musik packte einen und zog einen hinauf, vor die Stufen des Gerichts. Die helle Tenorstimme (»Da Jesus diese Rede vollendet hatte, sprach er zu seinen Jüngern ...«) zuckte wie helles, aufgeregtes Blitzen im sich allmählich verdunkelnden Raum zwischen Himmel und Erde, der warmdunkle Christus-Baß wurde von Stunde zu Stunde trauriger, ruhiger und wortloser, und Sopran und Alt versuchten zwischen diesen beiden Extremen erklärend und manchmal auch hilflos-tröstend zu vermitteln.

Es half aber nichts, unbeirrbar zog einen die Musik weiter aus dem vor Stunden noch harmlos erscheinenden Erdendasein heraus und schob einen vor die Pforten von Himmel und Hölle. Dann der schlimmste Moment. Die Stimme des Evangelisten zitierte die Worte Jesu, daß einer der Jünger ihn verraten werde, und sie sprach weiter von den Jüngern, von denen sich nun wiederum »ein jeglicher« fragte, ob er's denn sei? (»Herr, bin ich's?«)

In diesem Moment spielte die Passion nicht mehr zwischen Himmel und Erde, und sie war längst nicht mehr eine Sache des Glaubens. Ein Choral setzte ein und senkte einem die Akkorde wie Bleigewichte direkt in die Seele, und man saß da und schaute zu Boden, in sich gekehrt und zu sich gekommen wie der Ärmste unter den Sündern: »Ich bin's, ich sollte büßen, / an Händen und an Füßen / gebunden in der Höll ...«

Trockenes Schlucken, Entsetzen, Stille ... – selbst der Dirigent Erich Forneberg machte nun eine kleine, kaum merkliche Pause. Ich sah von der Seite, von unten, schräg zu ihm hinauf, und als ich die Tränen in seinen Augen sah, glaubte ich, daß ich keinen besseren Lehrer mehr finden würde als ihn.

Als die Probe zu Ende war, begleitete ich ihn stumm nach Hause. Und als er sich von mir verabschiedet hatte, wußte ich, daß er sich jetzt in seinen Wintergarten setzen würde, die halbe Nacht lang, und es kam mir zugleich so vor, als müßte auch ich mich irgendwo hinsetzen, allein, ins Dunkel, und als müßten wir so in unseren Dunkeln, getrennt voneinander, sitzen, um füreinander ... ja, was?

Noch heute fürchte ich mich in jedem Vorfrühling ein wenig vor den Aufführungen der Bach-Passionen. Ich habe sie an vielen Orten der Welt gehört, und ich habe viele der klugen Deutungen gelesen, die über sie geschrieben wurden (etwa Günter Jenas »Das gehet meiner Seele nah« – Bachs Matthäuspassion. München 1993). Doch das alles hilft noch immer nichts. Sobald die entscheidende Stelle des »Herr, ich bin's« kommt, verliere ich allen Verstand. Vielleicht rührt es daher, weil Bachs Musik eine Musik zu den Urszenen der kindlichen Empfindungen von Angst und Erlösung ist. In ihren großen Momenten ist sie von einer derartigen Gewalt, daß sie langes Nachfragen rigoros ausschließt.

So hat mich auch Bachs Biographie nie interessiert, ich hielt sie immer für eine Folge austauschbarer Stationen, die vor dem Hintergrund des Werks lächerlich ephemer wirkten. Bach konnte ich mir nur als einen Komponisten vorstellen, der mehr als jeder andere im absoluten Tonreich der Musik lebte, schon in meiner kindlichen Vorstellung war dieses Tonreich so etwas wie der reine, menschenferne Himmel auf Erden gewesen, ein Tonleben in den puristischen Akkordsphären von D-Dur oder e-Moll.

Später wünschte ich mir, daß auch mein Klavierspiel diese Reinheit enthielte und sie in einen ebenso menschenfernen Klang übertrüge. Als ich zum ersten Mal Glenn Goulds Bach-Interpretationen auf dem Klavier hörte, glaubte ich, das Ideal einer solchen Übertragung entdeckt zu haben. Gould spielte gleichsam ansteckungsfrei, ohne also in den auf das heutige Ohr »innerlich« wirkenden Momenten romantisierend und hörerfreundlich nachzugeben und mehr zu beschwören als den reinen Klang.

Erich Forneberg aber hielt nicht allzuviel von Gould, er hielt ihn für einen Aufschneider oder für einen, der, wie er dann etwas höhnisch sagte, Walter Giesekings Bach-Spiel lediglich in ein langsameres Tempo übertragen habe. Lediglich das? Mein alter Lehrer sah mir an, daß ich ihm nicht recht glaubte. Längst hatte er mich als Klavierschüler an andere Dozenten vermittelt, doch in Tonsatz und Harmonielehre unterrichtete er mich weiter. Wir waren weit über Bach hinaus und studierten Mussorgskijs »Boris Godunow« und Bergs »Wozzeck«, kühne Opernexperimente, über die Forneberg schreiben wollte.

Das alte Ritual aber, den Unterricht mit Bach zu beginnen, hatten wir beibehalten. Gebäck, die Tasse Tee, die Ruhe, das »Wohltemperierte Klavier«. Mit der Zeit merkte man meinem Spiel das Glenn Gould-Hören an, ich selbst konnte es schließlich kaum noch von dem Glenn Goulds unterscheiden. Erich Forneberg aber sagte nichts, wie er überhaupt aufgehört hatte, mein Klavierspiel zu kommentieren.

An einem Nachmittag aber nahm er mich nach dem theoretischen Unterricht noch einmal mit in den Wintergarten. Ich mußte mich in einen der Korbsessel setzen, und er legte, vorsichtig und mit hochgezogenen Brauen, eine Platte auf. Ich rechnete mit einer neuen Aufführung des »Wozzeck«, doch schon nach den ersten Sekunden wußte ich, daß es sich um Glenn Goulds Interpretation der »Goldberg-Variationen« handelte.

Erich Forneberg setzte sich seitlich neben den Plattenspieler, so daß er durch die großen Glasscheiben des Wintergartens nach draußen schauen konnte. Gemeinsam hörten wir die »Aria mit verschiedenen Veränderungen«, keiner von uns bewegte sich, während ich mir ununterbrochen überlegte, was ich später Kluges zu Glenn Goulds Spiel sagen würde.

Dann war es vorbei, ich räusperte mich und richtete mich in meinem Korbsessel auf, um meine Klugheiten loszuwerden. Erich Forneberg aber stand auf und sagte nur: »Und jetzt zeige ich Dir, wie man die Goldberg-Variationen spielt.« Er ging zum Flügel, und ich hörte ihn zum ersten Mal in meinem Leben ein langes Stück ohne Unterbrechung spielen, nur für mich.

Ich konnte ihm nicht dabei zuschauen. Auch ich stand auf, und ich setzte mich in seinen Sessel, seitlich, um durch die großen Glasscheiben des Wintergartens nach draußen schauen zu können. Es war, als betete da einer mit Tönen inständig darum, daß ich nicht weiter spielen sollte wie Glenn Gould. Und während ich zuhörte, ahnte ich plötzlich, daß ich Glenn Goulds Eigenheiten bald ablegen würde, um wieder anzukommen bei den hohen dunklen Futtermaisstangen rechts und links der schmalen Felder auf dem Land, von wo meine Eltern einmal in die Stadt gekommen waren, vor Jahrzehnten, vor Bachs Tagen.

Fantasie in C-Dur

I

Wer ist Herr Schumann? Das vierjährige Kind sitzt an einem Klavier der Marke »Sailer« und übt. Das Klavier kommt von weit her, es ist in Berlin gewesen und auch im Krieg, durch den Krieg hat man es geschoben, von Berlin hat es an den Rhein gefunden, das Klavier wurde gerettet und steht jeden Tag blank poliert da, dem Kind eine Sprache zu geben.

Das Kind spricht nur, ausschließlich, mit dem Klavier, ansonsten stellt es sich stumm, reagiert nicht weiter auf Fragen und Anreden, wenn Fremde den Raum betreten, flieht es sofort unter den Tisch, zieht die Tischdecke herunter und stellt sich tot. Das Kind hatte vier Brüder, die nicht wie das Klavier heil aus dem Krieg gefunden haben, sondern durch ihn ums Leben kamen. Schlimmer noch als ihr Tod ist aber, daß sie noch weiter anwesend sind. Manchmal spricht das Kind im stillen mit ihnen, und dann antworten sie, das Kind kann sie anlocken, sich mit ihnen die Zeit vertreiben, ihnen zuhören, sie haben geduldige, ruhige Stimmen, das Kind versucht, sich ihre Freundschaft zu erhalten.

Wenn es aber am Klavier sitzt, schweigen die Stimmen, wie auch sonst alles schweigt, der Klavierraum ist der Raum der äußersten, empfindlichsten Stille, den das Kind schon aus Not immer dann betritt, wenn es sich vollkommen zurückziehen und sicher sein will.

Da das Kind wie übrigens auch seine Mutter schweigt und nicht zum Sprechen zu bewegen ist, hat man es an das Klavier der Marke »Sailer« gesetzt. Das Klavier soll die Verstörungen des Kindes heilen, und wahrhaftig zeigt sich das Kind am Klavier beinahe entspannt, die sonst hochgezogenen, abwehrenden, die Lebensangst speichernden Schultern lockern sich, wie auch das Gesicht seine Erstarrung verliert, manchmal sogar bis hin zum Lächeln.

Am Klavier der Marke »Sailer« macht das Kind Fortschritte, es übt jeden Vormittag mindestens ein bis zwei Stunden und nachmittags noch einmal so lange, das Klavierüben wird zur wichtigsten, den gesamten Lebensinhalt des Kindes ausmachenden Tätigkeit. Spielend lernt das Kind die großen Komponisten kennen, vor Beethoven hat es eine erhebliche Furcht, die es selbst später, als junger Mann, nicht mehr verlieren wird, mit Mozart ist es anders, Furcht gibt es nicht, aber irgend etwas ist ihm an Mozart nicht geheuer, jedenfalls findet es lange Zeit nicht hinein in seine Stücke, wie es überhaupt zum Schwierigsten gehört, in die Musik hineinzufinden und mit ihr, in ihr, zu verschwinden.

Dazu nämlich bedarf es eines großen Vertrauens, und das Kind hat große Mühe mit dem Vertrauen, denn es wittert beinahe überall Feindschaft, Bedrohung und Not, auch und gerade die Musik ist davon nicht frei, es gibt Stücke, die das Kind sich zu spielen weigert, weil sie dunkle oder tückische Stellen enthalten, später wird das Kind solche Stellen vor allem im Werk des Komponisten Chopin entdecken, und Chopins gepriesenes Klavierwerk wird einmal zum Unheimlichsten gehören, mit dem das Kind am Klavier zu tun bekommt, wodurch das Üben Chopins ein lebenslanger Kampf bleiben wird.

So reagiert das Kind instinktiv auf die Werke der großen Komponisten, jedes neu einstudierte Stück erlebt es auf seine Weise von innen, als eine geheimnisvolle, sich allen Worten entziehende Klanglandschaft, in deren fremden, labyrinthartigen Räumen man sich verlaufen kann. Spielend bewegt das Kind sich mit großer Vorsicht, nur einen einzigen Komponisten gibt es, mit dem es Kontakt aufnimmt, es spricht ihn an, weil seine Stücke zu ihm reden, anders als alle sonstigen Komponisten hat der Komponist Robert Schumann sprechende, redende Musik geschrieben, das Kind versteht jede Phrase, es ist, als spräche Schumann durch seine Musik auf eine vollkommen aus dem Herzen kommende Art mit dem Herzen des Kindes, denn im Werk Schumanns gibt es keinerlei Täuschung, nichts Virtuoses und keine blinden, ein Werk um seiner selbst willen fortführenden Stellen.

Wer ist also Herr Schumann? Für das Kind ist es der Komponist, der das Kind ernst nimmt, er ist der Komponist der »Kinderszenen« oder der »Papillons«, »Kinderszenen« und »Papillons« sind keine blassen Übungsstücke für Kinder, so wie das Kind viele von durchaus großen Komponisten kennt, die sich in solchen Stücken verstellen, es sind vielmehr Stücke aus kindlichem Geist, das Kind bewegt sich in ihnen wie in kleinen Zimmern und Häusern, jeder Raum hat eine andere, freundliche Farbe und eine andere Atmosphäre, und vorn an der Tür steht der Komponist Robert Schumann, reicht einem die Hand und bittet einen hinein. Vielen Stücken Schumanns hört das Kind dieses Hineinbitten an, eine freundliche Geste zu Beginn, ein »ich sag« oder »ich erzähl euch was«, und dann sieht das Kind wirklich die Hand und traut sich ein paar Schritte hinein, es braucht der Musik ja nur noch zu folgen und sich von ihr den Weg weisen zu lassen.

Herr Robert Schumann ist also ein Hausherr, ein Erzähler, zu dem die vielen Kinder in ihren freien Stunden drängen, um sich zu seinen Füßen, neben ihm, am Klavier, niederzulassen. Das Kind weiß, daß er seine Stücke selbst spielt, es weiß nichts von Schumanns Krankheiten und Schizophrenien, es hat einen ruhigen, großen Mann im Anzug vor Augen, der einen Arm aufs Klavier stützt, es ist ein altes, dunkles Klavier, vergleichbar dem Klavier der Marke »Sailer«, nur daß davor Schumanns Frau sitzt, das Kind kann sie nicht lange betrachten, nichts stört das Kind so sehr wie diese Frau neben Schumann, Herr Robert Schumann hat nämlich überhaupt keine Frau, er lebt allein, lebenslang, für die vielen hundert fremden Kinder, die ihn täglich besuchen, um endlich Ruhe zu finden.

Wenn das Kind ihn anspricht, sagt es »Du« und auch Herr Schumann sagt »Du«, sie sprechen miteinander wie Freunde oder auch Brüder, manchmal verliert das Kind sich beim Anblick der alten Daguerreotypien auch so sehr in Schumanns Bild, daß es sich in seiner Physiognomie wiedererkennt, diese Verwechslung wird mit den Jahren sogar noch häufiger werden, Schumann ist der Komponist, der das Kind durch sein Bild an das Klavier zu fesseln versteht, es kommt ihm so vor, als wäre es, wie es selbst zu sich sagt, »mit Schumann im Bunde«, man könnte auch sagen, das Kind ist von Schumann besessen, am Klavier tut es alles, um ihm zu gefallen, und Herr Robert Schumann lobt das Kind unaufhörlich und feuert es an, so daß die Fortschritte, die es macht, alle erstaunen.

2

Jahre später ist das Kind, das wir jetzt einen »jungen Mann« nennen könnten, der aber bestimmte Eigenheiten des Kindes nie ablegen wird, zehn Jahre später ist das in einen »jungen Mann« verwandelte Kind Mitglied einer pianistischen Meisterklasse und auf dem besten Weg, ein Pianist zu werden. Mit unendlichen, hier nicht weiter zu beschreibenden Mühen hat es lesen und vor allem schreiben gelernt, durch Lesen und Schreiben hat es zu den Buchstaben und Lauten gefunden, und endlich, nach den vielen schweigsam verbrachten Jahren, auch zum Sprechen, das verwandelte Kind spricht, aber es hört in der Sprache vor allem den Klang, alle Sprache ist Klingen, die Vokale sind Farben und Schatten, ein zweisilbiges Wort gibt den Takt, jeder Satz ist ein Rhythmus, das verwandelte Kind hört Sprache rhythmisch, es ist wie ein Zwang, der keinen Weg in die Umgangssprachen erlaubt.

Inzwischen beherrscht das verwandelte Kind die großen Erzählzyklen des Herrn Robert Schumann, es spielt die »Papillons«, die »Davidsbündlertänze«, »Carnaval«, nur die große C-Dur-Fantasie op. 17 entzieht sich ihm noch, das Handgelenk rechts ist noch zu schwach für die Dauer des Stücks, auch die Rückenmuskulatur trägt das Stück nicht, das verwandelte Kind beginnt, Rücken und Arme zu trainieren, um sie zu stärken und Kraft für die große C-Dur-Fantasie zu sammeln, längst hat es sich auch in Schumanns Schriften vertieft, so daß es weiß, welche Anstalten Schumann selbst machte, bestimmte schwächere Finger der rechten Hand durch ein Kunsttraining zu stärken.

Das verwandelte Kind übt jetzt vier bis fünf Stunden täglich, und mehr noch als früher ist der Klavierraum der Raum des absoluten Verschwindens und der Auslöschung des Körpers zugunsten eines einigen, Herr Robert Schumann sagt »innigen«, Austauschs mit dem Klavier, wenn die Finger die Tasten berühren, geht ein weites Tor auf, und das verwandelte Kind geht hindurch, in der Schule läßt man das Kind gewähren, es kommt leidlich mit, letztlich aber ist sein ganzes Leben für das Klavierspiel unter der Anleitung von Herrn Robert Schumann bestimmt, das verwandelte Kind stützt den Kopf jetzt so in die rechte, angewinkelte Hand, wie es Robert Schumann auf einer Abbildung tut, und es kultiviert einsame Stunden, indem es sich zurückzieht, in ein dunkles Eck, an einen Tisch, in die verborgenen Ecken der Zimmer, um nichts anderes zu tun, als aus dem Dunkel ins Dunkel zu schauen oder so zu lesen, wie Schumann las, gierig, das Gelesene mit einigen fahrig hingeworfenen Sätzen fixierend.

Seltsamerweise spürt das verwandelte Kind nie den Druck einer Konkurrenz, die meist älteren anderen Mitglieder der pianistischen Meisterklasse üben schließlich nicht unter dem besonderen Schutz Robert Schumanns, keiner von ihnen versteht Schumanns Werk, die wenigsten spielen es, statt dessen geht es darum, mit den haltlosen, infantilen Etüden Chopins zu glänzen oder sich am Werk Franz Schuberts zu versuchen, das niemals, nie, ein Klavierwerk war, sondern immer eines für Streicher und Sänger, das verwandelte Kind versteht nicht, wie es einem in den Sinn kommen kann, das Klavierwerk Franz Schuberts für ein Klavierwerk zu halten.

Keine Konkurrenz, auch keine Angst, kein Lampenfieber – das verwandelte Kind hat mit alldem niemals zu kämpfen, auch und gerade bei öffentlichen Auftritten schließt sich der Raum sofort bei der Berührung der Tasten, und das verwandelte Kind ist auf der Bühne allein mit dem Instrument, das sich seinem Körper dann anschmiegt, die Rückenmuskulatur ist jetzt durch ein Schwimmtraining gekräftigt und verspannt nicht mehr bei den Fortissimo-Schlägen des Anfangs der Großen C-Dur-Fantasie opus 17, »Durchaus phantastisch und leidenschaftlich vorzutragen«, flüstert Herr Robert Schumann, und das verwandelte Kind versteht jedes Wort.

Als die Schule geschafft ist, setzt das verwandelte Kind alles auf eine Karte und spielt die Große C-Dur-Fantasie vor einer Prüfungskommission einer Musikhochschule, nach sechs Minuten Spiel wird es unterbrochen und für »aufgenommen« erklärt. Als es aus dem dritten Stock des Gebäudes mit klopfendem, nein, rasendem Herzen die breite Treppe nach unten läuft, bedankt es sich bei Herrn Robert Schumann und verspricht ihm, unverzüglich mit dem Einüben des Klavierkonzerts in a-Moll opus 54 zu beginnen, niemand, weiß das verwandelte Kind, niemand, außer höchstens in bestimmten Momenten Frau Martha Argerich, wird das Klavierkonzert in a-Moll so spielen wie das verwandelte Kind, niemand, außer höchstens in Momenten Frau Martha Argerich, hat verstanden, daß der dritte Satz ein Walzer ist, tanzen muß man ihn, singend muß man ihn tanzen, der dritte Satz des Klavierkonzerts in a-Moll ist die Fortführung des »Carnaval«, wie der »Carnaval« mit seiner nächtlichen Pantomimik die Fortführung der »Papillons« ist, in denen am Ende ein Glöckchen schlägt und den nächtlichen Spuk in die Stille entläßt.

3

Wir beobachten den jungen Mann jetzt als Meisterschüler, der nicht mehr wie noch als Gymnasiast unreifes Halb-Mitglied einer pianistischen Meisterklasse ist, sondern wirkliches, also gereiftes und anerkanntes Mitglied, manchmal begibt sich der junge Mann auch in den Schülertroß eines der großen Pianisten der Welt und begleitet ihn als Teil dieses Trosses auf einer Tournee, der große Pianist ist dabei, ihm eine vollständig neue Technik anzuerziehen, der junge Mann soll sein ganzes Spiel von den Fingern und Händen in die Arme verlagern, aus dem Arm soll er spielen, mit Einsatz des ganzen Armes, mit dem Arm die Fingerbewegungen vorwegnehmend und sie dadurch erleichternd.

Die Umstellung auf diese Technik fällt dem jungen Mann schwer, zuvor hat er alles mit seinen großen Händen und den relativ stark entwickelten Fingern gemeistert, jetzt verlagert sein Spiel sich in die Arm- und die schutzlose Rückenmuskulatur, der junge Mann begreift, daß er ohne diese Verlagerungen die Klavierkonzerte des Komponisten Brahms niemals wird spielen können, ganz zu schweigen von den Klavierkonzerten Rachmaninoffs, Brahms und Rachmaninoff führen das Klavierkonzert Robert Schumanns weiter, Herr Frédéric Chopin dagegen hat zwei Klavierkonzerte geschrieben, die zum Trübsten und Verräterischsten zählen, was die Gattung hervorgebracht hat.

Die Glücksstunde des jungen Mannes schlägt nach zweieinhalb Jahren Unterricht als anerkanntes Mitglied der Meisterklasse, sie schlägt, als der große Pianist, der Schumanns Klavierkonzert in a-Moll in Frankfurt am Main vortragen soll, plötzlich erkrankt und er, der junge Mann, gebeten wird, den großen Pianisten zu vertreten, das Radio-Sinfonie-Orchester Frankfurt spielt unter Eliahu Inbal, bei den Proben hat der junge Mann Mühe, Herrn Inbal vom Tempo des dritten Satzes zu überzeugen, zum Glück geht das Klavier zu Beginn des dritten Satzes dem Orchester voraus, der junge Mann schert sich nicht um die Tempo-Auffassung, die Eliahu Inbal vertritt, er zieht an, das Stück springt ins helle A-Dur, und der junge Mann läßt sich von Herrn Eliahu Inbal kein Tempo und Glück mehr verbieten, sondern schreit es heraus.

Unten, im Konzertsaal, sitzt am Abend des Konzerts ein ehemaliger Mitschüler und Freund des jungen Mannes in Reihe 6, er hält einen Philips-Kassetten-Recorder auf dem Schoß und streckt ein winziges Mikrophon in den Saal, die in den Ohren des jungen Mannes einzigartige Wiedergabe wird so aufgezeichnet, es ist die Aufzeichnung eines Lebens und einer Legende, der junge Mann wird sie immer wieder hören und ablauschen, bis in die letzte, feinste Nuance.

4

Das Schumannsche Klavierkonzert in a-Moll opus 54 wird zu einem großen Erfolg. Der junge Mann, der sich jetzt als Pianist betrachtet, wird es von nun an immer wieder spielen, er geht mit dem Stück auf Tournee, es ist, als öffnete ihm dieses Stück nun die Welt. Oft ist der Beifall so groß und so ausdauernd, daß er sich zu einer Zugabe gedrängt sieht, für den jungen Pianisten steht genau fest, welches Schumannsche Stück nach dem Klavierkonzert in a-Moll überhaupt noch gespielt werden kann, Herr Robert Schumann hat längst sein Einverständnis erklärt, es ist das technisch schwierigste Stück Robert Schumanns, die teuflische Toccata opus 7, der junge Pianist beherrscht sie seit langem, aber es reizt ihn auch hier, sich selbst zu übertrumpfen, von Mal zu Mal zieht er das Tempo ein wenig an, er schaut sich zu, wie er den Höllentanz glanzvoll absolviert und besteht.

Mit dem Konzert und der Toccata auf Reisen fühlt der junge Pianist sich unverwundbar. Er spielt wie im Rausch, er ist der Sohn Robert Schumanns, sein einziger Zögling, der seine Stücke versteht wie kein anderer. Der große Auftritt, das große Spiel, das Herrn Schumann verwehrt blieb – sie werden dem jungen Pianisten so lange gegönnt, bis sich die ersten Schmerzen einstellen, die ersten Schmerzen stellen sich bei einer Wiedergabe der Toccata opus 7 im Konzertsaal ein, der junge Pianist spürt zunächst nur eine Art Schwächung oder Lähmung des rechten Unterarms, er bringt das Stück noch zu Ende, macht allerdings einige gravierende Fehler, zum ersten Mal spürt er eine leichte Unruhe im Saal, zum ersten Mal bemerkt er überhaupt sehr bewußt, daß sich Zuhörer und Zuschauer im Saal befinden, wie kleine Vernichter und Zerstörer drängen sich die Zuhörer und Zuschauer in sein Spiel und tanzen über die Tasten, der junge Pianist glaubt plötzlich nicht mehr, allein am Flügel zu sitzen, die Blicke und Zumutungen der Zuhörer und Zuschauer besetzen sein Spiel, das jetzt nicht mehr schmerzfrei verläuft, sondern überhaupt nur noch gegen den Schmerz durchzuhalten ist.

Schließlich ist die Konsultation eines Arztes nicht zu vermeiden, der Arzt diagnostiziert einen Anriß der Sehne, eine Gefahr besteht angeblich darin, daß Sehne und Sehnenscheide verkleben und eine völlige Bewegungsunfähigkeit eintritt, auch könnten sich die Sehnen im schlimmsten Falle verkürzen, der Arm wird mit einem Verband ruhiggestellt und das weitere Üben für die nächsten Monate untersagt.

Der junge Pianist ahnt sofort das Ende, dies ist das Ende, denkt er bei sich und beginnt, zum ersten Mal in seinem Leben mit Robert Schumann zu hadern, Schumanns Schicksal hat ihn eingeholt, der Meister hat seinem Schüler nicht das Glück der Virtuosen-Laufbahn gegönnt, so sieht sich der junge Pianist jetzt als lächerliche Schumann-Gestalt, als seine Kopie, als müder Schattenabzug, der sich ganz in die berüchtigten Dunkelecken vergräbt, um seinem Überdruß und seiner Melancholie stundenlang freien Lauf zu lassen.

Vor seinem inneren Auge aber ersteht immer wieder dieselbe Szene, es ist die Szene des dunklen Raums, in dem der wartende Flügel sich öffnet, es ist das Glück der Überwältigung, das langsam übergeht in den Schmerz, es ist eine Szene von den bekannten Doppel-Charakteren Schumanns gespielt und inszeniert, Florestan und Eusebius erscheinen dem jungen Pianisten jetzt wie höhnische, fratzenhafte Figuren, längst bietet sein Körper keine Kraft mehr auf, beide miteinander ins Gespräch zu bringen, so daß sie nacheinander erscheinen, als Ausdruck des Endes und des Verfalls, den keine Schumannschen Kunstgriffe oder Apparaturen mehr aufhalten können.

5

Der junge Pianist, der von heute auf morgen wieder zurückverwandelt wurde in einen jungen Mann, beginnt nun mit Robert Schumann zu hadern, am liebsten zitiert er gegen ihn die harten Sätze Nietzsches aus »Jenseits von Gut und Böse«, es sind die bösesten, die je einer gegen Schumann gesagt: »Gilt es heute unter uns nicht als ein Glück, als ein Aufatmen, als eine Befreiung, daß gerade diese Schumannsche Romantik überwunden ist? Schumann, in die »sächsische Schweiz« seiner Seele flüchtend, halb Wertherisch, halb Jean-Paulisch geartet, gewiß nicht Beethovenisch! gewiß nicht Byronisch! ... Schumann mit seinem Geschmack, der im Grunde ein kleiner Geschmack war (nämlich ein gefährlicher, unter Deutschen doppelt gefährlicher Hang zur stillen Lyrik und Trunkenboldigkeit des Gefühls), beständig beiseite gehend, sich scheu verziehend und zurückziehend, ein edler Zärtling, der in lauter anonymem Glück und Weh schwelgte, eine Art Mädchen und noli me tangere von Anbeginn ...«

Nietzsches Bösartigkeiten aufgreifend, »ein Glück, ein Aufatmen, eine Befreiung«, beginnt der junge Mann, der kein Pianist mehr sein kann, seine Abrechnung mit Schumann schriftlich zu fixieren, diese Aussprache muß heraus auf das Papier, und sie beginnt: »Der folgende Text ist vorläufig, er ist ein Versuch, den Komponisten Robert Schumann in ein Gespräch zu verwickeln, in dessen Verlauf der zyklische Bau seiner musikalischen Gedanken fragend und sprechend so erwidert werden soll, daß aus diesem Bau die Gestalten des Fragenden und des Befragten hervorkriechen, die sich in ihm verrätselt haben ...«*

In den Notaten, die darauf folgen, buhlt der junge Mann um Schumanns Aufmerksamkeit, er behält das »Du« bei, und

* Hanns-Josef Ortheil: Passionato. In: Jahresring 1980/81, S. 129 ff.

spricht gleich zu Beginn von einem Versuch, »mir vor Dir Gehör zu verschaffen«, die empfundenen verteufelten Ähnlichkeiten des Empfindens und Wahrnehmens sollen benannt und überwunden werden, Schumann soll zurückbleiben auf der Strecke, der junge Mann will sich von Schumann wie von seinem Klavierspiel befreien, all diese Anhänglichkeiten sollen sich lösen, denn der junge Mann kann nur überleben, wenn er die Musik jetzt hinter sich läßt oder sie hinüberrettet in ein anderes Medium: die Sprache.

Die Sprache ist das Medium, in dem sich Robert Schumann vergeblich versuchte, viele seiner Anstrengungen galten der Sprache, dem »Poetischen«, wie er es nannte, führten aber nicht weiter, blaß die Notizen und Aufsätze, erst im musikalischen Ausdruck ging der poetische Gestus auf und wurde freies Phantasieren, Improvisieren, Horchen, Reflexion, Schumanns Musik hat das poetische Staunen in kleinen Szenerien eingefangen, sobald er aber versuchte, es in Worte zu fassen, versagte die Sprache und wurde tonlos.

Der junge Mann aber denkt: Wäre es möglich, solche Szenerien zur Sprache zu bringen, könnte es so etwas geben wie Wortmusik, ließe sich Robert Schumanns Fantasie in C-Dur in einen Text überführen?

Noch hat der junge Mann keine Vorstellung von dieser Metamorphose, er beginnt, Literatur und Philosophie zu studieren und verordnet sich die theoretischen Elementarlehren der Musikwissenschaft, Harmonielehre, Kontrapunkt, er möchte jetzt vor allem über Musik philosophieren, daneben aber schreibt er weiter an seiner Abrechnung mit Herrn Robert Schumann, er will Schumanns Charakter entblößen, er glaubt, jetzt auch hier etwas Falsches und Verstocktes zu sehen, daher wirft er sich auf jeden Tadel von Schumanns Freunden und hält Schumann seine Spleens und Seltsamkeiten vor, scharf soll die Abrechnung werden, eine Trennung für immer: »Dein Vater war, wie Dein Taufzeugnis bescheinigt, ein vornehmer Bürger und Buchhändler der Stadt Zwickau, am 8. Juni 1810 kamst Du dort zur Welt, das letzte von fünf Kindern der Familie, bald schon der vom Vater zu besonderen Leistungen Erwählte, der »Goldjunge« der Mutter. Der Ehrgeiz der Eltern übertrug sich ganz auf Dich, Deine Schulfreunde berichten davon. Unachtsam und träumerisch seist Du gewesen, aber, wie der Nachbarssohn Flechsig aus der Burggasse erzählt, von der Gewißheit beherrscht, ein berühmter Mann zu werden, der ehrgeizigste Mensch, den er je gekannt ...«

»Goldjunge«, »Träumer«, von Ehrgeiz geprägt – so beginnt die Anklage, die Schumann dessen Einsiedelei vorhält und dann versucht, ihn zu treffen, wo er am verwundbarsten ist, in seiner Unfähigkeit, zur Literatur und zur Sprache zu finden: Einsamer!, Sprachloser! ... ergeht sich die Anklage weiter, Du hast Dich in Dir verschlossen und in Zitaten gelebt ...: »Gefühle und Empfindungen kamen nicht zur Durchsichtigkeit, sie stauten sich in Dir, Du hieltst sie unter Verschluß und gabst Dir den Ausdruck des Träumers, des Abwesenden, der für sich behält, was er nicht zu sagen wagt ... Zur Dichtung gedrängt, konntest Du doch von ihr keine Heilung erwarten, denn Du durftest, ja Du konntest nicht sprechen, jedenfalls nicht von Dir, alle Rede blieb Echo, Zitat aus rascher Lektüre, aus den Schriften Jean Pauls vor allem, deren Sprachgewalt Dir die letzten Möglichkeiten des eigenen Ausdrucks raubten. Aus den Briefen an Deine Jugendfreunde ist diese Sprache bekannt – ein hilfloses, zitierendes Stammeln, Mondsucht und Naturtrunkenheit, »in Kürze mehr ...«; Du konntest – ich wiederhole es, so hart es Dir auch ankommt – nicht sprechen, nicht zu den Eltern, nicht zu den Freunden, schließlich nicht zu Dir selbst, ein sprachlos Fühlender und durch Lektüre Überreizter, endlich ganz ein Schweigsamer, von dem der Freund berichtet, daß er einen Nachmittag mit ihm spazierengegangen sei, ohne daß mehr als nur einige Worte gefallen seien, und über den Richard Wagner, sich an ein Zusammentreffen erinnernd, ausrief: »Ja, man kann doch nicht immer allein reden. Ein unmöglicher Mensch!«

So führt der junge Mann Schumann vor, um sich selbst damit zu strafen, seine eigene Sprachlosigkeit, sein Träumen, seine Versunkenheit in Musik und ihr nächtliches Horchen; indem er den Komponisten Robert Schumann zur Rede stellt, appelliert er an sich selbst, die Eigenheiten des stummen und schweigsamen Kindes seiner ersten Jahre endlich abzulegen, hinauszutreten aus dem Kokon der Musik, sie zu überführen in das offene Medium der Sprache, angesichts dessen es für ihn kein Verschwinden und keine Abwesenheit gibt.

6

Einige Jahre später beendet der junge Mann das Studium der Wissenschaften, die er sich verordnet hat, Philosophie, Musik- und Literaturwissenschaft, er beendet es mit einer Arbeit zur Theorie des Romans, der Roman ist die Gattung der Reise, der Wanderschaft und der enzyklopädischen Welt, er ist das offene Sprechen schlechthin, mit einer Tendenz hin zum Unendlichen, der junge Mann nennt das Unendliche »Totalität«, die »Totalität« ist das Gegenstück zu den kleinen, fragmentarischen Welten, sie ist das große Weltgespräch, das Gespräch vieler Figuren an vielen Orten zu den verschiedensten Gelegenheiten.

In letzter Zeit hat sich der junge Mann nach Jahren der Abstinenz auch wieder in einen Konzertsaal getraut, nicht als Spieler, sondern als Zuhörer nimmt er jetzt Platz, er studiert Pianisten, nichts anderes, Orchesterkonzerte erträgt er nur schwer, eine abendfüllende Oper überhaupt nicht, er sucht den Anschluß an das pianistische Spiel, jede Phrase ist ihm bis in die Bewegung der Arme und Finger vertraut, in der Beobachtung von Pianisten und ihren Auftritten ist er Experte, er könnte eine Art Psychologie jedes Auftritts entwerfen, indem er den Gang zum Flügel beschreibt, die nervösen Drehbewegungen am Klavierhocker, den Moment der Verinnerlichung und der Konzentration, der nicht zu lang, aber auch nicht zu kurz sein darf, den Einsatz und die Beherrschung, die man sofort gewinnen muß, schwächere Pianisten lassen sich vom ersten Einsatz fortziehen und geraten unweigerlich in einen inneren Wettlauf mit der Musik, man muß aber immer das Gefühl haben, sie zu beherrschen, denn es handelt sich um ein Kräftespiel, um ein genaues Austarieren von Einsatz und Wirkung.

An einem solchen Konzertabend gerät der junge Mann, ohne es zu ahnen, an einen Pianisten, den er vom ersten Moment seines Auftritts auf dem Podium als den neuen Statthalter des Komponisten Robert Schumann erkennt. Bruno Leonardo Gelber spielt Robert Schumann, »Carnaval« und die große C-Dur-Fantasie, es ist ein Abend, der den jungen Mann so begeistert, daß er sich nach dem Konzert von seinen anwesenden Freunden zurückzieht, stundenlang kreist er allein durch die nächtliche Stadt, und es setzt wieder ein, das Schumann-Fieber, das er jetzt am liebsten zur Sprache bringen würde, in einem Roman, in der Form der »Totalität«, so und nur so wäre es möglich, bei Schumann zu bleiben und ihm doch zu entkommen.

Was der junge Mann an dem Pianisten Bruno Leonardo Gelber erkennt, ist die Figur des »Jünglings«, das enthusiastische Noli me tangere, das sich immer wieder auf sich zurückzieht, so wie ihn Nietzsche im Blick auf Robert Schumann in »Menschliches, Allzumenschliches« beschrieb: »Der »Jüngling«, wie ihn die romantischen Liederdichter Deutschlands und Frankreichs um das erste Drittel dieses Jahrhunderts träumten, – dieser Jüngling ist vollständig in Sang und Ton übersetzt worden – durch Robert Schumann, den ewigen Jüngling, so lange er sich in voller eigner Kraft fühlte …«

Der Romanplan, den der junge Mann kurz nach Besuch des Klavierabends des Pianisten Bruno Leonardo Gelber entwikkelt, ist der Plan einer Schumann-Beschwörung und Schumann-Austreibung. In seinem Mittelpunkt steht eine träumerische, Deutschland durchreisende Jünglings-Gestalt, dessen Namen dem Namen-Reservoir der romantischen Dichter entnommen ist. »Fermer, der Geniale« heißt eine Erzählung Ludwig Tiecks, Fermer heißt auch die Hauptfigur im nun entstehenden Roman des jungen Mannes, der junge Mann erkennt sich selbst in dieser schweigsamen, stillen und wie Nietzsche gesagt hätte, beiseite, zur Seite tretenden Gestalt, mit ihr beschwört er den Schumannschen Raum, den Raum der Nacht und der ziehenden Wolken, den Raum der Flüsse und des unbedingten, enthusiastischen Aufbruchs: »An einem Vorfrühlingsabend kehrte der junge Fermer nicht mehr in die Kaserne zurück. Es war noch recht kühl, doch waren die ersten Anzeichen des nahenden Frühlings zu bemerken. »Es tut sich etwas«, dachte Fermer, »scheint nicht alles aufspringen zu wollen?« Um den Vollmond flogen eilend Wolkenfetzen, die sich sofort wieder zerstreuten; die sonst fahle Himmelsdecke war an einigen Stellen weit aufgerissen, und Fermer konnte die leuchtenden Sterne erkennen. Auch die Lastschiffe, die den Fluß hinauffuhren, schienen schneller zu fahren. Auf einem Schiff flatterten Wäschestücke an einer Leine, und eine Tür war so weit geöffnet, daß der Lichtschein auf ein neben der Wäsche stehendes Fahrrad fiel. »Warum nicht sofort aufbrechen?« dachte Fermer und ging schneller voran. Das Neonlicht zwischen den Platanen am Ufer schien so hell auf die Knospen der Sträucher, daß sie künstlich zu sein schienen. Doch als Fermer plötzlich den noch schwachen Gesang eines Vogels hörte, war auch diese Künstlichkeit so unwichtig geworden wie die anderen verstummten Geräusche. Er wechselte singend den Schritt, begann zu laufen und hielt eine Zeitlang das Tempo eines Schiffes mit. Schließlich erreichte er die Brücke, die aus der

Stadt zu den Vororten führte, und als er sich auf ihrer Mitte umdrehte, sah er die Silhouette der Stadt wie ein eben fertiggewordenes Bild vor sich liegen …«

7

Mit dem Roman »Fermer« übersetzt der noch immer junge Mann Schumanns C-Dur-Fantasie in ein spätromantisches Sprechen, das Schumanns abgerissenen, unbeholfenen Notaten voraus sein soll. Die Figuren des Romans aber sind Schumann-Figuren, liebende, in sich gekehrte, innerlich überbeanspruchte »Jünglinge« in Nietzscheschem Sinn. Einer von ihnen heißt nicht Robert, aber Roland, es ist der Pianist der Jünglingsschar, der am Ende des Romans die gesamte Gesellschaft um sich versammelt. Roland spielt Schumanns Klavierkonzert in a-Moll opus 54, und nach dem Konzert kann er darüber sprechen: »Schumanns Konzert ist wie eine Erzählung. Er hat sich die Melodien vorgestellt wie Gestalten und ihnen manchmal sogar Namen gegeben und sie zu den Noten geschrieben. Ich glaube, er hatte während des Komponierens Ereignisse im Kopf oder Stimmungen, und immer achtete er darauf, daß die Musik den Fluß des Erzählens und Sprechens behielt.

Dann hat sich dein Schumann, fragte Lotta, Menschen und Szenen vorgestellt und dazu die Musik erfunden?

Umgekehrt, sagte Roland, gerade umgekehrt; er hat nach musikalischen Einfällen gesucht, aber diese Melodien erschienen ihm dann wie eine Sprache, eine andere als die mit den Worten, eine viel dringlichere. Die Melodien waren plötzlich »Geschichten«, »kuriose« oder solche »von fremden Ländern und Menschen«, auch Bilder wie der »Ritter vom Steckenpferd«, das »bittende Kind« oder der »Hasche-Mann«. Aber diese Titel darfst du nicht kennen, er hat sie selbst erst über die Stücke geschrieben, nachdem er sie komponiert hatte. Du mußt nur in sie hineinhorchen und sie in deine Geschichten übersetzen.«

In genau diesem Sinn ist der Roman »Fermer« für den jungen Mann eine Übersetzungsarbeit, die letzte und endgültige, die er am Werk Robert Schumanns vornimmt. Er übersetzt es in Romansprache, er bringt es sprachlich zum Klingen, aus Schumanns Musik soll literarisches Sprechen werden, das am Ende auf paradoxe Weise Schumanns Musik da beschreibt, wo sie als »Der Dichter spricht«.

»Der Dichter spricht« ist die letzte der Schumannschen »Kinderszenen« überschrieben, der junge Mann läßt sie seine Romanfigur Roland als Zugabe nach dem Klavierkonzert in a-Moll opus 54 spielen.

»Der Dichter spricht« ist etwas gänzlich anderes als die Toccata opus 7, das Teufelsstück, das der junge Mann früher, in der Zeit, als er noch ein junger Pianist war, als Zugabe spielte. »Der Dichter spricht« ist der Schlußmonolog eines Träumers, der zu Kindern redet, es ist der Monolog des Mannes im dunklen Anzug, der seinen Arm auf das Klavier Marke »Sailer« stützt und dem Kind die Sehnsucht einimpft, ihm, dem geheimen Hypnotiseur, für immer zu folgen: »Ja«, sagt der Pianist Roland im Roman »Fermer« des jungen Mannes, »es sind nur drei Töne, oder besser drei Klänge, mit denen der »Dichter« da »spricht«. Aber glaubt man nicht, daß da einer nach durchtanzter Nacht redet, beinahe schon früh am Morgen? Daß er immer langsamer wird und leiser und sich schon seltsam vorkommt? Er spricht wie zu Ermüdeten, und er selbst hat wohl auch etwas von dieser Müdigkeit, und da ist es schön, wie er nach dem Anfang sich in dieses Rezitativ verliert, wißt ihr noch, wie er beinahe nicht mehr weiter weiß und stockt, wie er aber doch wieder ansetzt und plötzlich doch zurückfindet und begütigend redet bis zum Schluß.«

Die Stimmen der Dichter (1)

Wenn ich Heinrich Böll lesen höre, kommt mir seine Stimme so vertraut und bekannt vor, als kennte ich sie seit der frühsten Kindheit.* Zum einen besteht sie aus Kölschem Singsang, einem die Worte in leichter Schwebe haltenden Auf und Ab, zum anderen aber aus einem stockenden Seufzen oder Aufseufzen, das den melodischen Singsang unterbricht und ihn laufend befragt.

Hört man sich eine Weile in den Böllschen Ton ein, so spielen diese beiden Momente unaufhörlich ineinander: Fließend, motorisch verläuft das gleichmäßige Murmeln, zögernd, sich umschauend und verweilend aber der fragende Ton, der alles abklopft. Insgesamt entsteht so ein unendlich ruhiges, sich gelassen gebendes Reden, kindlich neugierig und erstaunt, das untergründig immer nach satirischen oder ironischen Schlupflöchern sucht.

Von welch großer Bedeutung die Stimme für die Wirkung eines Textes ist, haben die Autoren der Gruppe 47 noch am eigenen Leib erfahren. Die gefürchteten Lesungen vor dem kritischen Plenum der Kollegen waren vor allem Stimmen Präsentationen, die auf die kleinsten Nebenwirkungen und verräterische Beiklänge hin abgehört wurden. Deshalb sind die Höhepunkte von Heinz Ludwig Arnolds CD »Die Gruppe 47« die Original-Mitschnitte jener Lesungen und Diskussionen, die nicht selten Thomas Manns Vermutung, bei der Gruppe 47 handle es sich um eine Art jugendlicher Rasselbande, bestätigen.**

Da gibt es die Stimme des munteren Epheben, sehr hoch,

* Heinrich Böll: Ansichten eines Clowns. Gelesen vom Autor. 5 CD. Der Hörverlag

** Heinz Ludwig Arnold: Die Gruppe 47. 2 CD. Der Hörverlag

ganz aus der Welt und wundersam (Joachim Kaiser), und da gibt es die Stimme des jungen Revolutionärs, der sich aus seinem Heimatdialekt heraus langsam, stotternd, von Satz zu Satz frei und in eine beinahe rauschhafte kritische Euphorie hineinspricht (Peter Handke bei der legendären 1966er-Tagung in Princeton). In wenigen Sätzen hört man das Ungeheure des frühen Handke, seine Radikalität, seine Direktheit, das Sture, aber auch Frische, man hört das Einzigartige, Historische des großen Moments und das zeternde Wehgeschrei der Kritisierten, die Handkes Rede verlachen und gerade durch ihr schallendes, übertriebenes Gelächter die erlittenen Wunden eingestehen.

Die Höhepunkte dieser CD sind aber die lyrischen Lesungen. Günter Eich etwa trägt seine Gedichte so traumverloren vor, als hätte er seine Stimme an ein lyrisches Ich abgegeben, das nur noch Melancholie und Abwesenheit suggerieren möchte. Ingeborg Bachmanns Stimme dagegen ist die einer jungen Frau, die ihre Gedichte durch den gleichmäßig hellen und unbeirrbar erscheinenden Ton ihrer Stimme verschließt. Niemand, sagt diese Stimme, soll meine Gedichte betreten, vor ihnen steht eine Sängerin, die Flamme in der Hand, um über die selbstbewußte Reinheit dieser Gedichte zu wachen.

Schließlich aber: Paul Celan! Heute weiß man, daß seine Gedichte vor allem wegen des Vortrags in den Diskussionen durchfielen. Seine Stimme ist beinahe anonym, sie löscht alles Biographische aus, ist purer Sang und versucht, jede Wortnuance, gleichberechtigt der nächsten, für den Klang zu retten. Das alles tönt sehr fremd, von weit her, wirkt feierlich, schwer, man sitzt da, lauscht und hört mit offenem Mund ...

Radio-Frühzeit

Am Sonntagmorgen begrüßte Werner Höfer sechs Journalisten aus fünf Ländern zum »Internationalen Frühschoppen«, ich lag auf dem Sofa und hörte mit einem Ohr zu, ich wunderte mich über Höfers lange, gedrechselte Sätze, Minuten brauchte er allein, um seine Gäste vorzustellen, jedem von ihnen schlang er eine weit ausholende Satzgirlande um den fremdländischen Namen. Höfers sonore Stimme war die eines älteren Herrn, der über den Dingen zu schweben schien, sie hörte sich sehr weltläufig an, und die Gäste kamen, wie ihr starker Akzent erkennen ließ, dann wirklich von weither und interessierten sich trotzdem für so etwas wie Bonn und die »Bonner Zustände«, laufend war von Bonn und diesen seltsamen Zuständen die Rede, »Bonn« amüsierte die meisten anscheinend, und auch Herr Höfer tat manchmal amüsiert oder ironisch.

Den »Internationalen Frühschoppen« gab es seit 1952 im Radio, es handelte sich um eine völlig untypische Versammlung ruhiger, nachdenklicher, das Für und Wider abwägender Stimmen, all diese Diskutanten schienen die große Welt in einem sicheren kleinen Flugzeug langsam und unermüdlich zu umkreisen, so schrumpfte die Welt auf das Maß eines politischen Spielballs, den man je nach Meinung hierhin oder dorthin kicken konnte.

Sonst aber dominierten im Radio ganz andere Töne, ich hörte laute, zackige Stimmen, die noch den alten Kommando-Ton pflegten, »Freiheit« brüllten sie, »Gerechtigkeit« oder auch »Einheit«, solche vollen Substantiva krachten wie schwere Meteore aus dunklen Himmeln und kreisten allesamt um das unheimliche »Deutschland«, man bellte es mit einer harschen, trotzigen Betonung auf der ersten Silbe heraus, vor »Deutschland« hatte ich Angst, es war ein bodenlos gewordenes

Donnerwort, das im Radio auftrumpfte wie ein sprachlicher Hieb, selbst Adenauers rheinischer Singsang bekam es nicht in den Griff, »Doitschland« sagte er probeweise, und es klang dann doch, als habe er »Teutschland« gesagt.

Zu feierlichen Anlässen probte man damals die dritte Strophe des »Teutschland«-Liedes, man sang sie unglaublich langsam und schwer, als trüge man jedes der großen Wörter wie einen gewaltigen Sarg vor sich her, meist bildeten die Singenden eine wie paralysiert wirkende, auf der Stelle tretende Masse, die weggetreten oder in völliger Trance ein wehmütiges, dumpfes Singen anstimmte, Haydns Musik war überhaupt nicht mehr zu erkennen, große Orchester mit vielen Nebenstimmen zerlegten das leise Kaiser-Quartett in eine Breitwand-Orgie sentimentalen Gesumms, »Einigkeit«, »Recht«, »Freiheit« – wieder waren die großen Donnerworte da, aber diesmal zu einer weichen, qualligen Tränenvariante zusammengelaufen.

Es war die große Zeit der langen Reden im Predigerton, und obwohl die wenigsten von der Vergangenheit des Dritten Reiches handelten, hatten sie allesamt etwas verdruckst Bekenner- und Büßerhaftes, die konkrete Welt kam vor lauter Pathos kaum in den Blick, so daß eine Stimme wie die von Theodor Heuss häufig Unmut erregte, weil Heuss schlichter und direkter sprach als fast alle Zeitgenossen. »Ich kann gar nicht Auto fahren«, sagte er zur Eröffnung der ersten Automobil-Ausstellung nach dem Krieg, als ein großes Orchester Wagner und Beethoven spielte, und dieses »ich kann nicht« hörte sich an wie ein »ich will nicht«, ich will Eure weihevollen Minuten nicht und lieber spöttisch vermuten, daß das Autofahren auf das unstillbar banale Bedürfnis des Menschen, den anderen zu überholen, zurückgeführt werden muß.

Solche einfachen, mit schwäbischer Bissigkeit vorgetragenen Wahrheiten hörte man damals nicht gern, in ihrer Konkretheit wirkten sie skandalös, die fünfziger Jahre waren Jahre des weihevollen Drumherumredens, selbst ein Schlager wie der von den Beinen der Dolores schwadronierte qualvoll kindlich und umständlich um so etwas wie Erotik herum, ganz zu schweigen von einem damaligen Skandalfilm wie der »Sünderin«, an dessen Ende sich Hildegard Knef an der Seite von Gustav Fröhlich in das Nirwana der säuselnden Geigen, die den Selbstmord nach dem großen Sündenfall andeuten sollten, hinüberschluchzte.

Auch in der Sportreportage kam das Konkrete nur selten vor, denn Sportreporter wie der große Kurt Brumme erzählten damals den Sport, an Sonntagnachmittagen hörte ich Kurt Brumme weitschweifig den Fußball erzählen, man »begab« sich zum Ball, man »eilte« über den Platz, Fußball war eine lange, feierliche Erzählung von schwitzenden Helden, die lieber noch kleine, rotzfreche Buben gewesen wären, in ihrem gehobenen Nachkriegs-Alter aber laufend ritterlich gegen den Ball treten mußten.

So lag ich auf meinem Sofa und hörte zu, das erste Jahrzehnt meines Lebens war für mich noch ein reines Radio-Jahrzehnt, lauter elegische ältere Herren mit samtenen Rotwein- oder heiseren Bekenner-Stimmen drängten auf die Bühne, beinahe alle hatten noch keine Sprache gefunden, ich geriet manchmal ins Schwitzen, wenn ich sie hörte, irgendwie schien alles immerzu auf der Kippe zu stehen oder nach etwas völlig Harmlosem geradezu zu schreien, so daß ich leise mitsummte: »Pack die Badehose ein ...«*

* Geschichte zum Hören. 1950. 1951. 1952. Der Audio-Verlag

Teddie und die Banausen

Meine Damen und Herren! …, begann Theodor W. Adorno seine berühmten Reden und Vorträge, und wenn man das jetzt so hört, glaubt man, noch nie habe ein Redner solch konventionelle Anrede derart weich und freundlich an seine Zuhörer gebracht.* Die Weichheit scheint von einer gehörigen Portion Vorfreude genährt, glockenhell, mit hoher Stimme intoniert Adorno die ersten Melodien seines Vortragslieds, ich will Euch was vorsingen, sagt seine Stimme, doch dann wird sie gleich um eine Spur rauher und tiefer, denn jetzt geht es ums Thema, und das Thema ist in beinahe allen Fällen vom Gerede der Banausen umstellt.

Ob es nämlich um die »Aufarbeitung der Vergangenheit«, Hegel oder den »Jargon der Eigentlichkeit« geht, immer ist »der Gesellschaft« das eigentliche Zentrum des Themas aus den Augen geraten. Aufgearbeitet wird, um zu beruhigen, Hegels Werk wird von außen, statt von innen betrachtet, und Eigentlichkeit stellt am wenigsten sich dort ein, wo sie beschworen wird. Deshalb muß das Geschwätz erst einmal mit immer zorniger und eifriger werdender Stimme zitiert und dann mit einer gewissen Häme zerpflückt werden, langsam pumpt Adornos Stimme sich auf, sammelt sich, wird schneller, überschlägt sich manchmal sogar für den Bruchteil von Sekunden, daß er schlucken und Luft holen muß.

Dann aber kommt das alles allmählich zur Ruhe, der Akt der Beschimpfung liegt hinter uns, und allmählich nähern wir uns den wahrhaft eigentlichen Gefilden, die Aufarbeitung wird jetzt zu einer wirklichen Arbeit und Hegel immanent, von seinen eigenen Gedankengängen her, aus sich heraus, also ohne den

* Theodor W. Adorno: Aufarbeitung der Vergangenheit. Reden und Gespräche. 5 CD. Der Hörverlag

Dünkel des Drüberstehens, gleichsam aus dem Impetus seines eigenen Fortschreitens, geradezu im intimen Dialog mit seinem Werkernst, also eigentlich erst zur Sprache um seiner selbst willen gebracht.

Theodor W. Adorno ist im zweiten Teil seiner Reden dann mit seinem Thema allein, man hört, daß ihn die Zuhörer nicht mehr interessieren, er sitzt jetzt auf dem Boden seines Kinderzimmers und liest Hegel Seite für Seite, er blättert die schwierigsten Stellen der »Phänomenologie des Geistes« lässig um, wie kein anderer, murmelt er nebenbei, verstehe ich das, Hegel hat vor allem geschrieben, um von mir verstanden zu werden, und so liest Theodor W. seinen Hegel wie ein Musterschüler und Allesversteher und hält doch noch nebenbei mit ebenso lässiger Hand sein neben ihm stehendes Schaukelpferd in Bewegung, auf und ab wie das Pferd hüpft und summt jetzt sein Reden und Vortragen, es ist ein geradezu unwiderstehlicher Narzißmus in dem allen.

Gerade dieser Narzißmus schlägt dann aber plötzlich im dritten und letzten, nicht selten der musikalischen Form der Reprise entlehnten oder entlauschten Ton um in die Entdeckung des Schönen, in die Feier einzelner Stellen, in das, was nun wirklich nur einem Theodor W. aufging wie keinem sonst, als Zuhörer träumt man schon mit einer gewissen Ergriffenheit Adornos Vokabular mit, es dünkt einen und man macht sich anheischig, so feierlich und mutig ist man inzwischen auch selbst geworden, »Mündigkeit« nennt Theodor W. Adorno das dann exakt und hat natürlich einen anderen Begriff davon als die Krethi und Plethi, welche diesen exorbitanten Begriff wie eine Erziehungsmarke, pfui Deibel, vor sich ablegen.

Im Grunde hat er immer nur vorgetragen, in diesem klassischen Dreischritt von Teufelsaustreibung, Kinderspielzimmer und Kommunion, um so seltsamer wirken denn heutzutage die vielen Rundfunkgespräche, die er mit den Größen seiner Zeit geführt hat, mit Elias Canetti, mit Ernst Bloch, mit Hans Mayer oder mit Lotte Lenya.* Mit Lotte Lenya soll er zum Beispiel über die »Zwanziger Jahre« sprechen, über »Legende und Ärgernis« dieser Zeit selbstverständlich, aber dann beginnt Lotte von den zwanziger Jahren zu schwärmen, und Theodor W. kommt erst einmal nicht zu seinem klassischen Dreischritt, so daß er sich viel zu lange im Vorhof des Themas aufhalten muß, ach, diese zwanziger Jahre, seufzt Lotte Lenya immer wieder, dann aber geht ihr auf, dünkt ihr, wird ihr gewahr, daß »Teddie« nicht ganz dabei und daher bei sich selbst ist, mach Du mal, Teddie, sagt da Lotte Lenya, spricht Du mal über die zwanziger Jahre, Du weißt es ja doch genauer als ich.

Die zwanziger Jahre sind in gewissem Sinn ..., beginnt Teddie dann und umkreist eine kleine Weile Lottes, der Frau Lenya, der Lenya Anekdoten, bis das Terrain dann frei ist und der Sprechton seine Gleise gefunden hat. Wenn das soweit ist, hat der Gesprächspartner nicht mehr das Geringste einer Chance, Ernst Bloch etwa grummelt nur noch pfeifentabakig in sich hinein, als suchte er in Adornos Kinderzimmer unter dem Teppich nach Kuriosa, und Hans Mayer fährt dann und wann mit einer blitzschnellen Frage hinein in Adornos Monologe, wann war das, fragt Hans Mayer, wie alt waren und wo waren Sie da, und Theodor W. öffnet sämtliche biographischen Kinderkisten und spricht ebenso blitzschnell von sich als »halbem Kind« oder als »jungem Mann«, der Schönbergs George-Lieder schon gehört hatte, bevor sie überhaupt je als solche geschrieben waren. Nur einer widersteht: Elias Canetti. Verehrter Herr Adorno, sagt er, Sie beginnen mit dem 14. Kapitel meines Buches, ich darf jetzt einmal berichten, was ich in den ersten dreizehn zu entfalten mich wähnte.

* Theodor W. Adorno: Gespräche. 6 Audiocassetten. Carl-Auer-Systeme Verlag

Die Stimmen der Dichterinnen (2)

Judith Hermann liest rasch.* Sie wirft ihre Stimme an und hält sie dann lange Zeit in ein und derselben Tonhöhe. Am Satzende senkt sich die Stimme nicht, sie wird weder tiefer noch höher, der Idealfall von Judith Hermanns Sprechen ist eine bewußte Mono-Tonie, eine Gleichförmigkeit des Klangs, die sich sehr exakt dem Stil des Textes anpaßt.

Um für so einen entnuancierten Vortrag zu taugen, müssen die Satzteile kurz sein, kleine, in sich geschlossene Gebilde, meist sogar Hauptsätze, die wieder und wieder mit dem Subjekt beginnen: Ich ging, ich sah, ich bemerkte ..., die Wiederholungen und die absolute Gleichförmigkeit sind von Bedeutung, weil sie nur ein kurzes Atemholen gestatten, von daher verbieten sich längere Satz-Konstruktionen von selbst, keine Temporal-, kaum Relativ-Konstruktionen also, die Sätze werden schmal und »hungrig« gehalten wie schnelle Läufer oder Asketen, sie sollen sich mit keinerlei Ballast beladen.

Dadurch wird den Texten jedes dramaturgische Gefälle entzogen, sie treiben auf nichts zu, sie vermeiden harte Konflikte, sie setzen irgendwo an und bewegen sich dann in einer Art Endlosschleife, es könnte immer so weitergehen und soll es im Grunde auch, direkte Rede kommt selten vor, sie würde die Texte erhellen, sie wäre Gebärde, Tonfall, Ausdruck einer Person. Das alles aber wird streng vermieden, die indirekte Rede ordnet die Sprache der Figuren dem Ton der Erzählerin zu und gliedert sie ein, Judith Hermanns jugendliche Herumtreiber sprechen nur den *einen* Text, es ist der Text des Vagabundierens, der alle Gegensätze verschleift und alles auflöst in *eine* Sprachbewegung.

* Judith Hermann: Nichts als Gespenster. Gelesen von der Autorin. 3 CD. Der Hörverlag

So ist die Erzählerin in jedem Moment das alles beherrschende Zentrum, sie sitzt, stellen wir uns einmal vor, an einem Tisch, raucht eine Zigarette, trinkt einen Tee oder meinetwegen auch ein Glas Wein, jedenfalls *spricht* sie, ihr Erzählen ist Sprechen, Murmeln und Flüstern, ist *ein* Ton, beinahe eine Art Gregorianik, wodurch ein In-der-Schwebe-Lassen entsteht, denn genau das soll vorgeführt werden, wie man etwas in der Schwebe und damit uneindeutig läßt und wie es sich in bloßen Übergängen so lebt.

Reinhart Meyer-Kalkus hat in seiner großen Studie über »Stimme und Sprechkünste im 20. Jahrhundert« (Akademie Verlag, Berlin 2001) beschrieben, wie die abendländischen Theorien über Stimme und Stil jeweils das eine oder das andere Moment als Ur-Moment sahen. Nietzsche zum Beispiel hatte eine klare Präferenz für die Stimme, es ging ihm um »die Musik hinter den Worten, die Leidenschaft hinter dieser Musik, die Person hinter dieser Leidenschaft: alles das also, was nicht geschrieben werden kann«. Damit verband sich eine Absage an »Schriftstellerei«, an die verbissene Suche nach einem Stil und das Herbeizwingen einer Form.

Genau da ist auch der Ort von Judith Hermanns Erzählen, es ist geschliffen kunstlos, reiner Tonfall, beinahe anonym, gerade dadurch wendet sich diese Stimme ja an die vielen. Sie will sie mitziehen, die Zuhörer sollen sich einordnen in die Karawane, Bewegung zielt ja vor allem auf Übertragung.

Den Gegenpart dazu liefert die Stimme von Felicitas Hoppe.* Sie liest langsam, sie modelliert jeden Teil-Satz, sie senkt die Stimme auf ein tieferes A und verweilt, sie beschleunigt kurz, nimmt das Tempo wieder zurück, für eine kleine Phrase wird die Stimme dann plötzlich heller.

Hier war nicht zuerst die Stimme, sondern der schriftliche

* Felicitas Hoppe: Paradiese, Übersee. Autorenlesung. 4 CD. Audiobuch

Korpus, der sich aus lauter kleinen Seltsamkeiten und Überraschungen zusammensetzt. Jede Phrase bekommt so eine eigene Gestalt, nichts wiederholt sich, alles strebt nach Unverwechselbarkeit.

Dadurch wird dem Zuhörer viel abverlangt, er soll sich nicht einschwingen, sondern von einem durch hohe Konzentration herbeigeführten Punkt aus alles verfolgen, hört man auch nur einen Halbsatz nicht konzentriert zu, war alles vergebens.

So arbeitet Felicitas Hoppe an den Gebärden der Sprache, ihre Texte sind durchsetzt von kleinen Aufbrüchen und neuen Anfängen, sie will dem Zuhörer jede Gewöhnung austreiben. Auch dahinter steckt »Leidenschaft«, nur ist es eine gänzlich andere als die von Judith Hermann, keine also, die sich zusammenzieht bis hin zur Bildlosigkeit, sondern eine, die sich verstreut, die überall Bilder und Zeichen setzen will. Verbleibt die eine im abgedunkelten Zimmer, kennt die andere nur das helle und weite Terrain draußen, spricht die eine nach unten oder zur Seite weg, so reckt sich die andere auf und verteilt den Klang, freigebig wie eine Sängerin, nach allen Seiten.

Stimmen-Furor

Keine Theaterbesuche, Bücher, Ausstellungen – Karl Valentins Welt bestand in einer monomanischen Reduktion auf sich selbst, auf den eigenen Körper, auf dessen Gestik und Lautlehre. 1882, ein Jahr vor Franz Kafka geboren, teilt er mit diesem die minimalistische Sparsamkeit der Körperwelt und die von Angst getriebene Konzentration auf einen kleinen Weltausschnitt. Und wie Kafka seinen Figuren, so gibt Valentin sich selbst Gebärdennamen und tritt anfänglich auf als »Salonhumorist« oder als »Musikal-Fantast«, der zwanzig Instrumente eines selbstgebauten Orchestrions bedient.

Da aber hat er sein eigentliches Metier noch nicht gefunden. Er drapiert seinen asketisch-schmalen Körper mit Verkleidungen, er ummäntelt ihn mit dem Klang der Instrumente, aber er horcht noch nicht in den leeren Raum, in dem er später seine Monologe gestalten wird.

Karl Valentin, wie wir ihn heute kennen, wird geboren, als er die Welt des Varietés, in der er aufgewachsen ist, im Schallraum seiner charakteristischen Stimme verschwinden läßt.* Plötzlich begreift er sich als Solist, der keine andere Welt mehr braucht, sondern alles aus sich selbst hervorbringt, nachdem er es umgewidmet und sich ganz zu eigen gemacht hat.

Und so meldet er sich allein aus der Hölle, als krächzender, schreiender Reporter der Teufelswelten, in einer Rundfunkreportage aus dem tiefsten Dunkel. Seine Stimme durchschneidet die Leere, oder sie fiebert in dem engen Raum, der puristisch ausgestalteten Kammer, in die er sie einsperrt.

Zimmerstuben, Gerichtssäle, Straßenszenen – immer wieder fokussiert Valentin die Welt auf den kleinen Ausschnitt, in dem seine Stimme umherirrt, gegen Widerstände prallt oder sich auflöst. Seine Nummern und Sketche fangen beiläufig an, die Stimme hängt sich irgendwo fest, beginnt einzurasten, gerät in den Furor der Wiederholungen oder Klagen, schüttelt alles ihr Entgegengehaltene ab, zieht sich auf wenige Laute zusammen.

Was in den monologischen Raum gerät, wird so zermahlen oder zerstoßen. Jetzt ist die Trompete ein Instrument, das man sich vornimmt und ausprobiert, bis es geschunden und zerblasen ist, jetzt existiert die Loreley nur noch als heisere, ausgesungene Alte, die von einem Schwarm krächzender Raben umlagert wird, jetzt singt er ein Couplet und lacht refrainartig ein

* Das Leben des Karl Valentin. Eine klingende Biographie mit Original-Zitaten in sieben Teilen, von Michael Schulte. 7 CD, Audiobuch

paar Lacher dazu, wodurch die Nummer unversehens zu einer Studie über »Variationen des Lachens« wird.

Im Grunde ist er in diesen nur wenig variierten Räumen immer allein, auf dem Sprung, weggeduckt, oft auch rasend vor Selbstbezug. Als er Liesl Karlstadt an seine Seite holt, macht er ihr ruhiges, bewußt farbloses, fragendes, sich harmlos gebendes Idiom zu seiner Beute. Er schnappt es sich, treibt es vor sich her, kickt es weg, er benutzt es als ohnmächtigen Widerpart seiner eigenen Raserei.

Mit der Zeit aber lagert sich ihr Sprechen seinem eigenen ein, aus dem Widerpart wird eine raumschaffende, ausholende Bewegung, und schließlich ist es Liesl Karlstadt sogar möglich, gleichsam Valentinisch zu denken, für ihn zu handeln, aus seinem Gestus heraus zu improvisieren.

Dann wird ihre Stimme sicher, bestimmend und hell, sie kokettiert, triumphiert sogar manchmal, bekommt ihn zu pakken, begleitet ihn, und es gelingt das, worauf sie hinarbeitet: Der Stimmentausch, das Verschwinden der unauffälligen Soubrette, die eigentlich Elisabeth Wellano hieß, zugunsten des dressierten Geschöpfs, das seinen Meister vorführt.

Mehr als zwei Jahrzehnte wird sie ihn so begleiten, dann halten ihre Nerven der wachsenden Anspannung nicht mehr stand. Als sie sich von Valentin trennt, schreibt er ihr herzzerreißende Briefe, die aber nichts sind als nackte Schreie, Wehklagen, beinahe gepeitscht erscheint er von der Angst, mit ihr auch noch den letzten denkbaren Nah-Raum zu verlieren ...

Nach dem Zweiten Weltkrieg endet er als Depotverwalter der Musikinstrumentensammlung des Münchener Stadtmuseums. Niemand will ihn noch hören, und so schließt sich der dunkle Raum um ihn herum, und all die Musikinstrumente, mit denen er seine Laufbahn begann, werden vor seinen Augen zu Gegenständen eines jetzt stummen Archivs seiner selbst.

Die Stimmen der Dichter (3)

Ich höre jetzt Tolstoj, ja doch, die Stimme, die ich jetzt höre, soll die Stimme Lev Tolstojs sein. Es ist eine helle, markante Stimme, drohend und mächtig scheint sie aus dem Dunkel des Weltalls zu dringen, wie die Stimme Gottvaters, der seine Wortblitze durch ein stark knisterndes planetarisches Rauschen schleudert. »So können wir nicht leben! So können wir nicht leben!« wiederholt der zornige Tolstoj im Jahr 1908, er verflucht die Todesurteile und Hinrichtungen, zwanzig Bauern wurden gerade erhängt, und es scheint niemanden zu kümmern.

Alexander Nitzberg, 1969 selbst in Moskau geboren, hat in russischen Archiven Phonogramme der großen russischen Dichter entdeckt. Lev Tolstoj, der Epiker, eröffnet den Reigen der Lesungen, dann aber folgen ausschließlich Lyriker, zu denen sich noch die Lyrikerin Anna Achmatova gesellt.*

Die frühe Moderne des 20. Jahrhunderts ist in Rußland die hohe Zeit der Vortragskunst. Die meisten Dichter rezitieren auswendig und unermüdlich, von Majakovskij weiß man zum Beispiel, daß er in einem Restaurant so lange Gedichte rezitierte, bis Ossip Mandelstam der Geduldsfaden riß: »Majakovskij, hören Sie auf, andauernd Gedichte vorzutragen! Sie sind doch keine Rumänenkapelle!« Wenige Minuten wird sich Majakovskij vielleicht beherrscht haben, dann aber werden die Worte wieder aus ihm herausgeschlüpft und herausgeströmt sein, im alten Rußland glaubte man wie in kaum einem anderen Land an die Macht der Dichterworte, die nicht nur hingeschrieben, sondern vor allem laut vorgetragen wurden.

* Sprechende Stimmen. Russische Dichter lesen. Hrsg., übersetzt und mit einem Nachwort von Alexander Nitzberg. Dumont Literatur und Kunst Verlag. Köln 2003

Ich höre jetzt Aleksandr Blok, er rezitiert sein Gedicht »Im Restaurant«, Aleksandr Blok soll, wie Alexander Nitzberg mich aufklärt, schauspielerischer Ehrgeiz fremd gewesen sein, ich stelle ihn mir also vor, wie er jetzt verhalten und mit höchstens angedeuteten Gesten sein Liebesgedicht rezitiert, er spricht es sehr getragen und langsam, in einem leicht grollenden Ton, ich sehe Aleksandr Blok jetzt in einem schwach beleuchteten Vortragssaal stehen und seine dunklen, schweren Gedichte im Raum ablegen, man wagt kaum zu atmen, wenn man ihn hört, man wartet angespannt und etwas ratlos darauf, daß sein Schmerz und sein Leid ihr Ende finden.

Die meisten danach auftretenden Dichter tun es Aleksandr Blok gleich, sie rezitieren mit getragener Stimme, sie versuchen, ihre Gedichte zu singen, es handelt sich um für uns Heutige völlig ungewohnte Rezitationsformen, jedes Wort kommt mit einer kleinen Schleppe daher, mit einer Festtags- oder Trauer-Schleppe, man hört diesen Gesängen von Minute zu Minute sprachloser zu, schließlich muß man sich den eigenen Platz erst suchen, um nicht erschlagen oder ins letzte Eck gedrängt zu werden.

Ich höre jetzt Ossip Mandelstam, Ossip Mandelstam liebt die Vokale, er dehnt sie und läßt sie erst nach einem kleinen Ruck wieder los, es ist, als stolperte er jedes Mal in sie hinein und schaute sich in ihnen um, ansonsten schwillt seine Stimme in sehr feierlichem Ton zu jeder Zeile etwas an, um am Ende leicht zu verebben, »Die Finsternis schallt, schwillt / und selbst im Schwellen noch schallt«, heißt es in einem seiner Gedichte, so daß man leicht denken könnte, er spräche hier von seinem nicht unpathetischen Vortrag.

Im Beiheft berichtet Alexander Nitzberg, daß ein solcher Ton in vielen Fällen durch eine ausgefuchste Dichtungstheorie untermauert war, die ersten Jahrzehnte des 20. Jahrhunderts waren in Rußland auch die Jahre der literarischen Schulen und Lager, es gab die Symbolisten, die Akmeisten, die Futuristen, und sie alle stritten um die Bedeutung des Lauts, des Klangs, um Rhythmus und Kontur. Für die einen war ein Dichter, der gut vortrug, deshalb noch lange kein guter Dichter, während für die anderen ein Dichter, der gut vortrug, gerade deshalb ein guter Dichter war. Chlebnikov soll sich solchen Debatten entzogen haben, indem er so leise vortrug, daß man ihn nur in der ersten Reihe verstand, während Sergej Esenin seine Gedichte bevorzugt im Zirkus, auf einem Pferd galoppierend, hinauf in die Zirkuskuppel schrie, als kämen seine Gedichte erst dort oben vollständig zur Geltung.

Ich höre jetzt Vladimir Majakovskij, er soll ein besonders begnadeter Vortragskünstler gewesen sein, ja, nun gut, er schmeißt sich im Vergleich mit den anderen geradezu unverblümt an das Publikum ran, ich sehe ihn jetzt, wie er mit einem triumphierenden Lächeln durch den Saal schleicht und die Reaktionen des Publikums testet, er genießt seinen Auftritt, er bringt Spannung, Anrede und Frage hinein ins Gedicht, seine Zuhörer zucken zusammen und winden sich unter der Peitsche seines fordernden, vibrierenden Tons.

Die große Anna Achmatova habe ich mir für den Schluß aufgehoben, ich wette, daß sie in keinem Vortragssaal steht, sondern sitzt, sie sitzt, über ihr Manuskript gebeugt, an einem kleinen Schreibtisch und schaut den Buchstaben hinterher, sie singt die Zeilen wie ein Wiegenlied, langsam und feierlich, eines der letzten Worte ihres Gedichts »Widmung« klingt an etwas an, das ich kenne, »Choupängg«, flüstert Anna Achmatowa, und da endlich trete ich durch ein kleines Pförtchen selbst ein in eines dieser dunklen russischen Gedichte und verstehe: »Chopin«, es geht um Chopin, es geht um etwas ganz und gar Trauriges von Frédéric Chopin …

Lektüren

Der verhinderte Schreiber

Im März 1939 erhielt UnserallerOnkel, den wir nur Hein nannten, seinen Gestellungsbefehl. Wenig später beendete er den Reichsarbeitsdienst und begann im Sommersemester das Studium in seiner Heimatstadt Köln. Damals war Hein zweiundzwanzig, und er kannte kaum mehr als diese Stadt, in deren berüchtigtem Süden er als jüngstes von fünf Kindern groß geworden war. Sein Vater war Schreiner oder besser gesagt Tischler, er betrieb eine Kunsttischlerei, eine Werkstätte für kirchliche Kunst, die Familie war katholisch, puritanisch-katholisch könnte man sagen, jedenfalls hatte sie nichts von jenem selbstzufriedenen, sich »frohsinnig« gebenden Katholizismus, der Köln beherrschte.

Hein war breit, groß, schlank, aber schwächlich, einer von denen, die in der Schule oft fehlten. Er galt als begabt, war gut in Mathematik und Physik, hatte aber eine schwerblütige, langsame Art, so daß es im Abiturzeugnis hieß, er sei vielleicht nicht energisch genug. Energisch, nein, das war Hein nicht, er war ein Viel-Leser, was hatte er in seinen letzten Schuljahren nicht alles verschlungen, Stifters »Nachsommer«, die Romane Jean Pauls, Goethe, Kleist und Dostojewski, vor allem Dostojewski, den immer wieder.

Hein studierte also sein erstes und dann auch letztes Semester, er hörte Vorlesungen über die Geschichte der deutschen Dichtung im Spätmittelalter und die Philosophie der neusten Zeit, griechische und lateinische Stilübungen kamen hinzu, daneben – aber was ist daneben – schrieb Hein, Hein schrieb an Erzählungen und an einem Roman, dieses Schreiben hatte mit Zwanzig begonnen, und es war ein ganz und gar katholisches Schreiben mit Titeln wie »Die Inkonsequenzen des Christoff Sanktjörg«, »Die Brennenden« oder »Am Rande der Kirche. Tagebuch eines Sünders«. Mit zwanzig hatte Hein die Bücher der renouveau catholique kennengelernt, Werke von Georges Bernanos, François Mauriac und vor allem Léon Bloy, die hatten wohl den Anstoß zum Schreiben gegeben, immer mehr hatte Hein die Nähe der Bücher gesucht, so auch als Lehrling bei Lempertz, der Buchhandlung und dem Antiquariat in der Franziskanerstraße von Bonn.

In den letzten Augusttagen des Jahres 1939 wurde Hein eingezogen, als Soldat rückte er in eine Kaserne in der Nähe von Osnabrück ein, da glaubte er noch, daß man den gerade beginnenden Krieg bald wieder abblasen werde, »abblasen« schrieb er an seine Eltern und Geschwister in Köln in seinen nun einsetzenden, beinahe täglichen Briefen, die ihm sein Schreiben erhalten sollten. Osnabrück war die erste größere Fremde, die UnserallerOnkel erlebte, Osnabrück war ihm zu nördlich, schon in den ersten Tagen sehnte er sich nach Köln und dem Rheinland, das Rheinland ist doch unschätzbar, so schrieb er, er durfte es sich nicht zu oft vorstellen, nicht daran denken, und wenn er doch daran dachte, waren die weichgrauen Kölner Gassen da, der Nebeldunst des großen Flusses und die Straßen um den Ubier- und den Karolingerring, nahe der Pfarre St. Maternus, die August Sander damals noch im hellen Sonnenlicht fotografierte.

Mit Köln und allem Kölschen wollte UnserallerOnkel so eng wie möglich verbunden bleiben, er behielt Köln sogar auf der Zunge, deshalb lutschte er Malzkamellen von Stollwerck, Kamellchen sagen wir Kölner und wissen, daß Kamellchen aus dem Lateinischen kommt, von calamellus, das Röhrchen, und calamus, das Rohr, Hein lutschte also Kamellchen und hatte immer ein Fläschchen Kölnisch Wasser dabei, Ottekolong sagen wir dazu und meinen Eau de Cologne. Kamellchen und

Ottekolong erhielten Heins Sinnen das Kölsche, mit Köln auf der Zunge und in der Nase gab er den Soldaten, unsoldatisch, ein schlaksiger Junge, der sich die Finger noch an einer Zigarette verbrannte und in Osnabrück auch bald krank wurde, Fieber hab ich, schrieb er nach Haus, ich hab Fieber, aber beruhigt Euch, ich bin doch kein Kind mehr.

Das Strammstehen und Exerzieren setzte ihm zu, Angst vor Pferden hatte er auch, das ganze Kasernenleben mit seinen langweiligen Tagen war schwer erträglich, UnserallerOnkel dachte an Köln und schnupperte in Osnabrück nach dem Kölschen, schon ein Rheinländer auf der Stube war eine kleine Erlösung, während drei, vier Westfalen alles verdarben. Auf der Stube schrieb er seine fast täglichen Briefe, doch die anderen schauten ihm dort über die Schulter, auch als Schreibender war er nie allein, und so sehnte er sich nach dem »stillen Café«, immerzu hatte er diesen Traum vom stillen Café, in dem das Schreiben dahinfloß, eine Spur Tinte auf weißem Blatt.

Die beste Stunde für dieses Schreiben war der frühe Abend, am frühen Abend komme ich zu mir, schrieb Hein, ich liebe die Dämmerung, nicht den meist zu hellen und scheinheiligen Tag, nicht die Nacht, die Dämmerung ist meine Zeit, das Fließen, die Übergänge des Lichts, auch diese Abend-Erregung ist übrigens kölsch, ein still-empfindliches In-sich-Zergehen vor dem endgültigen Dunkel, eine Art Andacht. Vielleicht hat dieses Stimmungsvolle, das uns in die Brauhäuser zieht, zu tun mit dem Rhein, in keiner Großstadt werden die Kinder so wie in Köln am Rhein groß, am Rhing sagen wir, wir gehen am Rhing noch spazieren, wir flüstern uns an ihm entlang, für immer und ewig hat man als Kölner die Unruhe eines fließenden Wassers im Herzen, schrieb UnserallerOnkel nach Köln.

So sehnte er sich in seinem Soldatenleben nach der Stille des Dämmerns und damit nach dem Schreiben, manchmal verschaffte sich diese Sehnsucht Luft in starken Seufzern, eine gebändigte Lust, fast eine Gier bemächtigten sich seiner, und dann überkam ihn das Verlangen nach dem Roman, dem großen, dicken Buch, oder die heiße Sehnsucht nach einer, wie er schrieb, schönen und glänzend meisterhaften Novelle. Roman oder Novelle – das waren die Traumsymbole des Lebens in Freiheit, das Soldatenleben aber war Gefangenschaft, UnserallerOnkel klagte litaneienhaft über die verlorenen Jahre, die besten Jahre in engen, schmutzigen, dumpfen Stuben, unrettbar, schrieb Hein, ich werde schwermütig, verliere mein Gedächtnis, gehe zugrunde, Du glaubst gar nicht, wie sehr alles in einem zugrunde geht.

Seine spätere Frau, Annemarie Cech, eine Freundin seiner Schwester, sieben Jahre älter als er, eine Lehrerin, der er in ganz anderem Ton schrieb als seinen Eltern, wurde das Du seines Schreibens, »schöne Briefe« sollten es werden, gedankenvolle also, Briefe zum Wiederlesen, so etwas stellte Hein sich wohl vor, doch er überanstrengte sich, und so wurden es überanstrengte Briefe, feierlich, mit einem starken Bekennerdrang, aber was gab es zu bekennen, was zu beichten, letztlich wollte UnserallerOnkel heraus mit der Sprache, aber noch gehorchte die Sprache ihm nicht. Der dunkle Hintergrund all dieses Bekennens aber war das Kreisen um Gott, Christus, die Kirche, wobei Gott namenlos blieb, eine fern-gnädige Allmacht, und Christus die Hauptfigur spielte, der arme, geschundene Christus, den UnserallerOnkel in dieser und jener Soldatengestalt wiedererkannte, leiblich, wie eine Erscheinung.

Doch das Kreisen um Gott, Christus und die Una Sancta, wie Hein schrieb, hatte noch keine Konturen, nur daß es unangetastet blieb, war zu erkennen, es gab keinen Zweifel, nicht einmal ein Fragen, sondern bis zuletzt ein großes Vertrauen, als trüge Gott dafür Sorge, daß ihm nichts geschehe und als führten all die dunklen Kriegswege am Ende mit aller Sicherheit doch nur zurück nach Köln.

Ich muß warten, immer nur warten, schrieb Hein an Annemarie und wünschte sich einen ganz anderen Krieg, in dem er als Soldat mittags zu Haus essen konnte, in Köln Soldat sein, das war ein immer wieder vergegenwärtigter Traum. Vorerst aber gab es nur dann und wann Urlaub und eine Verlegung nach Bromberg, bis es mit dem Aufbruch nach Frankreich Ernst zu werden schien. In Frankreich aber erkrankte Hein dann gleich wieder, diesmal war es nicht nur ein Fieber, sondern die Ruhr, und so blieb von Frankreich nur der Eindruck von Amiens und Amiens' Kathedrale, von außen ist der Kölner Dom ein Scheißhaufen dagegen, schrieb Hein, der dem Dom noch nie etwas hatte abgewinnen können, Heins Kirchen waren die Kirchen des Kölner Südens und nicht der Dom, den wir Kölner erst mit der Zeit lieben lernen, im Verlauf eines Lebens.

Die Krankheit brachte Hein in Kölns Nähe zurück, nach Mülheim, Bielefeld und schließlich direkt nach Köln, nach zwei Jahren als Soldat erfüllte der Traum sich, und wir sehen UnserallerOnkel jetzt im Kölner Grüngürtel seinen Felddienst verrichten, in stillen und abgelegenen Wiesen, mit dem Blick auf die, wie er schreibt, blauen, fernen Hügelketten des Vorgebirges. Beinahe anderthalb Jahre war Hein Soldat in Köln, in dieser Zeit heiratete er Annemarie, wir stoßen in seinen Briefen jetzt auf Skrupel. Sagen zu müssen, daß man den Krieg in Köln verbracht hat, das ist nicht leicht, auch kommt er sich faul vor und träge, »durchgedreht« schreibt er sogar, »völliges Durchgedrehtsein«, Soldat sein bedeutet ein dauerndes Blätterkehren und Stubenwischen, abends mit der Tasche nach Haus, morgens mit Butterbroten in die Kaserne, Abwechslung boten nur die Tage als Zugbegleitung, wenn es für kaum eine Woche nach Frankreich ging, ein paar Stunden Versailles, guter Wein, ein Nachmittag in Paris, solche Stunden machten Hein lyrisch vor Schwermut, schön ist alles, fremd und groß und traurig und feierlich, schrieb er, denn in Frankreich verwirrten sich seine Gefühle, bis er sogar begann, nach etwas Deutschem in sich zu suchen, das Deutsche sollte als Abwehr und Schutz dienen, als Reserve gegenüber dem, was er in Frankreich als bedrohlich empfand.

Unendlich schön ist Paris, schrieb er, glühend wie ein Student, und beschrieb die Seine als zart-grünen Fluß mit weißlichen Nebeln und schwarzen Bäumen am Ufer, und machte doch vor den Menschen gleich wieder kehrt, vor dem »tiefen Abgrund des Menschlichen«, so etwas diktierte seine katholische Scheu, die ihn dann altdeutsch oder besser altfränkisch aussehen und sprechen ließ. Uralte, gemeine Sünden umdunsten französische Männergesichter, schrieb er, nirgendwo auch nur eine Spur von Keuschheit, der Mutter aller Kraft ..., in Frankreich wurde Heins Briefton vor lauter Scheu und überdrehtem Bekennerdrang phrasenhaft, diese Verwirrung ließ erst nach, als er im Mai 1942 an die französische Atlantik-Küste verlegt wurde.

Mehr als ein Jahr verbrachte er in kleinen Orten am Meer, und erst hier gab er seine Scheu allmählich auf, in einer Küche bei seinen französischen Quartiersleuten sitzend, da kamen ihm die Menschen sehr nah, und die angelesenen Phantasien wurden blasser und verflogen bald ganz. So richtete UnserallerOnkel sich auf dem französischen Land ein, setzte sich in Dorfkneipen, rauchte, trank Rotwein, fuhr Fahrrad, lief mit einem Hund über die Hügel und begann von Frankreich zu schwärmen, von der fruchtbaren Schönheit des Landes, seinen milden Hügeln, von Gesträuch und Gebüsch, seine Zivilisten-Seele malte lauter Bilder eines Landfilms, und er schämte sich fast für den Anschein von Ruhe und Frieden, der diese Bilder grundierte.

Die eigentümliche Ruhe ergab sich aber vor allem durch den Blick auf das Meer, wunderbar ist das Meer, tröstlich, absolut, schrieb UnserallerOnkel, die stille, weite Fläche kam seinem Träumen entgegen, er betrachtete sie mit dem Fernglas, er studierte das Wasser, den Strand, die kleinen Konkreta des fremden Lebens wurden plastisch, und so wurde sein Briefschreiben anschaulich und direkt und entstand im Blick auf Menschen und Dinge, anstatt wie zuvor nur im Kopf zu kreisen.

Ergab sich eine Gelegenheit, eine größere Stadt wie Rouen oder Calais aufzusuchen, durchströmten immer stärker empfundene Sympathien für das Fremde seine Berichte, er beneidete jetzt die Franzosen, lauschte ihnen an den Abenden nach, den nächtlichen Schritten, dem Geflüster vorbeiziehender Gruppen, süchtig nach solchen Friedenslauten, nach Gassenmurmeln und den Anzeichen eines selbstverständlichen Alltags. Der Genuß eines Alleinseins für Stunden ließ ihn aufleben, es ist Sonntagnachmittag, schreibt er aus Rouen, schon spät, ganz, ganz leicht beginnt schon der Dämmer, so rhythmisch antwortet ihm jetzt die Sprache, und er bringt seine Eindrücke im Ton kleiner Skizzen zusammen.

Eine neue Idee des Schreibens bahnt sich in ihm an, ich werde die Form zwingen, schreibt er, ich habe vor, einmal an Kurzgeschichten zu arbeiten, das ist sein Schreibprogramm im März 1943, »Kurzgeschichten« ist der Traum-Terminus für das Schreiben nach dem Krieg, diesen Terminus verdankt er, ohne es zu ahnen, dem französischen Leben, dem bildlichen Sehen, seiner Entfernung von den Klischees, er verdankt ihn einer kaum begriffenen Durchsetzungskraft von ziviler Freiheit, die sich in ihm auf paradoxe Weise in den klammen Betonbunkern an der französischen Atlantikküste entwickelt.

Dieses Freiheitskeimen des Schreibens richtet sich aber manisch weiter auf Köln, Köln ist das ferne, immer mehr zerbombte Ziel-Terrain seiner Schrift, das er während meist weniger Urlaubstage fassungslos durchläuft, ohne daß er für diese Zerstörung und den Krieg Worte fände, ungeheuerlich ist ja gerade, daß in ihm eine Friedensschrift wächst, eine Kultur schöner, romanischer, musikalischer Sätze, die nicht zum zerstörten Köln passen wollen. Wenn er in der Heimat die verschnürten Päckchen mit seinen alten Schrift-Arbeiten aufschnürt, erscheinen ihm die Schriftzeichen wie »Hinterlassenschaften« eines verworrenen Kindes, die Lektüre entsetzt und deprimiert ihn, ihm fehlt es an Erfahrung, an Schärfe, an Formbewußtsein, und so bleibt dem verhinderten Schreiber nichts weiter als täglich Briefe zu schreiben.

So hat UnserallerOnkel schließlich beinahe automatisch geschrieben, unbewußt, blind, Tag für Tag in einer gesuchten Stille, als Soldat im Krieg und doch in einem künstlichen Gehäuse, die Schriftanstrengung hat seinen Blick immer mehr aufs Nächste fokussiert, er blickte nicht über die Ränder der Dörfer und milden Hügel hinaus, er starrte unbeweglich aufs Meer, seine Frankreich-Andacht wurde beinahe »innig«, gleich mehrfach gebraucht er das Wort. Die große Geschichte, die Politik, das alles kommt in seinen Briefen nicht vor, Hein hütet sich vor der Figur des Intellektuellen, allein seine Sensibilität kommt zum Einsatz, ein kölsches Wahrnehmen und Hoffen, das sich untergründig mit den französischen Bildern vermengt. »Do muß dat nit vermenge« sagt man warnend bei uns in Köln*, und wir meinen damit, daß sich dem, der vermengt, der Sinn der Worte entstellt, »vermeng dat nit« hätte man damals Hein einschärfen sollen, aber Hein hatte den Krieg nach vier Jahren als Soldat noch nicht erlebt.

Und als habe der große Gott, zu dem UnserallerOnkel weiter betete, ihm eine letzte Lektion erteilen wollen, wurde Hein im Oktober 1943 in den Osten, nach Rußland, verlegt, unheimatlich ist es, schreibt er, weit, flach, ohne Zäune ..., »ohne Zäune« wiederholt er immer wieder, »dämonenhaft« setzt er hinzu, »ohne Zäune – dämonenhaft«, plötzlich, wie auf einen Schlag hin, wird Heins Schreiben gehetzt, knapp, nichts ist mehr zu vermengen, keine Eindrücke sind auszumalen, keine Stimmungen tun sich auf, schon kurz nach der Abfahrt aus Frankreich wird auf den Zug ein Anschlag verübt, Hein wird

* Adam Wrede: Neuer Kölnischer Sprachschatz. Köln 1988

leicht verletzt, dicht gedrängt im Waggon geht es nach Osten, und Hein schreibt in völliger Finsternis.

»Dostojewski« assoziiert UnserallerOnkel nun immer wieder, aber »Dostojewski« ist jetzt kein Lektüre-Wort mehr, sondern ein Angst-Wort, mit »Dostojewski« benennt er den grausamen Krieg, der Krieg ist grausam und schrecklich, wirklich höllisch, schreibt Hein staccatohaft, wie unter Diktat, als habe ihn der Krieg zu diesem Grenz-Bekenntnis gezwungen. Dieser irrsinnige Mord, schreibt Hein weiter, und als schlüge ihn jemand mit dem Kopf auf die Erde, muß er es ununterbrochen wiederholen, auf der Krim, tagelang am Rand eines großen Sonnenblumenfeldes in einem Erdloch liegend, dicke, zähe, pechschwarze Erde vor Augen, die Erde, schreibt UnserallerOnkel, die Erde ist ja das Element der Infanterie. Noch ein letztes Mal klammert sich UnserallerOnkel an Köln, denn er liegt in seinem Erdloch zusammen mit einem Leutnant aus Nippes, Nippes ist Kölns Norden, die Hefe des Volkes, Spieß heißt der Leutnant und ist Dr. jur., und unseren Willi Wunsch kennt er auch, ist das nicht toll, schreibt Hein, es ist jetzt etwas Irrwitziges in seinem Ton. Grausam, böse und schrecklich ist der Krieg, repetiert er, und dann schreibt er auf einem elenden Fetzchen Papier einen Abschiedsbrief an die Eltern, meine liebe Mutter, in tiefer Dankbarkeit und Liebe Dein Sohn Hein.

Wir erkennen UnserallerOnkel jetzt nicht mehr wieder, tagelang liegt er in seinem Erdloch, 50–100 Meter entfernt sind die Russen, und dann schlägt dem Leutnant aus Nippes eine verirrte Kugel geradewegs in den Kopf. Am 2. 12. 1943 nachmittags gegen 3 Uhr wird auch UnserallerOnkel am Kopf verwundet, es ist keine schwere Verwundung, es ist die Rettung, denn er wird von einem Lazarett ins nächste verlegt, weg von der Krim, flach ist das Land, ohne Zäune und Mauern, und die Dämonen beherrschen alles, alles …, monoton, bruchstückhaft, murmelt Hein vor sich hin, bis er im Frühjahr 1944 wieder in Köln ist, Gott lebt, Gott lebt ja, und er liebt uns und hat uns immer, immer geholfen …

Im Mai 1944 wurde UnserallerOnkel noch einmal in den Osten verschlagen, durch Ungarn ging es bis weit in das rumänische Land. UnserallerOnkel wurde wieder verwundet und kam erneut in ein Kriegslazarett, und noch während seiner Genesungszeit starb die Mutter. Man muß aushalten und beten, schreibt UnserallerOnkel schließlich, am 9. April 1945 wurde er bei Kämpfen um einen kleinen Weiler in der Nähe von Waldbröl gefangengenommen, wenige Monate später kam sein erster Sohn auf die Welt und war kaum drei Monate später schon tot. UnserallerOnkel aber hat später noch lange unter uns Kölnern gelebt, und Annemarie hat ihm Söhne geboren.

Nach dem Krieg haben wir seine Kurzgeschichten und die dicken Romane gelesen, und oft kam es uns unbewußt wohl so vor, als vermengte er in seinen Büchern etwas, das nicht vermengt gehört, die Seufzer, das Klagen, Gott, die Moral, die Süße Frankreichs, die Armut, das Dämonenhafte, das Grauen. Jetzt aber, nachdem wir seine Kriegsbriefe* gelesen haben, erscheint uns das alles noch einmal in anderem Licht. Vielleicht, denken wir jetzt, ist etwas vom verhinderten Schreiber immer in UnserallerOnkel geblieben, vielleicht war er in Wahrheit zeitlebens ein verhinderter Schreiber in Grau. Grau ist eine Korrekturfarbe, hat der Schriftsteller Fabio Morábito einmal behauptet und hinzugefügt, daß eine solche Korrekturfarbe im Geist wie Schmirgel operiert, der unnütze Ablagerungen entfernt.

* Heinrich Böll: Briefe aus dem Krieg 1939–1945. 2 Bände. Köln 2001

Abschied vom Rhein

Nach über zwanzig beinahe absatzlosen Seiten ist plötzlich ein Doppelpunkt da. Es ist, als sollte die mäandernde Prosa, die man bisher gelesen hat, für einen kurzen Moment gestaut werden. Was kommt? Wovor halten all diese Sätze, die sich mit ihren kurzen Repetitionen wie geschmeidige Glieder in einer Kette bewegen, inne?

Der Erzähler erinnert sich an seinen Konfirmationstag. Das familiäre Abendessen ist beendet, er geht allein hinaus in den Garten, da setzt das Bild sich plötzlich zusammen, im dunkler und dadurch geheimnisvoller werdenden Licht des Abends taucht es auf wie alte Malerei: »Die Luft war kühl, und vielleicht wollte es von irgendwoher schon dunkel werden, vielleicht aber dreht hier auch nur die Erinnerung am Dimmer und dämpft das Licht: Der Rhein, die rauchgraue, blaue Kunststoffschlange, lag eingegossen zwischen links- und rechtsrheinischer Eisenbahnstrecke und den beiden Uferstraßen unter mir, und ich sah Lastkähne, Schlepper und Schubschiffe, wie sie auf fehlfarbigen Ansichtskarten fahren.«*

Für einen Moment kommt es einem so vor, als sei diese Prosa angekommen. Das abgedunkelte Rhein-Bild läßt alle Bewegung erstarren, und die Anziehungskraft des Bildes erscheint so stark, daß man ihm sofort verfällt, ein Bildausschnitt wie ein Phantasma, in das zuletzt noch die Erinnerung etwas hineinmalt, eine Erinnerung an »fehlfarbige Ansichtskarten«, an lange zurückliegende Kinderjahre vielleicht, in denen man solchen Ansichtskarten begegnete.

Fehlfarbige Ansichtskarten gibt es am Rhein noch heute, die ganze majestätische Rhein-Länge von Köln bis Mainz ist zu beiden Seiten voller fehlfarbiger Ansichtskarten. Es ist, als

* David Wagner: Meine nachtblaue Hose. Berlin 2000

hätte man die Postkartenständer an beiden Ufern nie ausgetauscht oder als wären nie neue Versuche gemacht worden, den Rhein in Szene zu setzen. Wahrscheinlich sind solche Versuche gemacht worden, vielleicht, durchgesetzt haben sie sich jedenfalls nicht. Der Rhein ist in der westdeutschen Geschichte der Nachkriegszeit ein fehlfarbiges Foto aus den sechziger Jahren, mit den Spuren der ersten bundesrepublikanischen Modernisierung, mit ein paar weiß gestrichenen, heute lächerlich wirkenden Caféhaus-Stühlchen am Ufer und mit Bruchsteinplatten, aus deren Betonfugen niemand die Gräser gerupft hat.

In diesem Bild ist die alte Rheinlandschaft erstarrt, noch heute wirkt sie wie eine merkwürdige Ältere-Leute-Inszenierung, eine Nachmittagskaffee-Landschaft mit allmählicher Überblendung zur Abendweinschoppen-Landschaft, man braucht nur die Augen zu schließen, und schon sind die dazu passenden rheinischen Stimmen da, alte Erzählerstimmen, man hört ihren Singsang und glaubt die beizenden Wolken von Altherrenzigarren zu riechen, eine Melange aus Parfum, Schweiß und Tabak, die alle Rhein-Lokale mit den Jahren durchtränkt hat.

Wer am Rhein zwischen Köln und Mainz groß geworden ist, dem steckt diese Melange in allen Kleidern, irgendwann reist man weg, man vergißt sie, oder man schüttelt sie ab, doch dann, durch irgendeinen Zufall zurückgeführt, taucht man unerwartet wieder ein in das stehengebliebene Leben. Man taucht ein, zum Beispiel in einen Garten, alle Bewegung steht still, und dann ist der Moment da. Ein Doppelpunkt: der Rhein! Und sofort beleben sich die Erinnerungen, die Rheingegend ist eine Erinnerungslandschaft, alles dort sehnt sich immerzu zurück, und so tauchen aus den fehlfarbigen Ansichtskarten-Erinnerungen die Kindheitsbilder derart inständig auf, daß sogar noch die Fehlfarben verschwinden und das uralte Schwarz-Weiß da ist, das Schwarz-Weiß von vage angedeuteten Straßenzügen wie auf Fotografien der ersten Nachkriegsjahre mit Trümmern und Halden, menschenleer.

Der junge Erzähler von David Wagners Roman »Meine nachtblaue Hose« lebt längst nicht mehr am Rhein, er lebt in Berlin, dort lernt er Fe, seine spätere Freundin kennen, auch sie kommt vom Rhein, zwei Rhein-Kinder treffen sich in Berlin, wohin es die jungen Erzähler und die jungen Ethnologinnen gegenwärtig zieht, um die rheinische Melange zu vergessen für immer.

Eine Liebesgeschichte also? Ja und nein, jedenfalls eine der merkwürdigsten Liebesgeschichten, die ich in den letzten Jahren gelesen habe. Der Erzähler in David Wagners Roman erzählt diese Liebesgeschichte nämlich nicht von ihrem Beginn her, er beginnt vielmehr dort, wo die beiden Liebenden ihre erste gemeinsame Reise machen. Sie brechen am Berliner Bahnhof Zoologischer Garten auf, und sie fahren nach Köln, um dort ihre Eltern zu besuchen, die noch immer in der Rhein-Landschaft wohnen.

Sie kennen sich noch nicht lange, Fe und der Erzähler, und ihre Liebe ist eine Art absichtsloses Finden. Fe lebt mit ihrem Freund Anatol zusammen, nichts deutet darauf hin, daß sie noch einen freien Blick für eine zweite, vielleicht andere Liebe hat. Eher durch einen Zufall landet der Erzähler aber dann auf ihrem Bett, er sitzt dort noch ahnungslos neben seiner späteren Liebe, Anatols Geburtstag wird gefeiert, und irgendein Festgast erzählt eine zu lange, langweilige Geschichte. Und wieder ist so ein Augenblick des Erstarrens da, man schaut, Fe bemerkt die nachtblaue Hose des Erzählers, sie gefällt ihr, man grinst sich an, einen Moment steht alles still: »Ich zog meine Finger nicht zurück, als unsere Hände sich über dem Spalt zwischen Matratze und Wand berührten, wahrscheinlich wird sie ihre Hand gleich zurückziehen, glaubte ich, spürte dann aber, wie ihre Finger sich in den meinen hin und her bewegten, und ich hoffte, die Geschichte, die ihr Freund oder der

Freund ihres Freundes erzählte, möge weiter und immer weiter durch das Zimmer mäandern.«

Die nachtblaue Hose hat ihre Wirkung getan, sie hat Fe auf den Erzähler aufmerksam gemacht, denn diese Hose ist im Roman das Objekt der Liebesmagie, so daß der Erzähler sie schließlich bei allen Treffen mit Fe trägt, als sollte diese Hose die gerade begonnene Liebe immer wieder erneuern. Während ihrer ersten Begegnungen beginnen die beiden dann, sich ihre Vergangenheiten zu erzählen, sie erzählen sich langsam zurück in das Ursprungsland am Rhein, und sie ahnen nicht, daß auch ihre Annäherung und Anziehung dadurch eine Richtung zurück ins Vergangene bekommt, so daß sie einander, ohne es zu bemerken, immer mehr wie zwei sehr miteinander Vertraute begegnen, wie zwei Kinder aus beinahe demselben Rhein-Elternhaus, wie zwei Geschwister, die sich nach langer Trennung wiedersehen und die es dann zurückzieht zu den magischen Terrains ihres ersten Beisammenseins.

Dorthin brechen sie zu Beginn des Romans also auf, und mit diesem Beginn ist die besondere, einzigartige Perspektive verbunden, die David Wagner der Liebe seiner beiden Protagonisten gibt: Es ist eine Liebe, die sich ahnungslos auf den Weg macht, zurück in die tiefer liegenden psychischen Innenregionen, die sie erst entstehen ließen. Das rheinische Zauberland der alten Vergangenheiten wird aufgesucht, ohne daß Fe und der Erzähler ahnten, daß die Gegenwart dieses Zauberlands ihre Liebe auftrennen wird wie ein Geheimnis, das sich bei näherer Betrachtung verliert, unmerklich fast.

Daher handelt dieser Debütroman nicht im üblichen, platten Sinn von der Liebe. Er erzählt von ihr vielmehr als von einer Verführung, der die beiden Liebenden nichtsahnend auf den Grund gehen. Die zauberische Kraft, die ihre Liebe hervorgebracht hat, ist genau jene Kraft, die diese Liebe wieder verblassen lassen wird. Annäherung, Anziehung … und allmähliche Abstoßung, endlich Verlust: Davon spricht dieser Roman nie direkt oder offen, er erzählt es mit großer Diskretion, im Flüsterton, als ein Gleiten, in Übergängen, in auch für den Leser kaum merklichen Verwandlungen.

Die magische Gralskraft dieser Verwandlungen aber ist der Rhein, »die rauchgraue, blaue Kunststoffschlange«, der wir mit dem Erzähler an einem frühen Abend begegneten, im Verzückungsmoment der blauen Stunde. Mit dem Zeichen des Geheimnisses, der »nachtblauen Hose«, gewinnt der Erzähler seine Liebe, und als er diese Hose später in einer Umkleidekabine ablegt, um sie einzutauschen gegen eine andere, neue, ist dies der konkreteste Hinweis darauf, daß ihre Magie längst verloschen ist. Plötzlich sieht sie aus »wie ein aufblasbares Badetier, das alle Luft verloren hat ..., eine abgezogene Haut«.

Solche versteckten Bezüge und Zeichen machen die Kunst von David Wagners Erzählen aus, man bemerkt die Meisterschaft dieser Andeutungskunst schon nach Lektüre der ersten Seiten. Liest man den Roman aber zwei- oder gar dreimal, so wird die Lektüre zu einem unendlichen Kombinieren, jeder Satz, jedes noch so versteckte Detail spielt hier eine Rolle, der Roman ist ein dichtes Gewebe, eine sich immer dichter ineinander webende Textur. Es wird einem etwas unheimlich bei der wiederholten Lektüre, denn David Wagner soll – den Angaben des Klappentextes zufolge – 1971 geboren und daher noch keine dreißig Jahre alt sein.

Vor dem dreißigsten Lebensjahr sollte man wegen mangelnder Lebenserfahrung und einem mangelnden Sinn für Dramaturgien keine Romane schreiben, hat Jean Paul einmal gemahnt. Der bei Erscheinen der »Buddenbrooks« sechsundzwanzigjährige Thomas Mann hat ihn scheinbar widerlegt, in Wahrheit aber war Thomas Mann bei Erscheinen seines ersten Romans älter, viel älter, ein Autor, der viel früher und schneller als andere alt geworden war. Es fällt schwer, solche frühen Alterungen zu erklären, im Fall von David Wagner mag der Hinweis genügen, daß er im Rheinland aufgewachsen ist. Das

Rheinland und sein römischer Raum sind der Raum unseres ältesten Schauens und Wissens, vielleicht ist römische Magie in David Wagners Roman, vielleicht ist seine nachtblaue Hose in Wahrheit eine nachtblaue Tunika, wer weiß das schon?

Was den Stoff seines Romans betrifft, hat er sich jedenfalls an Themen gehalten, die geradezu typisch für einen Debütroman sind. Da ist die Schilderung einer ersten Liebe, da ist der lange, bereits verwunderte Blick auf die gerade zurückliegende Kindheitsvergangenheit, da sind die fremd gewordenen, in sich verschlossenen Welten der Eltern, und da ist das Erstaunen darüber, nun frei in die Welt gesetzt zu sein, nach Berlin, in die Ferne, um dort, wie man so sagt, die Freiheit verwirklichen zu müssen.

Das alles liegt nahe, es hat nichts Spektakuläres. Spezifischer aber wird es bereits, wenn man die historische Färbung des engen sozialen Tableaus betrachtet, das David Wagner entwirft. Zunächst ist da nämlich der Erzähler als ein Einzelkind, das von den Eltern im Stich gelassen wird. Ihre Trennung hat er nie überwunden, immer wieder steigen die ersten Signale dieser Trennung in seiner Erinnerung auf, ja dieses Erlebnis ist so dominant, daß es sein ganzes Jugendleben aufteilt in die Perioden des Davor und Danach. Fast allein, höchstens in der Begleitung des Haushundes, hat er diese Jugend verbracht, ein unendlich einsames Dämmern, Wäsche-Aufhängen, Den-Hund-Ausführen, Fernsehen, eine totale Versunkenheit in die Lethargien der eigenen Psyche, mit beinahe schon ins Depressive gestimmten Untertönen.

Die Eltern haben ihr eigenes Leben gelebt, sie haben sich getrennt, neu verliebt, neu verheiratet oder sich ganz entfernt, sie haben den jugendlichen Klamauk von Verliebtheit, Trennung und neuer Verliebtheit gelebt, während der junge Erzähler das alles mit nur passivem, lautlosem Entsetzen verfolgt, in das sich nur selten eine Spur von Ironie und Zynismus mischt. Vielleicht wirkt der jugendliche Erzähler deshalb so beherrscht und so souverän, weil seine Beherrschung dem Umgang mit den Eltern abgetrotzt ist, einem Umgang, in dem ihm die Rolle des Älteren zufiel und den Eltern die Rollen der kindlichen Versager, die pubertären Träumen nachlaufen.

Wenn Fe und er ihren Rhein-Eltern begegnen, dann verengt sich ihr Blick, dann blicken sie durch den dunklen Lebenstunnel ihrer einsamen Kindheiten auf längst durchschaute Elternbilder. Die Jüngeren schauen und analysieren, und sie durchschauen kühl: »Fes Vater fing an oder hatte längst angefangen, ein Referat über Goethes *Wahlverwandtschaften* zu halten, Vorträge, wie ich sie von älteren Tanten kannte. Mindestens die eine große, unerwartete Liebe muß dahinterstecken, wenn Familienväter mittleren Alters plötzlich die *Wahlverwandtschaften* lesen, dachte ich, die Assistentin, die Sekretärin oder die Affäre mit der Galeristin, der besten Freundin der eigenen Frau.«

Die Väter als verwöhnte Einzelkinder, in ihren Gesichtern die Spuren des verlassenen Ehemannes – solche kühlen Kennzeichnungen machen die illusionslose Sicht der Jüngeren aus. Muß man sich immerzu darüber wundern, daß sie so kühl, beherrscht, pragmatisch und illusionslos beobachten? In David Wagners Roman wird diese Kälte selbst analysiert. Sie ist ein angestrengtes Sich-Älter-Geben, die trotzige Antwort auf die Labilität der Eltern, ihren Psycho-Hokuspokus, ihren Narzißmus, ihren defizitären Blick für die eigenen Kinder, die wie Hunde an langer Leine erzogen werden, Hauptsache, sie parieren und machen Männchen im schicken Anzug, Geld für ihr Studium ist ja wenigstens da. Die Kälte dringt aber zum zweiten auch in die Liebe der Jüngeren ein, als Vorsicht, als unendlich große Scheu, selbst nicht verraten oder verkauft zu werden. Deshalb ist die Liebe zwischen Fe und dem Erzähler nicht mehr die klassisch romantische früherer Epochen, sie versucht, die Leidenschaft zu beherrschen, um sie immer unter Kontrolle zu halten. So spricht man nicht von der Liebe, man kommt sich auch nicht allzu nah, man sieht all die Verletzungen, die sich einstellen könnten, voraus, daher verharrt man weiter in einer gebremsten Reserve, mit dem hellwachen Auge des Beobachters, der jede falsche Geste des anderen sofort registriert.

Zu sich kommen die Liebenden daher vor allem in ihrem Blick auf die Eltern. In deren Verhalten finden sie das weite, gemeinsame Erzählterrain, das sie brauchen, im Blick auf dieses Terrain aber verharren sie andererseits, über sie kommen sie nicht hinaus, so daß sie sich am Ende aus dieser Fixierung nicht mehr befreien. Sie ersticken an ihren Elterngeschichten, an den alten Erzählvergangenheiten, am rheinischen Singsang: »Übrig blieb die rheinische Melodie über dem Klangteppich des fließenden Wassers, ein Weialala, hinter dessen jeder einzelnen Silbe ich irgendeine große Geschichte hallen und rauschen hörte …«

Die historische Färbung, die David Wagner seinem Lebenspanorama gibt, erscheint dadurch als eine der alten, rheinischen Republik. Der angehäufte Wohlstand hat in den mittleren Generationen einen Luxus von Lebens- und Gefühlsexperimenten freigesetzt, auf den die inzwischen groß gewordenen Kinder mit der kühlen Illusionslosigkeit der eigentlich Älteren reagieren. Aus Furcht, betrogen zu werden oder selbst zu betrügen, lassen sie sich auf keine eigenen großen Leidenschaften mehr ein, alles versuchen sie zu beherrschen, mit dem sezierenden, von geheimer Lebensangst angetriebenen Blick derer, denen man zu früh die Ruhe und Geborgenheit der Kindheit genommen hat.

»Berlin« ist für diese alt gewordenen Kinder die Gegenwelt, es ist ihre Welt, die Welt ihrer anders gearteten Experimente und gerade begonnenen Lebensmodelle. »Berlin« ist die Fremde, für die in David Wagners Roman der junge Anatol einsteht, Fes Freund und als Ostler das Objekt ihrer West-Phantasien und ihres Versuchs, die Fremdheit des Ostens zu erkunden.

»Ich fragte mich, was sie sich zu erzählen hatten«, bemerkt der junge Erzähler kopfschüttelnd in seiner typischen Lakonie, »denn er wußte doch nichts von Kinderschokolade, die später, nach der Kindheit, so ungenießbar süß schmecken kann, er kannte den grinsenden Jungen von der Zwiebacktüte nicht, Anatol war kein Nutellakind, hatte kein Markenleben geführt, wußte nichts von dem Glaubenskrieg Adidas gegen Puma und den Ungläubigen, die Schuhe mit zwei oder vier Streifen trugen, und nichts von den Grundschulkämpfen Geha oder Pelikano, von Bekenntnissen, die wichtiger waren als die, die auf dem Zeugnis standen.«

Anders als Fe ist der Erzähler eben noch nicht in Berlin angekommen. Während sie im Blick auf ihren Freund Anatol an einer »Ethnologie des Ostens« schreibt, fährt er noch im West-Wagen der Mutter durch Berlin, eine in ihren Träumen steckengebliebene Gestalt, der es noch nicht gelingt, durch jene Öffnung in die Zukunft zu schlüpfen. Sein Metier ist das alte Rheinische, es ist das Sinnieren, und dieses Sinnieren hat dem Roman David Wagners seine zauberische Dramaturgie verliehen, eine Dramaturgie des »Weialala« auf höherer poetischer Ebene.

Denn David Wagner erzählt seine Geschichte in drei Teilen oder Anläufen, deren allmähliche Überblendungen dann das Ganze ergeben. In jedem dieser drei Teile steht die Erzählgegenwart still. Im ersten erlebt man das Frühstück mit, das der junge Erzähler bei Fes Eltern einnimmt, im zweiten das Essen, zu dem der Vater des Erzählers das junge Paar einlädt, und im dritten die unbeholfenen Versuche des Erzählers, in einer Umkleidekabine eine neue Hose anzuprobieren.

Jeweils sechzig Seiten vergehen also mit Kaffeetrinken, dem Verkleckern von Marmelade, Betrachtungen über die Drehungen einer Zitronenscheibe in einem Mineralwasserglas oder dem Zerren an einem Hosenreißverschluß, der sich weder öffnen noch schließen lassen will. Diese die Erzählteile grundierenden Mikroskopien des Alltags aber werden immer wieder angehalten zugunsten von Erinnerungen, die sich an den Alltagsdingen entzünden, die aufblühen, verrauschen und wieder zurückführen zu den winzigsten Dingen des Lebens.

Versinkt man als Leser mit der Zeit im Sinnierungsstrom des Erzählers, bekommt man das Auf und Ab des Erinnerns bald kaum noch mit. Man erlebt das Erinnern vielmehr als ein immer dichter und undurchdringlicher werdendes Verknüpfen von Fäden, als eine Textur, aus der es kein Entrinnen mehr zu geben scheint. Wie kommt man aus dieser Verpuppung heraus, fragt sich schließlich der Erzähler, »aus dem Kokon von Kunststoffkindheit, Nutellakindern, Niveatöchtern«, indem er einen Blick auf sein »eingeschweißtes, westdeutsches Leben« wirft. Und so wünscht er sich einen anderen Faden, einen Faden für sein eigenes Leben, »mit dem sich jede Laminierung, Familienverhältnisse, Fasermatten, Syntax und Wortverklebung würde lösen lassen«.

Während er aber von diesen Wünschen erzählt, die eine Befreiung von der Erinnerungsseligkeit herbeisehnen, schaut er ins Wasser, schaut er auf den Rhein. Das rheinische »Weialala« – es ist das Hintergrundwassermurmeln dieses Romans, es bildet die Tiefenstruktur seines Erzählens, das nichts anderes nachahmt als das Auf und Ab der Wellen, als das Emportauchen aus der Erinnerung und als das süchtige Versinken in ihr.

Viele Debüts junger deutscher Autorinnen und Autoren hat es in den letzten Jahren gegeben. David Wagner hat das kunst-, geheimnisvollste und geschichtsträchtigste von allen geschrieben.

Düsseldorfer Kinder schlagen Räder

Am 31. Januar 1936, ihrem 35. Geburtstag, macht Marie Luise Kaschnitz Ernst mit dem Tagebuchschreiben. Seit elf Jahren ist sie mit dem Archäologen Guido Kaschnitz von Weinberg verheiratet. Mit ihm und der achtjährigen Tochter Iris Costanza lebt sie in Königsberg, wo ihr Mann seit 1932 eine Professur innehat. Bisher hat sie einige Prosaskizzen und Erzählungen und ihren ersten Roman veröffentlicht, am zweiten arbeitet sie.*

Die erste Tagebucheintragung berichtet von einem Furtwängler-Konzert: »F. kämpft mit dem Orchester. Unaufhörliches Vibrieren und Zucken des Gesichtes, des Kopfes. In die Knie Gehen Locken Beschwören Bedrohen Abwehren Dämpfen Bitten Flehen. Zum Schluß steil aufgerichtet mit beiden erhobenen Armen, die am Körper hinunterfallen.« So porträtiert sie den Dirigenten, dessen Auftritt sie festhalten will, über den Tageseindruck hinaus. Alles Auffällige und Interessante, das Merk-Würdige des Tages, soll von nun an ins Tagebuch. Das wird beinahe täglich geführt und enthält die dichten Erlebnis-Höhepunkte der Tage: ein Gespräch, Ideen eines Vortrags, einen Spaziergang. Die chronikalische Form dringt nicht durch, Marie Luise Kaschnitz will nicht – wie etwa Thomas Mann – den kompletten Überblick über die Inszenierung des Tags. Von Anfang an folgt sie einer ganz anderen Spur: das autobiographische Material im Tagebuch zu horten und als Schrift altern und reifen zu lassen, um später aus all diesen Eintragungen Beständiges für Prosa und Lyrik zu gewinnen.

So beginnt sie 1936 mit der Suche nach ihren Stoffen und wohl auch nach den Formen, derer sie sich noch längst nicht

* Marie Luise Kaschnitz: Tagebücher aus den Jahren 1936–1966. Hrsg. von Christian Büttrich, Marianne Büttrich und Iris Schnebel-Kaschnitz. 2 Bände. Frankfurt am Main und Leipzig 2000

sicher ist. Natur-Eindrücke bilden das größte Reservoir, denn sie macht sich daran, die Natur in ihren Details zu studieren, in knappen skizzenhaften Wendungen, die aber schon zu einem eigenständigen Bild tendieren. Sie horcht die Sprache ab, im Blick auf sich ergebende Lyrismen, die trotz ihres Klangcharakters noch etwas Sachliches, Genaues bewahren. Auf diese Weise dienen die Beobachtungen dem Gewinn einer atmosphärischen, dicht am Gesehenen haftenden Sprache: »Schneebedeckte Eisschollen zwischen den Buhnen treibend wie dicke weiße Hühner, alles ist trübe, klein, ohne Licht und Weite. Das Wasser, sehr schmutzig voll von schwarzem Tang, Geröll und Sand treibt gegen den Rand und bricht Stücke los und nimmt sie mit sich. Der Sand am Strand ist gläsern überfroren ...«

Daneben gibt es kurze, nur angedeutete Geschichten von den Personen ihrer Umgebung, oft ins Anekdotische verdichtet und zusammengezogen (»Annettchen Burmann ist in dem Augenblick, als sie im Auto saß und auf das Kind wartete, um aus der Klinik nach Hause zu fahren, an einer Embolie gestorben ...«). Schließlich das Wissenswerte: Gedankensplitter aus Vorlesungen und Vorträgen, die sie aufschnappt und im Tagebuch ausstellt (»Der Altar von Pergamon wurde der ›Thron des Satans‹ genannt« ...).

Im ersten Jahr wird diese Mischung der Eintragungen geduldig, oft Tag für Tag, fortgeführt. Auf Reisen nach Griechenland und Italien wird besonders intensiv notiert, aus naheliegenden Gründen. Sonst aber bleibt der Strom der Beobachtungen fast gleichmäßig konstant: eine halbe, eine dreiviertel Seite, ein Abtasten und Aufleuchten-Lassen der Welt, mit einem leicht melancholisch wirkenden Unterton, als sei das gerade Erlebte das schon längst Vergangene.

Es gibt in diesen Tagebüchern kaum etwas Intimes, das versteckt oder nur angedeutet werden müßte. Hier schreibt keine Autorin, die sich im Tagebuch mit dem psychischen Erleben ihrer Umgebung auseinandersetzt, Selbst-Konfrontationen und

Ego-Dramen fehlen ebenso wie ausführliche Darstellungen innerer Erfahrungen. Nichts wird »verarbeitet«, gewendet, gedreht. Die Notate bestehen vielmehr aus Welt-Brocken, es sind Ansichten der Außenwelt, aufgelesen, um von einer klugen, sich distanziert gebenden Frau in eine beinahe objektive Form der Betrachtung gebracht zu werden: »Über den Köpfen des Blaukohls ist im Mondschein eine regenbogenfarbene Aura zu sehen.«

Das beinahe tägliche Springen von Thema zu Thema macht es dem heutigen Leser nicht leicht. Er kann sich in diesen Tagebüchern nicht »einrichten«, denn es fehlt der sonst verbindende rote Faden eines auf sich selbst blickenden Subjekts. Viele Beobachtungen und Sentenzen erscheinen daher rätselhaft und entfalten ihren Reiz erst, wenn man sich daran gewöhnt, den ausführlichen und notwendigen Anmerkungsteil, den die Herausgeber den Tagebüchern beigefügt haben, möglichst oft zu benutzen.

Manchmal bleibt man sogar in diesem Anmerkungsteil hängen und liest ihn für sich, wie eine Geheimschrift, die durch wenige rasche Handgriffe wie von Zauberei plötzlich lesbar wird. Denn auch diese spröden Kommentare enthalten Geschichten und entwickeln nicht selten die knappen Andeutungen im Tagebuch zu einem »Stoff«, der plötzlich weitere Bedeutung erhält. Wenn etwa im Tagebuch von »Papas Schimmel« die Rede ist, so erfährt der Leser im Anhang, daß es sich um den Schimmel »Prinz Eugen« handelt, auf dem der Vater noch am Tage vor seinem Tod geritten ist. Wenn dann weiter mitgeteilt wird, daß der Schimmel später gemäß einer Verfügung des Vaters erschossen worden ist, so offenbaren die wenigen, im Ton sachlichen und protokollarischen Anmerkungen einen Lebenszusammenhang, der weit über das notierte Detail hinausgeht.

Wer die Anmerkungen nicht liest, dem werden sich die ersten Tagebücher aber auch deshalb nicht erschließen, weil in diesen Anmerkungen das Dritte Reich, das sonst in kaum einer politischen oder auch nur indirekten Äußerung Erwähnung findet, von Jahr zu Jahr näher rückt. Die Notiz »Hankamer bringt eine schöne Photographie von Olevano mit«, die Marie Luise Kaschnitz gleich zu Beginn der Tagebücher, an ihrem Geburtstag im Januar 1936, festhält, läßt den Leser in der Person Hankamers einen Freund vermuten, der der Autorin zum Geburtstag ein Geschenk machen will. Die harmlos, ja freundlich erscheinende Aufzeichnung erhält jedoch einen ganz anderen Charakter, wenn man in den Anmerkungen nachliest, daß es sich bei Hankamer um den bedeutenden Barockforscher Paul Hankamer handelt, der »aus politischen Gründen« noch in demselben Jahr 1936 seine Professur in Königsberg verliert.

Solche Doppelbödigkeit macht auch vor den Reisen ins Ausland nicht halt. In Rom wird im Dezember 1936 ein anscheinend glücklich-südlicher Sonntag notiert, mit einem morgendlichen Spaziergang auf dem Palatin und einem Fünf-Uhr-Tee »bei Curtius«. Die Anmerkungen jedoch kontrapunktieren und ergänzen, daß der Freund Ludwig Curtius, der damalige Direktor des Deutschen Archäologischen Instituts in Rom, kaum neun Monate später vom Amt suspendiert und wenig später in den Ruhestand versetzt werden wird.

Noch auf derselben Seite ist die Notiz »Bei Spinni im Vatikan« zu lesen. Wieder entschlüsseln erst die Anmerkungen die scheinbar beiläufige Aufzeichnung. Denn sie erläutern, daß »Spinni« Hermine Speier ist, eine Jüdin, die bei Curtius promoviert hatte und schon 1934 gezwungen war, ihren Arbeitsplatz im Institut aufzugeben. Durch Vermittlung von Curtius – heißt es weiter – sei sie »auf Dauer in den Dienst des Vatikans und seiner Sammlungen« getreten.

So durchzieht den scheinbar passiven, bloß notierenden, sonst aber verschwiegenen Tagebuchtext ein Hintergrundgeflecht von immer bedrohlicher werdenden Nachstellungen, die den engeren Lebenskreis der Autorin betreffen. Jüdische Freunde und Gelehrte fliehen ins Ausland, andere verlieren ihre Stellung oder werden massiv unter Druck gesetzt. Nur wenn man die furchtbare und erschreckende Lunte, die hier glimmt, so mit Hilfe der Anmerkungen verfolgt und aus dem Raum der Kaschnitzschen Diskretionen vorstößt in die Katastrophen der Biographien, versteht man die knappe Wucht der wenigen Zeilen, die Marie Luise Kaschnitz dann im November 1938, in den Tagen der Reichskristallnacht, notiert: »In Bollschweil. Tage der tiefsten Niedergeschlagenheit, Scham und Trauer.«

Kaum eine halbe Seite weiter bringt sie die Tage und Monate durcheinander, doch auch im offensichtlichen Wirrwarr der Zeitwahrnehmung erscheinen plötzlich wie notgedrungen bekenntnishafte, private Äußerungen: »Eigentlich zum erstenmal im Leben spüre ich *wirklich*, d. h. so daß es an den Kern des Lebenkönnens rührt, die Trauer und den Schmerz um ein Allgemeines. Es handelt sich um das eigene Volk ...«

Als aufmerksamer Leser erkennt man, daß in diesen Tagebüchern danach nichts mehr ist wie zuvor. In den Momenten der Gefahr werden die Aufzeichnungen von nun an knapper und dadurch auch intensiver. Angst schimmert durch und färbt allmählich auch auf die Arbeit ab. 1939, in den Tagen der Mobilmachung, wird ein Aufsatz über Goyas Leben und seine »Gestaltenwelt« geplant. Daneben aber entstehen allmählich auch Skizzen zu einem geplanten Prosabuch über den heimatlichen Ort Bollschweil, in dem Marie Luise Kaschnitz auf dem Landgut der väterlichen Familie Teile ihrer Kindheit verbracht hatte.

Für den Leser gehört es zum Wunderbarsten und Aufregendsten, in den nun immer häufiger unterbrochenen (und in den späten Kriegsjahren ganz aussetzenden) Tagebüchern zu verfolgen, wie das Bollschweil-Projekt aufgegriffen, durch die Jahrzehnte bedacht, verändert und dann doch erst in den Jahren 1965/66 zu einem der schönsten Texte der deutschen

Nachkriegsliteratur, »Beschreibung eines Dorfes«, führen wird: »Eines Tages, vielleicht sehr bald schon, werde ich den Versuch machen, das Dorf zu beschreiben. Ich werde überlegen, womit anfangen, mit dem Oberdorf, mit dem Unterdorf, mit dem Friedhof, mit dem Wald ...«

Dieser irritierende Anfang im Futur, der einen beim Lesen der »Beschreibung« immer wieder innehalten läßt, wird nach der Tagebuchlektüre verständlicher. Denn das Futur schließt die zahlreichen Anläufe mit ein, die in den vielen Jahren gerade auf diesen wohl zentralen, hochpoetischen Prosatext gemacht worden sind, der der deutschen Sprache eine dunkle Melodiösität von einer versteckt hymnischen Art geschenkt hat, die danach nie wieder erreicht worden ist.

Der Ursprung dieses Buches aber ist im ersten Kriegswinter 1939/40 zu finden, wo die traumatische Erfahrung der »Woche vor Kriegsbeginn in Bollschweil« zum »Ausgangspunkt« eines Prosabuches bestimmt und gleichzeitig – im Blick auf die Form – zum ersten Mal ein Ansatz markiert wird, der für die immer fragmentarischer und dadurch »moderner« werdende Nachkriegsprosa der Marie Luise Kaschnitz zum Leitmotiv ihrer meist nur skizzierten Ästhetik werden wird: »tagebuchartig«.

Erst die Tagebücher aber machen nun diesen Weg, den Weg in den Purismus, fort von der großen Erzählung hin zu den schmalen, lakonischen Fragmenten, verständlich. Es ist ein poetischer Weg, der mit einer zunehmenden »Austrocknung« der daneben noch geführten Tagebücher einhergeht. Denn diese Tagebücher verändern unter dem Traumaschock von Drittem Reich, Krieg und unmittelbarer Nachkriegszeit ihren Charakter. Sie sammeln nicht mehr wie früher die markanten Tagesimpressionen und werden höchstens auf langen Reisen noch täglich geführt. Statt dessen werden sie zu sprachlichen Konzentrationsübungen, die das aufgelesene Material gleich im ersten Anlauf der Notiz verdichten.

Solche Verdichtung aber führt bei der erneuten, späteren Lektüre zu einem oft verblüffenden Ergebnis: Die kurzen Notate, die den Eindruck von Zeitmangel machen, erscheinen dann wie Ablagerungen auf dem Tageserlebnisstrom, völlig ausreichend in ihrer Kürze, gerade dieser Kürze wegen das Wesentliche bündelnd und durch Andeutungen beschwörend.

Vielleicht vermutet also der heutige Leser, der dank der vorbildlichen Edition dieser Tagebücher die poetische Entwicklung der Marie Luise Kaschnitz endlich selbst bis ins Detail verfolgen kann, richtig, wenn er den Umgang dieser Autorin mit der Tagebuchform als das innerste Spannungsmoment ihrer Dichtung begreift. Denn im Blick auf das immer spröder und ausschließender werdende Notieren scheint sich die Kunstanstrengung geformt, an diesem Notieren scheint sie sich gemessen zu haben.

Erst 1955 aber wird Marie Luise Kaschnitz in den römischen Betrachtungen »Engelsbrücke« zum ersten Mal versuchen, diesem Spannungsmoment ein ganzes Buch anzuvertrauen. Die Aufzeichnungen »Wohin denn ich« (1963), »Tage, Tage, Jahre« (1968), »Steht noch dahin« (1970) führen diesen Weg fort, bis hin zum Meisterwerk von »Orte« (1973). Auch dessen erster Satz wird nach dem jetzt Bedachten verständlicher: »Hier steht, was mir eingefallen ist in den letzten Jahren, nicht der Reihe nach, vielmehr einmal dies, einmal das, und in eine Ordnung wollte ich es nicht bringen, obwohl doch das Leben seine Ordnung hat, seine Reihenfolge, seinen Anfang, seine Mitte und dem Ende zu ...«

Das Zugefallene, Eingefallene, das Tagebuchkonzentrat, der Scheinordnung des Lebens entrissen, bloßgestellt, ist selbst Poesie: Das ist die letzte ästhetische Formel, die Marie Luise Kaschnitz für ihre Arbeiten finden wird. Spät erst verwirklicht sie sich, die Idee des »Durcheinanderbuchs«, die sie ihr Leben lang verfolgt hat und der sie doch erst im Alter ganz Raum gibt.

In den Tagebüchern aber ist dieses geheime, sich immer mehr durchsetzende und mit den Jahren natürlich auch erst einsichtiger werdende Konzept schon sehr früh erkennbar. Anfangs ist es noch ein Konstrukt, seit Mitte der fünfziger Jahre aber setzt es sich immer mehr durch. Und so liest man nun plötzlich ganz andere Tagebücher und freut sich über die Dunkelheiten, über das Kreuz und Quer, über die Sprünge und über allein, einsam und nackt dastehende Sätze und kurze, schimmernde Bemerkungen wie »Düsseldorfer Kinder schlagen Räder«, »Auf dem Grund des Tellers: Das Wildschwein«, »Lebenselixier aus der Milch der Schneelöwin«, »Müttererholungsheim« …

Auch hier bieten die Anmerkungen natürlich noch ihren Dienst an, aber – seltsam – man braucht sie nicht mehr. Die poetische Spreu der Sätze klingt, webt und wuchert vielmehr jetzt ganz für sich, als habe die Sprache selbst die Führung übernommen.

Höchstens da, wo wieder Personen ins Blickfeld rücken, schaut man nach und erkennt, manchmal sehr verwundert, die vorbeiziehende Phalanx der deutschen Nachkriegsliteraten und Nachkriegsphilosophen, die aus dem poetischen Wunderwerk der Tagebücher herauslugen wie kleine, verzauberte Gestalten aus den Blumenranken eines Säulenkapitells: den monoton vortragenden Gottfried Benn, den anfangs noch exaltiert, später immer stiller lesenden Paul Celan und daneben all diese sehr kuriosen Dichtergesellschaften der Nachkriegsjahre in Knokke und anderswo …

Mittendrin aber tanzt ein altkluger ewiger Knabe und sagt: »Die Tragik des Alterns besteht darin, daß man jung bleibt.« Er spricht über Proust, den Surrealismus und die Moderne, legt in der Silvesternacht den 2. Akt des »Tristan« auf und ruft, wenn er »neue Musik« hört »toujours lucide!« Längst weiß er über sich selbst Bescheid, über sein »fließend Gescheit-Reden«, über dessen exhibitionistischen Antrieb.

Dieser Knabe ist Theodor Wiesengrund-Adorno, eine der vielen Gestalten aus dem großen Lebenswerkmärchen, das nur Marie Luise Kaschnitz ersann.

Hermann Lenz geht durch Stuttgart

Von 1963 bis 1975 ging Hermann Lenz im Auftrag der Monatszeitschrift »Stuttgarter Leben« durch seine Heimatstadt, jeder Spaziergang widmete sich einem Platz, einem Straßenzug oder sogar nur einem einzigen Gebäude. Zu Lenz' 70. Geburtstag (1983) erschienen gesammelt all diese nur wenige Seiten langen Texte im Belser Verlag als Buch, jetzt gibt es dieses Buch in einer Neuauflage des Insel-Verlages.*

Damit ist nicht nur eines der ungewöhnlichsten literarischen Städte-Porträts der Nachkriegszeit, sondern auch das geheime Werkstatt-Buch eines großen Erzählers wieder im Handel. Bis ins Detail treten in seinen Skizzen und Panoramen nämlich die Grundzüge der Lenzschen Arbeitsweise hervor, »Stuttgart« vergegenwärtigt nicht nur den Raum, auf den sich Lenz' Phantasieren fast ein Leben lang bezog, es ist auch die Darstellung eines einzigartigen Sehens und Wahrnehmens, das den Vergleich mit Walter Benjamins oder Franz Hessels Städtebildern nicht zu scheuen braucht.

Anders als Benjamin oder Hessel geht es Hermann Lenz aber weder um das Charakteristische noch um das Physiognomische einer Stadt, seine Stadt-Prosa hat sich vielmehr allen idealistischen Erbes entschlagen und bewahrt nicht die Spur einer spirituellen Annäherung. Vielmehr geraten die Details – und hier vor allem die mit den ältesten historischen Zusam-

* Hermann Lenz: Stuttgart. Portrait einer Stadt. Frankfurt/M. 2003

menhängen eng verbundenen schwäbischen Namen – ganz isoliert, für sich selbst in den Blick: Hermann Lenz murmelt sie nach, sein Murmeln beschwört die Namen wie Figuren einer großen Familiengeschichte, die zurückreicht bis zu den Spuren Mörikes.

Als Figur der Vorvergangenheit und damit der größten Ferne geistert seine Gestalt durch dieses in den Tiefenschichten melancholische Buch, zeichen- und schemenhaft wie ein Urbild der guten Erinnerung ist Eduard Mörike immer wieder zur Stelle, bis das Buch seine Stuttgarter Jahre in der wunderbaren Coda »Mörikes Alltag« in Form einer erzählenden Skizze zusammenführt.

So wird Mörike der Ahnherr des breitgefächerten schwäbischen Familienensembles, das mit seinen Hunderten von Namen hier »Stuttgart« heißt, dieses Ensemble und seine regionale Kultur bildet den mythischen Grund des Lenzschen Erzählens, daher erzählt er immer nur als einer von vielen und behält selbst in seinem individuellen Stolz und dem momentanen Empfinden einer Herausgehobenheit noch einen eigenartig kollektiven Ton bei. Schwäbische Wendungen, kurze Ausrufe und Seufzer durchbrechen dann seine Distanz zu den Dingen und zu sich selbst und sorgen dafür, daß Lenz nie ins leichtere, feuilletonistische Genre abgleitet, er kann nicht plaudern, alles Glatte und Abgerundete ist ihm zuwider, und so erlebt man das für ihn typische Stocken, Verweilen und Auf-der-Stelle-Treten, das manchmal untergründige Züge von Anarchie beweist.

»Ich sag's euch, aber ich will's euch nicht richten«, scheint dieser Erzähler zu sagen, daher behält er willentlich eine gewisse Unbeholfenheit bei, die in Wahrheit nichts anderes ist als eine Flucht vor jeder vertrauten ästhetischen Form. Auf diese Weise wird »Stuttgart« nicht zu einer Folge beschaulicher Genre-Bilder, und die Stadt-Szenen erhalten auch keinerlei essayistischen Glanz. Hermann Lenz deutet sie nicht, er war weder ein Essayist noch ein Epiker, sondern ein genuiner Erzähler, der sich beinahe durchgängig an einen mündlichen Erzählton hielt, der in Klang und Rhythmus das Hochdeutsche auf sanfte Weise mit Eigenarten des schwäbischen Dialekts bekannt machte.

In »Stuttgart« erfaßt dieser genaue, detailverliebte und manchmal beinahe selbstvergessen grübelnde Ton von den Gestalten der württembergischen Herzöge und Könige bis hinab zu den Handwerkern und Arbeitern alle Stände in gleicher Weise. So durchzieht das Buch ein anekdotischer Totentanz, es ist der Lenzsche Reigen der ewigen Wiederkehr, für den die Bauten, Plätze und Brunnen ihre seltsam geweiteten Kulissen entwerfen, seltsam deshalb, weil Lenz ihre Enge immer wieder betont, sie aber in seinen Schilderungen durch einen panoramatischen Blick überblendet.

Die geheime Topographie Stuttgarts ist für ihn nämlich nicht in der Beengtheit des Talkessels zu finden, »Stuttgart« ist in diesem Buch vielmehr der Hölderlinsch-weit-klingende Name einer alten Stadt mit dem Waldkranz der Hügel, es ist der Name eines frühgeschichtlichen Gartenraums von überwältigender Schönheit, den man sich steigend, kletternd, bergauf und bergab erläuft. Wir steigen etwas bergan, biegen rechts ab, setzen uns auf eine Steinbank, nehmen unseren Gang wieder auf … – in so nüchternem Ton spielt Lenz sein Generalbaß-Verweilen, dem die Anekdoten und kurzen biographischen Geschichten dann kontrastieren.

Sie gelten den Bauherrn der Häuser und deren Inventar, sie wirken wie eine einzige familiengeschichtliche Klammer, die von der hoch gelegenen Schreibstube in der Birkenwaldstraße bis hinunter zu den Parks und Gärten des Kessels alles miteinander verbindet. Daher steht man mit Hermann Lenz mitten im Stuttgarter Zentrum und geht die belebte Königstraße entlang, früher befand sich hier das Hotel Marquardt, erzählt er, in dessen Küche bekam meine Urgroßmutter noch für jede

Gänseleber ein Goldstück. Draußen sind Fuhrwerke »mit angehängtem Milchkärrele« vorbeigefahren, und etwas weiter hat der Hausmeister des Königsbaus gestanden, der früher Lakai am königlichen Hof gewesen war und einen Stock mit Silberkrücke besaß. Sein Sohn war mein angeheiratete Onkel Carl, der ... – so verwandelt sich der stadtgeschichtliche Blick in einen fiktiven, die Personen lösen sich vom Ambiente und werden zu Figuren eines Romans.

Liest man also »Stuttgart«, schaut man Hermann Lenz bei der schriftstellerischen Arbeit zu, man erlebt die tiefe Bindung an einen minimalen, bis ins Letzte ausgemessenen und erlebten Raum, und man begreift, wie sich aus der Anschauung dieses Raums auf dem Weg über die Familiengeschichte so etwas wie ein freies Assoziieren entwickelt. Dieses Assoziieren gerät in idealer Weise aber besonders dann in Bewegung, wenn Natur und mythisches Erzählen sich aufeinander beziehen und die Familien- und Stadt-Geschichten sich aus der Besonderheit des kulturellen Raums ergeben.

Dem aber stehen, gerade in den sechziger und siebziger Jahren des vergangenen Jahrhunderts, die städtebaulichen Veränderungen entgegen, die der durch den Krieg zerstörten Stadt ein neues Gesicht verordnen. Meist graust es Lenz vor der Beton-Moderne, fassungslos steht er vor den Neubauten der Banken und Versicherungen und versucht vergeblich, ihnen einen ästhetischen Reiz abzugewinnen. Ihre Gesichtslosigkeit läßt kein Erzählen zu, als blinde Flecken durchsetzen ihre Bauten die Stadt, und Lenz klammert sich an renovierte Häuser und alle Spuren des Alten, die den Erzählzusammenhang aufrechterhalten.

Daß man Stuttgart Stein für Stein wieder so hätte aufbauen müssen, wie es vor dem Krieg war, ist das ruhige Credo, das Lenz den Städteplanern entgegenhält, er selbst weiß genau, wie anachronistisch es in den sechziger Jahren wirkt, daher trifft das Anachronistische immer wieder ein selbstironischer

Spott. Jahrzehnte nach Niederschrift dieser Archäologie des Erzählens aus dem Urgrund des Schwäbischen sieht alles jedoch anders aus, und man begreift, daß mit den Bauten auch wichtige Bruchstücke des Erzählens verschwunden sind.

Und so liest man Hermann Lenz' »Stuttgart« als ein einzigartiges Dokument des präzisen Erinnerns, randvoll ist dieses Buch mit Geschichten, als wollte sein treuer Chronist und Fabulierer noch einmal alles aufbieten, was die Vergangenheit in ihrer Fülle birgt: »Linker Hand und auf halber Höhe der Straße, zwischen deren Pflastersteinen Gras sproßte, stand das Haus, dessen Fachwerk in der Biedermeierzeit übertüncht worden war und an dem ein Schild mit der Aufschrift »Fußpflege Stroppel« gleißte ...«

Fahrradfahren am Rhein

Bücher von Barbara Honigmann sind wie Einladungen: Der Leser betritt einen privaten Raum und wird von der Gastgeberin geführt, zurückhaltend, aber mit einem von der ersten Minute an unverwechselbaren, persönlichen Ton. Fundstücke werden gezeigt, auf Bilder an den Wänden wird gedeutet, aber das alles ohne Nachdruck, es soll ja nicht auf den ersten Blick gefallen. Denn die Dinge haben ihre Geschichten, und erst deren Erzählung umfaßt das Vorgeführte, verbindet es und stellt dann alles aus: als ein Ensemble.

Neun Geschichten enthält dieses Buch*, und jede hat in der Gesamtkomposition ihren eigenen Platz. Der Titel erstellt die historischen Konturen des Ganzen: »Damals, dann und da-

* Barbara Honigmann: Damals, dann und danach. München und Wien 1999

nach« – das meint die alte Vergangenheit früherer Jahrhunderte, die jüngere Vergangenheit von Nazi-Diktatur und Nachkriegszeit und ihr allmähliches Übergehen in eine Gegenwart, von der noch eine Zukunft erhofft wird. Die Zeitsegmente werden herausgetrennt aus der Geschichte einer jüdischen Familie, der Familie der Autorin. Es geht darum, wie diese Familie mit ihrer Herkunft umgegangen ist, wie sie die Zumutungen der großen Geschichte erlebt hat und wie sie zu überleben versucht, noch heute, mit dem Blick auf die vielen Vergangenheiten.

Im Mittelpunkt steht die Geschichte der Eltern, fokussiert wird auf die Geschichte der Mutter, mehrmals, vorsichtig bildet sich aus diesen Vermächtnissen so etwas wie Gegenwart. Seit Mitte der achtziger Jahre lebt Barbara Honigmann mit ihrer eigenen Familie in Straßburg, sie hat zurückgefunden zum jüdischen Glauben und den jüdischen Traditionen, die ihren männlichen Vorfahren von Generation zu Generation, bis zur Flucht vor der Ermordung, weniger bedeutet hatten. Nach dem Krieg hatten die Eltern in der alten DDR gleichsam einen zweiten Assimilierungsversuch gewagt, im unerschütterlichen Glauben, daß sich in diesem Deutschland trotz aller furchtbaren Erfahrungen noch immer so etwas wie ein ziviles, menschenwürdiges Leben aufbauen lasse.

Das heutige Leben der jungen Nachkriegsfamilie in Straßburg setzt sich von dieser Utopie ab. Man sucht nach Spuren alter religiöser und sozialer Identität wie nach einem Fundament, das in Deutschland doch immer nur auf dem Prüfstand stehen würde. Das Zurück zum Glauben und zum jüdischen Leben erscheint wie ein Neuanfang, der den Verfolgungen, Fluchten und Wanderungen der früheren Generationen ein trotziges Gegenbild von Beharren entgegensetzt.

In den Geschichten der Jetztzeit entwirft Barbara Honigmann Bilder von beinahe provozierender Ruhe. Das »Selbstporträt als Mutter«, die Skizze eines »seltenen Tages«, den sie allein, ganz für sich, niemandem verpflichtet, erleben darf – nur versteckt schimmert hinter den ruhigen Bewegungen die Angst auf, die Furcht um den Verlust auch dieses mühsam eroberten Terrains. Im Kreis der sephardischen Freundinnen werden die religiösen Schriften gelesen, auf den ersten Blick ist das eine beinahe heitere Runde von jungen Frauen, auf den zweiten aber ein Kreis, in dem ein Beschwörungsmurmeln versucht, die harten Vergangenheiten der Vorfahren zu bannen.

So kann Barbara Honigmanns Schreiben gar nicht anders sein als autobiographisch. Schon seit ihrem Erstling »Roman von einem Kinde« (1986) erzählt sie von nichts anderem als der eigenen Familie und ihren nahen Umgebungen, den Freundinnen und Freunden. Das Schreiben ist in diesem Raum tief verankert, es ist in ihm entstanden, es dokumentiert und erweitert ihn, man kann sich nicht vorstellen, daß Barbara Honigmann sich davon jemals durch einen Sprung in erzählende Fiktion befreien könnte.

Der Zwang zum Autobiographischen rechtfertigt sich aber in ihrem Fall durch die Schwere des Stoffs. Der Honigmannsche Familienroman, in der Erzählung »Von meinem Urgroßvater, meinem Großvater, meinem Vater und von mir« bis ins neunzehnte Jahrhundert zurückverfolgt, ist eine verzweigte, exemplarische Geschichte, deren Spuren die Autorin eben nicht in bloß archivierender Hinsicht verfolgt.

Was sie aus den Biographien ihrer männlichen Vorfahren herausliest, sind vielmehr Positionen und Haltungen: zum Judentum, zum Problem der Assimilation an die deutsche Kultur. Jedes der mit viel Liebe und Einfühlung, niemals aber richtend geschriebenen Porträts scheint der Nachfahrin die Frage zu stellen, wie sie es denn halten wolle mit ihrer Herkunft und welche Wege sich für sie aus dieser Herkunft ergeben.

Barbara Honigmann behandelt dieses schwere geschichtliche Material jedoch nie wie einen Stoff, der im Erzählen ganz aufginge. Der Honigmannsche Familienroman darf und soll kein

Roman im klassischen Sinn werden, keine Familiengeschichte in Folgen, kein Geschichtsepos, das man verfilmen könnte. Die Diskretion der Autorin läßt alle allzu intimen Momente beiseite, skizziert die Personen nur und zeichnet die Atmosphären und Lebensgeschichten sehr komprimiert, beinahe beiläufig. Kürze, Dichte – das ist in ihrem Fall ein ästhetisches Programm, das den breiten, schildernden Zugriff verweigert. Die Geschichten sollen sich nicht zu einem Erzählstoff verselbständigen, sie sollen keinen anekdotischen Reiz gewinnen, denn dadurch setzten sie sich der Beliebigkeit der geschichtlichen Betrachtung aus.

Daher könnte man sagen, daß Barbara Honigmann diese Geschichten nicht freigibt. *Sie* ist ihre Erzählerin, denn sie ist ihre Erbin; und als Erbin versucht sie, mit jedem Satz die Verknüpfung herzustellen, von den vielen, weiten Vergangenheiten her, die in die Fluchten und Vertreibungen der Hitler-Zeit münden, bis in die unmittelbare Gegenwart. Als Erbin, nicht als Dokumentaristin erzählt also diese Autorin, und das hat Konsequenzen bis hinein in die feinsten Verästelungen des Stils.

Denn Barbara Honigmann behält im Erzählen ihr Sprechen bei. Jeder Satz ist grundiert von einem mündlichen Sprechton, der auf sie als Sprecherin zurückverweist. Die Sprache ist so nicht geglättet, nie »literarisch« erstarrt, sie ist Diktion, und in dieser Diktion bewahrt sie den Widerstand, sich der Geschichte anheimzugeben. Die Geschichte von den männlichen Vorfahren beginnt daher so:

»Manchmal fahren wir mit den Fahrrädern zum Rhein hinunter, das ist ja nur eine Viertelstunde von unserem Haus entfernt. Da gibt es einen Park und einen Weg immer am Rhein entlang, auf der deutschen Seite kann man ihn sogar bis Basel hinaufwandern oder fahrradfahren, aber auf der französischen Seite verliert er sich irgendwo in einer Steppe vor einer Industrieanlage, und wir sind ja auf der französischen Seite.«

Das könnte man viel runder, »romanischer« sagen. Das zweimalige »ja« zieht das Geschriebene wie mit einem leisen Ruck ins Gesprochene zurück, »das ist ja« und »wir sind ja« setzen mitten im Satz neu an, wie nach einem Atemholen, als sollte keine zu enge Verbindung eingegangen werden zum Vorhergehenden. Auch die Wortwahl bleibt einfach und klingt manchmal bewußt hilflos, beinahe naiv. Kein prunkender Stil und erst recht keine »Erzähltechnik« soll die Schwere des Inhalts überwölben. So spricht diese Autorin von einer Existenz zwischen den Zeiten: mutig, direkt, schonungslos klar und da, wo sie die Kreise der Vergangenheiten in ihrer heutigen Umgebung zusammenzieht, mit einer einzigartigen, berührenden Wärme.

»Die Straße ist ruhig. Das Haus ist ruhig. Die Wohnung ist ruhig. Und ich selbst bin auch ganz ruhig« – so klingt das aus. Und man liest es mit angehaltenem Atem, als müßte man nach den Wiederholungen dieses Wiegenliedes der Selbstberuhigung die Pausen aufsammeln, um sie zu durchhorchen nach einem anderen, fernen und furchtbaren Klang.

Die Schlachten unserer Ahnen

Sie wuchsen in dichten Wäldern, auf stattlichen Höfen oder an reichen Königssitzen auf, es fehlte ihnen an nichts, an ihrer Stelle hätten wir den Mund gehalten und es uns gut sein lassen, doch sie waren von ganz anderer Art. Kaum so richtig zu Kräften gekommen, regte sich in ihnen der Tatendrang; sie wollten hinaus, die Heimat verlassen, fort von den meist nur Schlimmes befürchtenden Eltern, und was sie suchten, war immer nur eines: der Zweikampf, das angeblich so ruhmreiche Sich-Schlagen mit einem berühmten Recken, das einem nun wiederum selbst Ruhm einbringen sollte.

Sie hießen Heime, Witege oder Dietrich von Bern, schon ihre Namen erregten in uns ein Grauen. Man sagte, sie hätten irgendwo im Norden gelebt, und wir stellten uns diesen Norden vor wie einen ewigen dunklen Wald mit wenigen helleren Lichtungen, die unseren Helden auf ihren unermüdlichen Ritten als Rastplätze dienten. In diesem Wald hausten Riesen, Bären, Drachen und Zwerge; unsere Helden erledigten sie, ganz nebenbei, um in Übung zu bleiben. Manchmal verfing sich einer der Zwerge in ihren Händen, dann ließen sie ihn erst wieder frei, wenn er, erneut ganz nebenbei, seine Zaubermittel und Schätze losgeworden war.

Eigentlich aber interessierten sie diese märchenhaften Waldfiguren nicht, sie standen ihnen vielmehr im Wege, auf ihrem Ritt zum Zweikampf mit einem noch kräftigeren, ruhmreicheren Helden. Wir grübelten darüber nach, was es mit diesem Tatendrang auf sich haben konnte, der durch nichts gebremst oder gehemmt werden konnte. Sicher, auch wir hatten in unserem jugendlichen Alter manchmal Großes vor, aber doch nicht ausschließlich und immerzu. Unsere jungen Helden dagegen hatten überhaupt nichts andres im Kopf. Sie begehrten die germanische Dreiheit von Waffen, Rüstung und Pferd, sie gaben ihnen dumpf klingende Namen und zogen auf Nimmerwiedersehen davon, ohne ein einziges Abschiedswort. Es konnten doch nicht nur der Kampf oder die Schlacht sein, was sie suchten, es mußte etwas Tieferes, Schwereres sein, was sie so dämonisch anzog.

Wir aber verstanden nicht, was es war. Und so lasen wir forschend weiter, in dem beinahe sechshundertseitigen dicken Band »Deutsche Heldensagen« (350.–380. Tausend irgendeiner Ausgabe eines gut verdienenden Jugendbuchverlags), den uns ein Onkel zur Kommunion oder zum Geburtstag geschenkt hatte, damals, in den fünfziger Jahren, als es längst keine Helden mehr geben durfte und selbst der jugendliche Tatendrang schon beinahe verboten war.

Am besten prägten sich die Geschichten um Siegfried ein, zunächst ihrer Schlichtheit wegen. Keine schwer zu durchschauenden Verwandtschaftsverhältnisse, sondern Vater, Mutter und Sohn Siegfried, der die Waldmutproben rasch hinter sich brachte, den Drachen erlegte und die unermeßlichen Schätze gewann. Immerhin kehrte er damit noch einmal an den heimatlichen Hof nach Xanten (Xanten? Wieso ausgerechnet Xanten?) zurück, bevor er in die Weite verschwand, und immerhin zog es ihn dann nach Worms (Worms? Warum gerade Worms?), nicht um sich mit einem anderen Helden zu schlagen, sondern wegen des Werbens um Kriemhild.

Um Kriemhild hätten wir auch geworben, hier ergab sich ein winziges Schlupfloch in den sonst dunkel und düster zu uns Lesern hin abgeschotteten Stoff. Auf einer der wenigen Illustrationen unserer »Heldensagen« hingen ihre schweren, hellen Zöpfe fast bis zum Boden, auch ihr Blick ging dorthin, züchtig hinab, und ebenso züchtig hatte sie die Arme kunstvoll vor der Brust verschränkt. Kriemhild war eine schöne Gestalt, sie machte uns zumindest keine Angst, so wie Brunhild, mit deren Auftauchen in der Sage im Grunde das ganze Elend begann.

Brunhild war keine schöne Gestalt, und sie hatte auch keine schweren, hellen Zöpfe, sondern wildes, schwarzes Haar. Sie stemmte die Hände in die Hüften und stellte sich breitbeinig vor die Recken, die König Gunther begleiteten, der sich in den Kopf gesetzt hatte, um sie zu werben. Es war uns unerklärlich, wie man auf den Gedanken kommen konnte, um Brunhild zu werben. So etwas dachte sich nur ein schwacher, unentschlossener und, wie wir gleich geahnt hatten, unreifer König wie Gunther aus. Wir hätten Siegfried abgeraten, ihn bei dieser Werbung zu begleiten, doch Siegfried hatte Kriemhild im Kopf und wollte sie als Lohn dafür, daß er Brunhild heimlich im Kampf besiegte.

Hier regten sich zum ersten Mal Zweifel. Siegfried, nicht

Gunther hatte Brunhild bezwungen; die beiden Helden, denen es sonst immerzu um Ehre und Ruhm ging, hatten Brunhild getäuscht, das war nicht in Ordnung, wir mußten es zugeben, auch wenn uns Brunhilds Schicksal sonst kalt ließ. Jedenfalls hatten wir von nun an das Gefühl, alles könne nur fürchterlich, grausam und damit ganz und gar heldenhaft enden. Mit Brunhild, spürten wir, kam die Gestalt gewordene Dämonie nach Worms, in Brunhild steckte etwas von jener Helden-Magie, die den Recken immerzu auferlegte, loszureiten und Kampf und Schlachten zu suchen.

In Worms infizierte das Brunhild-Gift denn auch einen nach dem andern, den einäugigen Hagen von Tronje, die dunkelste aller Gestalten, unseren erklärten Feind, dem wir am liebsten selbst den Kopf abgeschlagen hätten, dann Kriemhilds Brüder, schließlich Kriemhild selbst, die sich zunächst in ein zänkisches Weib und nach Siegfrieds Tod sogar in eine grausame Furie verwandelte. Sicher, wir verstanden sie, Siegfrieds Tod mußte wirklich gesühnt werden, aber inzwischen hatten wir uns doch von Kriemhild entfremdet, denn auf unerklärliche Weise hatte sie selbst etwas Finsteres, Düsteres bekommen, eine Art Heldenpathos, daß uns kalt wurde.

Überhaupt wurde uns bei der Heldensagen-Lektüre immerzu kalt; es war kaltes Entsetzen, Angst und Schrecken, was uns packte, wenn die Helden aufeinander zuschossen, um sich wie Tiere zu erlegen, und das Blut aus Mund und Ohren spritzte. Und der Erzähler tat nichts, diese grausamen Bilder zu mildern. Er erzählte direkt, ganz einfach, er nannte die Dinge ganz knapp beim Namen, und schon legten die Helden wieder die Waffen an. Der schmucklose Stil ließ uns keine Zeit zur Besinnung, er hatte etwas »Germanisches«, was für uns das Schwere und Donnernde schlechthin bedeutete.

Später erfuhren wir, daß all diese Sagen vom Schicksal der Nibelungen oder von Dietrich von Bern Stoffe der Völkerwanderungszeit waren. Dietrich von Bern – das sollte Theoderich der Große sein, und hinter dem Untergang der Nibelungen verbarg sich der Kampf des Burgunderreiches gegen die Hunnen. Die Völkerwanderungszeit hatte für uns schon immer etwas Monumentales, Unfaßbares gehabt, und so konnten wir uns gut vorstellen, daß aus den historischen Ereignissen die Sagen, aus diesen die Heldenlieder und aus alldem im hohen Mittelalter Heldenepen wie das »Nibelungenlied« geworden waren. Vielleicht hatten die Heldenlieder den Kämpfern Mut gemacht, vielleicht hatte man sie vor den großen Schlachten gesungen, um sie zu rühren, damit sie schon vor Schlachtbeginn einverstanden waren mit ihrem Tod.

Denn es ging in den Heldensagen doch letztlich nur um den Tod, im Grunde wollten diese Helden nicht leben, sondern ruhmreich sterben, sie suchten den großen Tod vor großer Kulisse, vor den Augen der anderen. Deshalb war das Ende der Nibelungen auch so etwas wie die Apotheose all dieser Sagen, es war ein Ende, an dessen blankem Irrsinn wir uns immer wieder weideten, mit kalten Fingern die Seiten umblätternd und doch süchtig darauf, einen nach dem andern sterben zu sehen.

Kriemhild hatte Etzel, den Hunnenkönig, geheiratet, das paßte zu ihrer Verwandlung zur Heldenhaften, denn die Hunnen erschienen uns als das Grausamste überhaupt, Männer mit kahlen Schädeln und schwarzen, langen Haarschöpfen. Als sie ihre Wormser Verwandten ins Hunnenreich einlud, wußten wir (wie Hagen von Tronje), was ihnen bevorstand. Doch was dann kam, übertraf alles, was wir von Heldensagen gewohnt waren. Wie sich hier die Recken mit einem einzigen Hieb umbrachten und wie ihre weitverzweigten Geschichten, die wir aus anderen Sagen kannten, jäh endeten – das widersprach allen Erzählgewohnheiten. Und um es auf die Spitze zu treiben, ließ der Erzähler die Metzelei unter den Nebenhelden beginnen und opferte zunächst so undurchschaubare Burschen wie Iring von Dänemark oder Irnfried von Thüringen, bevor er zu denen überging, die uns lieb waren, wie etwa der junge

Giselher, der immer so freundlich und unheldisch gewesen war.

Von Kriemhild aber hatten auch wir uns längst abgewendet. Wie sie Feuer legen ließ, damit es ihre eigenen Brüder versengte, und wie sie, als alles nichts half, sogar befahl, ihrem gefangenen Bruder Gunther den Kopf abzuschlagen, das machte sie am Ende selbst zu einer dunklen Hunnin, die sterben mußte. Schließlich starben alle, nur Etzel, Hildebrand und der meist doch etwas undurchsichtige Dietrich von Bern, den manche für den größten Kämpfer, den wir aber für einen Diplomaten hielten, blieben am Leben, mit dem sie nun freilich nichts mehr anfangen konnten. Etzel trauerte, Hildebrand ritt nach Hause, und Dietrich von Bern verschwand, wie es so seine geheimnistuerische Art war, auf einem schwarzen Hengst in den Lüften.

Und so hatten wir verstanden, daß im jugendlichen Tatendrang unserer Helden sich die Todessehnsucht geregt hatte und daß das mächtige Brunhild-Gift ein Todesgift gewesen und die Kämpfe am Ende gerade ihrer Grausamkeit und Endgültigkeit wegen das Heldischste und somit Tödlichste überhaupt gewesen waren.

Wenn wir uns davon erholen wollten, griffen wir zu einem anderen Wälzer, zu Gustav Schwabs »Sagen des klassischen Altertums«. Hier gab es nichts »Germanisches«, Schweres, und obwohl auch hier die Helden zu Kämpfen und Schlachten zogen, hatten sie doch auch noch ein anderes Leben, hielten lange Reden, tafelten oder flirteten mit den Göttinnen oben im Olymp.

Unsere germanischen Helden aber waren nur in ihre Waffen verliebt und irgendwie gottlos. Und deshalb lasen wir das schreckliche Ende der Nibelungen immer von neuem und atmeten immer wieder erleichtert auf, als sie sich in Etzels Burg gegenseitig niedermachten. Und wie Dietrich von Bern schwangen wir uns danach auf unser Fahrrad und rasten davon, als wären wir selbst diesem tödlichen Ende mit knapper Not entkommen. »Wohin fahrt Ihr?« rief man uns nach, und wir riefen: »Dahin! Dahin!«, und ein wenig war es der Todesrausch, der uns nun antrieb, in die Pedale zu treten.*

Ferner Gesang

Um 1900 hat das ägyptische Alexandria etwa 350 000 Einwohner. Es ist die zweitgrößte Stadt des Landes und einer der bedeutendsten Handelsplätze am Mittelmeer. 50 000 Fremde wohnen hier, vor allem Griechen, Italiener, Franzosen und Engländer. Die Hotels haben Namen aller Sprachen, heißen Windsor, Hotel des Voyageurs oder Hotel AngloAmericain, die Cafés und Konditoreien Zola oder Groppi, die Restaurants Firenze, Universel, Monferrato und die Bierhäuser Dockhorn und Delakovias.

Die Stadt ist zu dieser Zeit eine Legende. Ihren Ruhm bezieht sie als eine Stadtgründung Alexanders des Großen aus früher Zeit, die griechische Siedlung überwucherte die altägyptischen Plätze und wurde unter Alexanders Nachfolgern und Statthaltern zum zentralen Ort der antiken Gelehrsamkeit. Redner, Dichter, Maler und Gelehrte arbeiteten in dem Komplex des großen Museums, wo die gewaltige alexandrinische Bibliothek entstand, schon in ihren Anfängen eine Sammlung von 400 000, zur Zeit Cäsars, als sie verbrannte, von 900 000 Rollen.

* Deutsche Heldensagen. Nacherzählt von Gretel und Wolfgang Hecht. Frankfurt am Main und Leipzig 1980; Germanische Götter- und Heldensagen. Nach den Quellen erzählt von Reiner Tetzner. Stuttgart 1997

Alexandria war ein Ort der griechischen Bildung, Kleopatra und ihre Brüder machten es zur Römerzeit bekannt, Cäsar und Antonius zogen hier ein, damals war die Stadt die zweitgrößte der Welt, mit über einer halben Million Menschen, griechischen Händlern, ägyptischen Beamten und einer großen jüdischen Gemeinde.

Um 1900 war der östliche antike Hafen nur noch für Fischerboote zugänglich. Wer sich der Stadt vom Meer her näherte, lief mit dem Schiff in den westlichen Hafen ein. Statt des 180 Meter hohen Leuchtturms von Pharos sah man nur noch einen kleinen Leuchtturm, man sah die Sandhügel und die weißen Häuser der Vororte, die Küstenwachtkaserne, das vizekönigliche Schloß, das alte Fort Napoleons. Lastträger, Vertreter der Reisebureaus, Agenten der Schiffahrtslinien stürzten an Bord. Man machte sich auf den Weg ins Zentrum der geheimnisumwobenen Stadt, eines Terrains vieler Kulturen, mit französischen, arabischen und hebräischen Straßennamen.

In der Nähe des Hafens wohnte damals auch der Dichter Konstantinos Kavafis, in einer kleinen Wohnung über einem Bordell: »Wo könnte ich besser leben? Unten sorgt sich das Freudenhaus um die Bedürfnisse des Fleisches. Und da ist die Kirche, die die Sünden vergibt. Und weiter unten liegt das Krankenhaus, wo wir sterben.«

Kavafis wurde 1863 in Alexandria geboren. Er war das siebente Kind eines damals noch vermögenden griechischen Baumwollhändlers, der wenige Jahre später starb. Die Familie übersiedelte für eine kurze Zeit nach England, zur britischen Niederlassung der Firma, kehrte jedoch rasch wieder nach Alexandria zurück, als diese Niederlassung in Konkurs ging.

Kavafis hat sein ganzes Leben, von nur wenigen kurzen Aufenthalten in Griechenland und Konstantinopel unterbrochen, in Alexandria verbracht. Er war der Dichter *einer* Stadt, ihr Sänger, ihr Medium, nie hat er sich nach einem anderen Aufenthaltsort gesehnt. Wenig Bewegung, keine Ämter, Anonymität – das stellt Kavafis in eine Reihe mit jenen Autoren der Moderne, die ihre Biographie bis zur Unkenntlichkeit alltäglich werden ließen. Wie Fernando Pessoa in Lissabon, wie später Benn in Berlin suchte Kavafis in Alexandria die Beschränkung, den auf den Boden gerichteten Dämmerblick, der den Visionen und Gesichten Raum lassen sollte.

Seit etwa seinem dreißigsten Lebensjahr nahm Kavafis jene Stelle ein, die er nicht mehr verlassen sollte. Er wurde im Dritten Kreis des Ministeriums für Wasserwirtschaft als Beamter eingestellt. Dreißig Jahre lang arbeitete er auf diesem Posten, sein täglicher Weg war der von der kleinen Wohnung zum Büro und zurück.

In den Jahren, als Kavafis selbst bereits eine Legende war, der geheimnisvolle »old poet of the city«, als der er in Lawrence Durrells Alexandria-Tetralogie erscheint, besuchte ihn der englische Schriftsteller E.M. Forster. Forsters Beschreibung ist die einer unveränderlichen Stadtikone. So zeigt er Kavafis als »einen griechischen Herrn in einem Strohhut, der völlig ruhig in einer leichten Neigung dem Universum gegenüber steht. – Seine Arme sind ausgestreckt, vielleicht. ›Ach, Kavafis …!‹ – Doch, es ist Herr Kavafis, und er geht entweder von seiner Wohnung ins Büro oder vom Büro zur Wohnung. Trifft man ihn bei ersterem, verschwindet er mit einer leichten Geste der Verzweiflung. Handelt es sich um das letztere, kann man ihn dazu bringen, einen Satz anzufangen – einen unermeßlich langen, komplizierten und dennoch wohlgestalteten Satz voller Parenthesen, die sich nie verwirren, und Vorbehalte, die einem wirklich was vorenthalten; einen Satz, der sich logisch zum vorgesehenen Ende bewegt, aber gleichzeitig zu einem Ende, das immer lebendiger und spannender ist als das, was man sich vorgestellt hatte. Manchmal geht der Satz noch auf der Straße zu Ende, manchmal wird er vom Straßenverkehr ermordet, manchmal hält er bis in die Wohnung an.

Es kann sich um das listige Verhalten des Kaisers Alexios Komnenos im Jahr 1096 handeln, um Oliven, ihre Qualität und Preise, um das Geschick von Freunden, um George Eliot oder um die Dialekte des kleinasiatischen Binnenlandes. Der Satz wird mit gleicher Leichtigkeit auf griechisch, englisch oder französisch vorgetragen. Und trotz seines geistigen Reichtums und seiner menschlichen Anschauung, trotz der erwachsenen Nachsicht seiner Urteile hat man den Eindruck, daß auch der Satz in einer leichten Neigung dem Universum gegenübersteht – es ist der Satz eines Dichters.«

Der Dichter Kavafis verbarg sich im Alltäglichen, um seine Sprachen zu hüten. Als Person ist er der unauffällige Passant, als Dichter der Murmelnde, der die im Innern angestauten Worte von Behausung zu Behausung schützend trägt, damit sie nicht mehr entkommen.

Kavafis hat diesen Schutz seiner dichterischen Arbeiten so ernst genommen, daß er sie zu Lebzeiten in keiner Buchausgabe zusammengefaßt sehen wollte. Statt dessen hat er von den Jahren an, als er seine Arbeiten als eigenständig verstand (und das war erst relativ spät, er war schon über Vierzig), die Gedichte abgeschrieben und an seine Freunde verteilt. Über die Adressaten und ihre Reaktionen führte er Listen. Aus ihnen läßt sich heute erschließen, daß er von 1905 bis zu seinem Tod im Jahr 1933 etwa 2500 Exemplare von kleinen Gedichtsammlungen verschenkt hat. Insgesamt handelt es sich dabei um genau 154 Gedichte, die er für wert hielt, einer wenn auch kleinen Öffentlichkeit präsentiert zu werden.

Diese 154 Gedichte waren die Grundlage des legendären Ruhms, den Kavafis in seinen späten Jahren noch erlebte. Die europäische Abgesandtschaft der literarischen Moderne machte sich auf den Weg nach Alexandria, Lawrence Durrell porträtierte Kavafis in seinen Romanen, E. M. Forster schrieb ausführlich über ihn, André Maurois und Filippo Marinetti suchten seine Bekanntschaft. Und doch bezeichnet kaum ein Wort die singuläre Position von Kavafis genauer als jener Satz, mit dem er sich höflich vor Marinetti und der futuristischen Idee verbeugte: »Ihre Idee ist wirklich wunderbar, mein lieber Marinetti, aber ich habe den Eindruck, daß ich vom Futurismus sehr weit weg bin.«

Ironie, verborgen hinter einer levantinischen aristokratischen Höflichkeit, die verhinderte, daß er sich je mit Menschen anlegte, markiert hier jenes Bewußtsein des Abgewandten, der sich ganz der Legende hingab: Alexandria, einem zu Beginn des 20. Jahrhunderts längst abgestorbenen Mythos, den er auf ferne Weise in der Sprache seines Gesangs zu erneuern hoffte. Daher suchte er mit der Abgewandtheit und Unscheinbarkeit der Stadt eins zu werden, im Bewußtsein, so die alten Bibliotheken, den Hort der alexandrinischen Gelehrsamkeit, stillschweigend noch einmal erbauen zu können, nicht beschwörend, sondern wie ein ferner Ahne, den die redenden Geister der Verstorbenen nicht in Frieden lassen.

Das Bewußtsein des Ahnen vertrug nur die lyrische Ausarbeitung, das lange Feilen an Rhythmus, Vers und Strophe. Kavafis hat neben seinen Gedichten nur flüchtig hingeworfene Prosa hinterlassen, kleine Skizzen und naiv anmutende Erzählungen. Auch seine Notate und Tagebuchnotizen ergänzen sein lyrisches Werk nicht erheblich. Vielmehr frißt die lyrische Anstrengung allen Schmuck weg. So liest man auch die Prosaeintragungen wie überarbeitete Verse, als nachdenkliche Sentenzen, als Merkwörter und rhetorische Fragen, die fast nie auf das Subjekt Kavafis selbst verweisen.

Noch da, wo Kavafis sich dazu bequemte, über sein Werk Auskunft zu geben, tat er es so, als spräche er von einem Fremden, das Ich flüchtet Schritt für Schritt hin zur dritten Person: »Ich teile nicht die Ansicht jener, die behaupten, das Werk von Kavafis werde, weil es seine Eigenart hat und keiner bekannten Schule angehört, für immer nur eine Sache für Spezialisten bleiben, eine Randerscheinung, die keine Nachahmer findet …

Kavafis ist meiner Meinung nach ein ultramoderner Dichter, ein Dichter kommender Generationen. Außer dem historischen, psychologischen und philosophischen Wert seiner Dichtung sind es folgende Elemente, deren Bedeutung erst von zukünftigen Generationen wirklich gewürdigt werden kann: die Nüchternheit seines geschliffenen Stils, der zuweilen lakonisch wird, sein ausgewogener Enthusiasmus, der geistige Emotionalität offenbart, seine treffenden Bilder, die Ergebnis einer aristokratischen Natürlichkeit sind, seine leichte Ironie. Denn die zukünftigen Generationen werden durch den Fortschritt, den die neuen Entdeckungen begründen, und durch die Subtilität ihres Denkens gekennzeichnet sein. Die seltenen Dichter wie Kavafis werden dann einen wichtigen Platz in einer Welt einnehmen, die viel mehr denkt als die heutige.«*

Solche halb stolzen, halb ironischen Passagen sind komponiert wie ein Gedenkstein. Der aristokratische Stolz ist gebunden an die Idee einer autonomen Werkstatt, in der Kavafis seine lyrischen Gebilde einer strengen Sichtung unterwarf. Einen Überblick über die poetischen Verfahren dieser Werkstatt erlaubt die neue Gesamtausgabe seiner Dichtungen.** Sie trennt zwischen veröffentlichten, unveröffentlichten, verworfenen und unvollendeten Gedichten. Solche nicht nur philologisch bedeutsamen Unterscheidungen bezeugen die Kavafissche Konzentration auf die lyrische Essenz. In der lebenslang immer intensiver werdenden Hinwendung zur kompositorischen Strenge, im Bruch mit romantischen und klassizistischen Traditionen, in einer distanzierten, sich kühl gebenden Sprödigkeit der Diktion trifft sich Kavafis mit anderen Erscheinungen

* Konstantinos Kavafis: Die Lüge ist nur gealterte Wahrheit. Notate, Prosa und Gedichte aus dem Nachlaß. Übersetzt von Asteris Kutulas. München 1991

** Konstantinos Kavafis: Das Gesamtwerk. Griechisch/Deutsch. Übersetzt von Robert Elsie. Zürich 1997 der literarischen Moderne, in Deutschland etwa mit dem jungen Stefan George.

Wie George bemühte sich auch Kavafis darum, große geschichtliche Momente, die nicht unbedingt die großen Momente der uns bekannten Geschichte sein müssen, in Denkbildern skizzenhaft zu beleuchten. Der Blick geht dabei meist auf das unbekannte Detail, eine nicht ausgeführte Situation, einen Eindruck. Viele Gedichte wirken dadurch wie mit wenigen Anstrengungen aufgebaute Bühnen, auf denen die Zeugnisse der alten, aber auch der neuen Kulturen ausgestellt werden. Treten dabei historische Figuren auf, so verwickelt Kavafis sie in ein Rollenspiel; sie sprechen maskenhaft, Fiktion und Realität kommen in einer lyrischen Spielfigur zusammen. Es ist, als ginge es Kavafis darum, geheimnisvolle Stelen mit merkwürdig modernen Graffiti zu errichten.

Kavafis' Homosexualität fand ein Thema dabei vor allem in jungen männlichen Gestalten, deren Erscheinung in antikem und modernem Gewand er immer wieder variierte, als würde er nie müde, alte und neue Zeit zusammenklingen zu lassen. Mit fortschreitendem Alter ist dieses Thema zugleich auch der Anlaß, Sehnsucht und Verzweiflung elegisch zu betonen. Immer häufiger wird die Aura der sexuell überlagerten Szenen der Jugendjahre erinnert, ganz konkret, bis in das Detail von Raum, Bett und Atmosphäre, ohne daß die sexuelle Aktion je eines einzigen Wortes gewürdigt würde. Kavafis erkundet die Stimulanzien, er wittert ihnen nach, er durchschweift und reanimiert nicht die Phantasien, sondern die Konkreta, die helfen, Phantasien zu erzeugen.

In seinen wenigen poetologischen Äußerungen hat er den Verdacht gehegt, die homophile Inspiration sei der stärkste Impetus seines Schaffens: »Ich arbeite wie die Alten in der Antike. Sie schrieben geschichtliche Abhandlungen, philosophische Traktate, Dramen mit mythologisch-tragischem Inhalt – dem Liebeswahn verfallen – mir gleich.«

Nur in solchen Andeutungen hat Kavafis zu jener Selbstauslegung gefunden, die es ihm dann ermöglichte, sein lyrisches Werk als Selbstzitat des Subjekts Kavafis zu denken und zu empfinden. Das Sexuelle ist darin selbst eine Art Maske, die Hinwendung zu jenen »Alten« Griechenlands, die den schönen Jüngling gern in ihrer Nähe sahen.

Marguerite Yourcenar, die Kavafis einen großen Essay gewidmet hat, vermutete, daß die oft beschriebene Gefühlskargheit, die Sprödigkeit und Diskretion des Werks sich vom Moment der homophilen Inspiration herleiteten. Die Mythen und Bilder der eigenen Existenz wurden umkreist und behielten im Ton des Verschwiegenen doch etwas Abstraktes, Skizziertes.

Mönchisch, streng, nur seinen erinnernden Versen lebend, so hat sich Kavafis selbst wohl am liebsten gesehen. Vielleicht ist das neugriechische Element an ihm dieser mönchische Sehnsuchtsgesang. Und vielleicht spricht eines seiner schönsten Gedichte, Ithaka, ein Hymnus auf den griechischen Untergrund und die griechische ferne Heimatzone seiner Bildung und seines Erlebens, von nichts anderem als dieser Weisheit, die eine uralte Heimat im biographischen Gefäß einer ephemeren Person bewahrt.

Ein Blick auf das Gesamtwerk belegt jedenfalls, wie manisch Kavafis am Gestus des »Weisen« gefeilt hat. Marguerite Yourcenar beschreibt diesen Gestus als den eines geizigen Hortens; fern von aller ungestümen Begeisterung, fern von jeder Attitüde des mitreißenden Schwungs habe Kavafis sich den Ausdruck eines Sammlers wertvoller und zerbrechlicher Gegenstände, eines Sammlers von Liebesobjekten gegeben: »Es ist ungemein packend zu beobachten, wie diese Weisheit heranreift, zu sehen, wie die Gefühle der Unruhe, der Einsamkeit, der Trennung, die in den ersten Gedichten noch stark spürbar sind, einer in ihrer Tiefe fast leicht wirkenden Ruhe Platz machen. Es ist immer wichtig zu wissen, ob das Werk eines Dichters der Auflehnung das Wort redet oder der Hinnahme, und gerade

Kavafis' Werk zeichnet sich durch einen überraschenden Mangel an Vorwürfen und Anklagen aus. Ebenso wie das Gewicht, das der Erinnerung zugemessen wird, ist es wohl die hellsichtige Gelassenheit, die Kavafis diesen sehr griechischen Habitus des Dichter-Greises verleiht, der Welten entfernt ist vom romantischen Ideal des Dichter-Jünglings, des Dichter-Kindes.«

In dieser Gelassenheit hat Kavafis' lyrisches Werk seine antimoderne, antike Komponente. Sie berührt jene »Gelassenheit«, von der die Schriften der alten Lebensklugen, seien es die der Kyniker, der Epikureer oder der Stoa, handeln. »Die schönste Frucht der Selbstgenügsamkeit ist Freiheit«, heißt es bei Epikur. Vielleicht sollten die Verse des Konstantinos Kavafis zuletzt diese reiche Freiheit umkreisen.

Der kleine Gründungsvater

Irgendwann, Anfang der fünfziger Jahre, saßen sie dann auf der Via Veneto und versuchten, ihre Nachkriegsdepressionen loszuwerden. Die meisten von ihnen kamen aus der Provinz, und irgendeine Sehnsucht hatte sie nach Rom verschlagen, vielleicht auch die Hoffnung, daß in Rom etwas Neues entstehen werde. Seit Jahrtausenden war in Rom zwar nichts Neues entstanden – Rom schluckt das Neue, vertilgt es und macht es sofort zu Rom, zur Ewigkeit eines stummen, statischen Daseins auf sieben Hügeln mit etwas Garnierung –, doch es gab immerhin ein paar neue Zeitschriften, Redaktionen, Cafés und eine Buchhandlung, in der der Dichter Cardarelli saß, eine stille, melancholische Gestalt, die bald zum klassischen melancholischen Literatentypus der Via Veneto wurde.

So begannen sie, die Via Veneto zu frequentieren, irgendeine Straße mußte es schließlich geben, in der sich die Literaten trafen, und dann gab es ein paar Getränke zu den Literaten, und sofort war eine Art Stimmung da, eine Atmosphäre, die die Halb-Literaten anzog und die Möchtegern-Literaten und dann auch die Bewunderer alles Literarischen schlechthin. Damals wurden Literaten noch bewundert, es war die letzte Epoche der Literatur, in der man noch »das ganze Leben« von ihr erwartete, und so strömten alle in die Via Veneto, kauften sich in der kleinen Buchhandlung die neuesten Bücher und ließen sich von Cardarelli sagen, daß das Neue nichts bedeute und sowieso nichts tauge. Auch die jungen Dichter kamen zu Cardarelli in die Buchhandlung, wo er auf einem kleinen Sessel hofhielt, und sie zeigten Cardarelli ihre Gedichte, der sie überflog und schließlich müde sagte, so ein Zeug tauge doch höchstens für die *Fiera Letteraria*, bis ihm einfiel, daß er ja selbst der Direktor der Zeitschrift war.

Schließlich kamen auch die Leute vom Film, und langsam drängte der große Troß, den sie hinter sich herzogen, die Literaten in den Hintergrund, so daß sie jetzt nur noch am Rand der Szenen saßen, zwischen den frisch angelegten Rabatten und den Sonnenschirmen, die von den Cafébesitzern auf der Via Veneto aufgestellt worden waren, die jetzt einem kleinen, heruntergekommenen Strand glich, einem Strandstück an der Küste von Ostia. Vor den Sonnenschirmen promenierten all die, die sich auf der Via Veneto umsehen wollten, und die, die bereits einen Platz gefunden hatten, schauten den Promenierenden bei ihrer Platzsuche zu.

In den Buchhandlungen wurden manchmal noch die neuesten Bücher vorgestellt, aber die Zeit der Schriftsteller war vorbei und schon ein klein wenig melancholische Geschichte, und so kamen Federico Fellini und sein Drehbuchautor Ennio Flaiano auf die Idee, einen Film über die Via Veneto zu drehen, in der ein junger Mann aus der Provinz auf die Via Veneto kommt, sich dort umsieht und ein wenig auf ihr entlangpromeniert. Die Leute vom Film und ihr Troß sollten auch hinein in den Film, und natürlich die Fotografen, die hinter den Menschen vom Film her waren; es handelte sich um einen neuen, aufdringlichen Typus von Fotografen, man hatte noch keinen Namen für sie, bis Ennio Flaiano in irgendeinem Reisebuch auf den Namen eines Gastwirts aus Kalabrien stieß, der »Paparazzo« hieß.

All diese Geschichten hat Flaiano damals notiert, in »Blätter von der Via Veneto«.* Die allmählichen Veränderungen hatte er am eigenen Leib gespürt, er war selbst einer der heimlichen Protagonisten des großen Filmstreifens Via Veneto, ein junger Mann aus der Provinz, der nach Rom gekommen war, mit seinem ersten Roman den zum ersten Mal vergebenen Premio Strega gewonnen, Freundschaft mit Cardarelli geschlossen und sich auf der Via Veneto niedergelassen hatte, bis er nach einiger Zeit des Schreibens und Sitzens endgültig zu den Leuten vom Film gehört hatte, zu Fellini und seinem Troß, sein anerkannter und gut bezahlter Drehbuchschreiber, der mit Fellini schließlich hinaus ans Meer fuhr, um dort in einigen Sommermonaten das Drehbuch für *La dolce vita* fertigzuschreiben, den Film über die Via Veneto und das neue Leben …

Als Fellini dann in Cinecittà zu drehen begann (er hatte sich dort einen Straßenzug der Via Veneto nachbauen lassen), war Cardarelli gerade gestorben, Cardarelli, das alte literarische Gewissen der früheren Literatenmeile, die jetzt zu einer exklusiven Filmmeile geworden war, deren Umgebung nun kilometerweit vollgeparkt war. Cardarelli hatte noch Gedichte über Oktobermorgen, venezianische Herbste, Abende in Ligurien oder die Schlaflosigkeit geschrieben, spröde, aber ehrfürchtige Verneigungen vor seiner Heimat, den Eltern und Freunden;

* Auf deutsch sind von Ennio Flaiano erschienen »Melampus« (1993), »Blätter von der Via Veneto« (1994), »Oh Bombay!« (1996) bei Beck & Glückler in Freiburg, »Alles hat seine Zeit« (1978) bei Manesse in Zürich.

solche Themen gehörten jetzt endgültig der Vergangenheit an, es waren die klassischen »literarischen« Themen, und mit denen hatten die Veränderungen auf der Via Veneto nichts mehr zu tun.

Alle ahnten, daß diese Veränderungen danach drängten, so etwas wie »pure Gegenwart« herzustellen, Augenblicke fern von aller Nostalgie, herbeigezaubert durch einen kleinen Rausch, begleitet vom Knattern der Motorräder, die allen klarmachten, was man sich jetzt unter »Bewegung« vorzustellen hatte. Viele begannen zu fotografieren, es war die Zeit der Schnappschüsse, der leicht verwackelten oder unterbelichteten Aufnahmen im diffusen künstlichen Licht der Via Veneto, das an die Stelle des Lichts der Oktobermorgen und der venezianischen Herbste trat. Ein Geschmack von »Modernität« lag auf der Zunge, und das bedeutete, daß die Vergangenheit des Zweiten Weltkriegs verblaßte und daß die alten Vergangenheiten des 19. Jahrhunderts, die erinnert worden waren, um die viel stärkeren Erinnerungen an den Zweiten Weltkrieg zu unterlaufen, ganz verschwanden.

Ennio Flaiano war nun ein Journalist und der Drehbuchautor Fellinis. Seit Anfang der fünfziger Jahre hatte er Drehbücher für ihn geschrieben, doch er hatte sich lange Zeit noch als Schriftsteller gefühlt, ein Schriftsteller, der einen langen Roman über den Krieg in Äthiopien, dann aber nichts anderes als Artikel, kurze Texte und Notizen mehr geschrieben hatte, bis er schließlich selbst gezweifelt hatte, ob er sich noch als »Schriftsteller« empfand. Den großen zweiten Roman jedenfalls, den hatte er nicht mehr geschrieben, irgend etwas war dazwischengekommen, vielleicht die »Modernität«, vielleicht eine ihrer Erscheinungen, der Film: »Ein Kritiker schrieb, daß er auf meine zweite Bewährungsprobe warte. Er wartet noch immer.«

Flaiano war 1910 in Pescara geboren worden, als letztes von sieben Kindern, ein Nachkömmling, den man mit fünf Jahren aus dem Haus gegeben und von einem Internat aufs nächste geschickt hatte, bis er mit zwölf Jahren in Rom gelandet war. Nach der Schule hatte er ein Architekturstudium begonnen, aber er war schon bald als Soldat eingezogen worden und hatte als Leutnant am Abessinienfeldzug teilgenommen. Sein einziger großer Roman, »Alles hat seine Zeit«, beschreibt die Jahre in Äthiopien in langen, beinahe zeitlosen Einstellungen. Es ist kein »Kriegsroman«, sondern der Roman eines inneren Deserteurs, der dem Krieg davonläuft und mit größter Genauigkeit die Veränderungen beobachtet, die der Krieg in seiner Umgebung und an ihm selbst bewirkt. Immer wieder werden die kleinen Handlungssplitter angehalten und auseinandergenommen, um sie mit Wahrnehmung und Nachdenken zu durchtränken. In vielem ist der Roman daher so etwas wie eine analytische Studie, ein langsames, beinahe somnambules Begreifen-Wollen längst absurd gewordener Szenen, ein Roman auch, in dem Flaiano die verlorenen Jahre aufheben und die leere Zeit bannen wollte, seine Antwort auf die existentiellen Stimmungen nach dem Zweiten Weltkrieg.

Vielleicht hätte Flaiano auch diesen Roman niemals geschrieben, wenn ihn nicht ein Verleger 1946 dazu gedrängt hätte. Es hatte einen kleinen Anstoß und etwas Zwang gebraucht, dann waren die vielen Seiten sehr rasch zusammengekommen. Vielleicht war das aber nur gelungen, weil die Zeit in Äthiopien da schon sehr fern gewesen war und weil der Roman sich in dem fernen Land wie in einer geschlossenen Zelle aufgehalten hatte, die man aus dem Rückblick betrachten konnte wie ein guter Empiriker.

Später jedenfalls, in den Jahren auf der Via Veneto, war dieser erste und einzige längere Roman Flaiano sehr fremd geworden. Seine Artikel, Blätter und Notizen hatten einen ganz anderen Ton, mit Hilfe von winzigen Dosierungen Ironie und Satire verbanden sie melancholischen Ernst mit einem Lächeln – »leichte Sachen«, die man nur hinschreiben konnte, wenn ihnen eine lange Zeit der Beobachtung vorausgegangen war. Anders gesagt: Flaiano hatte nach seinem ersten Roman das optimistische Ideal der Literatur verloren, den Jugendglauben an die Schrift; seine Blätter und Skizzen trugen die Kennzeichen einer Altersperspektive, eines Wissens also, das die Illusionen abgelegt hatte und die menschlichen Verhältnisse ganz durchschaute.

Trotzdem, Flaiano machte sich in jenen Jahren Vorwürfe. Er glaubte, daß er das Schriftstellerische in sich nicht ausgereizt habe, er litt unter der Drohung, die jede leere Seite für ihn bedeutete, und er horchte in die Stille, in der seine Existenz zu verschwimmen drohte: »Ein Heft, dessen Blätter vergilbt sind in der Erwartung, daß ich etwas hineinschreibe. Aber es ist gerade ihre Erwartung, die die Feder fernhält. So wie wenn jene unbedachten Damen mitten in der Unterhaltung sagen: Reden wir ein wenig über Literatur, und keiner spricht weiter.«

Wenn Flaiano diese Selbstzweifel abgetan hatte, stieß er jedoch auf etwas Tieferliegendes: »Ich habe den Schriftsteller stets als lächerliche Figur gesehen. Zu sagen: ›Ich schreibe‹, ist mir verdächtig vorgekommen. Deswegen haben sich meine Neigungen der Satire zugewandt.« Das »Lächerliche« des Schriftstellers – das waren die literarischen Posen, die angemaßte Überheblichkeit, die penetrante Wichtigtuerei, die vom »neuen Leben« einfach ignoriert wurden. Flaiano spürte, daß der »Schriftsteller« alten und konventionellen Zuschnitts längst überholt war: Cardarelli hatte auf der Via Veneto diese Rolle zu einer kauzigen und liebenswürdigen Abschiedsvorstellung gemacht, eine neue Rolle aber war noch nicht gefunden. Angebote dazu gab es genug, und die meisten kamen vom Film, doch Flaiano blieb sein Leben lang mißtrauisch gegenüber dem damals erfolgreichen Medium.

Der Grund dafür war, daß er den Film für eine Augenblickskunst hielt, für einen Apparat, der sich auf die Gegenwart stürzte, um sich mit Realität vollzusaugen. Mit den Jahren freilich begann diese Realität schal und geschmacklos zu werden.

Ein Film, den man nach langer Zeit noch einmal anschaute, war so etwas wie ein Mumienkabinett schlechten Stils, unpassender Anzüge, lächerlicher Sitten, umständlicher Handlungen: »Selbst der beste Film fordert allenfalls eine Generation heraus und wird dann, ohne daß er es merkt, zum Dokument. Schau dir diese Straße, diese Leute an. Übernimm sie so, wie sie sind: Heute wird dich das Resultat befriedigen, in zehn Jahren wird dir alles alt vorkommen, in zwanzig lächerlich, in fünfzig wirst du rufen: Was für ein prächtiges Dokument! Moral: Jedes Filmdrama wird mit der Zeit zur Klamotte.«

Die Vorzüge der Literatur gegenüber dem Film bestanden gerade darin, daß die durch Sprache hervorgebrachten Bilder durch die jeweils gegenwärtigen, neuen Anschauungen des Lesers angereichert und aktualisiert werden konnten. Ihr Altern wurde so begleitet von jüngeren und frischeren Eindrücken: So entstand eine gleichsam milde Form von »Vergangenheit«. Die Bilder des Films dagegen wurden nicht zu »Vergangenheit«, sie veralteten einfach nur. Trotzdem arbeitete Flaiano an mehr als sechzig Filmen sehr unterschiedlicher Regisseure mit. Mit Fellini verband ihn eine merkwürdige Freundschaft, Fotografien zeigen die beiden am Strand von Fregene, nahe von Rom: Fellini groß, im Anzug, mit Krawatte, der den Strand abschreitet – und Flaiano klein, in Shorts, mit nackten, dünnen Storchenbeinen, der wortreiche, gestikulierende Geselle, der dem Herrn der Bilder die Ideen zuträgt.

Manchmal machte sich der große Regisseur mit den Ideen wohl einfach auf und davon, um sie später, auf Pressekonferenzen oder in Interviews als seine eigenen auszustellen. Dann wieder schrieb er seinem Gesellen Flaiano reuige und zärtliche Briefe, wie den zu Weihnachten 1957, der so freundlich beginnt, wie nur italienische Männerbriefchen beginnen können: »Lieber Ennio, darf ich Dir alles Gute wünschen? Seit einiger Zeit sehen wir uns wenig, aber ich hab' Dich immer noch gleich gern, und oft bekomme ich Lust, Dir zu schreiben, um Dir zu sagen, daß genau Du mein Weggefährte bist und daß ich hoffe, Dich nach dem Tod in der Hölle neben mir zu haben.«*

Mitte der sechziger Jahre halfen auch die Briefchen und Küßchen (»Un bacino dal tuo amico Federico«) nicht mehr, Flaiano stellte seine Mitarbeit an Fellinis Filmen ein. Er suchte andere Wege: Er wollte einen Film in eigener Regie drehen, er wollte Drehbücher nur für sich schreiben, und er wollte zurück zur Literatur, zu wieder etwas längeren Formaten, nicht so lang wie der Romanerstling und nicht so kurz wie die »Blätter«, die er noch nicht als »Literatur« zu begreifen gelernt hatte ...

Von heute aus gesehen, aus dem sicheren Abstand von mehr als dreißig Jahren, sind die kurzen Blätter und Notizen Flaianos Weisheitsschrift. Sie sind von unglaublicher Anmut, ernsthaft, genau, oft auch todtraurig, und sie sind zugleich doch von präziser Anschaulichkeit: Ein schweres, melancholisches Auge wird über dem Angeschauten hellwach, beginnt zu flackern und erlischt wieder. Ihr geheimes Zentrum ist die selbstironisch betrachtete Szene, das Wissen um die Vergeblichkeit, das einhergeht mit dem Lächeln darüber, daß man diesem Wissen doch nie so recht glaubt. So etwas kann sich ganz einfach gestalten: »Er beschloß, sein Leben zu ändern, die Morgenstunden zu nutzen. Er stand um sechs Uhr auf, duschte sich, rasierte sich, zog sich an, frühstückte mit Genuß, rauchte ein paar Zigaretten, setzte sich an den Schreibtisch und erwachte am Mittag.«

Es kann sich aber auch entwickeln zu längeren, niemals steifen oder theoriehaltigen Reflexionen über die Faulheit, die Müdigkeit oder das Altern. Am liebsten aber beobachtet Flaiano. Die »Blätter von der Via Veneto« zeigen ihn als einen Schrift-

* All diese Dokumente und biographischen Hinweise teilt Flaianos vorzügliche Übersetzerin Ragni Maria Gschwend im Anhang der »Blätter von der Via Veneto« mit.

steller, der seine Umgebung mit der eigenen Selbstironie ausstattet, damit sie für ihn noch erträglich bleibt. Gleichzeitig gewinnt diese Umgebung dabei: Sie wird selbst leicht, ein Gesellschaftstanz mit komischen Riten, in deren Reigen Flaiano der Stoiker bleibt, unveränderlich, unbeweglich, eine längst römisch gewordene Figur: »Die großen Leidenschaften, die großen Irrtümer? Der Römer begeht nie große Irrtümer, und er verzeiht sie auch anderen nicht. Wer übertreibt, ist ein ›Fanatiker‹. Rom hat keinen Hof der Wunder, keine Clochards in beunruhigender Anzahl, die Bettler sind zu Parkwächtern geworden, und ihre Innung ist geschlossener als die der Notare. Selbst an der Peripherie trachtet das Lumpenproletariat nach ›Erlösung‹, nach fester Anstellung, und mangels Besserem unterwirft es seine Unternehmungen einem jahreszeitlichen Rhythmus: im Winter die Autodiebstähle, im Frühling der Handtaschenraub, im Sommer die durchstochenen Reifen. Man braucht schon etwas Phantasie, um diese Existenz kühn und gewalttätig zu finden.«

So »dämpfend«, den Lebensernst und selbst die Lebensvitalität ablassend, schrieb Flaiano gern. Es ist, als wäre er unfähig, die Gegenwart ganz an sich herankommen zu lassen. Statt dessen erlebt er sie durch die Brille einer Betäubung, einer Verlangsamung: Er will nichts mehr von ihr, er sieht sie bereits aus dem Abstand wie etwas Vergangenes, daher ist es nicht weit zur Ironie und zum Spott, mit denen er sie schließlich ganz verabschiedet.

Anscheinend hat Flaiano über die Wurzeln dieser Haltung, die ihm als Schriftsteller laufend gleichsam alterslose Texte bescherte, die sich noch nach dreißig Jahren so lesen, als seien sie gerade entstanden, wenig nachgedacht. Nur manchmal taucht die Vermutung auf, die frühe Altersgelassenheit könne mit jenem frühen Altern zu tun haben, das aus der »familiären Unsicherheit« herrührt, dem Entsetzen darüber, rasch altern zu müssen, weil die Eltern einen im Stich ließen: »Nachforschen, wo das Aufgeben des Kampfes begonnen hat und was die Gründe dafür waren. Internat, daß einen die Eltern im Stich ließen, familiäre Unsicherheit. Oder aber Charakter, Unentschlossenheit, Sinnlichkeit. Eine lange und nutzlose Arbeit. Bedürfnis, die fehlende Sicherheit durch Ironie zu ersetzen. In der Frau immer den sicheren Hafen sehen (Abbild der Mutter), im Freund den Bruder (den man betrügen muß, um ihn für die mütterliche Bevorzugung zu bestrafen), im Vater sich selbst (schuldig und bereits verurteilt).«

In seinen letzten Lebensjahren hat Flaiano dann doch noch zwei längere Erzählungen geschrieben: »Oh Bombay!« und »Melampus«, die im Italienischen 1970 zusammen in einem Buch mit dem Titel »Il gioco e il massacro« erschienen. Ihre Veröffentlichung in einem Band hatte mit den Themen dieser Geschichten zu tun: Beide erzählen von Verwandlungen. In »Oh Bombay!« verwandelt sich ein Homosexueller in einen klassisch-gierigen Liebhaber von Frauen, in »Melampus« verwandelt sich die junge amerikanische Geliebte eines alternden Schriftstellers in einen Hund.

Das klingt schlimm, sehr schlimm, beinahe albern, jedenfalls nicht sehr seriös. Wem man davon erzählt, der tippt sich an den Kopf und fragt einen, ob solche Geschichten wirklich sein müssen. Flaiano macht aber aus diesen Erzählmotiven, die gleichsam einen in die Gegenwart transponierten Kafka der »Verwandlung« andeuten (auch Kafka gehörte nach Flaianos Ansicht zu den Cardarellis, deren Zeit abgelaufen war), etwas ganz Außergewöhnliches. Er erzählt diese Geschichten nämlich weder als absurde Komödie noch als Parabel, er erzählt sie realistisch und trifft doch in diesem trockenen, beinahe »amerikanischen« Realismus immer wieder auf so etwas wie eine Ebene, auf der die Geschichte etwas Scheherezadehaft-Leichtes bekommt. Die Figuren und Personen sind nach wie vor die alten, aber in ihnen ist etwas von Besessenheit gewachsen, um das sich der Erzähler nun liebevoll-fabulierend kümmert.

So haben auch diese Erzählungen nirgends etwas Komisches. Flaiano rettet die Selbstironie seiner kleinen Blätter hinüber in die längeren Geschichten und macht aus ihnen Episteln von Männern, die von der Liebe angesteckt werden, dann aber in ihr rettungslos verglühen.

»Melampus« ist das Meisterwerk unter den beiden Alterstexten. Ein italienischer Schriftsteller reist nach New York, um dort ein Drehbuch für einen Film zu schreiben. Flaiano beginnt so, wie Max Frisch eine Erzählung über einen Schriftsteller, der nach New York reist, vielleicht gern begonnen hätte: »Heute haben wir den 2. August 196.. Seit ein paar Stunden bin ich hier in New York, in dieser überaus intimen, geometrischen Stadt, erbaut in babylonischem Stil und von Amerikanern bewohnt.« Und in diesem Ton, ruhig, konzentriert, satt von Eindrücken, mit jener leichten Ironie, die nur hier und da winzige Spuren hinterläßt, geht es weiter. Man glaubt es nicht: Dieser Text ist fast dreißig Jahre alt, und doch besteht er jeden Test auf Gegenwartstauglichkeit. Kein einziges verstaubtes Motiv hat sich darin breitgemacht, und selbst die Frauen sind so von heute, daß man sie gleich kennenlernen möchte.

Solche Frische verdankt sich vor allem Flaianos Fähigkeit, beim Reflektieren nicht modisch zu werden, sondern mit seinen Figuren weiterzudenken. Die üblichen Themen der Zeit haben sich daher nirgends abgelagert, und man trifft auch nirgends auf jene existentielle Betulichkeit, die gerade Texte, die sich Liebeszuständen annehmen, so unausstehlich macht. Viel wichtiger ist Flaiano die genaue Beobachtung: zu sehen, wie aus einer jungen Geliebten durch das Übermaß an körperlicher Zuneigung bei gleichzeitigem Abnehmen des Sprachbedürfnisses eine Hunde-Natur wird, etwas, das den Geliebten zu seinem umspielten Herrn macht ...

In Italien ist Ennio Flaiano heute ein Klassiker. Man hat all seine Blätter und Notizen gesammelt und in zwei dicken blauen, wundervollen Bänden in Mailand bei Bompiani herausgebracht.

Es ist jedoch nicht so, daß Flaiano mit dieser Ausgabe der »Opere« in zwei Bänden beerdigt wäre. Im Gegenteil, es soll auch Klassiker geben, die nicht in Schulbüchern untergehen. Die Ironie, der epigrammatische Witz Flaianos, seine Fähigkeit, aus dem »Kleinen« sehr viel Gescheites zu machen – sie haben die italienische Literatur der letzten Jahrzehnte verändert. Autoren wie Calvino oder Eco haben diesen Weg fortgesetzt. Würde eine solche Behauptung angesichts des Werks von Flaiano nicht komisch wirken, so könnte man sogar sagen, daß er zu so etwas wie dem Gründungsvater der italienischen Gegenwartsliteratur geworden ist. Aber es ist besser, solche bombastischen Sätze zu lassen und ihn selber zu lesen.

»Einmal hat mich eine Schriftstellerin in ihrem Buch zitiert, und in der englischen Ausgabe gab der englische Übersetzer meinen Namen mit Ennius Flaianus wieder, in dem Glauben, dieser Ennio Flaiano sei ein lateinischer Schriftsteller. Einige Monate später begegneten wir uns in einer römischen Trattoria, wir stellten uns vor, und er war natürlich sehr unangenehm berührt, denn er hatte nicht gedacht, daß dieser antike Autor immer noch am Leben sei. Doch wurden wir uns einig, daß gewisse Wesensmerkmale meiner Person, eine bestimmte Art zu leben, ihm recht gaben. Ich gehörte vielleicht nie zu dieser Epoche, ich bin nicht von dieser Epoche. Vielleicht gehöre ich einer anderen Welt an: Ich fühle mich mehr in Harmonie, wenn ich Juvenal, Martial, Catull lese. Es ist durchaus möglich, daß ich ein antiker Römer bin, der immer noch hier ist, vergessen von der Geschichte, um Dinge zu schreiben, die andere viel besser geschrieben haben als ich: eben Juvenal, Martial, Catull.«

Romfahrer unserer Tage

Nach seiner Ankunft in Rom im Oktober 1786 ist Goethe in den ersten Wochen ununterbrochen unterwegs, denn wie kaum eine andere Stadt fordert Rom mit seiner langen Geschichte und der überwältigenden Fülle historischer Bauten den Betrachter heraus. Das Stadterlebnis konfrontiert mit chaotischer Vielfalt, mit historischer Willkür und einem kaum durchschaubaren Epochenamalgam, so daß die »Eroberung« des weiten Geländes zu einer beinahe hoffnungslosen Bildungsanstrengung wird. Nur mit dem kargen Hilfsmittel von Volkmanns damals obligatorischem Reisehandbuch ausgestattet, ist Goethe vor allem auf sein eigenes Sehen und Kombinieren angewiesen. Rom wird so zu einer Überforderung, die dem Fremden Tag für Tag eine ununterbrochene Folge von Studien abverlangt.

Die Stadt selbst tritt darüber immer mehr in den Hintergrund, sie ist eher eine monumentale Schule als ein offenes Terrain, das man sich wie andere Städte auf Spaziergängen aneignen könnte. Der Rom-Reisende aber spaziert nicht, sondern versucht zu begreifen, und so geht ihm mit der Zeit jeder Genuß an dem gewaltigen Stadt-Universum verloren.

Auch in Goethes »Italienischer Reise« setzen die Klagen darüber, welche Mühe es macht, dem »allgemeinen Begriff dieser Stadt« näherzukommen, sehr früh ein und lassen erst nach, als Goethe nach vielen Monaten vergeblicher Anstrengungen einen gelasseneren und weniger angestrengten Umgang mit der Umgebung entwickelt. Dieser gelassenere Umgang aber verdankt sich einer Unmenge von Zeit. Mit den Wochen und Monaten bringt Rom den schließlich verzweifelt Herumirrenden gleichsam zur Strecke; er resigniert und wird vom spezifischen Tempo der Stadt eingeholt, einer Langsamkeit, nahe am Stillstand, von dem diejenigen Reisenden, die sich einen solch ausgedehnten Aufenthalt leisten konnten, immer wieder verblüfft berichtet haben.

Bis heute hat sich an der Erfahrung der Fremden mit diesem besonderen, einzigartigen Stadtcharakter kaum etwas geändert. Diejenigen, die sich der Bildungsanstrengung aussetzen, finden Rom schon bald schwer erträglich und beinahe belastend, während die klug Gewordenen sich von vorneherein auf das Detail und das Fragmentarische der Beobachtung beschränken und gerade daraus einen erheblichen Genuß ziehen. Zwischen beiden Lagern scheint es keine Vermittlung zu geben, »Eilen« oder langes, oft jahrelanges »Verweilen« scheinen die beiden Alternativen zu sein, die Rom seinen Besuchern läßt.

Josef Winklers römische Novelle »Natura morta« ist ein gutes Beispiel für das verweilende Betrachten und die geduldige Anschauung.* Als wollte Winkler seinerseits gegenüber der Stadt ein puristisches Exempel statuieren, konzentriert er sich auf nur wenige Raumausschnitte und einen streng begrenzten Figurenkreis. Der große Markt auf der Piazza Vittorio Emanuele sowie die Umgebung des Petersplatzes sind die beiden Theater-Tableaus, die mit nur wenigen Gestalten, deren Wege sich laufend kreuzen, bevölkert werden. Dadurch bekommt die Novelle eine das Zeitlose nachbildende Statik, die durch Winklers nicht kommentierenden, sondern lediglich distanziert registrierenden Blick noch verstärkt wird

Mit gelassener Hartnäckigkeit werden die Details des römischen Lebens festgehalten, in einer Diktion, die Bild an Bild reiht: »Mit ihren von Henna rotgefärbten bloßen Füßen standen zwei marokkanische Knaben mit Fensterputzgeräten am Straßenrand und liefen, wenn die Ampel auf Rot schaltete, an die bremsenden Autos heran. Eine Taube flog auf den am Stra-

* Josef Winkler: Natura morta. Eine römische Novelle. Frankfurt/M. 2001

ßenrand stehenden Glaskasten zu, setzte sich neben das Pferdehufeisen, mit dem ein Stapel Glückslose beschwert wurde, und fraß der Lotterieverkäuferin Maiskörner aus der Handschale. Ein kleines Mädchen blieb lange ...«

Die gleichförmigen Sätze lassen die Ereignisse erstarren, und die unmerklichen Wiederholungen und geheimen Verbindungen zwischen den Sätzen rücken diese erstarrten Bilder immer enger zusammen, als sollte die römische Fülle schließlich auf kleinstem Raum zusammengebracht und – konzentriert wie ein Stilleben – ausgestellt werden. Konzentration und Essenzgewinnung erleben so in Winklers strengem, katholische Sprachrituale variierendem Buch ihre Triumphe über das Weite, Uneinholbare der Stadt.

Auch Gustav Seibts »Rom oder Tod«, eine Studie darüber, wie Italien sich im späten neunzehnten Jahrhundert den Kirchenstaat und damit Rom einverleibte, ist, obwohl es sich als ein Werk der Geschichtsschreibung versteht, nichts anderes als das Buch einer Rom-Passion, dessen vier Kapitel vier klassisch gewordene Spielarten vorführen, sich Rom zu nähern.*

Seibt beginnt sein Panorama mit dem Vormarsch der italienischen Truppen auf Rom. Rom soll die Hauptstadt Italiens, das Land soll geeinigt werden, diese um 1870 brennend diskutierten Themen bilden den Vordergrund der Darstellung, das eigentliche Thema aber ist die langsame, beinahe feierliche Annäherung der Truppen an die Stadt. Seibt wird dabei zum Begleiter Ugo Pescis, eines zeitgenössischen Beobachters, der eines der atmosphärischsten Bücher über die Eroberung Roms geschrieben hat. Eng an der Seite Pescis kann Seibt daher die großen Bilder noch einmal aufleuchten lassen: Die alten, heroischen Landschaften, den Umriß der Peterskirche, der sich damals noch aus weiter Ferne am Horizont abzeich-

* Gustav Seibt: Rom oder Tod. Der Kampf um die italienische Hauptstadt. Berlin 2001

nete, das ergriffene Schweigen der Truppen angesichts dieser Eindrücke.

Was hier beschworen und stillgehalten wird, ist der letzte Moment vor dem verspäteten Einbruch der Moderne in das alteuropäische Terrain. Am 20. September 1870 ziehen die italienischen Truppen durch die Porta Pia nach Rom ein, betend oder im Gespräch mit den zu seinem Schutz herbeigebetenen Diplomaten erlebt der Papst das Ende seiner Herrschaft, tatenlos, ohnmächtig und gerade dadurch das letzte lebende Zeichen der langen Traditionen, für die er einsteht.

Ist Seibts erstes Kapitel eine geheime Raumschau, so treten im zweiten die Stimmen hinzu. Mit spürbarer Begeisterung für die italienischen Debatten in den Jahren zwischen 1848 und 1871, in denen die verschiedenen Lager alle nur denkbaren Varianten, eine Trennung von Staat und Kirche ins Werk zu setzen, durchspielten, entwirft Seibt ein jetzt auch physiognomisches Stimmenpanorama. Auf hohem Niveau wird hier die zukünftige Rolle Roms in Italien erörtert, wobei der machtvolle alte Name oft wie ein Fanal erscheint, der Schrecken einjagen, aber auch Ursache kämpferischen Hasses sein kann.

Die Bühnen sind besetzt, die Protagonisten in Szene gesetzt – Seibts drittes großes Kapitel gilt den Veränderungen Roms nach der Einnahme durch die italienischen Truppen. Die Jahre nach 1870 sind nicht nur Jahre, in denen die längst nicht mehr funktionierende päpstliche Verwaltung durch einen modernen Verwaltungs- und Behördenapparat vorwiegend aus dem italienischen Norden ersetzt werden muß, es sind auch die Jahre, in denen Rom allmählich seine moderne räumliche Gestalt erhält.

Zog Goethe wie die meisten Fremden noch durch die Porta del Popolo nach Rom ein und bot sich im barocken Entrée-Raum der Piazza del Popolo noch das grandiose Bild der drei Straßenachsen, von denen eine jede in beinahe symbolischer Manier einen historischen Sektor der alten Stadt aufschneidet, so verbinden die italienischen Patrioten mit der neu angelegten Via Nazionale jetzt den am Rand der alten Stadt entstehenden Bahnhof mit der Piazza Venezia, wo der »Altar des Vaterlandes« entstehen wird.

Umzug der Beamten nach Rom, Umbau der Stadt, der Rückzug des Papstes auf das winzige Territorium des Vatikanstaates – Seibt hat mit diesen Themen den fruchtbaren Moment gefunden, der Rom in einer der wichtigsten Phasen seiner Geschichte zeigt. Die Stadt versucht zumindest teilweise, säkular zu werden, neue Wohngebiete in der Nähe der Peterskirche entstehen, gewaltige Brücken nach dem Vorbild Pariser Konstruktionen führen über den Tiber, dessen Uferstraßen jetzt so hoch liegen, daß der früher immer wieder über die Ufer tretende Fluß sie nicht mehr erreichen kann. Daß »die alte Ruhe«, von der die Rom-Reisenden früherer Jahrhunderte so ausführlich schwärmten, nun endgültig abhanden gekommen ist, notierte damals nicht nur Ferdinand Gregorovius, der in diesen Jahren sein monumentales Werk über die Geschichte der Stadt im Mittelalter zum Abschluß brachte.

Seibts letztes Kapitel umkreist die jahrzehntelang offene »Römische Frage«, die sich noch lange hinziehenden Auseinandersetzungen zwischen altem Papsttum und junger Monarchie. Erst mit den zwischen Mussolini und dem Papsttum ausgehandelten Lateranverträgen kommen die Kontroversen allmählich zur Ruhe. Was Seibt hier »Epilog« überschreibt und als elegischen Abgesang auf das Rom-Thema gestaltet, wie er für viele Fremde, die von der Stadt irgendwann Abschied nehmen mußten, typisch ist, reicht mit den letzten Zeilen noch bis in die Gegenwart des Heiligen Jahres 2000, als der »Altar des Vaterlandes« wieder geöffnet und Pius IX., der Papst der Einheitsjahre Italiens, selig gesprochen wurde.

Die späte gleichzeitige Reminiszenz der patriotischen Rom-Begeisterung und des päpstlichen Festhaltens an Rom als der zentralen Weltstadt des Glaubens deutet an, daß Rom auch zu

Beginn des 21. Jahrhunderts noch keine Synthese von Tradition und Moderne gefunden hat. Trotz aller Veränderungen ist es in seinem Charakter noch immer eine uralte, das Neue kaum gestaltende, sondern eher unmerklich in sich auflösende Stadt. Seibt beschreibt und untersucht in seinem Buch die Wunde, die diese Unveränderlichkeit in der Geschichte des modernen Italiens hinterließ.

Auch daraus ist ein sehr römisches Buch geworden, das, nachdem es den historischen Veränderungen mit Emphase gefolgt ist, doch Schritt für Schritt wieder einlenken muß, um schließlich zum beharrenden Rhythmus der Stadt zurückzufinden: »Je länger die Italiener in Rom waren, desto bedrükkender empfanden sie diese monumentale Erbschaft. Tag für Tag erinnerte sie an eine Vergangenheit, die größer schien als die Gegenwart mit ihren Haushaltsproblemen und drückenden Steuern, den schnell wechselnden Kabinetten, den langwierigen und bewegten Parlamentssitzungen, den bunten Blättchen der Presse mit ihren kurzfristigen Aufregungen, der unsicheren Stellung Italiens im Konzert der Mächte. ›Meine Herren, Rom ist ein großer Name, ein schrecklicher Name‹, seufzte Finanzminister Sella in einer Parlamentsrede im Sommer 1876, als es darum ging, die Gelder für einen neuen botanischen Garten bereitzustellen. Das liberale, laizistische Italien fürchtete, lächerlich zu wirken im Schatten der Kurie ...«

Was Seibt hier beschreibt, ist das typisch römische Beharrungsvermögen, das die neuen, modernen Stimmen mit der Zeit wieder einreiht in einen Stimmenchor, den letztlich doch die ältesten Stimmen grundieren. Daß Rom in diesem Sinne ein Ensemble von Schriften und Stimmen ist, wird jeder Fremde gewahr, der auf die zahllosen lateinischen Inschriften seiner Marmorsteine aufmerksam wird.* Das die Jahrtausende über-

* Klaus Bartels: Roms sprechende Steine. Inschriften aus zwei Jahrtausenden. Mainz 2000

dauernde Latein ist dabei gleichsam die generalbaßhafte überzeitliche Komponente, die sämtliche Texte von der Antike bis in die Gegenwart formt und dadurch alle Zeiten einem universellen, römischen Gestus unterwirft. »Tempora tempore tempera / Roma lenta quia aeterna« (»Zügle die Zeiten durch die Zeit! / Rom ist langsam, weil es ewig ist.«) meldet eine anonyme Inschrift über den Fenstern eines Eckhauses an der Piazza Barberini, als flüsterte und spräche die Stadt hier zu den Fremden und letztlich doch zu sich selbst.

Den Blick auf diese überzeitliche Choreographie des städtischen Raums richtet auch Volker Breidecker mit seinem »Rom«-Führer.* Entstanden ist dabei ein kulturgeschichtliches Meisterwerk, das in der Rom-Literatur der letzten Jahrzehnte seinesgleichen sucht und zum Besten gehört, was in deutscher Sprache je über Rom geschrieben wurde.

Breideckers Vorhaben knüpft beinahe nahtlos an die Goethesche Suche nach dem »allgemeinen Begriff der Stadt« an. Da dieser »Begriff« aber eben nicht über das nie zum Abschluß kommende Studium der einzelnen Objekte und das enervierende Schleichen von Kirche zu Kirche und von Statue zu Statue zu gewinnen ist, riskiert Breidecker einen organischen, auf das Ganze zielenden Blick, der als Pilgerweg und Promenade einen zusammenhängenden Erzählfaden entwirft. Daher ist sein Projekt in nuce nichts anderes als das, was den Rom-Reisenden seit der Goethezeit immer wieder vorschwebte: Spazierend, immer wieder verweilend eine Gesamt-Idee von dem zu gewinnen, was »Rom« eigentlich ausmacht.

Die Stadt wird in Breideckers Buch als ein geheimes System von Wegen und Zeichen, als Bildersammlung und Enzyklopädie gelesen, wo das Detail sich ins Ganze fügt und das Ganze im genauen Wortsinn »plastische« Bedeutung erhält.

* Volker Breidecker: Rom. Ein kulturgeschichtlicher Reiseführer. Stuttgart 2000

Auch dieses singuläre Werk beginnt mit mehreren »Annäherungen« von außen an den Stadtcorpus, deutet die altrömischen Straßenachsen, verwandelt sie in Pilgerwege und läßt die Pilger in purgatorischer Absicht genau durch jene Triumphbögen einziehen, die in der Römerzeit gleichsam als rituelle Passage den Wiedereintritt der heimkehrenden Krieger in den Friedensraum der Stadt symbolisierten.

Auf morphologisch behutsame Weise gewinnt Breidecker der Stadt ihre Symbolsprache ab. Er schaut, deutet und kommt zu den einfachen Urmotiven wie dem des Bogens, dem »unverwechselbaren Erkennungszeichen und der Anfangsbuchstaben von Roms Sichtbarkeit und Kunst«. Und er zeigt, wie das Bogen- und Brückenbauen in der Gefolgschaft der römischen Ahnen und Urväter dann zur vornehmsten Aufgabe der Päpste wurde, die als oberste spirituelle Brückenbauer (»Pontifex maximus«) nicht nur irdische Orte, sondern Diesseits und Jenseits miteinander verbinden sollten.

Widmet sich Breideckers »Römische Introduktion« der Bedeutung der Wege und Straßen, dem spezifisch römischen »Leben in einem Koordinatensystem«, so gilt das Kapitel über die »Wanderer und Sammler« den geheimen Verwandtschaften zwischen den Pilgerscharen des Mittelalters und jenen Künstlergruppen, die ihnen verstärkt seit der Zeit des Humanismus folgen.

Jetzt werden auch hier die Straßen bevölkert, die christlichen Prozessionen beleben sie und verbinden die sieben Hauptkirchen Roms zu einem ersten Ring um das alte Zentrum. In späteren Jahrhunderten werden die Stationen solcher Prozessionen zu Halte- und Verweilpunkten des »Kursus«, den die Stadt den Künstlern abverlangt. Die von humanistischen Motiven gespeiste »Renovatio urbis« zielt erneut darauf ab, die Stadt zu gliedern, Sichtachsen zu entwerfen, das ästhetische Programm stülpt sich gleichsam über die Prozessionszüge der Vorzeit und bildet jenen neuzeitlichen Stadtcharakter aus, der dann bis ins späte neunzehnte Jahrhundert Bestand haben sollte.

So sind es die räumlichen Komponenten, die Breideckers Rom-Buch gliedern und gestalten. »Annäherungen«, Prozessions- und Künstlerumzüge bilden das Präludium, dem der Blick auf die »Doppelstadt« folgt, auf das Gegeneinander heidnischer und christlicher Plätze, auf den Antagonismus von Campo dei Fiori und Via del Pellegrino. »Von außen nach innen und von innen nach außen«, »Von unten nach oben und von oben nach unten« sind die Großkapitel überschrieben, wie im Bildrausch eines Fellini-Filmes werden die Überblendungen komponiert, während ein unsichtbarer und höchst diskreter, dabei aber immer anschaulich bleibender »Cicerone« durch die Raumfluchten führt.

Manchmal jedoch verweilt auch Breidecker länger, und dann gestaltet er nur durch genaues Sehen Szenen oder Momente, die in einer beinahe Ruskinschen Sprache präzises Bild werden, schöner noch und vor allem lateinischer als alle Bilder in Josef Winklers denn letztlich doch etwas spröder Novelle. Der Höhepunkt solcher »Bildbeschreibung« ist eine nur am Rande hinskizzierte Passage über die Pilgermassen, die nach dem Segen des Papstes von der Loggia der Peterskirche auseinanderlaufen. Da heißt es: »Solche Selbstauflösungen der Menge am Ende einer sakralen Zeremonie erfolgen zumeist in langsamen, leichten und geordneten, sogar entspannten Schubbewegungen – man ist schließlich gesegnet. Bunte Keile, keine Horden, schieben sich in allen erdenklichen Formationen und Bewegungsmustern ineinander, um neue Muster zu bilden, die sogleich wieder auseinanderdriften, ohne sich dabei abzustoßen. Erst wenn der Kern der Menge beim Zurückströmen die Höhe des Obelisken erreicht hat, erst dann ist der Petersplatz wirklich und sichtbar gefüllt. Beim Durchströmen der Kolonnaden löst sich auch die »*eine* Gestalt« der Menge, die dennoch keine gesichtslose Masse ist, allmählich wieder in ihre Einzelheiten auf. Ihr Auseinanderströmen *urbi et orbi*, begleitet von den Gegenbewegungen derer, die den Eingängen von Sankt Peter entgegenziehen – oftmals Klerikergruppen, die sich diagonal- oder kurvenförmig wie schmale, schwarze Wolkengebilde über den Platz bewegen –, bietet auch die akustische Sensation eines Naturerlebnisses: Rauschendes Getöse, das sich mit dem Strömen der Brunnen vermischt und das Stimmengewirr einer bislang ungehörten Universalsprache vernehmen läßt. Sofern es schließlich sogar unter blauem Himmel zu regnen beginnt, so wurden lediglich ein paar Tropfen der Springbrunnen von einer Windbrise über die Piazza geweht oder wie Weihwasser gesprenkelt.«

Gerade in solchen Passagen ist Volker Breideckers Buch den Geheimnissen der urrömischen Momente vielleicht am nächsten. Sie ergeben sich für den Besucher dann, wenn das versteckte Verweissystem der Straßen, Brunnen und Plätze durch menschliche Bewegungen verschoben wird und sehr plötzlich eine überwältigende Gleichzeitigkeit von Sinneseindrücken freigibt. Die auseinanderstrebende Menge wird nicht nur zum Muster, sondern mehr noch zum unbewußten Organisator eines Zusammenklangs, den Breideckers den Goetheschen Sprachduktus unauffällig variierender Stil versteckt emphatisch einfängt.

Kein Wunder also, daß dieses unvergleichliche Buch mit einem »Epilog« über den Himmel über Rom ausklingt, und keine Frage, daß es mit Worten Lord Byrons schließt: »Rom ist wie die Wüste / und wir ziehn / stolpernd über Erinnerung dahin.«

Roland und Michel

Nehmen wir einmal an, wir wären ganz große deutsche Philosophen geworden. Dann hätte man uns nach unserem Tod mit der zwanzigbändigen Suhrkamp-Ausgabe geehrt. Die fünf bis acht Schüler, die wir durchs akademische Leben geschleppt und denen wir zu Lebzeiten diverse Stipendien, Assistenten- und Dozentenposten verschafft hätten, hätten sich die schöne Aufgabe geteilt, unsere Texte zu kommentieren. Herausgekommen wäre dabei eine tadellose, akribisch durchforstete Gesamtausgabe, unangreifbar, ewig.

Unsere Biographie aber, die hätte noch lange Zeit niemanden interessiert. Was hätte ein Biograph auch berichten sollen – über unsere öden Studienjahre in Göttingen, die ersten Veröffentlichungen in der »Zeitschrift für Allgemeine Philosophie« oder den einwandfreien Lehrstuhldreisprung von Münster über München endlich nach Berlin? Nein, unsere Biographie wäre im Dschungel des Kommentars unserer Gesamtausgabe ausgelöscht worden, nur hier hätte man die wenigen diskreten Hinweise gefunden, die der profanen Neugierde der Nachwelt Stoff geboten hätten. Mehr aber hätte man von unserer Vita nie erfahren, und außerdem wäre sowieso niemand dagewesen, der sie hätte ausmalen oder beschreiben können.

In Frankreich aber wäre alles ganz anders gewesen. Als ganz große französische Philosophen hätten wir eine mehrhundertseitige Biographie verdient, und diese Biographie wäre das Ereignis irgendeiner Saison gewesen und hätte sofort irgendeinen Prix de l'Humanité gewonnen. Genauso ist es mit Roland Barthes und Michel Foucault geschehen.*

* Louis-Jean Calvet: Roland Barthes. Eine Biographie. Frankfurt/M. 1993; Didier Eribon: Michel Foucault. Eine Biographie. Frankfurt/M. 1991

Louis-Jean Calvet und Didier Eribon, die Autoren dieser Hagiographien, gehören einer nur in Frankreich vorhandenen Spezies an, die sich – bescheiden und nüchtern – dem Wissenschaftsjournalismus zurechnet. In Wahrheit sitzen sie ein Leben lang in den Pariser Cafés, lassen ihre Tonbänder kreisen, schnüffeln in überfüllten Vortragssälen herum und haben sich ansonsten die hohe Gabe der absoluten Bewunderung für alles ganz Große erhalten. Gutgläubig, mit reinem Herzen und einer Dosis von Naivität gehen sie dann an die Arbeit …

Unsere Heiligen kommen aus der Provinz, Michel aus Poitiers, Roland aus Cherbourg. Die Provinz ist das Terrain von Himmel, Wolken und Landschaft, lauter Natur, nichts als lästig. Was ihr fehlt, ist der zupackende Intellekt, und sobald der sich in unseren Heiligen zu rühren beginnt, wollen sie sofort nach Paris. Michel ist der Exzentriker, der Bücherfresser, immer knapp am Wahnsinn entlanglebend, Roland der Melancholiker, der in müden Stunden seine ersten genialen Zeichen hinkritzelt, zerfressen von Selbstzweifeln. Die Frühgenialen verachten natürlich das französische Unterrichtssystem, und dennoch hängen sie mit einer durch nichts zu erklärenden Leidenschaft an all den Riten, deren der schnelle Aufstieg zum Ruhm bedarf. Michel etwa angelt einen dritten Preis im französischen Aufsatz und zweite Preise in Griechisch und Englisch, während Roland erste Preise in Geschichte und Geographie sowie haufenweise ehrenvolle Erwähnungen sammelt. Der ganze Ehrgeiz, der sie ein Leben lang beunruhigen und überfordern wird, kennt jedoch letztlich nur ein einziges Ziel: Paris, die École normale supérieure in der Rue d'Ulm.

Die ENS ist Geist, Geist, Geist, also Sartre, Aron, Nizan, Canguilhem, Merleau-Ponty, auch die Lehrer sind lauter Galionsfiguren. Hier lauscht man der wiedererstandenen Stimme Hegels und erleidet existentielle Schocks, die einen von nun an jeden Morgen in die Bibliothèque nationale treiben. Aber erst mal die Aufnahmeprüfung: die Spannung ist irrwitzig, meldet Didier Eribon, es handelt sich um eine Frage von Leben und Tod, die Schatten von Jaurès, Blum, Jules Romains und Gott weiß wem schweben über den Häuptern der Prüflinge. Michel wird vierter, geschafft, jetzt kann er der ungebärdige Einzelgänger bleiben, dessen Beziehungen zu den anderen sich immerzu »konfliktuös« gestalten.

Roland dagegen wird krank. Eine jahrelange Tuberkulose verwehrt ihm den Zugang zu den höheren Weihen, keine ENS, nur Briefe von beneideten Freunden, die es gepackt haben. Die Stimme unseres Berichterstatters Calvet senkt sich merklich, von nun an bleibt die Melancholie der beherrschende Zug von Rolands Charakter. Zwei Stunden übt er jetzt am Klavier, lauter trübes Zeug, Fugen von Bach und kleine Werke von Schumann, der ja bekanntlich auch Melancholiker …

Als *normalien*, als Student der ENS, bereitet sich Michel auf die *agrégation* vor. Bei der schriftlichen Prüfung behandelt er das Thema »Ist der Mensch ein Teil der Natur?«, außerdem erörtert er das Gesamtwerk von Comte. Bleiben nur noch das *petit* und das *grand oral*, wo er, fast nicht zu glauben, am Thema »Die Hypothese« unvorhergesehen scheitert. Der Fehler liegt auf der Hand, Michel hat Claude Bernard nicht zitiert. Er leidet fortan zwar schrecklich an seinem Versagen, doch beim zweiten Versuch geht er als dritter durchs Ziel. Atemberaubend, wie er in der schriftlichen Prüfung Bergson und Spinoza ins »schlaftrunkene Land der Erinnerung« geführt hat, wo sie sofort »einen Dialog über Zeit und Ewigkeit« hinlegen, der alles in den Schatten stellt, was »die Philosophie den beiden Begriffen zubilligen kann«.

Das nächste Ziel wäre, erfahren wir aus den »Kurzen Erläuterungen zum französischen Hochschul- und Forschungssystem«, die Eribons Foucault-Biographie wie eine Magna Charta moderner Heiligenlegenden dankenswerterweise beigegeben wurden, die *thèse d'Etat*, bestehend aus *thèse principale* und *thèse complémentaire*. Solche Brocken lassen sich nicht in

Paris verfertigen, für Gewaltakte zieht man kurzfristig in die stille Provinz oder am besten ins Ausland, wo man brennpunktartig und vorübergehend zur Speerspitze des französischen Geisteslebens avanciert. Michel hält Vorlesungen in Lille (die waren berühmt, sagt Paul Veyne, die waren beeindruckend, sagt Jacques Derrida). In Uppsala, Schweden, wo es reichlich früh Nacht wird, drängt sich dann die gesamte kultivierte Gesellschaft der Stadt in seinen Kursen. Wenige verstehen ihn, der Rest steht unter Schock, alle sprechen von ihm mit allen Zeichen der Bewunderung. Michel aber widmet sich jeden Abend den Goldberg-Variationen, denn Musik ist für ihn Bach. Oder Mozart ...

Roland aber nagt weiter an Schumann. Keine *agrégation*, keine *thèse*, das ist eine Schmach. Doch auch ihn treibt es nach den hohen Gesetzen der Riten ins Ausland. Bukarest, warum nicht? Auch in Bukarest läßt sich mit Freunden bis in die Nacht diskutieren, und auch die Rumänen sind fasziniert von den Vorträgen Rolands, in denen er insgeheim seine freie Schreibweise entwickelt, nachdem die gebundene, universitäre sich ihm gleichsam verweigert hat. »Das Gör Piaf und Yves Montand« – das ist ein Thema, das gleich alle sprachlos macht, und Roland nutzt das Erstaunen, indem er an den folgenden Abenden zu Charles Trenet und Voltaire übergeht. Voltaire, doziert er, ist ein Vorläufer des 19. Jahrhunderts ...

Uppsala, Warschau, Hamburg ..., oder Bukarest, Alexandria, Dingsda ..., ach, das Ausland vermag unsere Heiligen nicht so recht zu befriedigen. Wenn man genau hinsieht, leben sie auch gar nicht im Ausland, sondern in einem ins Ausland verlegten Frankreich. Klar, Roland ist ein exzellenter und charmanter Tänzer, flüstert Damen Chansons ins Ohr, spielt Debussy, Ravel oder Vergeistigteres und entdeckt nebenher noch Saussure – klar, Michel spricht davon, sein Leben sei fortan ins Zeichen der Reise, um nicht zu sagen: des Exils, gestellt, das ist so seine Obsession, schließlich unterhält er auch zu Frankreich »konfliktuöse Beziehungen« – doch letztlich zieht es beide zum Schreiben, und das Schreiben fesselt an die Schreibtische, und die stehen in Paris.

Roland schreibt etwas sehr, sehr Kleines (»Am Nullpunkt der Literatur«), Michel aber schmettert eine *thèse* hin, *principale* und *complémentaire*, »Wahnsinn und Gesellschaft«, fast tausend Seiten. Jetzt muß er sie nur noch verteidigen, es ist Samstag, der 20. Mai 1961, jener legendäre Tag, an dem wir mit unserem Spion Didier Eribon in der Salle Louis-Girard der Sorbonne sitzen, jenem (und unsere Stimme senkt sich allmählich) ..., jenem Ort mit dem erhöhten Podium und dem umlaufenden Holzgeländer, jenem Ort mit den altehrwürdigen Täfeleien und den beiderseits vorspringenden Sitzreihen, jenem schwach und gedämpft beleuchteten Ort ..., wo sich nach Erledigung der *petite thèse* die Stimme Michels zur *grande thèse* erhebt, sich spannt, nervös, leicht nervös, um sich dann in rhythmisierten, abgerissenen Sequenzen zu entfalten, zu entfalten zu Formulierungen geschliffen wie Diamanten ...

Das bringt zwar nicht die Goldmedaille, wohl aber eine der vierundzwanzig Bronzemedaillen, und da Michel jetzt *docteur* ist, kann er gleich auch zum *professeur titulaire* aufsteigen. Vergessen wir nicht, daß sich spätestens jetzt *Le Monde* einschaltet. Michel gewährt ein Interview, und Rolands erstes Buch wird positiv, völlig positiv besprochen.

Nun sind unsere Heiligen schon beinahe da, wo sie hingehören, unerreichbar, versehen mit jener formidablen Aura, die nun auch auf den Pariser Straßen zur Geltung kommen will. Höchste Zeit, eine Spur Dandyismus an den Tag zu legen. Michel wählt die exoterische Variante (schwarzer Samtanzug, weißer Rollkragenpullover, grünes Lodencape), während Roland die esoterische Form bevorzugt (Bordeauxweine, am liebsten Lalande de Pomerol, Mahlzeiten im Falstaff oder bei Bofinger, verschlingend, intensiv, wie ein Heer von Mitessern bestätigt).

Langsam, mit jenem unergründlichen Gleichmut, der nur

den ganz Großen zukommt, stellen sich unsere Heiligen ein auf den Ruhm. Buch folgt auf Buch, hier (Michel) die gefräßige, überbordende, weit ausholende Form, dort (Roland) die scheue, intime, klein beigebende. Auch als es 1968 heiß hergeht, bleiben sie ihren Linien treu. Michel rast, während Roland sich mit Schumann beschäftigt ...

Bleibt am fernen Horizont, an jenem – um nun ganz in der Sprache unserer Berichterstatter zu sprechen – fernen Fluchtpunkt, wo sich die Linien in einer Formation bündeln, die ebenso unüblich wie gewählt das Extensive ins Intensive ..., bleibt jedenfalls noch ein einziges, lockendes Ziel, das College de France!

Wieder ist Michel früher dran. Wir schreiben den 2. Dezember 1970, in diesem berühmten Hörsaal (mit seinen alten Holzbänken und seiner dunklen Atmosphäre) kehrt Stille ein, Stille unter den unübersichtlichen Zuhörer-Scharen, und die Stimme Michels, ja, sie hat sich zu heben begonnen, dumpf, vor Erregung gespannt, nahezu entstellt vor Lampenfieber, eher ein gemurmeltes Flüstern als volltönende Rede ... Unter dem erstarrten Blick von Bergson, dessen Bronze-Profil den Saal beherrscht, geht es jetzt nur noch um die reine Lehre, also um »Die Ordnung des Diskurses«, und das Thema dieses Diskurses, flüstert Didier Eribon, ist: der Diskurs selbst!

Das war glänzend, und *Le Monde* schreibt, Michel habe sich der Zeremonie mit der Leichtigkeit eines Diakons in den Zeiten der Häresie unterzogen.

Jetzt darf auch Roland! Am 7. Januar 1977 ist der Vortragssaal des College de France wieder in der bekannten Weise hoffnungslos überfüllt. Wir erkennen Deleuze, Robbe-Grillet, Sollers und sogar Louis Leprince-Ringuet, fehlt nur Lacan. Und dann wird es still, Roland erscheint, nimmt Platz, und seine Stimme widmet sich der reinen Lehre, »Lektion« heißt das Ganze, und das Thema dieser Lektion, flüstert Louis-Jean Calvet: ist die Lektion selbst!

Robbe-Grillet meldet wie immer gleich, wie vorzüglich er das alles fand, einige reagieren mit Humor, andere haben Tränen in den Augen, wir wollen dabei nicht lange verweilen. Hauptsache, unsere Heiligen haben jetzt endlich Ruhe … Wöchentlich nur noch eine Vorlesung, immer ein großes Ereignis, das haut hin und macht sogar glücklich. Manchmal verirren sie sich noch ins Ausland. Michel versetzt halb Kalifornien in einen Michel-Rausch, während Roland der Diskrete, seinen Geburtstag still und heimlich im New Yorker White Horse, der Stammkneipe von Dylan Thomas, feiert. Doch dann erkennen sie endgültig, ohne es zu bereuen, ohne Diskursverlust gleichsam, daß sie Pariser sind. Paris, Pariser Spätwerk, Pariser Gemunkel, Pariser Legenden …

Herr, es ist genug! Wir werfen noch einen letzten Blick in Eribons und Calvets Heiligenviten. Wie hoffnungslos melancholisch machen uns allein schon die Danksagungen! Hunderte von Namen, fein gestaffelt nach Personen, die geholfen haben, denen man einfachen Dank schuldet, denen man besonderen Dank schuldet, ganz zu schweigen von den Personenregistern, in denen sich das ganze, das komplette französische Geistesleben summa summarum wiederfindet.

Herr, uns hat die Sehnsucht gepackt, Sehnsucht nach Frankreich, Sehnsucht nach Paris, Sehnsucht nach diesem undefinierbaren Sprechen, das die Stimme sich erheben läßt, leicht nervös, um dann in jenes kataraktische Namennennen und Spurenzeichnen zu verfallen …! Was wäre aus uns geworden, wenn wir unsere Jugend nicht in Göttingen vertan, sondern in Paris verbracht hätten, in der nimmermüden Gesellschaft von Foucault, Barthes, Deleuze, Derrida! Ach, wir wären nicht wiederzuerkennen …

Mandelstam lacht

Hat Ossip Mandelstam gelacht? Ja, wirklich? Hat er? Seine Frau Nadeschda Mandelstam schreibt, daß er sehr gern gelacht habe und Scherze gemacht, vor allem im Beisein von Anna Achmatova. Und Anna Achmatova erinnert sich und bestätigt, daß sie mit niemandem so gut gelacht habe wie mit Mandelstam, ja daß in dem kleinen Zimmerchen, das sie bewohnte, oft ein ganzes Lach-Gelage entstanden sei und es den Anschein gehabt habe, als sei Mandelstam zu ihr gekommen, um sich für einen Monat im voraus satt zu lachen.

Ossip Mandelstam hat also gelacht, der letzte und zehnte Band der von Ralph Dutli mit großer Sorgfalt herausgegebenen Werkausgabe des Ammann-Verlages* enthält Kinder- und Scherzgedichte und kleine, ironische Epigramme auf Zeitgenossen, die Texte und Atmosphären von Mandelstams Lachen also, vorgetragen von einem bisher noch weitgehend unbekannten Mandelstam, dem Mandelstam der Lachgelage, wo das Absurde neben dem reinen Blödsinn bestehen durfte und die Worte einander ansteckten und sich krümmten und bogen.

Dem Übersetzer und Kommentator Ralph Dutli muß es schwergefallen sein, bei all diesen Texten ernsthaft zu bleiben, aber er hält auch im letzten Band der schönen zehn Bände an seinen gewissenhaften und aus den Weiten Rußlands herbeizitierten Erläuterungen fest, so viele Dichterinnen und Dichter scharen sich selbst noch hier um Mandelstams Verse, als habe man sie alle gebeten, auch zu diesen sich harmlos gebenden Zeilen ihre Vorläufer- oder Nebenherläuferschaft zu beweisen. Plötzlich ist die russische Literatur voller kindbegei-

* Ossip Mandelstam: Die beiden Trams. Kinder- und Scherzgedichte. Aus dem Russischen übertragen und hrsg. von Ralph Dutli. Zürich 2000

sterter, humorvoller oder auch komisch-überdrehter Menschen, die versuchen, ihr Bestes an Lachhaftem und Lachbarem zu geben.

Dann erzählt Boris Pasternak aus »Lüwers' Kindheit«, Andrej Belyi versetzt sich in die Gedankenwelt eines Kleinkindes und imitiert tollkühn-modern einen kindlichen Bewußtseinsstrom, Welimir Chlebnikow lauscht der Kinder-Akustik nach, und Daniil Charms schreibt seine kurzen, absurden Geschichten für Kinder, die gleich anfangen, seine Geschichten weiterzuerzählen. Es ist, als seien die ersten Jahrzehnte des zwanzigsten Jahrhunderts für die russische Literatur heitere und glückliche Jahre gewesen und als hätte die Ausgelassenheit der Dichter keine Grenzen gekannt.

Da man es aber nun einmal besser weiß und die schrecklichen Jahre und das schreckliche Ende all dieser Dichter kennt, faßt man sich an den Kopf, wird gleich wieder ernst und versenkt sich in Mandelstams Kindergedichtbücher. Mitte der zwanziger Jahre konnten sie noch in russischen Verlagen erscheinen und hatten Titel wie »Der Primuskocher«, »Die beiden Trams«, »Luftballons« oder »Die Küche«. Die meisten kreisen um Dinge und Gegenstände des russischen Alltags, um Dinge, die Kindern ganz nahe sind und mit denen sie Tag für Tag leben.

Auf dem Tisch steht dann etwa der Primuskocher, man staunt und fragt sich, was ein Primuskocher wohl sein könnte, und sofort erklärt einem Ralph Dutli in seinen allwissenden Erläuterungen, daß es sich beim Primuskocher um einen Wärme spendenden Kerosinkocher der Marke »Primus« handelt, der in Mandelstams späterem Nomadenleben noch eine große Rolle gespielt habe. Jetzt ist klar, warum der Kerosinkocher in dem kleinen Kindergedicht auseinandergenommen wird, er ist krank, er funktioniert nicht mehr, man muß Wasser reinschütten, der Primusdoktor muß kommen und ihn reparieren.

Schauen, gucken, auseinandernehmen, zusammensetzen –

das sind die ersten Regeln, die Mandelstam dem Kinderumgang mit den kleinen Dingen abgeschaut hat. Und nun bemüht er sich, diese Regeln auch zu Regeln seiner Kinderpoetik zu machen, und deshalb darf jetzt gleich so etwas sonst Unauffälliges wie weiße Wäsche in den Blick geraten, weiße Wäsche ist ja etwas Wunderbares, und da hat Mandelstam auch gleich zwei gute Zeilen für sein Weiße-Wäsche-Gedicht, ganz einfach und unmittelbar einleuchtend: »Ich hab die Wäsche so gern, / Das weiße Hemd ist mein Freund ...«

Jetzt sind wir ganz nah dran an den Dingen, mit fast schon mikroskopischem Auge, tastend, fühlend, so daß in die Gedichte die kleinsten Beobachtungen des Kinderauges einziehen können, etwa die, wie sich rohe Milch, wieder etwas wunderbar Weißes, in abgekochte Milch verwandelt, wie sie erbleicht und plötzlich alle staunen, wie weich sie werden kann während des Abkochens, schwebend-weich beinahe, und wie sie sich dann doch strafft und sich eine Haut zulegt, eine feste, dehnbare Abwehrhaut, obenauf. Solche Kinderlebnisse bringt Mandelstam in acht kurzen Zeilen zusammen, Beobachtungen, eine kleine Verwandlung, das Staunen, und es ist, als könnte die weiße Milch nun eine Geschichte erzählen.

So vibriert es auf dem Küchentisch vor unseren Kinderaugen, denn jetzt hat auch der erwachsene Leser Kinderaugen und vertieft sich ins Kleinste, das nun in die Hand genommen werden will, während die Brennholzscheite in die Küche gebracht werden, »Wie sie krachen, diese Stücke, / Schön gespalten werden solls – / Kiefer, Tanne, Birkenholz!« Der Holzduft ist nun also da, in einer Zimmerecke warten die Gummischuh-Galoschen abwesend-sinnend auf ihren Einsatz im Regen. Dann tanzt ein rosiges Birkenscheit im Feuer, und es werden »Pfannkuchen! Pfannkuchen« gebacken, »Gebacken werden – oh, wie schön – / Morgens schon im Sonnenblumenöl«, und die Wäsche wird im Riesenkessel gekocht, schauen wir gleich mal hinein: »Es bläht sich ein Tischtuch / Als Stör in dem

Schwall / Und schwimmt wie ein Weißlachs / Als Kugel, als Ball.«

Jetzt ist die ganze Küche belebt, ein Sinnenreich ohnegleichen, und Brotmesser und Eßmesser geraten an den Schleifstein, und es kocht der Samowar, und die Blätter des schwarzen Tees klingeln im Döschen wie …, ja wie? »So wie Nägelchen« und locken: »Also kommt schon, liebe Gäste, / Teezeit jetzt, fühlt euch daheim, / Mich, den duftenden, geschätzten / Werft in diese Kanne rein!« Dann ist das Kinderfest vollkommen, die Dinge sprechen, tanzen, und man sieht Mandelstam wahrhaftig mittendrin, einen kleinen, sich auf der Stelle drehenden Mann, lachend, ja doch: Mandelstam lacht!

Dieses Lachen aber ist noch das Lachen Mitte der zwanziger Jahre, später wird Mandelstam keine Kindergedichte mehr schreiben, denn schon wenig später wird er für einige Jahre ganz verstummen und für einige Jahre überhaupt keine Gedichte mehr schreiben. Die Vorzeichen seines Verstummens und seines dann bis zum tödlichen Ende dauernden Kampfes mit dem Sowjetregime aber sind schon in den so lebensfroh hellen Kindergedichten versteckt, etwa in dem von den Luftballons, wo der grüne Luftballon Kummer kriegt »vom großen Rabauken, vom schrecklichen Roten, dem Großkopf, dem Lauten« …, oder in dem von den beiden Trams, wo sich die eine Tram auf die Suche nach der befreundeten anderen macht, die »Klik« heißt, was im Russischen soviel bedeutet wie »Zuruf, Ausruf, Schrei«. Hinten, im Anmerkungsteil, erklärt einem Ralph Dutli, daß dieser Schrei in Wahrheit einem Freund Mandelstams galt, der 1921 in Petrograd als angeblicher »Konterrevolutionär« erschossen worden war und der ein Gedicht geschrieben habe mit dem Titel »Die verirrte Trambahn«.

Und, sich in diesen Anmerkungen festlesend, bekommt man sehr genau, aber gar nicht pedantisch erklärt, daß die Alltagsgegenstände, die Mandelstam in seinen Kindergedichten besang, in den Gedichten seiner späten, in Verbannung und Arbeitslagern durchlittenen Jahre wiederkehren, als die traurig besungenen Gegenstände der Not, als Insignien der Klage.

Seinen Spott und sein Lachen hat Mandelstam in diesen späten Jahren nicht mehr mit den Kindern geteilt, er hat sein Lachen in kleinen Scherzgedichten aufbewahrt oder in Epigrammen auf Zeitgenossen bezogen. Sie machen den zweiten Teil dieses Bandes aus, und man versteht sie als Nachhall auf ein Leben, das sich auf diese Weise gegen alle Widerstände behauptete und versuchte, die Nähe zu den anderen, zu den Freunden und Weggefährten, zu erhalten.

Liest man diese Gedichte so, mit einem wissenden Blick, entsteht mit ihnen die Figurengalerie einer Biographie, und man schaut, notgedrungen selbst immer trauriger werdend, auf all diese kleinen Szenen, die in ihrer Fröhlichkeit meist unterbrochen oder abgebrochen werden, als legte sich Mandelstam manchmal einen Finger auf den flüsternden Mund.

Aber sie sind da, die Freundinnen, die Freunde. Anna Achmatova ist da und Aleksandr Blok, der Nachhilfelehrer Motschulskij, der Ägyptologe Schilejko und der Maler Lew Bruni. Sie treten in Petersburger Künstlerkneipen oder in Moskauer Stadtszenen auf, sie huschen, torkeln und stolpern durch die mit dunklen Hintergründen versehenen Skizzen von Mandelstams Gedichten. Bis die letzte Freundin erscheint, Natascha Schtempel: »Da kommt Natascha. Wo war sie? / Sie hat doch nichts getrunken, wie? / Und Mama wittert, schwarz wie die Nacht: / Sie riecht nach Wein und Zwiebeln, ach!«

Natascha Schtempel war eine der wenigen Freundinnen, die die Mandelstams im Verbannungsort Woronesch noch hatten. Später nahm sie auf der Flucht vor den deutschen Truppen jenen Notizblock mit, auf dem Mandelstam seine letzten Gedichte notiert hatte. Kurz vor ihrem Tod hat sie sich 1987 an ihn zu erinnern versucht, daran etwa, daß Ossip Emiljewitsch seine Scherzgedichte oft beim Tee geschrieben habe, und zwar meist dann, wenn sie Anstalten gemacht habe aufzubrechen.

Natascha Schtempel bestand in ihren Erinnerungen darauf, daß sie Zwiebeln nicht ausstehen konnte und daß sie auch nie ein besonderes Vergnügen am Weintrinken gefunden habe. Ossip Mandelstam, erinnerte sich Natascha Schtempel, habe das natürlich sehr genau gewußt. Und doch habe er genau das Gegenteil geschrieben, lachend, Ossip Mandelstam habe eben nicht aufhören können zu lachen.

Nootebooms Reisen

Vor kurzem hatte ich eine Lesung in »Wolffs Bücherei«, jener wunderbaren Buchhandlung in Berlin-Friedenau, in der Günter Grass früher oft aufgetaucht ist, vor vielen Jahren, als er gerade erst begonnen hatte, an den Nobelpreis zu denken. In einigen Winkeln der Buchhandlung hängen noch Fotos des sehr jungen Grass, man erkennt den dominanten Jetzt-bin-ich-da-Zug im Gesellengesicht des späteren Meisters, und plötzlich ist er einem wieder ganz nah, als neugieriger, unruhiger Leser, der sich in seiner Lieblingsbuchhandlung mit neuen Büchern versorgt.

Nach den Lesungen sitzt man in »Wolffs Bücherei« um einen alten, runden Tisch, Rotweinflaschen werden geöffnet, es darf geraucht werden, die Unterhaltung ist gut, und bald macht sich eine gewisse Literatureuphorie breit, so daß einige Ergriffene plötzlich über ihre Schultern, nach hinten, in die deckenhohen Regale greifen, aus denen sie ein oder zwei Bücher herausziehen, als wäre deren Anziehungskraft mit der Zeit nicht mehr zu ertragen. Man schaut heimlich, unter dem Tisch, in die frische Ware oder nimmt das neue Buch auf die Knie, manche lesen sogar gleich daraus vor, die Anwesenheit eines Schriftstellers stört niemanden, es scheint eine Art gesunder Ausgleich zu sein, wenn er einmal andere Texte zu hören bekommt und nicht immer nur seine eigenen.

Als ich da war, legte eine Leserin Cees Nootebooms »Hotel«* auf ihre Knie, mit den ersten Sätzen hatte sie sich in dem Buch festgelesen, es war nichts mehr zu machen, sie trieb mit den gelesenen Zeilen davon, und ich versuchte, sie wieder zurück, in unseren Kreis, zu holen, indem ich die Sache ganz direkt anging und auf »Kees Nooteboom« zu sprechen kam. »Zees«, nicht »Kees« – … empörte sich da sofort ein ganzer Chor, man spreche Nootebooms Vornamen mit weichem »Z« aus, mit sehr weichem »Z«, das harte »K« passe auch gar nicht zu ihm, denn Zees Nooteboom …, nun ja, man müsse ihn halt einfach mal gehört oder gesehen haben, Zees Nooteboom sei ein ganz seltener, einzigartiger Mensch.

Ruhe, plötzliche Stille. Ich hatte, ohne es zu ahnen, die Zone der Geheimnisse berührt und fragte nicht weiter. Am nächsten Morgen besorgte ich mir Zees Nootebooms »Hotel«, alles deutete darauf hin, daß ich es diesem Buch schwermachen würde. Und ich begann zu lesen, mit gesenktem Kopf, hochkonzentriert, wie einer, der sich einem Duell stellt. Und dann kam alles ganz anders, mit den ersten Sätzen, wie eine Betäubung, als narkotisierte Zees schon vor der ersten Kampfhandlung all meine Sinne …

Er ist ein Meister, ja doch, er ist es. Schon nach dem sich bescheiden gebenden Vorwort ist mir das klar. Eine lästige Pflichtaufgabe muß es gewesen sein, dieses Vorwort, aber die mittellangen Reiseerzählungen und die anderen halblangen bis kurzen Texte über Bilder und Bücher, die in »Hotel« versammelt sind, verlangten Zees dieses Vorwort nun einmal ab, als wären sie eine wartende, alte Bande von Einzelgängern, die noch einmal erklärt bekommen müssen, wo es nun langgeht.

* Cees Nooteboom: Nootebooms Hotel. Aus dem Niederländischen von Helga van Beuningen. Frankfurt/Main 2000

Es soll in diesem Vorwort also ums Reisen gehen, in der Art eines Amuse gueule. Zees macht das so, daß er die Stimme senkt, sie sonor abtönt und mit einem Zitat beginnt: »Der Ursprung des Daseins ist die Bewegung …« Das sind Worte eines arabischen Philosophen, und sie stehen in einem mindestens achthundert Jahre alten Traktat über das Reisen, dem »Kitâb Al-Isfâr«, der nicht nur vom Reisen handelt, sondern mehr noch vom mystischen Sinn des Reisens. Zees hat diesen raren Traktat natürlich nicht in der arabischen Originalsprache gelesen, nein, er hat ihn in Paris entdeckt, in einem Pariser Buchladen, in einer französischen Übersetzung, da hieß »Reisen« immer noch klangvoll »voyage«, das heißt, erklärt Zees, im Arabischen »safar«, Plural »asfâr«. Und das mystische Reisen ist dann »siyâha«, schlicht-deutsch »Pilgerfahrt«, oder – in französischer Eleganz: »Parcourir la terre pour pratiquer la méditation et se rapprocher de Dieu.«

So raffiniert geht es zu in diesem Buch. Zees läßt einen steinalten arabischen Philosophen ein Motto vorgeben, dann nähert er sich der Sache weltläufig übers näher gelegene Französische, springt zwischen dem Arabischen und dem Französischen, ein Singular hier, ein Plural dort, treibt ein Spiel mit dem Wissen, und dann geht's hinein, ins Herz der Dinge, in die Mystik, arabisch-französisch, und wir sind im Nooteboomschen Element: Reisen ist »méditation«, sich den Rätseln der Welt nähern.

Die Materialien und Vorgaben – sie werden gedreht und gewendet, bis sie sich auflösen in privaten, erlebten Geschichten. In einem Pariser Buchladen füllt sich das Wort »Reisen« so über eine virtuos hingelegte Stufenfolge von Wort- und Sinnverwandlungen mit dem für Nooteboom eigenen Sinn, von hier aus erklärt er sich seine Manie, immer wieder für lange Zeit von zu Haus zu verschwinden, jene Manie, die an dem Tag begann, als er seinen Rucksack packte, Abschied von seiner Mutter nahm und in den Zug nach Breda stieg. Damals,

als junger Mann, beherrschte er das Reisen noch nicht, er zog voller Tatendrang los, er hoffte etwas Bestimmtes zu finden, irgendwo draußen, in den leeren Landstrichen, deren Karten vor Jahrhunderten noch voll waren von Phantasie- und Fabelwesen.

Mit den Jahren und einer unendlich verfeinerten Erfahrung aber hat sich das dann geändert. Aus dem typischen Reisenden, der unruhig bestimmten Spuren nachgeht, sich orientiert, sucht und alles Gesehene zu einem Mosaik zusammensetzt, ist der Typus des weisen Reisenden geworden, der Reisende, der warten kann, sich in sich zusammenziehen, ein dunkler, unbesetzter Fleck, der sich der Fremde aussetzt, nackt, ungeschützt, bis sie – von sich aus – von ihm Besitz ergreift. Der weise Reisende muß Zeit haben, unendlich viel Zeit, er darf zunächst einmal nichts »wollen«, er muß sich einnisten in der Fremde und jenen Spuren folgen, die ihm die Fremde, wenn sie mit ihm denn sympathisiert, dann vorgibt.

Nooteboom erzählt in »Hotel« von den Glücksmomenten solcher Spurensuche. Er sitzt in Madrid und will eigentlich in die Sahara, das klappt nicht, aber die große Sehnsucht nach Afrika ist plötzlich da. Wohin denn jetzt? Zum Beispiel nach Dakar, noch einmal nach Dakar? Geht wieder nicht, die Flugzeuge sind voll. Aber gleich unterhalb von Dakar, da liegt Banjul, gibt es dahin eine Flugverbindung? Aber gern, der Herr, morgen geht ein Flugzeug nach Banjul. Und das liegt genau wo? In Gambia, der Herr. Also fliegt Nooteboom los, nach Gambia.

Er hat dort natürlich nichts Rechtes zu tun, um so langsamer und neugieriger aber reist er durch das Land, er ist in ein großes afrikanisches Zeitloch gefallen, und jetzt bewegt sich alles um ihn herum wie in Zeitlupe. Die Einzeldinge führen ihr eigenes Leben, Nooteboom muß die Gesten und Zeichen ausbuchstabieren und entziffern, und er macht das in der Methode des Amuse gueule: Irgendwo eintreten, ein paar Worte aufschnappen, sie durchassoziieren, nachfragen, Lektüre zur Erläuterung und zum Nachforschen, und dann – am Abend –, um den Leser snobistisch zu narren: »ein Gedicht von Tibull«.

Was so entsteht, ist eine Art kosmopolitischer Blues, polyphon, hirnschmeichelnd sanft und randvoll mit Geschichten. Nooteboom erklärt nichts, er befaßt sich mit den Dingen immer nur so lang und so gründlich, bis sich der erste vage Sinneseindruck in der eigenen Geschichte auflöst. »Wenn ich meine Reiseführer richtig verstanden habe, wurde hier drinnen alles gründlich umgebaut«, sagt er dann etwa in der ältesten Kirche Venedigs, nahe der Rialto-Brücke. Aber er will seinen Reiseführer ja gar nicht so genau verstehen, er schüttelt diese Sätze gleich wieder ab, um sich der Zeitlosigkeit zu widmen, dem alten Priester im grünen Meßgewand, der gerade die Messe gelesen hat und die Betenden jetzt mit ein paar Worten verabschiedet. Da knien sie, die Gläubigen, »als hätten sie selbst noch am Sterbelager der römischen Götter gestanden«, und später unterhalten sie sich noch eine Weile unter den sechs Ewigen Lichtern, in denen hinter roten Scheiben ein brennendes Ölflämmchen glüht …

In solchen Ewigkeitsbildern geht Nootebooms Sehen auf, die Geschichte ist für den Weisen dann nur noch ein artiger Marionettenzug von Epoche zu Epoche, von Stil zu Stil, alles Geschmacksvarianten, würde er sagen, hinter denen die Rätselwelt schlummert. Priester und Gläubige ziehen sich darauf in ihre Geheimniszonen zurück, Zees hat jetzt eine andere Verabredung, ich bin jetzt »verabredet«, sagt er wahrhaftig, und man hört inzwischen die leichte Koketterie mit, denn er ist natürlich nicht mit irgendwem verabredet, sondern mit – zum Beispiel – Vittore Carpaccio, dem größten venezianischen Maler, leider ist er schon ein paar hundert Jahre tot.

In der Scuola di San Giorgio hängen einige seiner besten Bilder, doch Zees verabredet sich nicht mit mehreren Bildern auf einmal, sondern höchstens mit einem, und das ist dann das, auf dem ein Schriftsteller bei der Arbeit beobachtet wird, in seiner Studierstube, nebenbei gesagt ist es Augustinus von Hippo, der große Heilige, aber was tut das zur Sache? Wichtiger ist doch das perfekte Licht, die aufgeschlagenen Bücher, die Partitur, die Muschel ... – so zählt Zees die Bildelemente auf, sie studierend, die Muschel also, »dem Anschein nach ein Mitglied aus der Familie der Cypraeidae«. Das ist nun fast schon zuviel der Koketterie, wie er mit einem einzigen, lässigen Griff sogar noch die unauffällige Muschel in die Tasche steckt, »dem Anschein nach aus der Familie XYZ ...«, für einen Moment hebt man als Leser den Kopf und denkt: Aber Zees, hast Du das nötig?

Doch sei's drum, ein bißchen darf der Weise sein Weisheitsspiel auch einmal übertreiben, das sei ihm gegönnt. Schließlich widmet er sich ja keineswegs nur den schon gleichsam von vorneherein feststehenden Ewigkeiten, sondern »verabredet« sich auch ganz gezielt mit Menschen von heute, und meist sind das dann die großen Rhetoriker, seine Antipoden also, Genies wie Federico Fellini oder Umberto Eco. Mit Fellini aber redet er nicht nur, er speist mit ihm, es gibt kleinen grünen Spargel mit weißem jungem Käse, lauter solche Sachen, so daß sich die Zeit langsam dehnt und sich verlängert hin ... bis in jene Dämmerzonen, in denen Zees zu Hause ist, in den Ewigkeitswinkeln, in denen er dann selbst solche manisch-vitalen Geister wie Fellini betört.

Ich rede gern, sagt Fellini dann plötzlich, und man verfolgt von Silbe zu Silbe, wie die Nooteboomsche Hypnotisiernadel sich in Fellinis weiches Menschenfleisch bohrt, ich rede gern, aber ich rede oft zuviel. Pause, man hört jetzt die Pause, das Fellinische Aufseufzen, und dann das Geständnis: »Manchmal lese ich später, was ich gesagt habe, und dann werde ich ganz traurig.«

An solchen Stellen möchte man das Buch zuklappen und selbst erst einmal traurig werden, natürlich über sich selbst, und sich vornehmen, das eigene Leben zu ändern und ein Reisender zu werden wie Zees Nooteboom einer ist, einer, der die Reiseführer zum Schweigen und Fellini dazu bringt, in sich zu gehen. Aber dann liest man doch wieder weiter, nicht mehr rasch, sondern mit jener augendrehenden Verzückung, die Zees an Augustinus von Hippo beobachtet hat, im Moment der Verzückung oder, wie Zees sagt, »im geheimnisvollsten aller Momente, dem der Inspiration«.

Und so steigt man mit ihm auf mexikanische Pyramiden oder durchläuft Zürich im Winter (ja, sogar Zürich, und Zürich *ist* natürlich hier eine tiefere Stadt, man ahnte ja schon immer, daß Benn nichts verstanden hatte von Zürich und das mit der Stadt ohne »Wunder und Weihen« nur so dahergedichtet hatte, ausgerechnet in einem Gedicht mit der Überschrift »Reisen« ...), jedes Mal beinahe nervös vor Erwartung, wie Zees sich der Aufgabe stellen wird, und dann mit offenem Mund, beobachtend, wie unglaublich raffiniert er die Schlingen verknüpft und entwirrt und es dann Abend werden läßt, zum Beispiel in Bolivien. Man sitzt noch eine Weile am langsam erlöschenden Feuer und versucht, die Gedanken zu ordnen. Und endlich: »Drinnen, in der Bar, singt Sinatra, und die Welt wird wieder zum Dorf.«

Reisen sollte immer siyâha sein, Pilgerfahrt, denke ich nun, Lesereisen aber sind das genaue Gegenteil von siyâha. Wenn ich Zees folgen will, muß ich meine Lesereisen im kommenden Jahr absagen. Aber dann käme ich nicht an Orte wie »Wolffs Bücherei«, wo ich doch, kann ich jetzt sagen, beinahe einen Abend saß wie Zees etwa in Banjul und wo Leserinnen ihre Lieblingsbücher auf ihre Knie legen, heimlich, um das Geheimnis zu hüten und gleichzeitig seine Kraft zu beschwören, damit es aus Nichtsahnenden Ahnende macht.

Mit bloßen Fingern gemalt

Irgendwann standen wir alle einmal wie Gil Pender, die Hauptfigur in Woody Allens Film »Midnight in Paris«, spätnachts auf einem Pariser Boulevard. Wir hatten ein wenig zu viel getrunken, und dann kam ein Oldtimer vorbei, hielt direkt vor uns, und wir stiegen ein. Eine muntere Gesellschaft war in dem Wagen unterwegs, bot uns Champagner an und ließ uns mitfeiern. Und plötzlich begriffen wir: Durch eine lockere Zeitreise von kaum einer Minute waren wir in unseren Paris-Phantasien angekommen, im Paris der zwanziger Jahre, wie es niemand besser beschrieben hat als Ernest Hemingway, der Magier mit den schlichten Hauptsätzen und dem Gespür für alles Sinnliche, vom Angeln an der Seine bis zum Trinken eines frischen Muscadet genau am richtigen Ort genau zur richtigen Zeit.

Der überraschende Zeitsprung erschreckte uns aber nicht im Geringsten, denn wir kannten uns in den zwanziger Jahren besser aus als in der Gegenwart. Hemingways posthum, wenige Jahre nach seinem Tod erschienenes Erinnerungsbuch »Paris, ein Fest fürs Leben« hatten wir unzählige Male gelesen und kannten ganze Partien sogar auswendig. »Dann war das schlechte Wetter da« – so hatte Annemarie Horschitz-Horst den berühmten ersten Satz übersetzt. Dieser Satz war der markante Gongschlag zu Beginn einer endlosen Traumreise, mitten hinein in das Leben der Literaten- und Maler-Clubs und so nahe dran an den Atmosphären von Bohème, Hinterhof und Literaten-Café, daß man sich wie ein Eingeweihter vorkommen konnte.

Im Zentrum dieser Einweihung aber stand die Initiation in das Schriftsteller-Leben, wie es verführerischer und vor allem problemloser nie geträumt worden ist. In Hemingways hymnischer Feier von Einfachheit und Geradlinigkeit bestand es aus guten Pariser Tagen, einem Kreis von trinkfesten Freunden, einer Lehrerin für alle Fragen des schriftstellerischen Handwerks und einer gewaltigen Dosis an Liebe. Diese Liebe aber war mehr als die Liebe zur eigenen Frau und dem gerade geborenen ersten Kind, es war eine Liebe, die von dieser familiären Konstellation aus überströmte auf alles Dingliche, auf Straßen, Läden, Bäume und Parks.

Im Grunde zelebrierte Hemingways Blick eine Liebe zur Schöpfung, und das Erfrischende daran war, daß er es mit der Gestik des amerikanischen, handfesten Buben vom Land tat, der alle Wehleidigkeiten, auf die sich die europäische Moderne längst verständigt hatte, mit gespielter Naivität einfach übersah. Und so ging es im speziellen Fall Hemingways denn auch nicht um Entfremdung, Identität, Skepsis oder gar Angst, sondern einzig und allein um das Glück. Die kühne Dreistigkeit, auf dem puren Glück zu bestehen und das sich trist und desillusioniert gebende Paris der zwanziger Jahre auf dieses Glück hin abzutasten und zu durchsuchen, war die revolutionäre Pointe von Hemingways Paris-Buch. Nichts anderes als diese Pointe machte das Buch zu einer solchen Ausnahmeerscheinung und daher zu einem unserer »Herzbücher«.

Heute aber liegt Hemingways Tod im Jahr 1961 bereits fünfzig Jahre zurück. Längst hat sich die literaturwissenschaftliche Forschung bis in alle Details des Paris-Buches angenommen und dabei sehr Erstaunliches zutage gefördert. Ein Ergebnis dieser Forschungen ist die Ausgabe des Buches in der Urfassung, die pünktlich zum 50. Todestag jetzt auch auf Deutsch (in einer sehr guten Übersetzung von Werner Schmitz) erschienen ist. Diese Neuausgabe aber läßt uns eine bisher verborgene Geschichte von großer Spannung erkennen, und erst diese Geschichte läßt einen genauer ahnen, was alles hinter Hemingways Paris-Mythomanien steckte.

Zunächst einmal: Während einer seiner späten Europa-Reisen mit seiner vierten Frau Mary wurden Hemingway 1956 im Pariser Hotel Ritz zwei Koffer ausgehändigt, in denen er Notizbücher und Manuskripte der zwanziger Jahre deponiert hatte. Hemingway ließ das gesamte Material dieser Zeitkapsel in einem eigens dafür gekauften Louis Vuitton-Schiffskoffer über den Atlantik und weiter nach Kuba bringen und machte sich dann auf seiner dortigen Finca über die Aufzeichnungen her. Für den damals stark depressiven und schwerkranken Mann müssen sie eine Offenbarung mit stärksten Erinnerungsschüben aus weitgehend unbelasteten sowie psychisch und physisch gesund durchlebten Jahren gewesen sein.

Plötzlich und unerwartet hatte er wieder einen großen Stoff und darüber hinaus ausreichend Material, um - nach vielen gescheiterten anderen Versuchen - ein neues Buch-Projekt angehen zu können. Dieses Projekt plante er als ein Erinnerungsbuch, das jedoch mit gängigen Memoiren oder Autobiographien nichts zu tun haben sollte. Hemingway wollte vielmehr die Atmosphären der zwanziger Jahre wiederbeleben, er wollte ihre Auferstehung feiern, und er wollte diese Feier so inszenieren, daß auch er selbst, als todkranker und an Schreibblockaden leidender Schriftsteller, durch dieses Schreiben wieder genas.

Bis zu seinem Freitod im Juli 1961 hat Hemingway mit großer Zähigkeit an diesem Projekt festgehalten. Das vorhandene Material als Stimulans verwendend, hat er Geschichten geschrieben, die wie starke Erinnerungsbilder gemalt oder besser: gezeichnet sind und beinahe ohne Handlung auskommen. Die Handlungsträger sind stattdessen die Getränke und Speisen der Pariser Cafés und Restaurants, die Pariser Tableaus der Straßen und Plätze, die hingenuschelten Unterhaltungen mit Freunden und Bekannten und die strahlende Inszenierung der Zweisamkeit mit seiner ersten, jungen Frau Hadley.

Für den damals etwas über sechzig Jahre alten Autor muß das alles wie ein erneutes erstes Kosten von Frische, Jugend und Unbeschwertheit gewesen sein, während dessen die dunklen, abseitigen Szenen und Stimmungen in den Hintergrund skizziert wurden. Als »bewegliches Fest« war »Paris« vor allem eine Art Wiedergeburt, mochte Gertrude Stein auch noch so viel von einer »verlorenen Generation« geredet haben, der Hemingway angeblich angehört haben sollte.

Wo auch immer er an solche »Zeitzeichen« des Jahrzehnts nach dem Ersten Weltkrieg geriet, hielt er sie durch Ironie und Parodie und somit durch Stilmittel auf Distanz, die er noch nie in solch starkem Maße eingesetzt hatte. Sie galten der Wichtigtuerei und Ruhmsucht mancher Kollegen und generell all denen, die zu verbissen und ernst lebten und daher »das Pariser Leben« nicht zu genießen verstanden. Genau darauf aber, auf sublimierten Genuß, auf heimliche Freude und ästhetische Abstraktion, zielte Hemingways Selbst-Therapie, die er sich für sein spätes Arbeiten verschrieb.

Nach seinem Tod erklärten seine vierte Frau und sein Lektor das Manuskript des Paris-Buchs für abgeschlossen und gaben gemeinsam ein Buch mit dem Titel »A Moveable Feast« heraus. Aus Hemingway-Zitaten drechselte Mary sogar ein Vorwort in scheinbar originalem Hemingway-Ton, das Hemingway so nie geschrieben hatte. In manche Geschichten griffen die Herausgeber ein, ließen Passagen weg oder fügten Teile späterer Fassungen ein. Die von Hemingway vorgesehene, aber noch nicht abschließend festgelegte Reihenfolgte interessierte sie auch nicht besonders, stattdessen komponierten sie den Erzählzyklus der Geschichten so, wie sie es selbst für richtig hielten.

Die jetzt vorliegende Urfassung des Paris-Buchs räumt mit alldem auf. Sie präsentiert Hemingways Erzählungen zunächst in der vom Autor angedachten Reihenfolge und Textfassung, und sie veröffentlicht »Zusätzliche Pariser Skizzen« und Fragmente, die man bisher noch nicht kannte. Das alles ergibt sonderbarerweise aber keinen Steinbruch, sondern ein ungemein ehrliches und eindringliches Textlabor von Hemingways letztem Buchprojekt in statu nascendi. Nicht »A Moveable Feast«, sondern »The Early Eye and The Ear« sollte dieses Buch heißen.

Und genau wie es dieser Titel verspricht, liest man nun Geschichten in Cézanneschen Pastell-Tönen und hört, welch ungeheure Musikalität hier heimlich dem Rhythmus der Satzglieder nachspürt. Überhaupt sind die fünf Sinne die zentralen Erlebnisspeicher dieser Prosa, die ein gealterter Mann mit einer ungemein starken Sehnsucht nach den bloßen Schwingungen und Regungen des Dinglichen geschrieben hat. Mitten in Hemingways Textlabor bemerkt und erkennt man aber plötzlich, daß dieser Sehnsuchtston nichts Nostalgisches hat, sondern sich einer bis zu Hemingways Tod durchgehaltenen großen Anstrengung verdankt.

Diese Anstrengung gründet in dem Willen zur Essenz, zum Puren und Reduzierten und damit insgesamt zur strengen Wiederlektüre des autobiographischen Materials. Die beiden Fixpunkte dieser späten Lesart sind die Emphase der Jugend und die Ahnung des baldigen Todes, die sich scharf wie ein Messer, das alles Beliebige kürzt und wegschneidet, in die bunten Szenen der Jugend einschreibt. Und so begreift man zum Schluß, ergriffen und durchaus tief berührt, daß Hemingways späte Stilleben und Szenen die Formate und Grenzen des Erzählens aufheben und schließlich ganz ignorieren. Nicht der Stift arbeitet dann weiter an diesen Szenen, sondern die nackte Haut, die den letzten Impulsen der früher so lebendigen Dinge nachspürt. Dadurch ähneln diese einzigartigen späten Meisterstücke den Spätwerken Tizians. Denn wie diese sind sie nicht mit dem Pinsel oder dem Stift, sondern vor der großen Dämmerung des verblassenden Lebens mit bloßen Fingern gemalt.

Coda

Intimes Sprechen

Als Kind hörte ich am Abend vor dem Einschlafen durch den schmalen Türspalt des Kinderzimmers das Gespräch der Eltern im Nebenraum. Die fünfziger Jahre gingen allmählich zu Ende, es waren die letzten Jahre der fernsehlosen Zeit, die Medien insgesamt spielten noch kaum eine Rolle, höchstens, daß mein Vater meiner Mutter manchmal einen Absatz aus der Zeitung vorlas. Sonst aber sprachen sie miteinander, sie unterhielten sich über das, was am Tag geschehen war, sie verarbeiteten es oder planten die Zukunft, es war ein intimes Gespräch zu zweit, in einem geschlossenen, nach außen hin abgedichteten Raum, in dem sie auf eine eigene, durch die Erfahrungen vieler Jahre entwickelte Weise miteinander verkehrten.

Dieses Gespräch diente der Information, aber noch mehr der Beruhigung und dem inneren Ausgleich, zugleich war es die intensivste Form, Zusammengehörigkeit herzustellen, indem man sie um den jeweiligen Tages-Stoff erweiterte und diesen neu durchging.

Ich neidete meinen Eltern damals diese intime Form des Gesprächs, ich hätte gerne bei ihnen im sogenannten Wohnzimmer gesessen, aber ich wußte auch, daß ich noch nicht die passenden Gesprächsthemen hatte. Denn worüber hätte ich reden sollen? Meine Eltern erzählten sich von ihren Freunden und Nachbarn, sie planten einen Hausbau in ihrer gemeinsamen Heimat, oder sie gingen bestimmten Erinnerungen nach, so bestand ihr Gespräch aus unendlich vielen Anknüpfungspunkten.

Ich aber unterhielt mich mit meinen besten Freunden nur über wenige Themen. Wir führten kein intimes Gespräch, wir tauschten nichts Vertrauliches aus, sondern wir umkreisten den kleinen, isolierten Raum unserer Interessen: Fußball, Sport, die Schule, unsere Spiele, wir sprachen miteinander wie Experten, die spezielle Kenntnisse hatten und Stunden damit zubringen konnten, sie zu vergleichen.

Erst mit zunehmendem Alter wurde dieses kindliche Experten-Sprechen intimer. Allmählich entwickelten wir Freunde Vorlieben und Passionen, wir erzählten sie einander exklusiv, niemand sonst durfte von ihnen erfahren, wir stifteten eine Art Bund, den Freundschafts-Bund des unaufhörlichen Austauschs von Stimmungen und Befindlichkeiten, von denen jede einzelne geringfügig und unbedeutend sein mochte, im Ensemble aber wichtig wurde.

Die wenigen intensiven Freundschaften unseres Lebens entwickeln sich durch solche intimen, nicht aufhörenden, manchmal jahrzehntelang geführten Gespräche. Sie haben eine bestimmte Hierarchie, sie gruppieren die Themen »von alters her« in einer bestimmten Reihenfolge, die immer wieder durchgegangen wird, als könnte die Zeit einem nichts anhaben.

Daher sind solche Gespräche eine Hilfe, sie wehren den Zeitdruck der steten Veränderungen ab, sie drängen sie beiseite und konzentrieren sich auf das scheinbar unveränderliche Gegenüber zweier Gesprächspartner, die der fluktuierenden Außenwelt trotzen.

Eine Voraussetzung dieses intimen, freundschaftlichen Sprechens ist das Zwiegespräch, der innere Dialog, die Selbstverständigung des einzelnen mit sich selbst, die in der frühen Kindheit beginnt. Dieses innere Sprechen imitiert zunächst die Musik des elterlichen Sprechens, es ahmt den Klang der mütterlichen Laute nach, Höhe, Tiefe, Pausen, Rhythmen, und es erhält durch diese Nachahmung erste Strukturen.

Im Innern des Kindes aber entsteht mit den Jahren neben dem nachahmenden auch ein An- oder Gegen-Sprechen gegen die Melodik und den Klangraum der unmittelbaren Umgebung. Das Kind lernt, mit sich selbst zu sprechen, es ahmt nicht nur nach, sondern verwirft, wählt aus, setzt zusammen, allmählich bringt es sein eigenes Sprechen vor den Sprachen der anderen zu Gehör, es meldet sich, steht auf, setzt Akzente, das Sprechen präsentiert sich und bildet eine eigene Partitur im Blick auf die Vorbilder, die Autoritäten, die das Sprechen gelehrt haben. So entwickelt das Kind eine Art innerer Intimität, einen andauernden Umgang mit sich selbst, die notwendige Vorstufe zu einem befriedigenden späteren Umgang mit den anderen.

In diesem ersten intimen Sprachraum bilden sich allmählich Geheimniszonen, die das Kind dem öffentlichen, nach außen dringenden Sprechen entzieht. Manchmal macht es sogar halt vor diesen Zonen, wagt nicht, sie zu durchforschen, oder ahnt höchstens um ihr Dasein. Die Geheimniszonen sind etwas Dunkles, Verborgenes, sie bilden sich um kleine Erregungs-Motive und Erzähl-Zellen, sie bestehen noch nicht aus langen Geschichten mit Anfang und Ende oder Ursache und Wirkung.

Daher empfindet das Kind sie auch häufig als fremd, als hätten winzige, nicht kontrollierbare Fremdkörper in seiner Seele Einzug gehalten. Das Kind spürt die Macht dieser Fremdkörper um so mehr, als es ihre Herkunft nicht kennt, etwas Irritierendes, Verstörendes, Beängstigendes ist da im eigenen Inneren, und das Kind kann all das aus eigener Kraft noch nicht bannen. So beginnen Furcht, Angst und eine seltsame Geheimbündelei, das Kind sucht nach Verbündeten, und oft traut es der eigenen, sonst so vertrauten Umgebung, ja selbst den Eltern, nicht mehr und beginnt stückweise, sich anderen Autoritäten anzuvertrauen.

Die späten fünfziger Jahre waren in Deutschland die letzten Jahre eines stabilen religiösen Bewußtseins, mindestens einmal wöchentlich ging ich damals noch in die Kirche, und so wurde der Kirchenraum zum ersten intimen Gesprächsraum des inneren Sprechens außerhalb der häuslichen Wohnung.

Die wichtigsten Formen dieses Sprechens aber waren die des Gebets, für das es drei verschiedene, je nach Anlaß, Thema und Gelegenheit ansprechbare Gegenüber gab: Gottvater, die fernste, mächtigste Gestalt, den thronenden Herrscher und Allesüberblicker, Gottsohn, den Leidenden, Ausgelieferten, und schließlich die Gottesmutter, die verständige Mittlerin, die Güte selbst, die schöne Frau.

Als Trias bildeten diese großen Ikonen eine kleine Familie mit einem starken Vater, einem unverstandenen Sohn und einer verständnisvollen Mutter, gerade in dieser Dreiheit entwarfen sie eine vorstellbare Geschichte und wurden zu Figuren des inneren Erzählens. Ihnen trug ich vor, was ich »insgeheim« dachte und fühlte, und ich erwartete Zustimmung, Ablehnung, Anerkennung, aber auch Rat.

Wesentlich für diesen religiösen Austausch aber war die Vorstellbarkeit meiner Gegenüber. Das Göttliche entzog sich nicht wie die mythischen Götter der Frühzeit, und es verbarg sich auch nicht wie die olympischen in den Wolken, sondern war anschaubar, im Bild zu fixieren. Erst durch die Bilder entstand die Gewißheit, von Gott betrachtet zu werden und ihn betrachten zu können, das Anschauen und Angeschautwerden war die fundamentale Bedingung des inneren Sprechens und des gesprächigen Austauschs.

Aus dieser bildlich-konkreten Beziehung entstand die Erfahrung des Blicks, untergründig, unbewußt erhielt ich vielleicht damals die Ahnung, daß der Blick das intime Gespräch grundiert und daß die besten solcher Gespräche in dem durch Blicke geführten impulsiven Rahmen verlaufen.

Keine Gesprächsform kultiviert all diese Einzelmomente so sehr wie das Liebesgespräch, die erfüllendste Form des Miteinander-Sprechens überhaupt. In seinem Kern geht es zunächst gar nicht um Themen, sondern darum, sich dem Geheimnis der Liebe, der extremsten Geheimniszone des Sprechens, zu nähern. Diese Annäherung hat aber keine Methode und gehorcht erst recht nicht logischen Wegen, vielmehr ist sie ein unendliches Abtasten, Erwägen, Erproben, ein Schauen, Reagieren und Wiederhinschauen, eher ein Kreisen als ein Weg, eher beschwören und deklamieren als behaupten und urteilen.

In diesem nicht enden wollenden Austausch von Geringfügigkeiten, Indizien und Vermutungen verläuft das Experiment, zwei Erfahrungsräume auf möglichst intensive Weise zu Berührung und vielleicht sogar zur Deckung zu bringen. Denn ich frage ja nicht, weil ich wissen und Antworten hören, sondern weil ich meine Worte erwidert sehen will, der Liebende horcht auf die Schattierungen der sprachlichen Rhythmen, auf ihre Echos und Brüche, daher ist er so sprachverliebt, ein Stammler und Mystiker, lallend und singend.

In diesem Sinne ist das Liebesgespräch die wildeste, anarchischste Form des Gesprächs, ungezügelt, sich wiederholend und verausgabend, ein Sprechen, das die Worte mit den Körpern verbindet und die Körper zu ihrem Nachhallraum macht. ›Was geschieht nur mit uns?‹ fragt unaufhörlich dieses Sprechen und weiß doch keinerlei Antwort, sondern steht still, erlebt sich selbst und ist sich – im ersten Überschwang des nicht für möglich gehaltenen Glücks – vielleicht sogar genug.

In den frühen Phasen des Kennenlernens erzahlen die Liebenden sich auf labyrinthische Weise ihr Leben neu, sie erfinden ihre Biographien, gruppieren deren Abschnitte um, entdecken ihre Obsessionen und Irrtümer und blicken so erstmals umfassend zurück auf ihre Geschichte und damit auf das Kind, das sie waren.

Dieses Kind zeigt sich neu, es ersteht wieder auf, in veränderter, erwachsener Gestalt, wieder neu der Koseworte und Schmeicheleien, des Lobes und der Anerkennung bedürftig und nach alldem geradezu süchtig, die atavistische Folie des Liebesgesprächs ist das kindliche Murmeln, und sein Spielzeugkasten ist die Poesie des Konkreten: Lautmalerei, Hymnus, Ode und Litanei.

Will dieses Sprechen aber mit der Zeit die Beschwörungsphasen verlassen, bedarf es der Führung und der Elemente einer Kunst des Gesprächs. Im abendländischen Raum hat dieses Gesprächsideal seine Form und Methode in der Antike gefunden.

Inmitten des geschlossenen Kreises der nächsten Freunde erörtert Sokrates die Fragen des Lebens, das sokratische Gespräch verläuft entlang einer stetig sich vertiefenden und verlängernden Linie, es ist ein gemeinsames Nachdenken mit der Vorgabe, einem Ziel näher zu kommen. Daher leitet Sokrates die Fragenden an, Bruchstücke ihres Wissens gleichsam am Wegrand zu sammeln und aufzuheben, diese Fragmente werden gewendet und von allen Seiten betrachtet, sie werden miteinander verglichen und zusammengesetzt.

Durch unermüdliches Nachfragen werden die Gesprächspartner so eingeschworen auf ein Thema, auf seine analytische Durchdringung und Fortführung, das Gespräch zieht sich dadurch zusammen und wird Konzentration.

Erweitert sich das Liebes- oder das Freundschafts-Gespräch um das sokratische Sprechen, werden die Verbindungen der Gesprächspartner allmählich dauerhaft und konstant. Die erste Unruhe legt sich, stirbt aber nie aus, sondern verwandelt sich in eine Unruhe des andauernden Forschens, in Neugier.

Ist Sokrates der ideale Lehrer und seine Methode das Lehrgespräch um des fundierten Wissens willen, so erörtert das sokratische Liebes- und Freundschaftsgespräch die Themen des Lebens im Blick auf ihre emotionale und daher private Bedeutung. Seine Neugier hat etwas Unendliches, Enzyklopädisches, die ganze Welt der Dinge und Gegebenheiten wird nach und nach abgeklopft auf ihren subjektiven Bezug, auf ihre »Bedeutung für mich und für dich«.

Genau an dieser Stelle wird das Gespräch zum »Roman«, zur literarischen Form der Totalität. Als sokratisches Liebesgespräch will es die Welt als Ganzes verwandeln und in sich hineinziehen, ist es das universelle Abenteuer der Welterkundung, der unendlichen Reise, des immer wieder vollzogenen Aufbruchs.

Wollten wir aber immerzu in dieser Hochspannung leben, kämen wir auf Dauer schon mit den einfachsten Bezügen des Alltags nicht mehr zurecht. Um deren Vertrautheit zu erhalten und unsere Gewöhnung an sie nicht zu verlieren, haben wir den Small-talk und die Konversation erfunden.

Der Smalltalk ist, wie Oscar Wilde es einmal genannt hat, die Kunst des Gesprächs, alles zu berühren und nichts zu vertiefen, in ihm geht es nicht um Themen und ihre Durchdringung, sondern um die Anbahnung und Herstellung von Beziehungen. So vergewissert man sich im Small-talk eines Gegenübers, man meldet sich, zeigt sich, man knüpft einen Kontakt und springt gleich weiter zum nächsten Gespräch, das Ideal des Small-talks ist das immer weiter geknüpfte Netz, in dem jeder einzelne Anknüpfungspunkt eine Funktion, aber keine lange Geschichte hat.

Daher bleiben die Verbindungen zwischen den Gesprächspartnern im Smalltalk locker und lose, sie entstehen durch die Artikulation von Interessen und dienen daher oft in idealer Weise dem Beruf, dem Geschäft, große Karrieren sind heute kaum denkbar ohne jene Beziehungsnetze, die der Small-talk bei so mancher Gelegenheit vergrößert und ausdehnt.

Seine veredelte Form aber ist die Konversation, die der Runde, des Gesprächskreises, bedarf, in dem man sich auf leichte, ungezwungene Art öffentlichen, alle Gesprächspartner berührenden Themen zuwendet. Die Konversation ist daher niemals intim oder gar exklusiv, sie bezieht alle ein und ist ein kunstvolles, in ihrer schönsten Form, der des Salons, sogar elegantes Plaudern, das die gängigen Themen mit neuen Akzenten versieht und für überraschende Wendungen sorgt.

Daher ist die Konversation im besten Sinne urban, sie setzt ein lebhaftes öffentliches Leben voraus, in dem die Gesprächspartner verankert sind und dem sie so etwas wie Erfahrung und Wissen verdanken.

All diese Gesprächsformen hat die erzählende Literatur jahrhundertelang kultiviert. Von Platons Aufzeichnungen der sokratischen Dialoge über die Gebetsformen der Mönchsorden bis hin zu den Konversations-Lehrbüchern der Renaissance und den enthusiastischen Liebes-Gesprächs-Konzeptionen der deutschen Romantik hat sie die Kunst des Gesprächs nicht nur unendlich verfeinert, sondern immer auch in all ihren Nuancen gelehrt.

Erst die Literatur der Moderne hat begonnen, auf solche kultivierenden Funktionen weitgehend zu verzichten. So tauchen sie heute in Ratgebern auf, die inzwischen jede Gesprächs-Form – den Small-talk, das Vorstellungsgespräch, das therapeutische Sprechen – im Blick auf ihre Markt-Effizienz planen und so einer durchsichtigen, oft banalen Strategie unterwerfen.

Wollte man die Kunst des Gesprächs heute wiederbeleben und sie auf indirekte Weise lehr- und vorführbar machen, so wäre das Fernsehen dafür ideal. Gerade das Fernsehen aber zeigt kaum Gespräche und bemüht sich erst recht nicht um deren Kunst, sondern zeigt Unterhaltungen in ihrer einseitigsten und oft sogar abstoßendsten Form.

Die gängigen Talk-Shows reduzieren den Moderator auf die Rolle des unbeteiligten Stichwortgebers, der Themen abfragt und hier und da nachhakt, größere Gesprächsrunden artikulieren höchstens Meinungen und Statements, während die nachmittäglichen Daily-Talks die ekelhafteste Umkehrung des intimen Gesprächs darstellen, die Abrufung von Intimität und ihre Entblößung in wenigen billigen Minuten.

Ach, ihr Sonntagvormittage in den Stuttgarter Wäldern und rund um die Bärenseen: Da streunen die Gesprächspartner in kleinen Gruppen, meist zu zweit, selten zu dritt, eher zu viert, durch das Gelände: ›Herbert hat neulich gesagt …‹, ›hast Du den Film gestern gesehen? …‹, ›da habe ich zu meiner Mutter gesagt …‹ – so ticken die Sonntagsgespräche. Manchmal erinnern sie mich an das elterliche Gespräch, das ich als Kind in den Nächten belauschte. Dann denke ich: Es ist noch da, es lebt noch – das intime Sprechen ist noch nicht am Ende.

Die »Herzenssache« Thomas Mann

(Dankrede zur Verleihung des Thomas-Mann-Preises der Hansestadt Lübeck)

Sehr geehrter Herr Bürgermeister, sehr geehrte Juroren, meine Damen und Herren, liebe Kinder,

ich sitze im Musikzimmer unseres Stuttgarter Garten-Hauses, als mich der Anruf an einem frühen Montagabend erreicht. Ich stehe auf und gehe mit dem Telefonhörer zur Glastür, während mein siebenjähriger Sohn Lukas noch die Klaviernoten für seine Klavierübungen sucht. Ich höre, daß mich jemand aus Lübeck zu sprechen wünscht, gerade jetzt, wo ich meinem

Sohn beim Üben zuhören will. Ich höre die Stimme, und ich schaue, während ich antworte, etwas abwesend hinaus in den Garten, der kein Garten ist, sondern ein Stück weiter Natur, ein halber Bergrücken, hoch über dem Stuttgarter Talkessel.

Es ist bald sechs, dann wird das Abendläuten beginnen, ein mich jeden Abend wieder überraschendes und oft rührendes Läuten mehrerer Kirchen, die nicht zugleich, sondern nach-, durch- und dann in einem merkwürdig geheimen Rhythmus miteinander läuten. Die Stimme in meinem Hörer erzählt mir von Lübeck, und während ich weiter sehr tranceartig hinaus in den Garten schaue, verbindet sich die Erzählung der Stimme mit dem erwarteten Läuten der Glocken. Ich stehe, sehe und höre, ›Glockenschall, Glockenschwall supra urbem …‹, denkt es in mir, doch ich habe keinen Begriff davon, wer da spricht, wer das murmelt und flüstert.

Du bist ganz weiß, Pappa, sagt mein Sohn Lukas, als ich den Telefonhörer weggelegt habe.

Ich werde den Thomas-Mann-Preis der Hansestadt Lübeck erhalten, sage ich.

Was ist der Thomas-Mann-Preis der Hansestadt Lübeck? fragt mein Sohn.

Es ist ein Literaturpreis, sage ich, ein Preis, der nach dem Schriftsteller Thomas Mann benannt ist, der in Lübeck geboren wurde.

Lebt Thomas Mann noch? fragt mein Sohn.

Nein, sage ich, er ist schon seit beinahe fünfzig Jahren tot.

War er ein großer Schriftsteller?

Ja, sage ich, das war er.

Hast Du seine Bücher gelesen?

Ja, sage ich, einige kannte ich früher sogar in Ausschnitten auswendig.

Auswendig, richtig auswendig? fragt mein Sohn.

Ja, sage ich, auswendig, hör mal zu: Glockenschall, Glokkenschwall supra urbem, über der ganzen Stadt, in ihren von Klang überfüllten Lüften! Glocken, Glocken, sie schwingen und schaukeln, wogen und wiegen ausholend an ihren Balken, in ihren Stühlen, hundertstimmig, in babylonischem Durcheinander. Schwer und geschwind, brummend und bimmelnd, – da ist nicht Zeitmaß noch Einklang, sie reden auf einmal und alle einander ins Wort, ins Wort auch sich selber …

War das Thomas Mann? fragt mein Sohn.

Ja, sage ich, und wie findest Du es?

Großartig, sagt mein Sohn, all diese Assonanzen und Alliterationen sind großartig: wogen und wiegen, brummend und bimmelnd …

Ja, sage ich, das ist Musik, hohe Satzkunst.

Pappa, fragt mein Sohn, machst Du eigentlich auch Musik und hohe Satzkunst?

Nun ja, sage ich, in Lübeck glauben Sie das zumindest ein bißchen.

Ich glaub's aber mehr als ein bißchen, erwidert mein Sohn und fügt, während er sich auf dem Klavierhocker dreht und seinem Instrument zuwendet, noch hinzu: Pappa, Du bist immer noch weiß, geh mal ein wenig im Garten spazieren, ich übe schon mal etwas allein.

Ja, gut, sage ich, dann gehe ich mal etwas im Garten spazieren, und Du übst Thomas Mann.

Aber Pappa, sagt mein Sohn, ganz gelassen, Du mußt ihn üben, den Thomas Mann, ich übe jetzt Bach.

Als ich den Garten betrete, betrete ich ihn als Thomas-Mann-Preisträger der Hansestadt Lübeck. ›Wie betritt man einen Garten als Thomas-Mann-Preisträger?‹, denke ich, doch dann beginnen wahrhaftig die Glocken im Talkessel zu läuten, es ist sechs, Glockenschall, Glockenschwall …, an dröhnen die Klöppel und lassen nicht Zeit dem erregten Metall, daß es ausdröhne, da dröhnen sie pendelnd an am anderen Rande, ins eigene Gedröhne, also daß, wenn's noch hallt »In te Domine speravi«, so hallt es auch schon »Beati, quorum tecta sunt peccata«, hinein aber klingelt es von kleineren Stätten, als rühre der Meßbub das Wandlungsglöcklein …

Ich schreite jetzt durch das Gras, ich passiere den Bauerngarten, doch in Wahrheit gehe ich am Mainzer Rheinufer spazieren, nicht weit von meinem Gymnasium. Am Mainzer Rheinufer befindet sich die Stadtbibliothek, vor einer halben Stunde habe ich mir auf Empfehlung eines Lehrers den »Tonio Kröger« ausgeliehen. Ich bin sechzehn Jahre alt, eine meiner noch sehr vorläufigen Lebens-Ideen ist die, ein Schriftsteller zu werden, und so beginne ich denn zu lesen, wie Tonio Kröger ein Schriftsteller wird: »Die Wintersonne stand nur als armer Schein, milchig und matt hinter Wolkenschichten über der engen Stadt. Naß und zugig war's in den giebeligen Gassen, und manchmal fiel eine Art von weichem Hagel, nicht Eis, nicht Schnee. Die Schule war aus. Über den gepflasterten Hof und heraus aus der Gatterpforte strömten die Scharen der Befreiten, teilten sich und enteilten nach rechts und links. Große Schüler hielten mit Würde ihr Bücherpäckchen hoch gegen die linke Schulter gedrückt, indem sie mit dem rechten Arm wider den Wind dem Mittagessen entgegenruderten; kleines Volk setzte sich lustig in Trab, daß der Eisbrei umherspritzte und die Siebensachen der Wissenschaft in den Seehundsränzeln klapperten …«

Noch nie habe ich eine solche Sprache gehört. Ich empfinde sie als festlich, als verführerisch, zugleich aber auch als uneindeutig, als ernstes Wortspiel, wobei über dem Spiel der exakte, sich hochakustisch artikulierende Blick etwas Schwankendes, Impressives bekommt.

Als junger, angehender Schriftsteller von sechzehn Jahren hatte ich mir zuvor eine literarische Vater-Figur entworfen, deren Schreiben über ganz andere Tugenden verfügte. Am

Beispiel von Ernest Hemingways Kurzgeschichten hatte ich bisher mein Schreiben geübt, ich hatte gelernt, dieses Schreiben zu korrigieren, es immer knapper, einfacher und lakonischer werden zu lassen: »Bilden Sie kurze Sätze. Machen Sie die Einleitungen kurz. Verwenden Sie ein kraftvolles Englisch. Seien Sie bejahend, nicht negativ. Vermeiden Sie den Gebrauch von Adjektiven, vor allem von solchen, die überspannt sind …« – das waren die der journalistischen Lehre entlehnten handwerklichen Regeln gewesen, an die Hemingway sich gehalten hatte. »Dann war das schlechte Wetter da« – so begann in charakteristischer Manier eine seiner Paris-Geschichten, auf deren Minimalismus ich mein Schreiben gebaut hatte.

Auch »Tonio Kröger« begann mit einer Schilderung schlechten Wetters, aber dort hieß es: »Naß und zugig war's in den giebeligen Gassen, und manchmal fiel eine Art von weichem Hagel, nicht Eis, nicht Schnee.« Das schlechte Wetter war in der Geschichte Hemingways einfach da, in der Thomas Manns war es jedoch »eine Art von weichem Hagel«, genauer gesagt eine Konstellation von Wintersonne hinter Wolkenschichten, durchkreuzt von manchmal weichem Hagel einer besonderen Art. Nicht genug aber damit: Die Wintersonne stand nicht nur hinter Wolkenschichten, sie stand auch milchig und matt, wobei dieses Doppel mehrfach wiederkehrte, etwa im Doppel von »naß und zugig«, »nicht Eis, nicht Schnee«. Und dann die Adjektive! Mußte schon der Wolkenschein »arm« sein, so hätte man doch vielleicht darauf verzichten können, die Stadt »eng«, den Hagel »weich« oder die Gassen »giebelig« zu dekorieren!

Im Gegensatz zur Sprache Hemingways kokettierte die Sprache Thomas Manns, sie drehte hochmütig und worttoll Pirouetten. Schüler trugen hier mit »Würde ihr Bücherpäckchen«, die Scharen »teilten sich und enteilten«, und wenn die Schule »aus« war, strömte man nicht nur aus der Schule heraus, sondern »heraus aus« …

Daß ich Thomas Mann aber dennoch verfiel, hatte nicht nur mit der Musikalität und Eleganz seiner Sprache, sondern auch mit der genial erfundenen Gestalt des zaudernden Tonio Kröger zu tun, dem gleichsam ideal-deutschen Porträt des Schriftstellers als junger Mann. Kaum ein Buch unserer Sprache ist in diesem Sinne ein so klassisches Pubertäts-Buch, voller lyrischer Stimmungen, aber auch philosophisch drapierter Reflexionen über Leben und Kunst, verschwommen und hochatmosphärisch auf der einen, kalkulierend und lehrhaft auf der anderen Seite. Eine solche Pubertäts-Vorgabe verliert sich nicht an Charaktere. Diese illustrieren vielmehr die schwebenden Spannungen des Buches, sie stehen still, nehmen an den erzählerischen Impulsen kaum teil, sind vielmehr Ausformungen des inneren Kompositionsgesetzes, das vorsieht, die Welt dem jungen Gemüt in einer einleuchtenden Polarität zu präsentieren: »Naß und zugig«, »nicht Eis, nicht Schnee.«

Ist Dir nicht gut, Pappa? weckt mich meine neunjährige Tochter Lotta aus meinen Gedanken. Ich gehe in unserem Stuttgarter Garten geradewegs auf sie zu, sie liegt lesend in einem Liegestuhl, doch ich habe sie bisher noch gar nicht bemerkt.

Ah, sage ich, Du bist es, Du bist es also.

Pappa, Dir ist wirklich nicht gut. Du schwankst ja so seltsam, sagt meine Tochter.

Ich bin etwas überrascht, antworte ich, ich habe gerade telefonisch erfahren, daß ich den Thomas-Mann-Preis der Hansestadt Lübeck erhalten werde.

Thomas Mann war ein Schriftsteller, nicht wahr? fragt meine Tochter.

Richtig, sage ich, leicht verblüfft, woher weißt Du das so genau?

Aber Pappa, ich gehe doch in die dritte Klasse, da kennt man schon einige Schriftsteller, sagt meine Tochter.

Sehr gut, sage ich, das finde ich sehr gut.

Hatte Thomas Mann auch Kinder? fragt meine Tochter.

Aber ja, sage ich, er hatte sogar sechs Kinder.

Sechs Kinder!, seufzt meine Tochter, da hatte er ja immer jemanden zum Spielen!

Nun ja, sage ich, sehr viel gespielt hat er, glaube ich, nicht mit ihnen.

Aber er hat sicher etwas Schönes für sie geschrieben, sagt meine Tochter, ein Kinderbuch und viele Geschichten.

Neinnein, sage ich, dafür hatte er keine Zeit, er war vielleicht auch gar nicht so eine Art Vater, wie Du ihn Dir vorstellst, sondern eher so etwas wie ein Großvater.

Dann war er einfach sehr alt, sagt meine Tochter.

Ja, sage ich, so kann man es sagen, er war zeitlebens wohl eher ein älterer Herr, großväterlich, verstehst Du?

Ja, sagt meine Tochter, er hat gerne mit seinen Enkeln gespielt.

Genau, sage ich, mit den Enkeln, oder zumindest mit einem.

Und dann hat er Mittagsschläfchen gehalten wie Opapa, sagt meine Tochter.

Genau, sage ich, Mittagsschläfchen wie Opapa.

Und später hat er einen Tee getrunken und etwas gelesen, auch wie Opapa, sagt meine Tochter.

Ich merke, Du kennst Thomas Mann schon sehr genau, sage ich, Du kannst ihn Dir jedenfalls vorstellen.

Kein Problem, sagt meine Tochter, ich muß ja nur an Opapa denken, der fährt nach dem Lesen dann Fahrrad oder arbeitet lange im Garten oder spielt etwas Klavier oder zeigt uns seine Münzen.

So in etwa, sage ich, nicht ganz genau so, aber in etwa.

Du schwankst noch immer, Pappa, sagt meine Tochter, geh ruhig noch etwas durch den Garten spazieren, ich lese noch ein Stück weiter.

Ja, gut, sage ich, dann lies Du nur weiter Thomas Mann, ich übe ihn noch im Garten.

Oweh, Pappa, ruft meine Tochter mir nach, jetzt schwankst Du sogar in den Worten.

›Sie hat recht‹, denke ich, ›der Anruf aus Lübeck hat mich etwas durcheinandergebracht. Ich gehe durch unseren Stuttgarter Garten, und noch im Gehen verwandelt sich alles in Mainz und dann wieder zurück, und jetzt, ja, jetzt ist sogar diese seltsamste aller Szenen da, eine Thomas-Mann-Szene, aber wie hätte der sie erfunden?‹

Ich bin siebzehn Jahre alt und nicht mehr nur der Leser des »Tonio Kröger«, sondern ein Leser, der sich Thomas Mann schrittweise zu nähern versucht. Die schrittweise Annäherung dient einer biographischen Engführung, sie sucht nach versteckten Schlüsselerlebnissen, sie will das Biographische ausbeuten im Blick auf die eigene Erfahrung und das eigene Wachstum.

Also erfahre ich, daß Thomas Mann zwischen dem zwanzigsten und fünfundzwanzigsten Lebensjahr Monate, nein Jahre in Italien verbringt, er lebt in Rom, in Palestrina und noch weiter südlich, weil in ihm, wie er schreibt, ein großer Instinkt und Trieb stark sei, sich »so weit wie möglich aus deutschem Wesen, deutschen Begriffen, deutscher ›Kultur‹ in den fernsten, fremdesten Süden auf- und davonzumachen«.

Sofort leuchtet mir ein, daß dieses Sich-auf-und-davon-Machen die Bedingung für die Entstehung seines ersten großen Romans, für die Entstehung der »Buddenbrooks«, ist. Abstand gewinnen, aus weiter Ferne über das Heimatliche-Enge schreiben: ich nehme mir vor, es genauso zu machen, »auf und davon«, für Monate und Jahre nach Rom, sobald die lästige Schulzeit hinter mir liegt.

Und ich erfahre weiter, daß Thomas Mann sich nach seiner Rückkehr aus Italien zielstrebig und mit seltsamer Direktheit daranmacht, um die junge Katja Pringsheim, Tochter eines vermögenden Universitätsprofessors, zu werben. Als Figur der

Imma Spoelmann geht sie in seinen Roman »Königliche Hoheit« ein, diese »Imma ist ein bißchen zu schnippisch«, hat Katja sich später mit der erfundenen Gestalt verglichen.

Vor der ersten Begegnung soll Thomas Mann Katja Pringsheim lange nur aus der Ferne beobachtet haben, beim Fahren in der Trambahn, manchmal sogar mit einem Opernglas, hingerissen vor allem von ihren dunklen Augen. Monate sollen so vergangen sein, bis er sich bei Pringsheims vorstellen durfte, um einen Tee einzunehmen, mit Katja eine Radfahrt zu machen und schließlich mit einer Hartnäckigkeit um sie zu werben, die ihr keine andere Wahl ließ.

Die seltsamste aller Szenen ..., jetzt erinnere ich sie, ich bin siebzehn Jahre alt, ich weiß von Rom und bis ins Detail über Katja Pringsheim Bescheid, als ich mich mit dem Orchester meines Mainzer Gymnasiums zu einem Probenaufenthalt im Rheingau befinde. Ich spiele das Cembalo, Vivaldi, Corelli, aber ich sehe nur ein fernes Paar brauner Augen, tagelang, und höre manchmal die etwas schnippische Stimme. Trambahnen existieren im Rheingau nicht, Operngläser sind nicht zur Hand. Ich bin so scheu, daß ich keinen Menschen nach den braunen Augen zu fragen wage, und erst recht wage ich es nicht, auch nur einen einzigen Schritt auf sie zuzumachen.

Am letzten Tag des Probenaufenthaltes müssen wir Musikanten von den Höhen unseres Rheingauquartiers zu Fuß hinab zur Bahnstation, gerade da beginnt es heftig zu regnen. Ich bin einer der wenigen, die einen Regenschirm mit sich führen, ich spanne ihn auf, als ich die braunen Augen an mir vorbeieilen sehe, trotzig und willens, unbeschirmt durch den Regen kilometerlang ins Tal zu schlendern, als schiene die Sonne.

Da, in diesem Moment, ereignet sich *meine* Thomas-Mann-Szene, eine Ur-Szene, die mein ganzes Leben verändern wird. Ich bin ausgerüstet mit dem Raffinement seiner Dialoge, dem schwärmerischen Klang seiner Prosa, ich bin vorbereitet, und so haste ich mit meinem Regenschirm hinter den braunen Augen her, um sie dazu zu bewegen, sie beschirmen zu dürfen.

Es wird mir erlaubt, und so gehe ich denn, den Schirm hoch erhoben, denn die braunen Augen sind groß, beinahe ebenso groß wie ich selbst, zum ersten Mal an ihrer Seite ins Tal. Ich wage, sie nach ihrem Namen zu fragen, und sie erwidert, sie heiße Imma, nach der Imma Spoelmann in Thomas Manns »Königlicher Hoheit«. Ihr Vater, erzählt sie weiter, habe den Roman während einer der acht Schwangerschaften ihrer Mutter gelesen und sogleich beschlossen, eine etwaige Tochter auf diesen Namen taufen zu lassen.

Dann hast Du also sieben Geschwister, frage ich.

Ja, sagt sie, und ich bin das siebente Kind.

Welchen Beruf hat Dein Vater, frage ich.

Er ist Physiker, er ist Universitätsprofessor, antwortet sie.

Seltsam, sage ich, das erinnert ja wieder an Thomas Mann.

Wieso, fragt sie, mein Vater ist Naturwissenschaftler.

Jaja, sage ich, ich meinte was anderes.

An Thomas Mann erinnert eher, daß unsere Familie aus Lübeck stammt, sagt sie.

Aus Lübeck, sage ich tonlos.

Ja, sagt sie, stell Dir vor, meine Ururgroßmutter wurde in Lübeck geboren und war die Tochter eines Lübecker Kaufmanns und Senators.

Urur …, sage ich.

Ja, sagt sie, sie war die Tochter von Heinrich Gustav Plitt, der zur Goethezeit in Lübeck lebte und neun Kinder hatte.

Neun …, sage ich.

Du glaubst mir wohl nicht, sagt sie, und ich antworte: Natürlich glaube ich Dir, so erfüllen sich die Worte des Propheten …

Ich weiß nicht, was Du meinst, sagt sie.

Ich erklär es Dir einmal später, sage ich, erzähl lieber noch etwas von Lübeck und Eurem Senator und Deiner Ururgroßmutter …

Sie war das sechste Kind, sagt sie, die Familie wohnte in einem schönen Haus Große Petersgrube, die beiden Rauchschen Löwen, die jetzt vor dem Holstentor lagern, sollen einmal in diesem Haus gelegen haben.

Ich verstehe, sage ich, Rauchsche Löwen, Holstentor, Lübeck ... Wie alt bist Du eigentlich?

Fünfzehn, antwortet sie.

Soll das ein Scherz sein? frage ich.

Ich bin fünfzehn, sagt sie.

Entschuldige, sage ich, ich habe Dich – aber wieso? – auf mindestens zwanzig geschätzt.

Ich gehe in unserem Stuttgarter Gartengelände jetzt eines der alten Weinbergstäffele hinauf, die zu einem hoch gelegenen schmalen Weg führen, der, als reichte er geradewegs bis in den Süden, »Blauer Weg« genannt wird. Ich höre, daß meine Frau mit dem Wagen näher kommt, sie stellt ihn oben am Weg ab, und ich gehe zu ihr, um ihr zu berichten, daß ich der nächste Thomas- Mann-Preisträger der Hansestadt Lübeck sein werde.

Ich gratuliere, sagt sie, dann zeigen wir den Kindern Senator Plitts Haus und die Rauchschen Löwen vor dem Holstentor.

Ja, sage ich und starre sie an. ›Thomas Mann‹, denke ich, ›hat um Katja Pringsheim etwa ein Jahr geworben, aber schon nach einem halben Jahr gab es den ersten Besuch im Hause der Eltern. Ich habe beinahe zwei Jahre bis zum ersten Besuch im Hause der Eltern gebraucht, und geworben habe ich dann vierzehn Jahre, bis es soweit war mit der Heirat. Ich habe mich etwas verspätet, zweifellos, ich habe mir alle Kraft für das Spätwerk aufgehoben, vielleicht sollte ich diese Ungeheuerlichkeiten so verstehen.‹

Ist Dir nicht wohl? fragt meine Frau.

Ach, Katja, antworte ich, mir geht da gerade so allerhand durch den Kopf.

Moment mal, sagt meine Frau, soll ich Dir ein Glas Wasser holen, Du bist kalkweiß.

Neinnein, sage ich, ich gehe noch ein wenig spazieren. Kümmere Du Dich nur um die Kinder.

Mir geht aber auch allerhand durch den Kopf, sagt meine Frau.

Und was? frage ich.

Wie Du Dich nach Rom auf und davon gemacht hast und ich Dich später besucht habe, das war vor – warte mal – zweiunddreißig Jahren. Wir wohnten in dem kleinen Zimmer in der Via Bergamo 43, und auf Deinem Tisch lag ein dicker, nein, ein sehr dicker Stapel weißen Papiers. Du hast Deinen ersten Roman geschrieben, mit der Hand, Seite für Seite, und Du hast mir keine einzige Zeile daraus vorgelesen. Auf Deinem Arbeitstisch lag nichts anderes als dieser Stapel und die beiden Bände der Taschenbuchausgabe des »Zauberberg«. Jeden Tag hast Du im »Zauberberg« gelesen, immer langsamer, als wolltest Du nicht ans Ende kommen, und als Du ans Ende gekommen warst, hast Du wieder von vorne begonnen. Daneben hast Du ein Tagebuch geführt und jeden Tag auch noch einige Briefe geschrieben, ich hatte bis dahin keine Ahnung, wieviel ein Mensch an einem einzigen Tag schreiben kann, ich hatte ein so elefantöses Ausdrucksbedürfnis noch nie erlebt.

Stimmt, sage ich, in gewissem Sinn ist so etwas unanständig.

Nun ja, sagt meine Frau, immerhin ermöglicht es uns, eine sommerliche Reise nach Lübeck zu machen.

Entschuldige, Katja, sage ich, nur noch eins, und sag mir bitte die Wahrheit: Läuten die Glocken noch?

Nein, sagt meine Frau, nicht mehr, aber es stimmt, sie haben heute etwas länger geläutet als sonst, ich hatte es auch schon bemerkt … Ach ja, jetzt weiß ich, warum Du fragst. Sie läuten ja von den Höhen und aus der Tiefe, nicht wahr?

Ja, genau, sage ich, von den Höhen läutet es und aus der

Tiefe, von den sieben erzheiligen Orten der Wallfahrt und allen Pfarrkirchen der sieben Sprengel zu seiten des zweimal gebogenen Tibers. Vom Aventin läutet's, von den Heiligtümern des Palatin und von Sankt Johannes im Lateran, es läutet über dem Grabe dessen, der die Schlüssel führt, im Vatikanischen Hügel, von Santa Maria Maggiore, in Foro, in Domnica, in Cosmedin und in Trastevere, von Ara Celi, Sankt Paulus außer der Mauer, Sankt Peter in Banden und vom Haus zum Hochheiligen Kreuz in Jerusalem ...

Jetzt gehen wir zusammen nach unten, ins Haus, sagt meine Frau.

Ja, sage ich, gehn wir zusammen ...

Sehr geehrter Herr Bürgermeister, sehr geehrte Juroren,
meine Damen und Herren,
die Hansestadt Lübeck hat zu ihrem zehnten Thomas-Mann-Preisträger einen Schriftsteller gewählt, dessen Eltern durch den deutschen Faschismus und seine Folgen vor der Geburt dieses Autors vier Söhne verloren hatten. Aufgewachsen in einem stummen Raum auch nach dem Krieg nicht enden wollender Bedrohung und Angst, gebunden an eine Mutter, deren Verluste jedes menschliche Maß übertroffen hatten, hat er zur Sprache gefunden nicht in der Hoffnung, sie einmal leidlich zu beherrschen, sondern um mit ihrer Hilfe überhaupt am Leben zu bleiben.

Die Psalmen Davids – »Der Herr ist mein Hirte, mir wird nichts mangeln, auf grünen Auen läßt er mich lagern; an Wasser mit Ruheplätzen führt er mich. Labsal spendet er mir. Er leitet mich auf rechter Bahn um seines Namens willen. Auch wenn ich wandern muß in finsterer Schlucht, ich fürchte doch kein Unheil; denn Du bist bei mir, Dein Hirtenstab und Stock, sie sind mein Trost« – diese Psalmen waren der Bittgesang seiner Kindheit, sein »In te Domine speravi«, sein »Beati, quorum tecta sunt peccata«.

Für einen solchen Schriftsteller wurde das sich allmählich entwickelnde und dann immer mehr überbordende Schreiben zur Bestätigung dieser Gewißheit, ja schließlich sogar zum Ausdruck eines Triumphes über den Tod.

Wenn die Juroren in ihrer Begründung zur Wahl des Preisträgers von einem »eigenständig-produktiven Werk« sprechen und weitergehend ausdrücklich die »überzeugende Verbindung von persönlichen Lebenserfahrungen mit den politisch-sozialen Veränderungen in Deutschland« würdigen, so würdigen sie damit in den Augen des Preisträgers nicht nur ein literarisches Werk, sondern mehr noch ein existentielles, ein Werk des Lebens.

Von ihm sehr nahen und aufgrund der familiären Geschichte eingebrannten Bildnissen hat der Preisträger in seinen ersten Romanen erzählt, nein, erzählen müssen. Heute, in dieser Feierstunde, hat er vom zweiten Teil seines Lebens erzählt, von der Rettung durch die Literatur und jene ihm sehr nahen Menschen, die durch ihr Dasein sein Schreiben ermöglichen, es verankern und zu einem Lebensraum gestalten, für den das Bild des Gartens und das des »Blauen Weges« nicht das einer Idylle, sondern einer Zukunftshoffnung ist.

In diesem Raum lebt für ihn Thomas Mann, nicht als ein Schriftsteller unter anderen, sondern als die prägende Schriftsteller-Gestalt seiner Jugend, als der Autor jener deutschen Romane, in die er sich am meisten verloren hat, als, verzeihen Sie den überspannten Begriff, eine Art »Herzenssache«.

Ich danke der Stadt Lübeck für die hohe Auszeichnung, ich danke den Juroren für ihre Wahl und deren Begründung, die mir mit jedem Wort bedeutet hat, welche Juroren es waren, die mir diesen Preis zugesprochen haben, ich danke Herrn Professor Koopmann für seine bewegende Laudatio, und ich danke Ihnen, meine Damen und Herren und liebe Kinder, für Ihre und Eure Geduld.

Nachbemerkung

Noch während meiner Schulzeit Anfang der siebziger Jahre lud mich Martin Ruppert, der damalige Leiter des Feuilletons der »Mainzer Allgemeinen Zeitung«, dazu ein, Kritiken, Rezensionen, kurze Erzählungen und Essays für seine Zeitung zu schreiben. Diese kulturjournalistische Arbeit habe ich jahrelang sehr gerne getan und sie später für »Die Zeit«, den »Merkur«, die »Stuttgarter Zeitung«, die »Frankfurter Allgemeine Zeitung«, die »Neue Zürcher Zeitung«, die »Literarische Welt« und die »Frankfurter Rundschau« fortgesetzt.

Aus den zahlreichen Texten all dieser Jahre habe ich für dieses Buch einige ausgewählt und teilweise überarbeitet, die mir besonders nahe sind und durch ihren persönlichen und oft auch autobiographischen Charakter aufeinander verweisen.

Bedanken möchte ich mich bei all den Redakteurinnen und Redakteuren, mit denen ich über oft lange Zeiträume gut und vertrauensvoll zusammengearbeitet habe.

Stuttgart, Köln, Rom, Wissen an der Sieg, im Juni 2013

Drucknachweise

Orte

Die unendliche Arbeit am Text (Der Wert des Schreibens). In: *Die Welt*, 14.7.2012.

Meine Eltern und ich. In: Hanns-Josef Ortheil, *Das Element des Elefanten.* München 1994, S. 7–22 (gekürzt).

Köln, Erzbergerplatz. Erstmals in diesem Band veröffentlicht.

Karneval (Wo der Mensch sich neu erfindet). In: *Kölner Stadtanzeiger*, 21.2.2004.

Der Kölner Dom (Kirche, Fels und Himmelstor. Der Kölner Dom). In: *Frankfurter Allgemeine Zeitung Magazin*, 12.10.1990, Heft 554.

Antrittsbesuch. In: Hanns-Josef Ortheil, *Lo und Lu.* München 2001, S. 162–173.

Bei »Luciano« zu Haus. Erstmals in diesem Band veröffentlicht.

W wie Wuppertal. Erstmals in diesem Band veröffentlicht.

Mainzer Lektionen (Mainz – die Stadt des Schreibens und der Schrift). In: *Flugwörter. Rheinland-Pfälzisches Jahrbuch für Literatur* 8. Hrsg. von Sigfrid Gauch, Heinz G. Hahs u. Verena Mahlow. Frankfurt am Main 2001, S. 274–288.

Die Rituale der Schrift (Wiesbadener Tage). In: *Wiesbadener Kurier*, 27.12.2000.

Das Haus des Mainzer Doms. In: *Zwischenruf* 9 (Handpressendruck – Zeitung aus dem Druckladen des Gutenberg-Museums Mainz). Herbst 2001.

Römischer Hunger: (Im Himmel und unter der Erde. Erinnerungen an einen Sommer). In: *Die Welt*, 23.9.2000.

Stuttgart, Gartenhaus. In: Hanns-Josef Ortheil, *Blauer Weg*. München 1996, S. 7–9.

Acquaviva (Picena): In: Erwin Wortelkamp, *Arbeiten auf Papier 1986–1996; Acquaviva Picena*. Bergisch Gladbach 1997.

Woody in Venice (Wunderbare graue Strickjacke). In: *Frankfurter Allgemeine Zeitung*, 5.3.1996.

Venedig mit Kindern. Erstmals in diesem Band veröffentlicht.

Die weißen Inseln der Zeit. In: *Zeitfenster. Jahrbuch für Literatur* 11. Hrsg. von Sigfrid Gauch, Verena Mahlow u. Eva Zang. Frankfurt am Main 2005, S. 49–60.

August Sander, der Westerwald, seine Bewohner und ich. In: *Vor dem Umsteigen. Jahrbuch für Literatur* 14. Hrsg. von Sigfrid Gauch, Stefanie Judith Germann u. Andrea Steinbrecher. Frankfurt am Main 2008, S. 222–243.

Mein Traum von Wissen an der Sieg. In: Hanns-Josef Ortheil: *Mein Traum von Wissen an der Sieg* (Einzelpublikation). Wissen an der Sieg 2009 (Ausschnitt).

Bilder

Der Mann im Versteck (Stuttgarter Erkundungen I). In: *Stuttgarter Zeitung*, 27.7.1996.

Die Viola d'amore (Stuttgarter Erkundungen II). In: *Stuttgarter Zeitung*, 29.9.1996.

Hegels Barett (Stuttgarter Erkundungen VI). In: *Stuttgarter Zeitung*, 25.1.1997.

Leben in Gold auf Seide (Stuttgarter Erkundungen IV) In: *Stuttgarter Zeitung*, 7.12.1996.

Maria im Wochenbett (Maria und Jesus, ganz fremd. Stuttgarter Erkundungen V). In: *Stuttgarter Zeitung*, 21.12.1996.

Das Augenblau eines Arbeiterjungen (Stuttgarter Erkundungen III). In: *Stuttgarter Zeitung*, 26.10.1996.

Mörikes Brille (Stuttgarter Erkundungen XII). In: *Stuttgarter Zeitung*, 25.10.1997.

Kleine Bühnen (Stuttgarter Erkundungen IX). In: *Stuttgarter Zeitung*, 17.5.1997.

Aus frühsten Tagen (Frühlings Erwachen. Stuttgarter Erkundungen VIII). In: *Stuttgarter Zeitung*, 22.3.1997.

Der Stuttgarter Apoll (Unser Apoll, alles andere als ein Milchbub. Stuttgarter Erkundungen X). In: *Stuttgarter Zeitung*, 16.08.1997.

Das Safranmädchen vom Nil (Das schöne Safranmädchen vom Nil. Stuttgarter Erkundungen XI). In: *Stuttgarter Zeitung*, 23.08.1997.

Die Schwäbische Schönheit (Stuttgarter Erkundungen XIII). In: *Stuttgarter Zeitung*, 13.12.1997.

Klänge

Herr, bin ich's (Zu Johann Sebastian Bachs 250. Todestag). In: *Die Welt*, 22.7.2000.

Fantasie in C-Dur. Erstmals in diesem Buch veröffentlicht.

Die Stimmen der Dichter (1) (Stimm-Malereien). In: *Frankfurter Rundschau*, 12.12. 2002.

Radio-Frühzeit (Klingendes Buch. Die 50er im Ohr). In: *Frankfurter Rundschau*, 2.7.2003.

Teddie und die Banausen (Klingendes Buch. Teddie spricht). In: *Frankfurter Rundschau*, 27.8.2003.

Die Stimmen der Dichterinnen (2) (Kontraste). In: *Frankfurter Rundschau*, 5.3.2003.

Stimmen-Furor. In: *Frankfurter Rundschau*, 5.2.2003.

Die Stimmen der Dichter (3) (Im russischen Olymp. Dichter mit getragener Stimme). In: *Frankfurter Rundschau*, 24.3.2004.

Lektüren

Der verhinderte Schreiber (Heinrich Böll in seinen Kriegsbriefen). In: *Merkur*, 2002, Heft 12, S. 1137–1142.

Abschied vom Rhein. In: *Merkur*, 2001, Heft 8, S. 733–738.

Düsseldorfer Kinder schlagen Räder. In: *Neue Zürcher Zeitung*, 9./10. September 2000.

Hermann Lenz geht durch Stuttgart (Spaziergänge durch den Urgrund des Schwäbischen). In: *Die Zeit*, 5.6.2003.

Fahrradfahren am Rhein (Viele Vergangenheiten. Barbara Honigmanns Erzählungen). In: *Neue Zürcher Zeitung*, 4./5.12.1999.

Die Schlachten unserer Ahnen (An Kriemhilds Zopfzipfeln). In: *Frankfurter Allgemeine Zeitung*, 27.3.1999.

Ferner Gesang (Zur Lyrik von Konstantinos Kavafis). In: *Merkur*, 1997, Heft 11, S. 1035–1039.

Der kleine Gründungsvater (Über den italienischen Schriftsteller Ennio Flaiano). In: *Merkur*, 1998, Heft 4, S. 347–353.

Romfahrer unserer Tage. In: *Merkur*, 2002, Heft 7, S. 613–617.

Roland und Michel (Aus dem Leben französischer Heiliger). In: *Merkur*, 1995, Heft 1, S. 71–75.

Mandelstam lacht. In: *Die Zeit*, 19.10.2000.

Nootebooms Reisen (Die Reisen des heiligen Nooteboom. Wie ein deutscher Dichter in Wolffs Bücherei einen holländischen Kollegen entdeckt). In: *Die Zeit*, 14.12.2000.

Mit bloßen Fingern gemalt (Es geht nur um das Glück). In: *Die Zeit*, 3.7.2011.

Coda

Intimes Sprechen (Über Sprache, Gespräche und andere Abenteuer). In: *Betrifft*. Hrsg. von Florian Höllerer. Frankfurt am Main 2004, S. 96–102.

Die »Herzenssache« Thomas Mann (Dankrede zur Verleihung des Thomas-Mann-Preises 2002 der Hansestadt Lübeck). In: *Thomas Mann Jahrbuch*, Band 15, 2002, S. 221–230.

Bildnachweis

S. 143 Luca Giordano, *Selbstbildnis*, STAATSGALERIE STUTTGART

S. 146 *Viola d'amore*, Württembergisches Landesmuseum Stuttgart

S. 149 *Hegel in seinem Arbeitszimmer*, Lithographie, 1828, von Julius Ludwig Sebbers. Foto: akg-images

S. 151 Gemälde von Kanô Tanshin Morimichi, Linden-Museum Stuttgart

S. 154 *Maria im Wochenbett*, Württembergisches Landesmuseum Stuttgart

S. 157 *Arbeiterjunge*, 1920 von Otto Dix, Kunstmuseum Stuttgart. © VG Bild-Kunst, Bonn 2004

S. 159 Mörikes Brille, Foto: Hanns-Josef Ortheil

S. 163 Puppenstube im Stuttgarter Spielzeugmuseum, Foto: Hanns-Josef Ortheil

S. 165 Paul Klee, *Jungwaldtafel, 1926, 208 (U 8)*, 35 × 25,5 cm, Ölfarbe und Ritzzeichnung auf Gipsgrundierung auf Nesseltuch auf Karton, verso ganzflächig weiße Ölfarbe; Rahmenleisten, STAATSGALERIE STUTTGART. © VG Bild-Kunst, Bonn 2004

S. 168 Der Stuttgarter Apoll im Lapidarium, Foto: Hanns-Josef Ortheil

S. 171 Mumienporträt, Württembergisches Landesmuseum Stuttgart

S. 173 Gottlieb Schick, Wilhelmine Cotta, STAATSGALERIE STUTTGART

Inhalt

Orte

Bilder

Klänge

Lektüren

Coda